STELLA CONRAD

STELLA CONRAD IM GESPRÄCH

Was hat Sie daran gereizt, dieses spezielle Buch zu schreiben?

Ich fand (und finde) die Idee schön, über eine ganz normale Frau mittleren Alters zu schreiben, mit ganz normalen Sorgen, Nöten und Ängsten, die sich nach einer Krise – wenn auch mühsam – aufrappelt, durchbeißt und am Ende ihres Weges wieder zufrieden ist. Superheldinnen reizen mich nicht.

Was ist Ihr persönliches Lieblingsgericht?

Grünkohl mit Pinkel, ein sehr deftiges Gericht aus der friesischen Heimat meines Vaters. Als Dessert gehört zwingend selbst gemachte Rote Grütze mit Vanillesauce dazu. Und danach ein Aquavit, um das Ganze zu überleben.

Welcher Figur Ihres Romans »Die Küchenfee« würden Sie gern einmal persönlich begegnen (und was würden Sie ihr sagen)?

Am liebsten würde ich Monsieur Pierre, dem cholerischen Koch, persönlich begegnen. Ich finde ihn noch immer ein bisschen geheimnisvoll, um ehrlich zu sein. Was ich ihm sagen würde? Keine Ahnung. Aber ich bin sicher, man kann Spaß mit ihm haben.

ÜBER DIE AUTORIN

Stella Conrad, 1960 in Recklinghausen geboren, lebt und arbeitet im Ruhrgebiet. Nach zehnjähriger Tätigkeit als Köchin arbeitete sie als Veranstalterin, Pressebetreuerin und in einer Schauspielagentur, bevor sie sich vor vier Jahren dem geschriebenen Wort zuwandte. »Die Küchenfee« ist Stella Conrads erster Roman im Diana Taschenbuch.

STELLA CONRAD

Die Küchenfee

Roman

Diana Verlag

FSC
Mix
Produktgruppe aus vorbildlich
bewirtschafteten Wäldern und
anderen kontrollierten Herkünften

Zert.-Nr. SGS-COC-1940
www.fsc.org
© 1996 Forest Stewardship Council

Verlagsgruppe Random House FSC-DEU-0100
Das für dieses Buch verwendete
FSC-zertifizierte Papier *Holmen Book Cream*
liefert Holmen Paper, Hallstavik, Schweden.

Originalausgabe 08/2008
Copyright © 2008 by Diana Verlag, München,
in der Verlagsgruppe Random House GmbH
Redaktion | Sabine Thiele
Umschlagillustration | © Mauritius-Images/dieKleinert
Umschlaggestaltung | Hauptmann & Kompanie Werbeagentur,
München - Zürich, Teresa Mutzenbach
Herstellung | Helga Schörnig
Satz | C. Schaber Datentechnik, Wels
Druck und Bindung | GGP Media GmbH, Pößneck
Printed in Germany 2008
978-3-453-35252-0

http://www.diana-verlag.de

Für Rozzo

(den Unvergleichlichen)
den Wächter meines Herzens

Kapitel 1

»Verdammt, verdammt, verdammt!« Lilli Berger fluchte zwischen zusammengebissenen Zähnen, während sie fieberhaft mit einem Quirl in einer kleinen gusseisernen Pfanne rührte. Die orangefarbene Flüssigkeit blubberte laut, und schließlich traf ein dicker Spritzer ihre linke Hand. Sofort bildete sich eine große Brandblase. Keine Zeit, sich darum zu kümmern. Das gehörte, wie Schnitte und Verbrennungen, zum Alltag in einer Restaurantküche. Sehr treffend hatte irgendjemand mal gesagt, Profiköche trügen die Narben an ihren Händen wie Generäle ihre Orden, als sichtbare Beweise siegreich geschlagener Schlachten.

Die Schlacht um die Orangensauce allerdings war keineswegs geschlagen und siegreich erst recht nicht. Die Sauce in der Pfanne war weit davon entfernt, die gewünschte Sämigkeit zu erreichen.

»Mist, warum willst du nicht ...« Ihr Schimpfen ging im Scheppern zu Boden fallender Topfdeckel unter.

»Wo bleibt die Orangensauce für die Entenbrust?« Monsieur Pierres Bariton war die Ungeduld deutlich anzuhören. »Und, verflucht noch mal, wer ist hier zu dumm, einen Topfdeckel festzuhalten?«

In der nächsten Sekunde stand der Chefkoch schon neben Lilli am Herd und starrte ihr aus nächster Nähe missbilligend ins Gesicht. Er hatte die Hände in die Hüften gestemmt und wippte ungeduldig vor und zurück. Im Hintergrund versuchte die zu Tode erschrockene Spülhilfe hektisch, sich und die Topfdeckel aus der Gefahrenzone zu bringen.

»Soso, Sie wollen also dem Polizeipräsidenten das Mittagessen versauen? Oder will Madame Berger mich wie üblich bloß quälen? Hm?«

Lilli ließ ihre Sauce nicht eine Sekunde aus den Augen. Das hatte sie schon als Lehrling gelernt: die Wutanfälle des Küchenchefs stoisch über sich ergehen zu lassen, ohne ihre Arbeit zu unterbrechen.

»Und, Madame Lilli, ich bestehe darauf, dass Sie endlich eine vernünftige Kopfbedeckung tragen. Ich werde diese Hippie-Tücher in meiner Küche nicht länger dulden.«

Monsieur Pierre schnaufte erbost.

Lilli drehte sich schwungvoll zu ihrem Chefkoch um und strahlte ihn an. »Hier ist die Orangensauce, oh göttlicher Maître, möge sie dem Herrn Polizeipräsidenten zur Stärkung gereichen.«

Aus Richtung der Spüle erklang ein leises Kichern.

Blitzschnell fuhr Monsieur Pierre herum und stürzte sich auf die Spülhilfe. »Was fällt Ihnen ein? Hm? Hm? Was ist denn hier so komisch?«, brüllte er die junge Punkerin an. »Und was sollen überhaupt diese Metallknöpfe in Ihrem Gesicht? Sich derart zu verschandeln! In meiner Küche ...«

Erschrocken riss das Mädchen in einer Abwehrbewegung den Spülschlauch hoch, sodass Monsieur Pierre plötzlich in einer Wasserkaskade stand, die ihm die Kochmütze vom Kopf spülte und damit seine verhassten Geheimratsecken zum Vorschein brachte.

Lilli konnte sich nur mühsam beherrschen. Einer musste schließlich in diesem Chaos die Ruhe bewahren und sich um die zur Nebenrolle degradierte Entenbrust kümmern, denn der aufgebrachte Koch und das junge Mädchen rangen weiter um den Schlauch. Wasser spritzte durch die Küche.

Lilli tranchierte das saftige, perfekt rosa gegarte Fleisch und richtete die Scheiben auf einem Saucenspiegel an. In letzter Sekunde rettete sie das Kartoffelgratin davor, ertränkt zu werden, und legte eine Portion auf den Teller. Ein Fächer aus marinierten Orangenfilets komplettierte das Gericht.

Lilli eilte mit dem Teller durch die Schwingtür zur Durchreiche für den Service und betätigte die Klingel. Sie zog eine pinkfarbene, gerade aufblühende Pfingstrosenknospe aus dem Strauß, der neben der Öffnung stand. Mit einem scharfen, kleinen Messer trennte sie sämtliche grünen Blätter vom Stiel, bis dieser vollkommen glatt aussah.

Vanessa Kamlots Gesicht erschien in dem kleinen Fenster.

»Lilli, endlich«, zischte sie. »Was ist denn da für ein Radau bei euch in der Küche? Man kann euch bis hier draußen hören!«

Lilli kürzte den Stiel der Pfingstrose und legte die Knospe auf den Teller. »Perfekt«, sagte sie.

»Perfekt«, bestätigte Vanessa und schnappte sich den Teller. »Aber ich möchte trotzdem gleich wissen, was bei euch los war.«

Durch das Fenster der Durchreiche sah Lilli, dass der Polizeipräsident die Blüte vom Teller nahm und Vanessa mit einer kleinen Verbeugung überreichte. Diese nahm die Blume huldvoll entgegen und kam dann lächelnd auf Lilli zu. »Der Herr

Polizeipräsident schickt sein Kompliment an die Küche. Und seinen Dank, dass ihr ihm etwas zu essen gemacht habt, obwohl wir eigentlich schon Mittagsruhe haben.« Sie schnupperte an der Blüte. »Euer Gezeter hat er ignoriert wie ein echter Gentleman.«

Lilli wollte gerade mit der Schilderung der dramatischen Vorkommnisse beginnen, als Monsieur Pierre durch die Schwingtür gestapft kam. Lilli konnte gerade noch hastig flüstern: »Die Spülhilfe hat keine Schuld, es war reine Notwehr«, als auch schon der wütende Koch neben ihr stand und tief Luft holte, bereit, seiner Empörung freien Lauf zu lassen.

Vanessa hob die manikürte Hand.

Monsieur Pierre klappte den Mund zu.

Lilli bildete sich für den Bruchteil einer Sekunde ein, Dampf aus seinem knallroten Kopf aufsteigen zu sehen.

Mühsam beherrscht presste der Küchenchef hervor: »Ich will Sie sofort sprechen, Madame Kamlot. Mir reicht es endgültig. Ich kann so nicht arbeiten.«

»Monsieur Pierre!«, rief Polizeipräsident Gruber in diesem Moment. »Kompliment an die Küche! Und diese originelle Dekoration, wunderbar.«

Monsieur Pierre fuhr sich durch seine nassen Haare und rang sich ein gequältes Lächeln ab. »*Merci*, Monsieur Gruber.« Dann drehte er sich zu Lilli um und fauchte: »Welche Dekoration? Wieso originell?« Seine Kiefermuskeln traten vor Anspannung hervor, seine dunklen Augen sprühten Funken. Die sonst immer akkurat sitzende Kochjacke klebte klatschnass an seinem mächtigen Oberkörper, und zu seinen Füßen hatte sich eine kleine Wasserpfütze gebildet.

Wieder rang Lilli um Fassung und kämpfte verzweifelt gegen das aufsteigende Lachen an. Monsieur Pierre agierte wie der Darsteller in einem Slapstick-Stummfilm – maßlos übertrieben, pathetisch und mit raumgreifender Gestik.

Vanessa Kamlots Gesichtsausdruck zeigte allerdings unmissverständlich, dass sie die Situation keineswegs komisch fand. »In mein Büro, Monsieur Pierre. Ich lasse dich dann rufen, Lilli.«

Ohne eine Antwort ihrer Angestellten abzuwarten, verschwand Vanessa in ihrem Büro, gefolgt von dem tropfenden Monsieur Pierre.

Lilli schlenderte zum Tresen, nahm sich ein Glas Mineralwasser und prostete dem Polizeipräsidenten zu.

»Frau Berger, leisten Sie mir und meiner Entenbrust einen Moment Gesellschaft?«, flachste Gruber und tupfte sich mit seiner Serviette die Mundwinkel ab.

Lilli lächelte und ging auf seinen Ton ein. »Ich habe doch gar nichts verbrochen.«

»Ich befürchte, doch. Ich habe Indizien dafür, dass diese hervorragende Orangensauce auf Ihr Konto geht.«

Lilli trat an den Tisch ihres Gastes, ließ theatralisch den Kopf hängen und sagte: »Sie haben mich überführt.«

»Ich würde Sie gern für meine Geburtstagsparty in drei Monaten verhaften und in meiner Küche einsperren. Ich hoffe, Sie kommen freiwillig, und ich brauche keine Handschellen. Ich konnte Ihre Kunst ja auch bei der Silberhochzeit Ihrer Cousine bewundern. Fantastisch. Wie wär's?«

Die Klingel in der Durchreiche ertönte und rief sie in Vanessas Büro. Gerettet.

Polizeipräsident Gruber sah sie erwartungsvoll an.

»Warum nicht?«, sagte Lilli. »Lassen Sie uns doch darüber ein andermal reden, jetzt muss ich leider zurück in meinen Küchenknast. Mein Hofgang ist um. Ich wünsche Ihnen noch einen guten Appetit.«

Als sie auf Vanessas Büro zuging, hörte sie Monsieur Pierre schon durch die geschlossene Tür toben: »Ich kann so nicht arbeiten! Erst versaut meine werte Kollegin die Sauce, und dann werde ich von diesem Punk an der Spüle tätlich angegriffen. Ich verlange, dass die Küchenhilfe gefeuert wird. Madame Kamlot, es ist Ihre Entscheidung: die oder ich!«

»Wen meinen Sie? Ihre werte Kollegin oder den Punk an der Spüle? Oder vielleicht beide?« Vanessas dunkle Stimme klang wütend und nicht samtig wie gewohnt.

Als Lilli die Tür öffnete, sah sie Monsieur Pierre, jeder Zoll beleidigte Diva, vor Vanessas Schreibtisch stehen, die Arme verschränkt, den Kopf empört in den Nacken geworfen. Vanessa atmete sichtlich auf, als Lilli hereinkam und sich in den einzigen freien Sessel setzte. Ihre gerade noch gerunzelte Stirn glättete sich, als sie sich Lilli zuwandte. »Erzähl doch mal, was war da los mit der Spülhilfe? Wieso hat sie den Maître mit dem Spülschlauch angegriffen?«

Monsieur Pierre schnaufte empört und funkelte Lilli lauernd an. »Na, da bin ich ja mal gespannt auf die Version der gnädigen Madame.«

Vanessa schaltete sich ein: »Bitte, Herr Meisenheimer.«

Monsieur Pierre hielt die Luft an. Lilli wusste, wenn er etwas noch mehr hasste, als seine Geheimratsecken der Öffentlichkeit preiszugeben, dann, mit seinem richtigen Namen angesprochen zu werden. Und Vanessa tat das nur, wenn

Monsieur Pierre zu theatralisch wurde und einen kleinen Dämpfer brauchte.

Vanessa nickte Lilli zu.

»Ich habe die Sauce nicht ›versaut‹«, sagte Lilli. »Sie, Monsieur Pierre, waren nur ungeduldig und verärgert wegen der Bestellung, die noch nach Feierabend kam.«

Der Koch schwieg und starrte aus dem Fenster.

»Dann«, gab Lilli zu, »war ich wirklich ein bisschen flapsig zu Monsieur Pierre, und das hat das Mädchen zum Lachen gebracht.« Lilli sah, dass Vanessa mittlerweile alle Mühe hatte, ernst zu bleiben, und fuhr fort: »Na ja, und dann hat sich Monsieur Pierre auf die arme Kleine gestürzt. Die hat vor Schreck die Hände hochgerissen – und in einer davon war eben der Schlauch. Das war alles.«

Vanessa wandte sich ihrem aufgebrachten Koch zu. »Monsieur Pierre, das scheint mir wirklich keine böse Absicht gewesen zu sein. Bitte, können wir nicht eine andere Lösung finden, als das arme Mädchen zu entlassen?« Sie schenkte ihm ein strahlendes Lächeln und fuhr fort: »Sie sitzt bestimmt weinend in der Küche und ist zu Tode erschrocken darüber, was da gerade passiert ist. Möchten Sie nicht großzügig sein und ihr verzeihen?«

Monsieur Pierre zupfte an den Ärmeln seiner Kochjacke und gab sich betont unbeteiligt. »Pah, zu Tode erschrocken! Höchstens darüber, dass von ihrem Geheule jetzt der Metallkrempel in ihrem Gesicht rosten könnte, aber bestimmt nicht, weil ihr irgendetwas leidtut.«

»Monsieur Pierre, bitte, was kann ich tun, um Sie zu besänftigen? Sie wissen, wie wichtig es mir ist, dass Sie sich bei mir respektiert fühlen.«

Der Chefkoch räusperte sich verlegen und bekam einen roten Kopf.

Vanessa klimperte mit den Wimpern und gurrte: »Bitte, Monsieur Pierre, geben Sie dem Mädchen noch eine Chance. Sie würden mir damit einen großen Gefallen tun.«

Peter Anton Meisenheimer drückte sich unter verlegenem Räuspern aus dem Büro und schloss behutsam die Tür hinter sich. Lilli grinste Vanessa breit an. »Wie machst du das bloß?«

»Was denn?«, fragte Vanessa erstaunt.

»Wie ›was denn‹? Männer hypnotisieren. Ich finde das geradezu unheimlich. Kann man bei dir Kurse belegen?«

Vanessa hob die Augenbrauen. »Du willst einen Kurs bei mir belegen? Ist ja interessant. Bist du auf der Suche nach einem neuen Mann?«

Lilli schüttelte den Kopf. »Quatsch, natürlich nicht. Aber ein paar Tricks sind doch bestimmt hilfreich.«

»Hilfreich. Soso. Ich denke, du bist glücklich mit Armin?«

»Bin ich«, sagte Lilli. »Aber nach zwanzig Jahren Ehe ... du weißt schon ...«

Vanessa lächelte. »Weiß ich leider nicht. Oder besser – weiß ich Gott sei Dank nicht. Ich bin nicht grundlos Single, wie du dir denken kannst. Mein Freiraum ist mir sehr wichtig.«

»Und dann flirtest du Monsieur Pierre an? Stell dir nur mal vor, der verliebt sich in dich!«

Vanessa betrachtete konzentriert ihre perfekt manikürten Fingernägel. »Ich weiß wirklich nicht, was du meinst, Lilli. Es geht mir lediglich um ein gutes Betriebsklima. Und ehrlich gesagt – sechs Spülhilfen in drei Monaten ...« Sie riss sich vom Anblick ihrer rot lackierten Nägel los und sah

Lilli an. »Und? Wie sieht die Karte für den nächsten Monat aus?«

Als Lilli das Büro verließ, erhob sich der Polizeipräsident gerade von seinem Tisch. »Ah, Frau Berger. Auf ein Wort!«
»Aber gern. War alles zu Ihrer Zufriedenheit?«
Polizeipräsident Gruber nickte. »Das betrachte ich als rein rhetorische Frage, Frau Berger. Ich bin immer zufrieden, wenn ich bei Ihnen speise.« Er zückte seine Brieftasche und entnahm ihr eine Visitenkarte. Nachdem er auf die Rückseite eine Handynummer gekritzelt hatte, hielt er Lilli die Karte entgegen. »Das habe ich vorhin übrigens nicht nur so dahingesagt, Frau Berger. Das mit meinem Geburtstag, meine ich. Bitte überlegen Sie es sich und rufen Sie mich an, gern auch privat.«
»Das ist ein großes Kompliment, Herr Gruber. Ich werde es mir ernsthaft überlegen. Wollen wir so verbleiben?«
Der Polizeipräsident schüttelte Lilli die Hand. »Wunderbar. Und – ich bin ja sowieso mindestens dreimal die Woche hier zum Mittagessen. Dann sagen Sie mir einfach Bescheid, wenn Sie sich entschieden haben. Aber ich bitte Sie noch einmal: Machen Sie mir, meiner Frau und vor allem meinen Gästen die Freude!«

Nachdem Lilli – gemeinsam mit dem ungewohnt wortkargen Chefkoch – alles für die Spätschicht vorbereitet hatte, band sie sich die Schürze ab. Feierabend, endlich. Lediglich die Spülhilfe erwiderte ihren Abschiedsgruß. Monsieur Pierre drehte ihr demonstrativ den Rücken zu.
Na gut, wenn du es so willst, dachte Lilli, dann spiel doch die beleidigte Leberwurst.

Kapitel 2

Bepackt mit Tüten, Einkaufstaschen und einem Strauß Pfingstrosen stand Lilli eine knappe Stunde später vor ihrer Haustür. Laute Popmusik war bis auf die Straße zu hören. Sie verrenkte sich bei dem Versuch, ihre Jacken- und Hosentaschen nach ihrem Haustürschlüssel abzuklopfen, ohne etwas abzustellen.

Ratsch! Der Henkel einer Einkaufstüte war gerissen. Äpfel, Kohlrabi und Zwiebeln rollten davon und verteilten sich im Vorgarten. Die Blumen, die unter ihrem Arm klemmten, rutschten herunter, und Lilli brach beim Versuch, sie noch zu packen, prompt die Hälfte der Blüten ab.

Immerhin hatte sie jetzt eine Hand frei, um auf die Klingel zu drücken.

Niemand öffnete, aber die Musik verstummte. Schnell klingelte Lilli mehrmals hintereinander.

Die Musik setzte wieder ein, noch lauter als zuvor.

Seufzend stellte Lilli ihre Taschen ab und trat einen Schritt aus dem Türeingang zurück. Vielleicht hatte sie ja Glück, und das Fenster der Gästetoilette stand offen. Fehlanzeige. Zitterte der Efeu an der Hauswand im Takt der Bässe, oder war das Einbildung?

Seufzend ging Lilli ums Haus herum zur Terrasse. Die Rollläden waren herabgelassen – offenbar hatte Svenja in einem Anfall von Fürsorge die Ruhe in der Nachbarschaft im Sinn gehabt. Lilli schlug mit der Faust gegen die hölzernen Läden, aber nichts rührte sich.

»Svenja! Svenja! Mach die Tür auf! Ich bin's, deine Mutter! Verdammt!«, schrie Lilli vergeblich gegen den Lärm an.

Keine Reaktion. Lilli gab sich schließlich geschlagen.

Sie ging zurück zur Haustür und erschrak. Obst und Gemüse lagen nicht mehr im Vorgarten verstreut. Und nicht nur das: Ihre Taschen waren ebenfalls verschwunden. Verwirrt sah sie sich um und entdeckte vor dem Garagentor ihre Tochter Kati, die sich gerade auf ihre Vespa schwang und den Motor anließ.

Lilli wedelte mit den Armen und rannte auf Kati zu. »Kati! Kati! Nicht wegfahren! Ich bin ausgesperrt! Und meine Taschen ...«

Kati drehte sich zu ihr um und winkte. »Der Schlüssel steckt, Ma, und die Taschen sind in der Küche. Bis später.« Sie ließ den Motor aufheulen, gab Gas und fuhr knatternd die Straße hinunter.

Auf dem Küchentisch lagen die Einkäufe, direkt neben ihrem vermissten Schlüssel. Erleichtert schaufelte Lilli duftendes Espressopulver in das Sieb ihrer kleinen Espressokanne und stellte sie auf den Herd. Das war immer das Erste, was sie nach der Arbeit zu Hause tat, ein langjähriges, lieb gewonnenes Ritual.

Die Küchentür flog auf, und Svenja kam aufgeregt herein.

»Mama, stell dir vor – gerade war ein Einbrecher oder so am Haus! Der hat voll an die Rollläden gebollert, der wollte rein! Aber wir haben so getan, als wäre niemand da.«

Lilli zog ihre plappernde Tochter an sich und versuchte, ernst zu bleiben. »Das habt ihr ganz richtig gemacht, Svenja.

Nie die Tür aufmachen, wenn ein Fremder davorsteht. Allerdings kannst du bei deiner Mutter schon mal eine Ausnahme machen.«

Lilli zupfte an Svenjas derangiertem, verschwitztem Haarband. »Macht mal Schluss für heute, meine kleine Pink, Musik aus. In einer Stunde gibt's Essen, und ich könnte Hilfe gebrauchen.«

Svenja zog eine Schnute. »Kochen?«, maulte sie gedehnt. »Och, wieso denn ich? Ist denn Kati nicht da? Kann die nicht helfen? Ich find kochen so langweilig. Und außerdem sind wir noch nicht mit Üben fertig. Och, Mama, bitte!«

Ohne eine Antwort abzuwarten, entzog sich Svenja Lillis Umarmung und rannte zurück zum Wohnzimmer.

Lilli wusste nicht, ob sie wütend werden oder die Frechheit ihrer selbstbewussten Dreizehnjährigen bewundern sollte. In letzter Zeit überschritt Svenja allerdings immer häufiger die Grenze zwischen kindlich-charmantem Trotz und purer Unverschämtheit. Sie wollte ihrer Tochter gerade folgen, als die Haustür aufging. Armin, unter dem Arm eine lange Papprolle, kam mit gerunzelter Stirn herein. Er zog sich die Baseballkappe der *New York Yankees* vom Kopf, auf die er so stolz war, und warf sie ohne hinzusehen über einen der Garderobenhaken. Sein Leinensakko ließ er einfach auf den Boden fallen.

Lillis Herz machte einen kleinen Freudensprung, als sie ihren Ehemann sah. Allerdings wirkte er, wie so häufig in letzter Zeit, sehr abgespannt. Er arbeitete viel und kam oft erst spät abends nach Hause.

Sie ging auf Armin zu, um ihn zu umarmen. Lilli fühlte einen kleinen Stich der Enttäuschung, als er, ohne sie zu beachten, die Papprolle abstellte, direkt aufs Wohnzimmer zuging und die Tür öffnete.

Theoretisch hätte sein Auftauchen bei der lauten Musik minutenlang unbemerkt bleiben können, aber die Choreographie befand sich gerade an einem Punkt, an dem die Mädchen komplizierte Drehungen vollführen mussten, und so blickte das Tanz-Quartett in dem Moment zur Tür, als Armin das Wohnzimmer betrat.

Svenja lief sofort auf ihren Vater zu. »Papa! Du musst dir unbedingt anschauen, was wir heute geübt haben!« Sie hopste aufgeregt vor ihm herum.

Lilli stand im Türrahmen und beobachtete die beiden. Svenja war eine echte Vater-Tochter, seine kleine Prinzessin. Es war typisch, dass sie nur ihm die aufregenden neuen Tanzschritte vorführen wollte und nicht ihrer Mutter.

Armin nahm Svenja kurz in den Arm. »Nein, heute nicht, meine Süße. Ich bin todmüde. Aber ich nehme gern ein Autogramm von den Künstlerinnen.« Verschwörerisch zwinkernd zog er einen Filzschreiber aus der Hemdtasche. »Hier, die Damen, direkt aufs Hemd, wie es sich für echte Stars gehört. Aber vorher bitte die Musik aus. Mir fliegt gleich das Trommelfell raus.«

Die Mädchen lachten und plapperten durcheinander. Svenja schaltete gehorsam die Stereoanlage aus. »Aufs Hemd, Papa? Was sagt Mama denn dazu?«

»Ach, mit der rede ich schon. Und außerdem, schau mal«, er zeigte seinen rechten Ärmel, der am Ellenbogen eingerissen war, »da hat meine Lieblingsbaustelle auch schon ein Autogramm hinterlassen.«

Die vier Mädchen schrieben kichernd ihre Namen auf Armins Hemdbrust.

»Wiedersehen, Frau Berger, Wiedersehen, Herr Berger«, verabschiedeten sich Svenjas Freundinnen wenig später höflich und drängelten sich an den beiden vorbei in den Hausflur.

»Armin, sind wir wirklich schon so alt?«, fragte Lilli. »Mir kommt es vor, als hätte ich erst letzte Woche zu Hause in meinem Mädchenzimmer die Hits von Donna Summer oder Sister Sledge in die Haarbürste gesungen, und jetzt stehe ich hier und runzle missbilligend die Stirn.«

Armin lachte und nahm Lilli in die Arme. »Das war in der Tat erst vor einer Woche, meine Liebste. Du hast im Schlafzimmer vor dem Spiegel posiert und irgendein Stück von Blondie in deine Bürste gegrölt. Und dazu getanzt. Ziemlich sexy sogar.«

»Was? Das hast du ...?«

Armin grinste. »Du hast gedacht, ich wäre noch unter der Dusche, aber ich habe dich heimlich beobachtet. Und das, was ich da gesehen habe, hat mir sehr gut gefallen.« Er beugte sich zu ihr und küsste sie.

Svenja runzelte die Stirn, als sie die zärtliche Umarmung ihrer Eltern sah. »Bäh, ihr seid ja peinlich!«

Lilli wand sich aus Armins Armen. »Alles klar. Wenn dir das so peinlich ist – in der Küche wartet ein Kilo völlig unpeinlicher Kartoffeln darauf, geschält zu werden.«

Svenja rannte wie ein geölter Blitz die Treppe hoch zu ihrem Zimmer. »Keine Zeit«, rief sie über die Schulter, »ich muss Schularbeiten ...« Die Zimmertür knallte zu.

Lilli ließ sie ziehen. Lieber allein kochen als mit einer

bockigen, schlecht gelaunten Tochter, die aus Protest wie in Zeitlupe durch die Küche schleichen würde, wie sie es immer tat, wenn sie keine Lust hatte.

Lilli untersuchte den Riss in Armins Ärmel. »Schade um das schöne Hemd. Ich wusste gar nicht, dass ein Architekt so gefährlich lebt.«

Armin entzog ihr den Arm. »Ach, das ist heute auf der Baustelle passiert, ein rostiger Nagel oder so.« Armin verstummte, drückte ihr abwesend einen Kuss auf die Stirn und verschwand in seinem Arbeitszimmer. Sein Telefon klingelte.

Lilli ging ins Schlafzimmer und tauschte ihre Jeans gegen eine weite, bequeme Hose aus Nickistoff. Sie trug noch immer die gleiche Kleidergröße wie vor zwanzig Jahren, trotz ihrer Arbeit als Köchin. Sie musterte sich kritisch im Spiegel: ein gleichmäßig geschnittenes Gesicht, blaugrüne Augen, eine schmale und – wie Lilli fand – etwas zu lange Nase, ein schön geschwungener Mund. Ihre mittelblonden, schulterlangen Haare, die sie fast immer als Zopf trug, hatten schon länger keinen Friseur mehr gesehen. Sie trat näher an den Spiegel. Um die Augen hatten sich die ersten feinen Fältchen eingegraben. Normal bei einer Frau von zweiundvierzig Jahren.

Sie griff nach ihrer Haarbürste, hielt sie wie ein Mikrofon vor den Mund, stellte sich in Positur und deklamierte: »Sehr verehrte Damen und Herren. Nie hätte ich damit gerechnet, den Küchennobelpreis für die beste Kartoffelsuppe der Welt entgegennehmen zu dürfen. Und noch dazu aus der Hand des großen Ferrán Adria, den ich zutiefst verehre und der mir immer eine große Inspiration war und ist. Ich danke meiner Familie, meinem Ehemann ...«

Wie aufs Stichwort öffnete sich die Tür und Armin steckte seinen Kopf herein. »Du, Lilli, ich muss noch mal kurz weg. Wartet nicht mit dem Essen auf mich. Könnte sein, dass ich es nicht rechtzeitig schaffe.«

Lilli drehte sich zu ihm herum. »Wo musst du denn jetzt noch ...« Aber sie hörte schon die Haustür hinter ihm ins Schloss fallen.

Lilli nahm einige zarte Karotten, eine Stange Lauch, eine prachtvolle Gemüsezwiebel und ein paar Kartoffeln und räumte den Rest der Einkäufe weg. Vom Biometzger auf dem Markt hatte sie Mettwürste und ein paar Scheiben Kassler mitgenommen – das rief nach einem deftigen Kartoffeleintopf.

Zu den sanften Rhythmen ihrer Lieblings-Reggae-CD erledigte sich die Arbeit wie von selbst. Lilli schwang die Hüften und summte mit, während sie die Kartoffeln schälte und in Würfel schnitt. Die Karotten dufteten leicht nach der Erde, in der sie gestern noch gesteckt hatten. Lilli biss ein Stück ab, es schmeckte süß und zart. Vorsichtig wusch sie das kleine Bündel unter fließendem Wasser und schnitt die Karotten in feine Scheiben. Mit dem Lauch verfuhr sie ebenso. Tack tack tack tack tack – das große scharfe Messer zerteilte die Lauchstange so blitzschnell in gleichmäßige Ringe, als hätte es ein Eigenleben. »Erst wenn es sich anhört wie eine Maschinengewehrsalve, seid ihr schnell genug!«, hatte ihr Ausbilder immer gesagt. Zum Schluss hackte sie die Gemüsezwiebel ebenso kunstvoll in kleine Würfelchen.

In einem großen Suppentopf schwitzte sie das zerteilte Gemüse in Öl an, bis die Zwiebelwürfel glasig waren, und goss zwei Liter Gemüsebrühe dazu. Es zischte laut, und eine weiße Dampfwolke stieg auf. Bevor Lilli den Deckel auf den Topf setzte, gab sie noch Salz und Pfeffer und zu guter Letzt die gewaschenen Kartoffelwürfel hinein. Während die Mischung vor sich hin brodelte und sich die Küche mit einem köstlichem Aroma füllte, deckte Lilli den Tisch. Kati musste auch jeden Moment auftauchen, sie war zum Abendessen stets zu Hause.

Gerade arrangierte sie die zerzausten, kümmerlichen Reste ihres Pfingstrosenstraußes, als sie schon das vertraute Knattern des Motorrollers hörte. Lilli gab schwungvoll einen Schuss Sahne in den Topf. Mit einem kleinen Löffel probierte sie die Mischung, runzelte die Stirn und holte dann aus dem Kühlschrank ein kleines, irdenes Töpfchen mit Senf. Ein haselnussgroßes Häufchen davon versank in der Suppe und löste sich sofort auf. Lilli schnupperte an dem Dampf, der jetzt eine Spur schärfer duftete als zuvor. Was fehlte noch? Frische Kräuter. Rasch hackte Lilli ein Bündel Schnittlauch zu feinen Röllchen. Die würde sie später auf die gefüllten Teller streuen.

Kati, die eben in die Küche kam, sog genießerisch den Duft der Suppe ein. »Das macht Appetit! Kartoffelsuppe?« Sie schnappte sich eins der Mettwürstchen, die Lilli gerade zusammen mit den Kasslerscheiben in den Topf geben wollte.

»Auch dir einen guten Tag«, begrüßte Lilli ihre Tochter. »Finger weg. Vor dem Essen wird nicht genascht.«

»Wie soll man denn bei diesen Prachtstücken widerstehen?«, fragte Kati und gab Lilli die Wurst zurück.

»Sag doch bitte Svenja Bescheid. Das Essen ist fertig.«

Zehn Minuten später saßen sie zu dritt am Tisch und schnatterten durcheinander. Und selbst Svenja, die zwar ungern kochte und sich dafür aber umso lieber Lillis Essen schmecken ließ, rief, wie sie es schon als kleines Mädchen immer getan hatte: »Leckerleckerlecker!« Sie kam um den Tisch gelaufen, um Lilli einen fettigen Schmatzer auf die Wange zu drücken.

Sie hatten ihre Teller bereits geleert, als Armin endlich wieder auftauchte und sich zu ihnen in die Küche gesellte.

»Hm, hier duftet es ja köstlich. Habt ihr mir was übrig gelassen?«

»Natürlich!«, rief Kati und sprang auf, um ihm eine Portion Suppe zu holen.

»Das sieht wunderbar aus«, sagte Armin und nahm seiner Tochter den Teller ab. Er setzte sich an den Tisch und gab Lilli einen Kuss. »Was liegt morgen an? Können wir unser Wochenende genießen und ausschlafen, oder hast du was geplant?«

»Morgen treffe ich mich mit Gina zum Frühstück, wir wollen unseren Triumph vom letzten Wochenende noch einmal feiern.«

»Renates Silberhochzeit?«

Lilli nickte.

»Dann kann ich ja ins Büro fahren. Ich habe da noch was auf meinem Schreibtisch liegen.« Armin wirkte erleichtert.

Kati sagte: »Ich komme mit zu Tante Gina, ja? Tobi und ich waren schließlich auch dabei.«

Lilli bemerkte, dass Svenja bei Katis Worten theatralisch die Augen verdrehte und sich dann ihrem Vater zuwandte, um ihm ein Stück Mettwurst abzuschwatzen.

»Na klar, Kati, ich hätte dich sowieso gefragt. Ohne euch hätten wir das niemals geschafft.«

»Uuuuh, Kati und ihr Verliebter ... knutsch, knutsch«, säuselte Svenja.

»Was weißt du denn schon, du kindisches Minimonster.«

»Ich bin immerhin schon dreizehn!«, schrie Svenja empört.

Armin sah vom Teller hoch, der gefüllte Löffel verharrte in Höhe seines Mundes. »Verliebt? Wer ist verliebt? Habe ich irgendetwas verpasst, Kati?«

»Quatsch, Papa. Tobi ist mein bester Freund, sonst nichts. Svenja liest zu viel *Bravo*.«

»Na klar, der starrt dich nur immer so an, weil er deine Pickel zählt«, stänkerte Svenja weiter.

Kati drehte sich zu ihrer kleinen Schwester um und hielt ihr den Mund zu. Svenja zappelte und quiekte unter Katis unbarmherzigen Griff.

»Kati, wenn du schlau bist, bringst du deine Schwester erst um, wenn ihr mit Spülen fertig seid«, sagte Lilli.

Armin stand auf und tupfte sich mit seiner Serviette umständlich den Mund ab. »Ich muss dann mal eben telefonieren, wegen morgen. Wir sind doch fertig hier?«

Als er eilig die Küche verließ, sah sie ihm hinterher. An welchem Projekt arbeitete er eigentlich gerade? Oder hatte er es ihr erzählt, und sie konnte sich nicht daran erinnern? Und seit wann konnte er es kaum erwarten, auch samstags ins Büro zu gehen?

Sie wusste es nicht.

Kapitel 3

Als Lilli und Kati am nächsten Morgen bei Gina klingelten, öffnete Tobias ihnen die Tür. »Morgen, Tante Lilli!«, rief er fröhlich, dann murmelte er leise: »Hallo Kati. Schön, dich zu sehen.«

Kati boxte ihren Freund vor die Schulter. »He, warum so schüchtern?«

Lilli hatte Tobis veränderten Tonfall bei Katis Begrüßung sehr wohl registriert. Der Junge war verliebt. Aber ihre Tochter schien das nicht zur Kenntnis zu nehmen.

Tobi war verstummt und deutete nur auf die offene Terrassentür.

»Ist deine Mutter im Garten?«, fragte Lilli knapp, um den armen Kerl möglichst schnell zu erlösen.

Tobi nickte und schaute Kati, die sofort auf die Terrasse gegangen war, geradezu waidwund hinterher.

»Ich mache dann mal Kaffee, Tante Lilli. Kann ich dir irgendetwas abnehmen? Die Tasche vielleicht?«

Er seufzte schwer und schlurfte, ohne ihre Antwort abzuwarten, mit hängenden Schultern zurück in die Küche.

Lilli ging durch Ginas Wohnzimmer und den gemütlichen Wintergarten, in dem bereits der Frühstückstisch gedeckt war, hinaus auf die Terrasse.

Gina stand mitten in einem trotz der frühen Jahreszeit üppig und bunt sprießenden Blumenbeet und schnitt Blumen. Sie arrangierte langstielige Tulpen in Zartrosa, Violett und kräftigem Pink zu einem farbenfrohen Strauß. Dann zog sie eine kleine Gartenschere aus ihrer hinteren Hosentasche und gab sie mit ein paar Worten an Kati, die daraufhin von einem blühenden Mandelbäumchen einige Zweige abkniff. Gina schnitt mit ihrem Messerchen noch eine Handvoll kleinblütiger, gelber Narzissen.

Lilli blieb auf der Terrasse stehen und beobachtete die beiden. Ihre beste Freundin Gina war eine der nettesten und attraktivsten Frauen, die sie kannte. Sie hatte nicht nur das Temperament, sondern auch die schwarzen Locken ihrer italienischen Mutter geerbt und strahlte eine Lebensfreude aus, die jeden bezauberte.

»Morgen, Gina«, rief Lilli, »pflückst du die für den Tisch? Lass sie doch im Beet stehen – das sieht so schön aus. Ich freue mich immer, wenn nach dem Winter die ersten Blumen blühen.«

Gina lachte und hielt den Strauß in die Höhe. »*Ciao bella!* Du weißt doch, ein gedeckter Tisch ohne frische Blumen hat einfach keinen Stil. Nichts kann gut schmecken, wenn das Auge nicht erfreut wird. Und außerdem ist der Strauß für euch, den sollt ihr später mitnehmen.«

Gina nahm Kati die rosa blühenden Zweige ab, kam in den Wintergarten und arrangierte die Blumen in der bereitstehenden Vase. Zwischen den in allen Farbtönen zwischen Zartrosa und Violett leuchtenden Tulpen und Mandelblüten wirkten die Narzissen wie Sprenkel von Sonnenlicht auf einer Blumenwiese.

Gina umarmte Lilli herzlich zur Begrüßung. »Na, *bellissima*, alles klar?«

Lilli nickte und ließ sich in einen Stuhl fallen. »Wochenende – ich bin heilfroh. Der Monsieur hat gestern einen Auftritt hingelegt, dass die Wände gewackelt haben.«

»Mal wieder einen Anfall gehabt?«

»Und ob – ich sage nur drei Dinge: eine Spülhilfe, ein außer Kontrolle geratener Wasserschlauch und die hunderttausendste Rücktrittsandrohung des Küchengottes. Den Rest kannst du dir denken, Gina.«

»Ich kann es mir vorstellen. *Madonna*, was für ein Spaß! Ich beneide dich richtig um diesen Kerl. Das ist doch wie Kino.«

Lilli winkte ab. »Ja, aber wenn du mit dem Monsieur tagtäglich in der Küche stehst, ist es alles andere als lustig, das kannst du mir glauben. Irgendwann sperre ich ihn über Nacht ins Kühlhaus, damit er mal ein bisschen runterkommt. Der hat nicht nur kochen gelernt bei Bocuse, sondern auch gleich die Allüren des Meisters übernommen.«

Gina zwinkerte Kati, die sich gerade ein Croissant fingerdick mit Butter bestrich, verschwörerisch zu, bevor sie sich wieder Lilli zuwandte. »Komm, sei mal ehrlich! Du findest ihn doch auch ein bisschen attraktiv. Der Mann hat wenigstens Temperament. Ohne den Monsieur würdest du dich in der Küche zu Tode langweilen.«

Lilli zuckte mit den Schultern.

»Oder – lass mich raten – du willst dich lieber den ganzen Tag mit der mondänen Vanessa Kamlot über ihre neueste French Manicure unterhalten, habe ich recht?«

Lilli lachte. »Wahrscheinlich. Aber irgendwann werde ich zurückbrüllen, das schwöre ich dir.«

Sie sprang auf, zog den altmodischen Kaffeewärmer von der noch altmodischeren Kaffeekanne aus Porzellan und stülpte ihn sich auf den Kopf. Dann legte sie dramatisch die Hand auf die Brust und deklamierte mit übertrieben französischem Akzent: »*... das ist 'ier alles unerträglich! Isch bin von Inkompetenz umziengelt! Abär wenn Sie, Madame Berschär – das bin übrigens ich – das 'ier alles bessär können und vor allem bessär wissen, dann übernehmen Sie doch meine Postän! Das 'ier 'abbe isch nisch nötisch!*«

Lilli riss sich theatralisch den Kaffeewärmer vom Kopf und schleuderte ihn mit großer Geste auf den Boden.

Gina und Kati lagen sich kreischend in den Armen.

»Ma! Bitte hör auf!«, japste Kati. »Ich kriege keine Luft mehr!«

»Glaubt mir, irgendwann werde ich ihm die Mütze – natürlich mit Blüten dekoriert! – auf einer silbernen Platte servieren oder als *Chef-Mitra im Reisrand* auf die Tageskarte setzen.«

»Was für ein Traummann«, sagte Gina verträumt, »so unterhaltsam und temperamentvoll – und gut kochen kann er auch noch. Perfekt.«

Lilli nickte. »Tja, Gina, wenn man es so betrachtet ... eigentlich schade, dass ich schon verheiratet bin. Aber lasst uns über etwas Schönes reden. Renate hat mich vorgestern noch einmal angerufen, weil sie immer wieder auf die Feier angesprochen wird.«

»Wer war eigentlich der ältere Mann, mit dem du so lange geredet hast?«, fragte Gina.

»Das war Dr. Baumann, der Inhaber der Kanzlei«, sagte Lilli. »Du, er hat mich – uns – übrigens sofort engagieren wollen. In einem Monat will er ein wichtiges Geschäftsessen geben. Und in drei Monaten will der Polizeipräsident seinen Geburtstag von mir bekochen lassen.«

»Ist doch super!«, rief Kati aufgeregt. »Und? Was hast du gesagt?«

»Du hast hoffentlich nicht abgelehnt?«, fragte Gina gleichzeitig.

»Natürlich habe ich abgelehnt. Ich mache das schließlich nicht professionell, sondern nur im Familienkreis.«

Gina schüttelte den Kopf, Kati tippte sich an die Stirn.

»Schön blöd, Ma. Mach das doch! Warum denn nicht? Das ist doch nichts anderes, als wenn du für die Familie kochst – außer, dass du dann endlich mal Geld dafür kriegen würdest.«

»Genau«, stimmte Gina zu. »Du kochst allemal gut genug, um selbst was auf die Beine stellen zu können. Und warum denn nicht Aufträge annehmen? Wir sind doch sowieso ein prima Gespann.«

»Und Tobi und ich könnten helfen!«, rief Kati und sprang auf. »Ich gehe sofort hoch und frag ihn.«

Sie hüpfte aufgeregt ins Haus.

»Na, da wäre ich aber jetzt mächtig überrascht, wenn Tobi das ablehnen würde«, murmelte Lilli in Ginas Richtung, als ihre Tochter außer Hörweite war.

»Um ehrlich zu sein«, raunte Gina zurück, »ich bin sicher, er würde sich auch als Elfe kostümieren, um ihr damit eine Freude zu machen. Irgendwie unheimlich. Und Kati?«

»Kati? Hast du doch gesehen. Die pure Ignoranz. Sie merkt es ja noch nicht einmal. Allerdings gibt es auch keinen anderen, für den sie sich interessiert; das dürfte ihn immerhin leidlich trösten.« Sie schwiegen eine Weile. Dann sagte Lilli:

»Im Ernst, Gina – ich trau mir die Selbstständigkeit nicht zu. Kunden werben, Angebote machen, die Konkurrenz ... wirklich nicht.«

»Find ich schade, Lilli. Ich bin sicher, wir könnten damit Erfolg haben. Du kochst, ich dekoriere und bemühe mich, dein Essen nicht zu ruinieren, wenn ich dir zur Hand gehe.«

Lilli lachte. »Wer weiß, vielleicht irgendwann einmal. Man kann ja nie wissen. Ich fühle mich dafür einfach nicht sicher genug. Was, wenn wir einen Auftrag nicht schaffen? Was, wenn die Auftraggeber nicht zufrieden sind? Wenn beim Polizeipräsidenten das Soufflé zusammenfällt, weiß es am nächsten Morgen die ganze Stadt. Was, wenn eine von uns krank wird? Was, wenn ...«

»Wenn wir es nicht ausprobieren, werden wir es auch nie herausfinden. Hoffentlich bereust du es nicht irgendwann, dass du dich jetzt nicht traust.«

»Kann ich mir nicht vorstellen. Außerdem – der Zeitaufwand wäre mir zu groß. Nein, ich bin zufrieden mit der Arbeit im *Camelot*. So einen Job finde ich nie wieder. Hast du eine Ahnung, wie die Arbeitszeiten in Restaurantküchen normalerweise sind? Nur tagsüber arbeiten, so wie jetzt? Das gibt es nirgends! Nein, ich wüsste wirklich keinen Grund, mich zu verändern.«

Kapitel 4

Obwohl Lilli und Gina schon öfter Familienfeiern ausgerichtet hatten, war das große Büffet für Renates Silberhochzeit für Lilli eine logistische Herausforderung gewesen. Die Vorbereitungen und Einkäufe hatten sich über Tage hingezogen. Mit Monsieur Pierres geknurrter Zustimmung durfte sie Platten, Vorlegebestecke, Schüsseln und weitere benötigte Gerätschaften aus der Küche des *Camelot* ausleihen. In Lillis Keller und Garage stapelten sich Waren und Geräte, und in zwei riesigen angemieteten Kühlschränken konnte sie die frischen Lebensmittel fachgerecht lagern.

Zu Lillis großer Freude hatte Renate ihr bei der Gestaltung des Büffets völlig freie Hand gelassen. Deshalb war sie schließlich Köchin geworden – weil sie ihre Kreativität ausleben wollte, weil sie die Sinnlichkeit der Düfte liebte, die subtile Balance unterschiedlicher Aromen in einem perfekt komponierten Menü.

Schon als Kind hatte Lilli ihre Mutter verrückt gemacht mit ihrer Angewohnheit, alles ausgiebig zu beschnuppern, bevor sie es in den Mund steckte. »Das ist nicht schlecht, jetzt iss endlich«, hatte ihre Mutter immer gesagt, wenn Lilli mit geschlossenen Augen den Duft inhalierte, der von ihrem gefüllten Teller aufstieg. Besonders gern mochte sie es, wenn es einmal im Monat Leber gab, frisch vom Schlachter, in Mehl gewälzt und scharf gebraten, bedeckt mit süßlich-würzigen, in Butter gerösteten Zwiebelringen, mit Apfelkompott, für das sie die kleinen, saftigen Äpfel selbst im Garten gesammelt hatte, und buttrigen Stampfkartoffeln, mit diesem kaum wahrnehmbaren, zarten Hauch von Muskatnuss, die sie selbst über die Kartoffeln reiben durfte. Es hatte ihr nicht gereicht, ihrer Mutter beim Kochen zuzusehen, nein, sie wollte mitmachen. Es faszinierte sie, wie aus Milch, Mehl, Zucker und Eiern leckere Pfannkuchen entstanden, mit Apfelringen oder selbstgepflückten Blaubeeren. Selbst vor Fisch und Meeresfrüchten hatte sie sich – anders als viele Kinder – nicht geekelt, im Gegenteil.

Im Urlaub an der Nordsee bat sie ihre Eltern, frischen Fisch und Krabben direkt vom Kutter zu kaufen, wenn diese, schwer beladen mit ihrem Tagesfang, im Hafen einliefen. Sie liebte frische Babyschollen, kaum größer als eine Hand, die man noch selbst säubern und ausnehmen musste. Es machte ihr nichts aus, beim Essen auf Gräten zu achten, denn das gab ihr die Gelegenheit, sich noch intensiver mit dem Inhalt ihres Tellers zu beschäftigen. Sie bestürmte die Vermieterin ihrer Ferienwohnung, die mit Krabbenpulen ihr Geld verdiente, ihr beizubringen, wie man das würzige Fleisch der kleinen Tierchen aus ihrem Panzer befreite. Lilli protestierte lautstark, wenn ihre Mutter das Krabbenfleisch mit Mayonnaise anmachen wollte, und bestand darauf, die Krabben pur auf einer Scheibe Schwarzbrot mit Butter zu essen; allenfalls duldete sie, wie es an der Küste üblich war, ein Spiegelei dazu.

Sie hatte das Glück, dass in ihrer Kindheit täglich selbst geerntetes Obst und Gemüse auf den Tisch kam. Sie wohnten zusammen mit den Eltern ihrer Mutter in einem Haus, und ihr Großvater verbrachte täglich Stunden im Garten und auf dem kleinen Acker. Im Garten zog er Äpfel, Birnen, Süß- und Sauerkirschen, Stachelbeeren, Brombeeren, Himbeeren, rote und schwarze Johannisbeeren und frische Kräuter; auf dem Acker wuchsen Kartoffeln, Zwiebeln, Tomaten, Lauch, grüner Salat, Blumenkohl, Rhabarber und Erdbeeren. So wusste sie schon als kleines Kind, dass ein kleiner Wurm eine Birne nicht ungenießbar machte und dass ein Apfel nicht nur dann schmeckte, wenn er prall und rund und glänzend war. Sie lernte, wie deftig eine Kartoffel schmecken konnte und wie groß der Unterschied zwischen einer wässrigen, importierten Treibhaustomate und der würzig-aromatischen Frucht war, die sie selbst geerntet hatte. Sie war fasziniert von dem Gegensatz der süß duftenden Zitronenschale und ihrem sauren Inneren, das ihren gesamten Mund zusammenzog und ihren Speichel zum Fließen brachte. Wenn es zum Nachtisch einen frischen Obstsalat gab, bestand Lilli immer darauf, dass ihre Mutter keinen Zucker darüber streute, denn das verwandelte den individuellen Geschmack der Früchte in süßliche Beliebigkeit. Manchmal durfte sie auch ihrer Großmutter in der Küche assistieren, deren Reibekuchen mit frischem Apfelmus sie abgöttisch liebte, genau wie den bitteren, würzigen Endiviensalat und die feine, leicht säuerliche Stielmussuppe ihrer Oma.

Es hatte Lilli gefreut, dass auch Kati schon als Kind immer beim Kochen helfen wollte. Sie stand dann auf einer kleinen Fußbank am Tisch, rührte mit Feuereifer einen Kuchenteig oder schmeckte konzentriert und mit geschlossenen Augen eine Salatsauce ab, durfte auf dem Markt Gemüse aussuchen oder mit ihren kleinen Händen die Masse für Frikadellen durchmischen.

Bei den Vorbereitungen für Renates Feier war Kati Lilli eine unverzichtbare Hilfe. Gemeinsam bereiteten sie zahlreiche Gerichte des Büffets schon zwei Tage im Voraus zu. Zuerst stellten die beiden drei Sorten Schokoladenmousse her. Sie schmolzen weiße, bittere und Vollmilchschokolade, schlugen Eiweiß und Sahne steif und verrührten Zucker und Eigelb zu einer schaumigen Masse, die sie dann mit der zähen, flüssigen Schokolade vermengten, bevor sie vorsichtig mit einem Schneebesen die Sahne und den Eischnee unterhoben. Die noch flüssige Mousse füllten sie in je fünfundzwanzig hohe Glaskelche und stellten sie in den Kühlschrank.

»Was sollen wir als Nächstes machen?«, fragte Kati, während sie den hohen Turm aus Schüsseln und Töpfen gemeinsam abspülten.

»Heute nichts mehr«, antwortete Lilli. »Morgen machen wir den Kartoffelsalat mit Vinaigrette, der darf ruhig einen Tag durchziehen. Außerdem stehen die Lachstorte, der Heringssalat, die Minifrikadellen und der Pilzbaumkuchen auf dem Programm. Vielleicht auch schon die Frischkäsebällchen, mal sehen, wie weit wir kommen.«

Kati war skeptisch. »Ob das alles zu schaffen ist? Ich kann dir erst ab mittags helfen, vergiss das nicht.«

»Kann sein, dass es ein langer Tag wird. Aber Vanessa hat mir freigegeben, ich kann also ab ganz früh morgens daran arbeiten.«

»Mach den Pilzbaumkuchen nicht ohne mich, hörst du? Ich will das unbedingt lernen«, bat Kati. Sie polierte die großen

Metallschüsseln blitzblank und stapelte sie sorgfältig auf den Küchentisch.

»Der Pilzbaumkuchen ist ganz einfach«, sagte Lilli. »Du machst zuerst einen Stapel ganz dünner, runder Pfannkuchen, dann brätst du Pilze und Zwiebelwürfelchen in Butter. Würzen kannst du ganz nach Geschmack, eventuell werde ich einen Schuss Madeira dazugeben. Wenn die Pilze abgekühlt sind, werden sie püriert. Diese Masse streichst du auf die Pfannkuchen und schichtest sie übereinander – immer abwechselnd Pfannkuchen und Pilzpüree. Das ist schon alles.«

»Das ist ja wirklich ganz einfach«, rief Kati erstaunt. »Und wie groß wird der?«

»Ganz wie du magst. Ein Pilzbaumkuchen kann zehn Zentimeter Durchmesser haben oder so groß sein wie eine normale Torte. Du kannst ihn warm oder kalt servieren, am besten in Tortenstücke geschnitten. Übrigens wäre es mir lieber, wenn du mir bei der Lachstorte und den Frikadellen assistieren könntest.«

Der richtige Endspurt begann am frühen Morgen des Veranstaltungstages. Während Gina und Tobi bereits in der Kanzlei waren und die Dekoration aufbauten, arbeiteten Kati und Lilli fieberhaft in der heimischen Küche. Sie höhlten große Fleischtomaten aus und füllten sie mit gemischtem Salat. Außerdem schnitten sie Dutzende Baguettes, die ein Bäcker geliefert hatte, in Scheiben, die Kati dann mit Salatblättern und gebeiztem Lachs, geräucherten Forellen oder einem Stück Matjes belegte. In einem großen Topf brodelte eine deftige Kartoffelsuppe, während Lilli eine kalte Tomatensuppe machte, die, dekoriert mit einer feinen Selleriestange und im Glas serviert, wie eine Bloody Mary aussehen würde. Langsam wurde es eng in den Kühlschränken. Dort stapelten sich Platten mit Tomate und Mozzarella, Käsevariationen und gefüllten Tomaten, Schüsseln mit Käsebällchen aus unterschiedlich gewürztem Frischkäse, gewälzt in Schnittlauchröllchen oder Paprikapulver, und würzigen Gorgonzolabällchen mit einer Kruste aus Schwarzbrotkrümeln. Im Backofen schmorten Hähnchenschenkel mit Zitrone und Thymian, während Kati den Teig für süße und pikante Muffins zubereitete. Die finale Dekoration würde in der Kanzlei stattfinden, und ein heißer Grillschinken sollte kurz vor Beginn der Feier von einem Metzger angeliefert werden.

Um siebzehn Uhr kam Tobi, um die erste Fuhre schon einmal mitzunehmen. Gina hatte sich von ihrem Arbeitgeber einen Lieferwagen leihen können, der den logistischen Aufwand für den Transport auf ein Minimum reduzierte.

Als Lilli schließlich in der Kanzlei ankam, blieb sie überwältigt in der Tür stehen.

Gina hatte das große Sitzungszimmer der Anwaltskanzlei, in der Renate Partnerin war, mithilfe von Zimmertannen, Farnen, Moos, künstlichem Rasen und Kunststofftieren in eine romantische Waldlichtung verwandelt. Die Tannen verdeckten Fenster und Wände, weicher Kunstrasen bedeckte den Boden. Hier und da bildeten Gruppen von Farnen auf Flecken von Moos kleine Inseln, zusätzlich dekoriert mit Waldpilzen und lebensecht wirkenden Kaninchen, Igeln oder Rehen. Dutzende Lichterketten mit winzigen weißen Reispapierlampions ließen die Zimmerdecke wie einen nächtlichen Sternenhimmel aussehen. Bei ihren Planungsgesprächen hatte Gina zwar versucht, ihr Konzept für den Raum genau zu erklären, aber

Lillis Fantasie hatte nicht ausgereicht, um sich das Ergebnis vorzustellen.

Gina hatte die siebzig Quadratmeter perfekt genutzt. Im Raum verteilt standen Tische, an denen rustikale Gartenbänke und Lehnstühle auf die Gäste warteten. Neben jeden Tisch war eine schmiedeeiserne Laterne plaziert, deren sanftes Licht auf die kunstvollen Miniaturlandschaften in der Mitte der moosgrünen Tischdecken fiel. Tagelang hatte Gina an den filigranen Arrangements gesteckt und darauf geachtet, dass sich alle voneinander unterschieden. Die wunderschönen Bonsailandschaften bestanden aus natürlichen Materialien und Tobis alten Beständen an Figuren und Fachwerkhäuschen aus der Zeit, als seine Modelleisenbahn sein größtes Hobby gewesen war.

Die Tische für das Büffet waren großzügig bemessen und mit maigrünen Tüchern bedeckt. Mit Ginas Hilfe arrangierten Lilli und Kati die Gläser, Platten und die Schüsselchen, die Kartoffel- oder Heringssalat enthielten. Ein besonderer Blickfang waren ohne Zweifel die Lachstorten, dekoriert mit fein gehacktem Dill und Rosenblüten, die Lilli aus dünnen Streifen Tomatenschale geformt hatte, was sie auf den ersten Blick wie Erdbeersahnetorte aussehen ließ. Dazu gab es Meerrettich-Sahneschaum, was den Eindruck einer Nachspeise noch verstärkte. Für die Stücke des Pilzbaumkuchens hatte Gina Dessertteller vorbereitet, die mit Moos und Farn dekoriert waren. Sie hatte aus dem Büffet eine Miniaturlandschaft aus Hügeln, Tälern und Ebenen gemacht und mithilfe von Bonsaibäumchen sogar winzige Wälder gestaltet.

Wie Renate hatten auch die Gäste der Feier auf Lillis und Ginas Inszenierung zuerst mit fassungslosem Staunen, dann mit Begeisterung reagiert. Während des gesamten Abends wurden sie mit begeisterten Kommentaren überhäuft und um Rezepte gebeten.

Und Lilli musste zugeben, dass es ihr gutgetan hatte, die Komplimente für ihre Arbeit direkt von den gut gelaunten Gästen zu bekommen und nicht, wie im *Camelot*, nur über Umwege – wenn überhaupt.

Kapitel 5

Am Sonntagmorgen erwachte Lilli früh. Armin lag noch in tiefem Schlaf und laut schnarchend neben ihr. Vorsichtig, um ihn nicht zu wecken, küsste sie ihn zärtlich auf die Stirn. Sie schlüpfte leise aus dem Bett, nahm ihren Morgenmantel vom Haken an der Tür und schlich sich in die Küche. Aus den Zimmern der Mädchen im ersten Stock drang noch kein Laut.

Lilli schloss die Küchentür hinter sich und griff nach der Kanne, die sie mit Wasser und Espressopulver befüllte und auf den Herd stellte. Im Radio suchte sie den Klassiksender. Zu den Klängen der Frühlingspartitur aus Vivaldis »Vier Jahreszeiten« tanzte sie zum Regal, stellte sich auf die Zehenspitzen und fuhr mit dem Finger über die Rücken ihrer zahlreichen Kochbücher. Bei dem Buch des spanischen Ausnahmekochs Ferrán Adria stoppte sie und zog den schweren Schuber aus dem Regal.

Hinter ihr gurgelte die Espressokanne. Lilli legte den Wälzer auf den Tisch und füllte den Kaffee in ihren Lieblingsbecher, eine unförmige, von Svenja im Kindergarten getöpferte Tasse in schreiendem Pink.

Lilli setzte sich an den Küchentisch. Immer noch war das Haus still. Entspannt summend, blätterte sie durch das dicke Buch und verweilte bei dem einen oder anderen Rezept, um es genauer zu studieren: Mandelsorbet in Knoblauchöl, Apfelkaviar, Gurkenschaum, Spaghetti aus Muschelessenz, Algenkrokant ... spektakulär und mutig, aber samt und sonders völlig untauglich für die normale Restaurantküche.

Lilli nahm einen Schluck aus der Tasse. Ihre Gedanken wanderten zu Armin und der letzten Nacht. Sie lächelte versonnen. Was ihre Töchter wohl denken würden, wenn sie wüssten, dass ihre uralten Eltern noch derart leidenschaftlichen Sex miteinander hatten! Sie stand auf, ging zum Küchenfenster und wärmte sich ihre Hände an der Tasse, während sie in den Vorgarten sah. Unter dem Rhododendron lagen noch zwei Äpfel, die Kati vorgestern übersehen hatte. Lilli lächelte wieder, als sie an ihre beiden so unterschiedlichen Töchter dachte. Svenja startete gerade mit Volldampf in die Pubertät und balancierte auf dem verwirrend schmalen Grat zwischen dem Mädchen, das noch mit Puppen spielte, und der Frau, die ihre eigenen Entscheidungen treffen wollte. Sie war kapriziös, launisch und trotz allem liebenswert. Svenja hätte Lillis im Vorgarten verteilten Einkauf nur unter Zwang aufgehoben. Kati, vier Jahre älter, besuchte bereits die Oberstufe des Gymnasiums und war immer umsichtig und hilfsbereit. Im Gegensatz zu ihrer Schwester hatte sie schon als kleines Kind freiwillig ihrer Mutter geholfen, egal ob im Haushalt, im Garten oder – besonders gern – in der Küche.

Lilli schreckte auf, als sich die Küchentür öffnete, ein sehr verschlafener Armin barfuß in die Küche geschlurft kam und sich ein wenig desorientiert umsah. »Wieso bist du denn schon auf?«, murmelte er undeutlich, während er ziellos durch die Küche irrte.

Lilli lächelte. Wie ein fünfjähriger Junge sah Armin aus mit seiner schief geknöpften Pyjamajacke und den vom Schlaf zerausten Haaren. »Leg dich wieder hin, Armin. Du bist ja eh noch gar nicht richtig wach.«

Armin blickte sie verwirrt an. Er hob hilflos die Hände und setzte mehrmals zum Sprechen an, bevor er mühsam herausbrachte: »Machst'n da?«

»Nichts. Ich genieße die Ruhe und freue mich des Lebens. Geh wieder ins Bett und schlaf noch ein bisschen. Es ist noch nicht mal acht Uhr.«

Wie ein Roboter, der einen Befehl erhalten hatte, drehte Armin sich ruckartig um und marschierte wieder ins Schlafzimmer.

Lilli wandte sich erneut ihrer Lektüre zu. Hin und wieder machte sie sich Notizen auf einem Block, den sie aus der Schublade des Tisches gezogen hatte. Trotz ihrer langjährigen Erfahrung als Köchin liebte sie Kochbücher. Sie konnte stundenlang in ihnen herumblättern, um Anregungen zu finden.

Algenkrokant ... Irgendwann musste sie mal in dieses Restaurant von Ferrán Adria in Barcelona gehen. Dreißig Gänge, und einer verrückter als der andere. Sie fand es immer wieder schade, dass Monsieur Pierre nicht ein bisschen experimentierfreudiger war. Ihre Theorie war ja, dass alle Lehrlinge von Bocuse unter lebenslanger Hypnose standen, damit sie niemals auch nur einen Millimeter vom eingeschlagenen Pfad abwichen. Wenn sie ihrem Kollegen mit den Rezepten dieses irren spanischen Alchimisten käme ...

Lilli erinnerte sich an ein Gespräch, das sie vor einigen Tagen mit Monsieur Pierre gehabt hatte. Alles hatte mit ihrer – wie sie dachte, harmlosen – Frage angefangen, was er von

Jamie Oliver und seinem Engagement für eine verbesserte Schulspeisung in England hielt.

»Was? Jamie Oliver?«, hatte er geschrien. »Dieser lispelnde, ungewaschene Prolet? Eine Schande für die Zunft ist der! Wenn ich den schon sehe! Stellt sich ins Fernsehen, macht Fish and Chips mit ein bisschen Tralala, und tut dann so, als wäre das große Kunst. Das ist Pommesbudenniveau!« Erbost hatte er auf die Kräuter auf seinem Schneidebrett eingehackt.

»Ja, aber sein Engagement ist doch wunderbar. Und dass er arbeitslose Jugendliche von der Straße geholt hat, um mit ihnen ein Restaurant zu betreiben – also, ich finde das bewundernswert«, hatte Lilli gewagt, zu widersprechen.

Monsieur Pierre hatte sein Messer auf den Tisch geknallt und die Hände in die Hüften gestemmt. »Ach ja? Dann arbeiten Sie doch für Jamie Oliver, wenn Sie den so toll finden! Dem geht's doch nur um seine Popularität! Ein echter Koch arbeitet in seiner Küche und macht seinen Job. Der drängt sich nicht in die Öffentlichkeit. Überhaupt ... wenn ich diese ganzen Kochshows im Fernsehen sehe! Unrasierte, flegelhafte Bengel in zerknitterten T-Shirts – eine Schande!«

Monsieur Pierre war immer lauter geworden, während Lilli vor ihrem geistigen Auge jedes einzelne Ausrufezeichen in seiner Tirade wie einen Pfeil auf sich zufliegen sah. Fast war sie versucht gewesen, hinter ihrem Arbeitstisch in Deckung zu gehen. Aber Monsieur Pierre war noch lange nicht fertig.

»Gehobene Küche gehört nicht ins Fernsehen! Haute Cuisine muss ein Geheimnis bleiben!«, hatte sich der aufgebrachte Koch weiter echauffiert. »Jeder schnoddrige Möchtegernkoch, der einen Kochlöffel halten kann, meint doch, dass er was zu sagen hätte. Da könnte ich ...«

Der Rest seines leidenschaftlichen Monologs war im lauten Klappern der Töpfe untergegangen, zwischen denen er wütend nach seinem kleinen, verbeulten Lieblingssaucentopf suchte.

Insgeheim vermutete Lilli, dass ihr Kollege auf all diese Fernsehköche mit ihren eigenen Sendungen, ihren Fans und ihrer Popularität neidisch war. Wahrscheinlich saß er regelmäßig vor dem Fernseher, wenn eines seiner Hassobjekte dort aus dem Nähkästchen plauderte und Laien in die hohe Kunst der gehobenen Küche einweihte.

Sie hatte sich schnell wieder auf ihr Steinpilzrisotto konzentriert und sich vorgenommen, dieses Thema nicht noch einmal anzusprechen.

Im Obergeschoss klappten Türen. Es war mittlerweile kurz nach zehn Uhr. Lilli hörte Musik und die laute Stimme von Svenja, die gegen eine Tür hämmerte.

»Doofe Kuh! Immer gehst du zuerst ins Badezimmer! Du glaubst wohl, nur weil du die Ältere bist, muss alles nach dir gehen.«

Lilli seufzte und stellte das kostbare Kochbuch zurück ins Regal. Ihre Ruhestunde war vorbei.

Sie ging ins Schlafzimmer und fand Armins Bett leer vor. Im angrenzenden Bad lief das Wasser.

Kurz war sie versucht, Armin unter der Dusche zu überraschen und ihrer leidenschaftlichen Nacht noch eine spontane Fortsetzung folgen zu lassen, als sie wieder Türenknallen und Stimmen aus dem ersten Stock hörte. Zu spät. Sie zog sich rasch bequeme Kleidung an und ging zurück in die Küche, um mit den Vorbereitungen für das Frühstück zu beginnen.

Lilli hackte gerade frische Kräuter für das Rührei, als Kati mit feuchten Haaren hereinkam. Offenbar hatte sie den Kampf ums Bad gewonnen.

Ihre Tochter drückte ihr einen Kuss auf die Wange. »Morgen, Ma! Schon lange auf?«

»Morgen. Seit halb acht. Gut geschlafen? Kommt Svenja auch gleich runter?«

»Ja zu beiden Fragen«, antwortete Kati, während sie begann, den Tisch zu decken. Sie holte vier Teller aus dem Schrank und hielt dann inne. »Kommt Oma auch?«

»Ich schätze, ja. Letzte Woche war sie nicht da, also haben wir heute beste Chancen, denkst du nicht?«

Käthes sonntägliche Besuche gehörten ganz sicher nicht zu ihren Lieblingsprogrammpunkten am Wochenende, aber wegen Armin und der Kinder, die ihre Großmutter innig liebten, hielt sie sich mit ihrer Meinung über ihre Schwiegermutter zurück.

Kati nahm einen fünften Teller und entsprechendes Besteck aus dem Schrank. Dann setzte sie einen Kessel auf den Herd, um für den von ihrer Großmutter bevorzugten Ingwertee Wasser zu kochen.

Schritte kamen die Treppe heruntergepoltert, und Svenja marschierte in die Küche. Ihre Augen waren mit Lidschatten in allen Regenbogenfarben umrahmt, und in ihren ungeschickt getuschten Wimpern hingen dicke schwarze Klumpen. Durch großzügig aufgetragenes Rouge glühten ihre Wangen, als hätte sie gerade einige Ohrfeigen bekommen. Offensichtlich hatte sie die Schminktipps aus einem ihrer Teenie-Magazine gründlich missverstanden.

Ehe Lilli etwas sagen konnte, prustete Kati schon los: »Was soll das denn sein? Weißt du eigentlich, wie bekloppt du aussiehst?«

Svenja schoss sofort zurück. »Was weißt du denn, du ... du ... du ... blöde Langweilerin! Du hast doch gar keine Ahnung. Du kannst doch gar nicht mitreden.«

Bevor der Austausch gegenseitiger Beleidigungen fortgesetzt werden konnte, mischte sich Lilli ein.

»Wirklich, Svenja, das ist ein bisschen zu extrem für den Frühstückstisch. Außerdem kommt Oma wahrscheinlich gleich, und die kriegt einen Herzinfarkt, wenn sie dich so sieht. Geh bitte hoch und wasch dir das Gesicht, ja?«

Svenja schossen die Tränen in die Augen. »Ihr seid so gemein. Das ist nicht fair. Immer hackt ihr auf mir rum. Nur, weil ihr euch nicht schminkt, muss ich genauso langweilig rumlaufen wie ihr.«

Bei dem Versuch, sich die Tränen abzuwischen, verschmierte sie die Wimperntusche mit dem Handrücken quer über ihr Gesicht. Lilli sah einen frühen Alice Cooper mit blonden Locken und Glitzerhaarreif vor sich stehen, der wütend mit den Füßen aufstampfte und dann aus der Küche floh, um schließlich türenknallend im Bad zu verschwinden.

»Was ist denn das für ein Geschrei am Sonntagmorgen?« Armin erschien in der Küchentür. Er gab Lilli und Kati einen Kuss auf die Wange und fragte: »Was hat unsere kleine Diva denn?«

»Stylingprobleme«, erwiderte Kati trocken, während sie ihrem Vater einen Kaffee eingoss. »Setz dich schon mal hin. Rührei?«

»Aber jederzeit«, antwortete Armin. »Ah, und da ist ja auch meine Svenja. Guten Morgen!«

Er griff nach seiner Tochter, die mit mürrischem, aber sauberem Gesicht gerade hereingekommen war.

»Lass das, Papa«, maulte Svenja, befreite sich aus der Umarmung ihres Vaters und ließ sich auf einen Stuhl fallen. »Kann ich Müsli?«

»Natürlich kannst du Müsli haben, Svenja. Mit Obst, nehme ich an?«, fragte Lilli.

Sie schob Svenja eine Schüssel mit Früchten hin.

»Bitte sehr, die Dame. Erdbeeren, Himbeeren, Blaubeeren – jede Menge Lieblingsobst. Milch oder Saft?«

»Milch, bitte«, sagte Svenja, während sie Beeren in ihre Müslischüssel schaufelte.

»Geht doch«, murmelte Kati, was Svenja zum Glück überhörte, da es in diesem Moment an der Haustür klingelte. Armin, der die Auseinandersetzung seiner Töchter stumm verfolgt hatte, fuhr leicht zusammen.

Lilli wappnete sich innerlich und stieß Armin an. »Dein Einsatz.« Armin stand auf und verließ die Küche, um seiner Mutter die Haustür zu öffnen.

Sekunden später kam Käthe Berger mit ihrem einzigen Sohn im Schlepptau durch die Küchentür gerauscht.

Wie immer war sie dezent geschminkt und teuer gekleidet: Kaschmir-Twinset in Altrosa, dunkelbrauner Leinenrock mit Kellerfalte, doppelreihige Perlenkette, natürlich echt. Ihr fast weißes Haar trug sie in einem akkurat geschnittenen, kinnlangen Pagenkopf. Käthe war eine Dame mit einwandfreien Manieren, gewählter Sprache und tadelloser Haltung. Sie setzte sich an den Tisch und blickte in die Runde. »Svenja, Katharina, guten Morgen, ihr beiden.«

Dann nickte sie Lilli knapp zu. »Elisabeth.«

Käthe nannte sie grundsätzlich bei ihren Taufnamen. Sie sah sich streng um. »Wenn ich um eine Stoffserviette bitten dürfte?« Kati sprang sofort auf.

Lilli lächelte Käthe freundlich an. »Guten Morgen, Käthe. Du siehst schick aus. Tee?«

Käthe nickte. Kati, die ihrer Großmutter die gewünschte Serviette geholt hatte, kümmerte sich um den Ingwertee.

Armin hielt seiner Mutter den Brotkorb hin. »Kann ich dir etwas anbieten, Mutter? Möchtest du Rührei?«

Käthe schüttelte den Kopf. »Nein, danke. Ich habe selbstverständlich schon vor Stunden gefrühstückt und bereits die Kirche besucht.« Sie wandte sich ihren Enkelinnen zu. Ihr Gesicht wurde weich. »Und, Mädchen, was macht die Schule?«

Und täglich grüßt das Murmeltier, dachte Lilli, während Kati und Svenja lebhaft Bericht erstatteten. Das ist wie eine Zeitschleife: Erst wird das späte Frühstück missbilligt, dann wird der Kirchenbesuch aufs Tapet gebracht, mit dem stillen Vorwurf, dass wir auch ruhig mal den Gottesdienst besuchen könnten, und zu guter Letzt wird der Schulrapport abgefragt. Aber die Mädchen lieben sie, Käthe ist für die beiden eine wunderbare Oma. Hauptsache, sie lässt mich in Ruhe ... mir ist heute Morgen nicht nach Streit mit meiner Schwiegermutter.

Aber Lilli hatte sich zu früh gefreut.

»Und, Elisabeth, was habe ich von Renates Silberhochzeit gehört? Du hast also wieder einmal kein ordentliches Essen serviert.«

Lilli seufzte innerlich. Ordentliches Essen – was immer Käthe damit meinte. Ihre Schwiegermutter missbilligte alles, was von traditioneller, gutbürgerlicher Küche abwich. Eine

Frikadelle war eine Frikadelle, und sie sollte nach Käthes Ansicht nur Dinge enthalten, die seit Generationen in Fleischklopse gehörten. Frische Kräuter? Käsewürfel? Gott bewahre. Neumodischer Kram. Blüten im Blattsalat? Ein Gänsebraten, der nicht mit Klößen und Apfelrotkohl kombiniert wird? Unvorstellbar. Lilli konnte sich lebhaft vorstellen, was Käthe von ihrem Büffet für Renates Silberhochzeit hielt.

Ehe Lilli antworten konnte, sprudelte Kati schon los: »Oma, wir haben eine Superidee gehabt: ein Picknick!«

Käthe nickte. »Ich weiß«, sagte sie, ohne den Blick von Lilli zu wenden. »Ich habe mich entsetzlich geschämt, als ich das gehört habe. Du blamierst uns, Elisabeth. Dir ist wohl nicht klar, wer die Gäste waren. Das muss für Renate unglaublich peinlich gewesen sein.« Sie wandte sich ihrem Sohn zu. »Armin! Sag doch auch mal etwas dazu! Ich habe gehört, die Gäste mussten auf dem Boden sitzen. Wie kannst du das nur zulassen?«

Ehe Armin antworten konnte, sagte Lilli: »Käthe, Renate hat sich etwas Ungewöhnliches gewünscht und war überaus zufrieden. Und die Gäste ebenfalls.«

Käthe saß kerzengerade auf ihrem Stuhl, von Kopf bis Fuß ranzige Missbilligung. »Ach, tatsächlich?«

Lilli erklärte geduldig: »Es gab ein großes Büffet, und lediglich die wunderbare Dekoration von Gina hat das Thema Natur aufgegriffen und ein bisschen Picknickflair gezaubert.«

Doch Käthe war nicht zu stoppen. »Warum servierst du denn nicht einfach ordentliches Essen, Elisabeth? Was soll dieser Schnickschnack? Was ist denn gegen einen anständigen Braten mit Klößen und Beilagen zu sagen? Mein Gott, die arme Renate. Was sollen denn bloß ihre Anwaltskollegen und ihre

Freunde von unserer Familie denken?« Sie schüttelte empört den Kopf. Ihr Blick suchte Armin, der aber nur mit den Schultern zuckte und sagte: »Ich mische mich da nicht ein, Mutter. Ich bin sicher, Renate hat sich nicht schämen müssen.«

Lilli funkelte ihren Mann wütend an. Sie hätte ihn schütteln können für seine Feigheit seiner Mutter gegenüber. »Ich finde, du gehst entschieden zu weit, Käthe«, sagte sie dann.

»Wie bitte? Willst du mir etwa verbieten, meine Meinung zu sagen, Elisabeth? In meinem eigenen Haus?«

»Bei allem Respekt, Käthe, aber das ist nicht mehr dein Haus. Und ich habe keine Lust, mir von dir den Tag verderben zu lassen.« Armin riss entsetzt die Augen auf. Die Mädchen verfolgten stumm den Schlagabtausch.

Käthe stand abrupt auf. »Ich denke, ich werde jetzt gehen. Meine Meinung scheint hier nicht erwünscht zu sein. Ich bin sehr irritiert, muss ich sagen. Ihr entschuldigt mich.«

Mit diesen Worten marschierte sie schon zur Tür hinaus. Eine Wolke von Lavendelduft blieb in der Luft hängen.

Armin sprang sofort auf und eilte seiner Mutter hinterher.

»Bitte, Mutter, bleib doch noch ... bitte, du musst doch jetzt noch nicht gehen.«

Aber Käthe war nicht aufzuhalten. Sekunden später schlug die Haustür zu.

Armin kam zurück in die Küche und fragte hilflos: »Was war denn das? Warum ist sie denn so schnell gegangen?«

Lilli zuckte die Schultern. »Du kennst deine Mutter wohl überhaupt nicht, was? Sie sieht es gerade mit dem guten Ruf der Familie Berger bergabgehen. Und ihrer Ansicht nach bin ich der Grund dafür, weil ich Renates Silberhochzeit ruiniert und sie zur Zielscheibe des allgemeinen Spotts gemacht habe.«

Kati rief empört: »Aber das stimmt doch gar nicht!«

»Natürlich stimmt das nicht, Kati. Deine Tante Renate hätte mir nicht völlig freie Hand gelassen, wenn sie uns nicht vertrauen würde.« Lilli stand vom Tisch auf. »Ich gehe jetzt ins Wohnzimmer und möchte meine Ruhe haben. Ihr Mädchen räumt den Tisch ab und spült. Beide!«, fügte sie mit strengem Blick Richtung Svenja hinzu, die bereits Anstalten machte, sich aus der Küche zu verdrücken.

Kati war schon dabei, das Geschirr in die Spülmaschine zu stellen. Armin verschwand in sein Arbeitszimmer, ohne noch etwas zu sagen. Svenja begann schließlich schmollend, die Lebensmittel wegzuräumen. Sie nahm immer nur ein Teil, schlich damit in Zeitlupe zum Kühlschrank und pfefferte es dann in irgendein Fach. Sie hoffte wohl darauf, Kati würde die Nerven verlieren und sie aus der Küche schicken. Lilli beschloss, Svenja einen Strich durch die Rechnung zu machen.

»Kati, kannst du mir bitte noch einen Espresso machen und mir rüberbringen, während Svenja weiter den Tisch abräumt?«

Kati nickte, während Svenja demonstrativ die Augen verdrehte und einen lauten Seufzer ausstieß.

»Und ich will kein Geschrei hören«, sagte Lilli noch, bevor sie die Küche verließ, um ins Wohnzimmer zu gehen.

Sie war wütend auf Armin – und nicht etwa auf Käthe, deren Meinung sie schließlich seit zwanzig Jahren kannte. Aber zum ersten Mal ging es ihr ernsthaft gegen den Strich, dass Armin Auseinandersetzungen vermied, wo er nur konnte.

Sie war es leid, sich Käthes Beleidigungen anzuhören.

Und sie hatte die Nase voll davon, dass ihr Ehemann vor seiner Mutter kuschte.

Kapitel 6

Gerade wollte Lilli an Vanessas Bürotür klopfen, als sie die Stimme ihrer Chefin hörte. Leise öffnete sie die Tür, um Vanessa ein Zeichen zu geben.

Diese saß mit dem Rücken zu ihr am Schreibtisch in ihrem Drehsessel und telefonierte. Sie lachte gurrend und sagte: »Keine Sorge, Armin. Wenn dein kleines Muttchen in den letzten drei Jahren nichts gemerkt hat, dann wird auch weiterhin nichts passieren. Ich sehe sie schließlich täglich. Glaub mir, sie ist total ahnungslos.«

Wieso reden die über Armins Mutter?, dachte Lilli verwirrt. Und wieso sieht Vanessa Käthe jeden Tag? Und was soll sie ahnen?

Dann sagte Vanessa, die Lilli immer noch nicht bemerkt hatte: »Wie hast du denn dein zerrissenes Hemd erklärt?« Sie lauschte einen Moment und lachte wieder. »Baustelle? So bin ich noch von niemandem genannt worden. Wie überaus charmant von dir. Na, Hauptsache, sie hat's geschluckt.«

Die Erkenntnis traf Lilli jäh und schmerzhaft. Alles Blut schien aus ihrem Kopf zu weichen. Ihre Beine begannen zu zittern, ihr Magen krampfte sich zusammen. Sie hörte ein kleines, jammerndes Geräusch. Erst, als Vanessa daraufhin erschrocken zu ihr herumfuhr, begriff Lilli, dass sie selbst es von sich gegeben hatte.

Vanessa warf hastig den Hörer auf die Gabel. »Lilli ... was ... wie lange stehst du schon hier?«

»Lange genug«, flüsterte Lilli. Ihre Lippen fühlten sich wie betäubt an. In ihren Ohren rauschte das Blut. Sie sah, wie Vanessa die Lippen bewegte, aber kein Wort konnte dieses Getöse durchdringen.

Ihre Chefin erhob sich aus ihrem Stuhl und kam um den Schreibtisch herum auf sie zu.

Lilli stand wie erstarrt. Sie wollte schreien, toben, Vanessa anklagen, aber sie brachte keinen Laut heraus. Ihre Kehle war wie zugeschnürt.

Vanessa drehte sich um, griff nach einem Glas auf ihrem Schreibtisch, füllte es aus einer Karaffe mit Wasser und hielt es Lilli hin. Lillis Hand hob sich ganz von selbst und schlug ihr das Glas aus der Hand. Es flog quer durch das Büro und zerschellte mit lautem Klirren an dem teuer gerahmten, riesigen Porträtfoto von Vanessa, das über ihrem Schreibtisch hing. Das Glas des Bildes zersplitterte, die mit Tinte geschriebene Widmung des Fotokünstlers verlief.

Vanessas Stimme durchdrang das Rauschen in ihren Ohren.

»Lilli, bitte, beruhige dich doch, wir können doch über alles reden ... setz dich doch erstmal hin.«

Sie griff nach Lillis Arm. Angeekelt zuckte Lilli zurück, bevor die Hand der anderen Frau sie berühren konnte.

»Wage es nicht, mich anzufassen!«, hörte Lilli sich schreien. »Wie konntest du nur, Vanessa? Warum Armin? Hast du nicht genug Kerle, die um dich rumscharwenzeln? Warum ausgerechnet mein Mann?«

Vanessa wich erschrocken zurück. »Bitte, Lilli, lass uns vernünftig reden. Das muss doch jetzt hier nicht jeder ...«

Erbost und beschämt zugleich merkte Lilli, dass ihr Tränen die Wangen herabliefen. »Vernünftig reden? Ich soll vernünftig sein? Komm mir nicht mit damit, du ... du ... du falsche, hinterhältige ...«, schrie Lilli und wischte sich die Tränen vom Gesicht.

Sie tastete sich rückwärts zur Tür hinaus und prallte gegen eine große Gestalt. Arme umfingen sie und hielten sie fest.

»Was ist hier los? Wer schreit hier so? Lilli, was geht hier vor?«

Monsieur Pierre – ausgerechnet. Sie wollte nicht, dass er sie so sah, niemand sollte sie so sehen. Aber ihr fehlte die Kraft, sich gegen ihn zu wehren.

Behutsam führte er sie in die Küche. Dabei hielt er sie ganz fest und streichelte ihr übers Haar. Beim Anblick der beiden ließ die Spülhilfe erschrocken einen Spülmaschineneinsatz voller Besteck fallen. Messer, Gabeln und Suppenkellen schepperten auf den Boden und rutschten klirrend durch die Küche.

»Verschwinde«, befahl Monsieur Pierre barsch.

Die Spülhilfe kniete auf den Fliesen und versuchte hektisch, die Besteckteile aufzusammeln.

»Raus!«

Das Mädchen ließ sofort alles stehen und liegen und floh aus der Küche.

Lilli sackte schluchzend auf einem Stuhl zusammen.

Das Glas Wasser, das er ihr reichte, nahm sie an. Gierig trank sie einen großen Schluck. »Monsieur Pierre ...«

Der hünenhafte Koch ging vor ihr in die Hocke und nahm

ihre Hände, die kraftlos in ihrem Schoß lagen. Er suchte ihren Blick und sah sie ernst an. »Madame Lilli? Kann ich irgendetwas für Sie tun? Wollen Sie mir erzählen, was passiert ist?«

Ganz sicher will ich das nicht, dachte Lilli, und hörte sich dann zu ihrem Erstaunen wie ein kleines Kind wimmern: »Vanessa und Armin ... mein Mann ... sie ...«

Sie brachte es nicht über sich, es auszusprechen.

Monsieur Pierre zog eine Schublade auf und reichte ihr ein sauberes Geschirrtuch. »Also wissen Sie es jetzt.«

Lilli starrte ihn entsetzt an. Impulsiv holte sie mit dem Geschirrtuch aus und schlug es Monsieur Pierre ins Gesicht. Er verlor das Gleichgewicht, als er dem Schlag ausweichen wollte, und landete unsanft auf seinem Hosenboden.

»Sie haben es gewusst? Die ganze Zeit? Warum haben Sie mir nichts gesagt? Hat es Ihnen Spaß gemacht, zu sehen, wie ich betrogen werde von meinem Mann und dieser ... dieser ...?« Sie schlug wieder nach ihm. »Wer weiß es sonst noch? Die Kellner? Die Küchenhilfen? Die Putzkolonne? Die ganze Stadt? Bin ich seit drei Jahren die Lachnummer hier im Laden? Bin ich die Einzige, die nichts gemerkt hat? Bin ich wirklich eine dieser dämlichen Ehefrauen?«

Monsieur Pierre rappelte sich auf und rief bestürzt: »*Mon Dieu*, Madame Lilli, nein, natürlich nicht ... aber ich ... was hätte ich denn machen sollen?«

Lilli lachte bitter. »Großer Gott, hören Sie doch endlich auf mit diesem lächerlichen französischen Getue! *Mon Dieu! Madame Lilli!* Wissen Sie eigentlich, wie albern das ist? Herr *Meisenheimer*? Was Sie hätten tun sollen ... Sie ... Sie gemeiner ...« Sie rang nach Worten.

»Bitte, Mada... bitte, Lilli, lassen Sie mich Ihnen doch helfen. Soll ich jemanden anrufen, der Sie abholt? Sie sollten jetzt nicht selbst fahren, finde ich.«

»Ach, plötzlich so besorgt! Das fällt Ihnen reichlich spät ein, oder?«, schrie Lilli und holte wieder mit dem Geschirrtuch aus.

Monsieur Pierre fing den drohenden Hieb ab und hielt ihre Handgelenke fest. »Bitte, Lilli. Beruhigen Sie sich.«

Seine tiefe, ernste Stimme wirkte besänftigend. Sie merkte, wie ihr Zorn auf ihn verrauchte und die Verzweiflung wieder Oberhand gewann.

»Bitte«, sagte sie zaghaft, »rufen Sie Gina für mich an, ja?« Sie kramte mit zitternden Händen ihr Handy aus ihrer Jackentasche. »Ihre Nummer ist hier drin, unter Gina.«

Lilli begann wieder zu weinen. Sie presste sich das Geschirrtuch vor den Mund und biss hinein.

Wie aus weiter Ferne hörte sie Monsieur Pierre mit Gina sprechen. »Madame Gina? Hier ist Monsieur Pierre, ich rufe aus dem *Camelot* an ... Ja genau ... Ja, äh, könnten Sie bitte kommen und Madame Lilli abholen? ... Nein, nein, machen Sie sich keine Sorgen, sie ist so weit gesundheitlich wohlauf ... Das erzählt sie Ihnen am besten selbst ... ja ... Bitte, könnten Sie schnell kommen? ... Ja, Madame Lillis Wagen kann hier auf dem Parkplatz stehen bleiben ... Gut, das ist sehr gut, in fünf Minuten also ... Kommen Sie bitte zum Hintereingang. Sie wissen, wo das ist? ... Ja ... Danke ... Bis gleich, Madame Gina.«

Er beendete das Gespräch und gab Lilli das Telefon zurück.

»Madame Gina wird in einigen Minuten hier sein und ...«

Lilli hörte das Klacken von Vanessas hohen Absätzen näher kommen. Ihr ganzer Körper verkrampfte sich. Sie fuhr von dem Stuhl hoch, wurde aber von Monsieur Pierre aufgehalten, der sich schützend zwischen ihr und Vanessa aufbaute.

Ehe seine Chefin etwas sagen konnte, hob er die Hand.

»Madame Kamlot, das halte ich für keine gute Idee. Sie sollten jetzt nicht mit Lilli sprechen, das ist wirklich nicht der richtige Zeitpunkt.«

Dem konnte Lilli nur zustimmen. Zu viele potentielle Tatwaffen in ihrer unmittelbaren Nähe. Obwohl – selbst einem gut laufenden Restaurant wie dem *Camelot* würde eine spektakuläre, möglichst blutige Schlagzeile mit Sicherheit noch mehr Kunden bescheren.

Vanessa schien nicht vorzuhaben, sich von ihrem Angestellten sagen zu lassen, was eine gute Idee war und was nicht. »Das geht Sie nichts an, Monsieur Pierre. Gehen Sie zur Seite, sofort. Lilli, wir müssen reden!«

Lilli versuchte, an Monsieur Pierre vorbeizukommen.

»Gar nichts müssen wir! Verschwinde, du verlogene Hexe ... du hinterhältige Betrügerin!«, schrie sie, so laut sie konnte. Sollten doch alle mitbekommen, was sich in der Küche des *Camelot* abspielte. Ihre Beine gaben nach, und sie fiel wieder auf den Stuhl zurück.

»Sie haben es ja gehört«, sagte Monsieur Pierre, »und jetzt gehen Sie bitte, Madame Kamlot.«

Lilli hörte, wie sich Vanessas Schritte wieder entfernten. An der Durchreiche fauchte Vanessa das dort versammelte, aufgeregt murmelnde Personal an, gefälligst nicht faul herumzustehen und zu tratschen, sondern sich an die Arbeit zurückzuscheren.

Als sie Vanessas Bürotür zuknallen hörte, atmete Lilli auf.
»Danke, das hätte ich jetzt nicht ertragen.«

Der Chefkoch verschränkte die Arme vor der Brust. »Ich finde nur, Sie müssen jetzt nicht mit ihr sprechen, das ist alles. Außerdem herrscht bereits genug Aufregung, das Personal ist schon ganz aus dem Häuschen. Kommen Sie, ich begleite Sie hinaus und warte mit Ihnen auf Madame Gina.«

Lilli nickte und erhob sich schwerfällig von dem Stuhl. Ihre Arme und Beine fühlten sich bleischwer an. Sie taumelte und wurde wieder von Monsieur Pierre aufgefangen.

»Sie erlauben?«, fragte er höflich, legte ihr den Arm um die Schultern und führte sie aus der Küche zum Hinterausgang hinaus. Die grelle Aprilsonne schmerzte Lilli in den Augen.

Ginas Wagen fuhr auf den Parkplatz und stoppte mit quietschenden Reifen. Gina zog nur die Handbremse an, sprang bei laufendem Motor aus dem Wagen und rannte auf sie zu. »Lilli, mein Gott, Lilli, was ist denn bloß los?«

Lilli begann wieder zu schluchzen. Gina nahm sie in die Arme und hielt sie fest.

Dann schrie Gina unvermittelt Monsieur Pierre an: »Was haben Sie mit ihr gemacht? Sind Sie mal wieder ausgerastet, weil nicht alles nach Ihrer arroganten Nase ging? Müssen Sie denn immer auf Lilli rumtrampeln?«

Völlig überrumpelt prallte Monsieur Pierre zurück. »Ich? *Mon Dieu*, ich habe doch nichts ...«

Lilli schluchzte: »Gina, bring mich hier weg, bitte, Gina ... Vanessa und Armin ...«

Gina stockte der Atem.

Sie stellte keine weiteren Fragen, sondern brachte Lilli zu

ihrem Auto und setzte sie auf den Beifahrersitz. Vorsichtig legte sie ihrer weinenden Freundin den Gurt um, schloss die Tür und stieg auf der anderen Seite ein.

»Wir fahren jetzt erst einmal zu mir. Und dann reden wir darüber, was passiert ist, okay?«

Lilli nickte wimmernd und presste sich wieder das Geschirrtuch vor das Gesicht.

Als der Wagen rückwärts aus der Einfahrt schoss, stand Monsieur Pierre mit hängenden Schultern auf dem Parkplatz und sah ihnen hinterher.

»Verfluchter Mist!« Er riss sich die Kochmütze vom Kopf und schleuderte sie wütend aufs Pflaster.

Kapitel 7

Gina schloss leise ihre Schlafzimmertür. Lilli war endlich zur Ruhe gekommen. Gina hatte ihre verstörte Freundin schreien und toben lassen. Dann akzeptierte Lilli endlich ihr Angebot, eine Beruhigungstablette zu nehmen. Gina kannte diese Situation aus eigener, bitterer Erfahrung. Diese Verzweiflung, diesen Schock, diese ohnmächtige Wut.

Sie ging in die Küche und öffnete ihren Kühlschrank. Sie brauchte dringend Kohlenhydrate. Ihre Hände zitterten vor Erschöpfung, als sie sich einen Becher Schokoladeneis aus dem Tiefkühlfach holte.

Gina setzte sich in den Wintergarten und atmete tief durch. Vor elf Jahren hatte sie ihren Exmann Florian in flagranti erwischt, und sie konnte sich bis zum heutigen Tag keine albtraumhaftere Szene vorstellen. Jetzt hatte es ausgerechnet ihre beste Freundin Lilli getroffen.

Gina ließ sich einen Löffel Eis auf der Zunge zergehen. Sie erinnerte sich nur zu gut. Von zu viel Schokoladeneis war Tobias damals übel geworden. An jenem Tag hatte Florian geglaubt, sie sei mit Tobias den ganzen Tag auf einem Schulausflug.

»Mami, wem gehören denn die Sachen hier?«, hatte Tobias gefragt, als sie im Hausflur über fremde High Heels und verstreute Kleidungsstücke gestolpert waren, die auf dem Fußboden lagen.

Sie hatte etwas von Geschenken von Papi gestammelt und Tobias dann auf sein Zimmer gebracht, bevor er die kichernde Frauenstimme aus dem Schlafzimmer hören konnte. Schnell hatte sie die Kinderzimmertür hinter sich geschlossen und für Tobias eine seiner geliebten Pippi-Langstrumpf-Hörspielkassetten eingelegt. Er hatte den Ton lauter drehen dürfen als sonst.

Gina war sich vorgekommen wie die Hauptfigur eines bizarren Dramas.

Während sie genau wusste, dass sich Florian gerade in ihrem Ehebett mit einer anderen Frau vergnügte, sang sie für ihren Sohn: »Ich hab ein Haus, ein Äffchen und ein Pferd.« Bis heute konnte sie das Lied nicht hören, ohne an diese Situation erinnert zu werden.

Dann hatte sie es nicht länger ausgehalten.

»Mami macht dir einen leckeren Tee, bleib schön im Bett, hörst du? Mami ist gleich wieder da.«

Sie hatte zitternd vor der Schlafzimmertür gestanden. Im angrenzenden Bad rauschte die Dusche.

Nachdem sie all ihre Kraft zusammengenommen hatte, war sie in das Zimmer gegangen. Im Bett lag eine nackte, blonde junge Frau, die bei ihrem Anblick erschrocken aufschrie und sich die Decke bis zum Hals hochzog. Gina hatte nur auf die geöffnete Tür gezeigt. Die Unbekannte war hastig aus dem Bett gesprungen, hatte nach ihren Dessous gegriffen und war aus dem Raum gerannt. Keine Minute später war die Haustür hinter ihr ins Schloss gefallen.

Dann hatte Gina sich auf die Bettkante gesetzt und gewartet. Die Dusche wurde abgestellt, und Florian hatte fröhlich gerufen: »Süße, wir müssen los, ich habe noch einen Termin. Und bring das Bett in Ordnung, ja? Sieh bitte nach Haaren!« Und dann, als keine Antwort kam: »Schätzchen? Du bist doch nicht etwa eingeschlafen? Mensch, du weißt doch, dass das hier nicht geht.«

Er war ins Zimmer gekommen, während er sich noch die Haare frottierte, und hatte Gina deshalb nicht sofort bemerkt.

»Süße? Sandra, bitte, wir müssen ...«

»Süße ist gegangen«, hatte Gina ruhig gesagt.

»Was? Gina! Aber ... Wo ist ...?«

Er hatte sich hektisch umgeblickt, als erwarte er, Sandra – womöglich Sandras Leiche – noch irgendwo im Raum zu finden.

»Deine hübsche kleine Freundin? Die musste ganz plötzlich gehen. Ich an deiner Stelle würde mich beeilen, sonst rennt sie, bis sie tot umfällt. Und pack dir ein paar Sachen ein, ich will dich hier nicht mehr sehen.«

Als Florian zu einer Erklärung ansetzen wollte, war sie vom Bett aufgesprungen und hatte ihm heftig ins Gesicht geschlagen. »Kein Wort, Florian. Ich will nichts hören. Dein Sohn ist in seinem Zimmer – und gnade dir Gott, wenn er deinetwegen irgendetwas von dem hier mitbekommt. Verschwinde einfach, und lass dich nie mehr blicken.«

Florian hatte sich die knallrote Wange gerieben.

»Gina, bitte lass uns ...«

»Ich gehe jetzt zu Tobias. Du hast eine halbe Stunde, um alles Nötige zu packen.«

Damit hatte sie sich umgedreht und ohne ein weiteres Wort den Raum verlassen.

An den Rest des Tages konnte sie sich kaum erinnern.

Später, viel später erst, als der Junge längst schlief, war sie weinend zusammengebrochen. Sie hatte die halbe Nacht geschluchzt und gehadert. Aber nichts – auch in den folgenden Wochen und Monaten nicht – ließ sie jemals an ihrem Entschluss, sich scheiden zu lassen, zweifeln. Sie glaubte zutiefst an eheliche Treue, und das hatte Florian von Anfang an gewusst.

Das Telefon klingelte und riss Gina aus ihren Erinnerungen. Das Eis im Becher war geschmolzen.

»Gina Wilhelmi, hallo.«

»Gina? Hier ist Armin. Ich, äh, ich suche Lilli. Ist sie bei dir?«

»Kann schon sein. Auf Wiederhören, Armin.«

»Gina, bitte, ich möchte mit meiner Frau sprechen.«

»Mit deiner Frau? Mit welcher deiner Frauen denn? Du traust dich was, Armin. Mal abgesehen davon, dass Lilli schläft, hatte ich nicht den Eindruck, dass sie auf ein Gespräch mir dir Wert legt.«

»Gina, ich muss mit Lilli sprechen. Bitte!«

Gina verlor die Geduld. »Um ihr was bitte zu sagen? Dass alles nicht so ist, wie es aussieht? Dass deine kleine, schmutzige Affäre mit der hochwohlgeborenen Vanessa Kamlot nichts mit ihr zu tun hat? Hör doch auf, Armin! Und wag es ja nicht, Lilli mit diesen abgeschmackten Sprüchen zu kommen! Lass sie einfach in Ruhe, ja?«

»Wer bist du? Ihre Mutter? Gina, halte dich aus meiner Ehe raus. Und misch dich nicht in Dinge, die dich nichts ...«

»*Du* redest von Ehe?«, fiel ihm Gina ins Wort. »Zu einer Ehe gehören zwei Personen, soweit ich weiß. Ich zähle drei:

Lilli, Vanessa und dich. Und wer weiß, wie viele es noch gibt. Also sprich nicht von Ehe, Armin!«

»Das mit Vanessa hat rein gar nichts mit ...«

Gina legte mitten in Armins Satz auf.

Waren denn alle Männer gleich? Bekamen sie alle bei ihrer Geburt ein kleines Handbuch in die Wiege gelegt, in dem diese blöden Rechtfertigungen standen, die sie todsicher vorbrachten, wenn ihre kleinen, hässlichen Affären aufflogen?

»Das hat nichts mit dir zu tun, Liebling!«

Oder, noch besser, *»Da war keine Liebe im Spiel. Dich liebe ich, das mit der anderen Frau war nur Sex.«*

Gina warf den Becher mit dem geschmolzenen Eis wütend in die Spüle.

Sie musste etwas tun. Und es gab Kati und Svenja, die noch nichts ahnten.

Kurz entschlossen schnappte sich Gina Lillis Tasche, suchte das Telefonverzeichnis in ihrem Handy und wählte dann die Nummer von Käthe Berger.

Es klingelte einige Male, bis Käthe endlich abhob.

»Berger. Wer ist da, bitte?«

»Frau Berger, hier ist Gina Wilhelmi, Lillis Freundin.«

»Ich weiß, wer Sie sind. Die Italienerin. Was kann ich für Sie tun, Frau Wilhelmi?«

Gina schluckte »die Italienerin« herunter, bevor sie antwortete. »Frau Berger, es geht um Lilli. Sie ist hier bei mir – und es geht ihr nicht besonders gut. Ich würde sie ungern jetzt alleine nach Hause gehen lassen, und irgendjemand sollte sich vielleicht um die Mädchen kümmern. Armin ...«

»Ist was mit meinem Sohn? So reden Sie schon!«

Plötzlich war Gina ratlos. Sie hatte so spontan bei Lillis Schwiegermutter angerufen, dass sie jetzt nicht weiterwusste. Sollte sie ihr erzählen, was passiert war? Andererseits, warum eigentlich nicht? Sie würde es sowieso erfahren, dass ihr kostbarer, untadeliger Sohn seine Frau betrogen und damit seine Ehe aufs Spiel gesetzt hatte.

Gina sagte: »Machen Sie sich bitte keine Sorgen, Ihrem Sohn geht es gut. Obwohl ...«

»Obwohl was?«

»Also gut. Lilli hat heute erfahren, dass Armin sie betrügt. Und zwar schon seit mindestens drei Jahren. Es geht ihr sehr schlecht.«

Käthe Berger schnappte deutlich hörbar nach Luft, aber bevor sie etwas sagen konnte, fuhr Gina fort: »Armin hat offenbar ein Verhältnis mit Vanessa Kamlot, seit die beiden zusammen an dem Restaurant gearbeitet haben.« Gina hörte Käthe schwer atmen.

»Mein Gott«, sagte Käthe endlich. Sie klang ehrlich bestürzt.

»Ich habe Lilli im *Camelot* abgeholt und zu mir gebracht. Jetzt schläft sie, Gott sei Dank. Aber, um ehrlich zu sein, ich weiß nicht, wie es weitergehen soll.«

»Haben Sie eine Ahnung, wo mein Sohn ist?«

»Nein. Im Büro, schätze ich. Er hat vorhin hier angerufen und wollte mit Lilli sprechen. Aber das lasse ich nicht zu, nicht jetzt. Lilli muss sich erst einmal beruhigen.«

»Gut, Frau Wilhelmi. Wissen die Mädchen schon Bescheid?«

»Ich glaube nicht. Es sei denn, Armin ist zu Hause und hat ihnen schon alles erzählt. Aber das kann ich mir nicht vorstellen. Ich denke, Armin hofft noch, Lilli wieder besänftigen zu können, bevor die Mädchen etwas erfahren.«

»Frau Wilhelmi. Ich danke Ihnen sehr, dass Sie mich informiert haben. Haben Sie etwas dagegen, wenn ich zu Ihnen komme? Ich möchte gern mit Elisabeth sprechen.«

Gina war erstaunt – mit diesem spontanen Angebot hatte sie nicht gerechnet. Sie erklärte Käthe den Weg, und diese kündigte an, sofort aufzubrechen.

Käthe Berger legte langsam den Hörer auf und ließ sich auf ihr chintzbezogenes Sofa sinken. Sie kämpfte gegen die plötzlich aufsteigende Übelkeit.

Armin, ihr Sohn, setzte also die Tradition der Berger-Männer fort und betrog seine Ehefrau.

Käthe, von ihren Eltern zu militärischer Disziplin erzogen, wäre niemals auf die Idee gekommen, gegen ihren untreuen Ehemann aufzubegehren. Man hatte als Ehefrau eines Marineoffiziers Haltung zu bewahren, den Mund zu halten und vor allem außereheliche Aktivitäten des Mannes nicht zur Kenntnis zu nehmen – so war es ihr beigebracht worden.

Eines Tages, vor knapp zehn Jahren, hatten zwei Offiziere bei ihr vor der Tür gestanden. Otto war zu dem Zeitpunkt auf einem Flugzeugträger im Nordatlantik stationiert gewesen. Die beiden überbrachten ihr die Nachricht, dass er einem Herzinfarkt erlegen war.

Bei seiner Beerdigung war ihr unter den vielen Kameraden eine tief verschleierte Frau aufgefallen. Käthe kam zu dem Schluss, dass diese seine aktuelle Geliebte sein musste. Es hatte sie kaum noch berührt.

Seitdem lebte sie allein.

Jetzt saß sie auf ihrem Sofa und war wütend auf Armin, ihren einzigen, über alles geliebten Sohn, der seiner Ehefrau Kummer und Schmerzen bereitet hatte, die sie nur allzu gut kannte.

Käthe griff wieder zum Telefon und bestellte sich ein Taxi.

Lilli schlug die Augen auf. Wo war sie? Es fühlte sich so anders an, und es roch fremd. Sie setzte sich auf. Es pochte in ihren Schläfen. Sie hörte eine Frau leise sprechen. Benommen schüttelte sie den Kopf. Und dann kam die Erinnerung. Armin. Armin und Vanessa. Wie bei einer Diashow erschienen Bilder vor ihrem geistigen Auge: Vanessas perfekt geschminktes, erschrockenes Gesicht. Monsieur Pierre, der sie in die Küche führte.

Gina, die Monsieur Pierre anschrie.

Gina, die sie in ihr Bett verfrachtete.

In Zeitlupe sah sie wieder und wieder das Wasserglas durch Vanessas Büro fliegen und an dem Foto zerschellen, Sinnbild für ihr zerbrochenes Leben.

Wie eine grausame Gebetsmühle hörte sie immer wieder Vanessas spöttische Stimme sagen: *Wenn dein kleines Muttchen in den letzten drei Jahren nichts gemerkt hat ... dein kleines Muttchen ... nichts gemerkt ... dein kleines Muttchen ... dein kleines Muttchen ... dein kleines Muttchen ...*

Lilli hielt sich die Ohren zu, als könne sie dadurch die springende Schallplatte in ihrem Kopf zum Schweigen bringen. Sie hatte das Gefühl, in Treibsand zu versinken, ohne jede Kraft, sich dagegen zu wehren. Sie fröstelte. Totale Hoffnungslosigkeit schnürte ihr die Luft ab. Am liebsten hätte sie sich die Decke über den Kopf gezogen.

Lilli starrte in die Dunkelheit. Sie hätte nichts dagegen gehabt, den Rest ihres Lebens so zu verbringen, aber der Gedanke an ihre ahnungslosen Töchter zu Hause ließ ihr keine Ruhe. Mühsam quälte sie sich aus dem Bett und ertastete sich den Weg zur Tür.

Sie fand Gina im Wintergarten, wo sie mit dem Rücken zu Lilli in einem der Korbsessel saß und in den Garten hinaussah.

»Gina?«, hörte Lilli sich flüstern. Ihre Stimme war ihr fremd: rau und kraftlos.

Gina drehte sich zu ihr um. In ihrem Gesicht sah Lilli eine Mischung aus Besorgnis und Mitleid. »Ach, Lilli, Mensch ... Du bist schon wieder wach? Komm, setz dich zu mir. Möchtest du einen Kaffee?«

Lilli nickte. Sie hielt sich schwankend am Türrahmen fest.

»Ich möchte mich ein bisschen frisch machen, ist das okay? Dann komme ich raus, ja? Und ... Mein Kopf ... Hast du vielleicht eine Tablette für mich?«

»Natürlich, *cara mia*, wie du möchtest. Ich habe dir frische Handtücher hingelegt.«

Lilli schleppte sich in Ginas Badezimmer. Minutenlang stand sie mit hängenden Schultern vor dem Spiegel und starrte sich an. Die Frau, die ihr entgegenblickte, hatte fahle Haut und tiefe, dunkle Schatten unter den Augen. Ihre Augenlider waren gerötet und vom Weinen dick angeschwollen. Ihre Lippen nur noch blasse Striche in ihrem spitzen Gesicht, aus dem jegliches Leben gewichen war.

Lilli drehte den Wasserhahn auf und schöpfte sich mit beiden Händen eiskaltes Wasser ins Gesicht. Sie trocknete sich ab und warf einen letzten, hoffnungslosen Blick in den Spiegel, bevor sie das Bad wieder verließ. Vorsichtig und tastend ging sie durch Ginas Wohnzimmer. Sie war sicher, in tausend Teile zu zerspringen, wenn sie irgendwo anecken würde.

Im Wintergarten blinzelte sie, das Licht erschien ihr unnatürlich grell. Die Sonne strahlte, und die Blumen und Sträucher in Ginas Garten blühten in voller Farbenpracht, strotzend vor prallem Leben. Zwitschernde Vögel jagten sich im Tiefflug. Aus einem Garten in der Nachbarschaft erklang das Lachen spielender Kinder.

Wie konnte das sein? War nicht gerade die ganze Welt zusammengebrochen? Konnte das Leben einfach so weitergehen? War es möglich, dass nicht alles grau und braun und verdorrt und erstarrt war – so wie sie selbst?

»Lilli, setz dich doch hin.«

Gina war hinter ihr aufgetaucht und stellte einen frischen Becher Kaffee auf den Tisch. Als Lilli danach griff, verschüttete sie etwas von der heißen Flüssigkeit über ihre Hand. Sie spürte es nicht.

»Lilli, wie fühlst du dich?«, fragte Gina und nahm ihr sanft die Tasse aus der Hand.

»Genau so, wie ich aussehe, Gina. Kein Wunder, dass Armin sich eine andere Frau gesucht hat, das ist mir jetzt klar geworden«, murmelte Lilli. »Vanessa stinkt bestimmt nicht nach Küche und Bratenfett und rennt nicht in schlabberigen Klamotten rum. Vanessa duftet nach sündhaft teuren Parfüms und ist immer perfekt gestylt. Vanessa hat auch keinen zotteligen Pferdeschwanz, sondern geht jede Woche zum Friseur und alle drei Tage in den Schönheitssalon. Vanessa hat keine Brandblasen und Schnittwunden an den Händen. Vanessa ist immer frisch maniküriert. Und Vanessa sieht auch nicht aus wie eine alte Frau ...«

»Sie sieht aus wie eine falsche Schlange, der man keinen Meter über den Weg trauen kann«, fiel Gina ihr wütend ins Wort.

Lilli schüttelte den Kopf. »Sehen wir den Tatsachen ins Auge, Gina. Dazu gehören immer noch zwei Personen. Sie hat Armin bestimmt nicht gezwungen.«

»Schon richtig. Aber musste sie sich ausgerechnet Armin aussuchen? Es gibt doch wohl genug Idioten, die sabbernd um sie herumscharwenzeln wie um das Goldene Kalb!«

»Aber Armin – mein Ehemann – hat sich bezirzen lassen.« Lilli seufzte. »Dass er sie attraktiv findet, wundert mich nicht. Alle Männer finden sie toll.«

Gina schnaubte. »Klar, weil alle Männer auf bemalte Weiber stehen. Ekelhaft. Ich könnte kotzen.«

Lilli trank vorsichtig kleine Schlucke von dem heißen Getränk. Dann fiel ihr ein, dass sie Gina hatte reden hören, als sie aufwachte. »Sag mal, mit wem hast du denn vorhin gesprochen?«

»Mit deiner Schwiegermutter.«

Lilli sprang auf. »Mit Käthe? Wieso das denn? Oh Gina, warum hast du das bloß getan? Käthe wartet doch seit Jahren darauf, dass Armin mich endlich verlässt!«

Sie sank wieder in den Stuhl zurück und begann zu weinen.

Gina kam um den Tisch herum und nahm sie in den Arm. »Lilli, bitte. Wirklich! Käthe ...«

»Käthe führt gerade ein Freudentänzchen auf«, schluchzte Lilli verzweifelt und wand sich brüsk aus der Umarmung ihrer Freundin.

Gina setzte sich wieder. »Stimmt nicht. Sie ist auf dem Weg hierher.«

Lilli wollte wieder vom Stuhl hochfahren, aber ihr knickten die Beine weg.

Leise sagte sie: »Gut gemacht, Gina, so kann Käthe sich direkt an meinem Elend weiden. Das ist bestimmt der schönste Tag in ihrem Leben.«

»Du tust ihr Unrecht, glaub mir. Sie war ehrlich bestürzt. Und bitte, Lilli, ich wusste nicht, wen ich sonst anrufen sollte. Man kann über Käthe sagen, was man will, aber sie ist eine aufrechte Frau. Sie hat mit Sicherheit ...«

In diesem Moment klingelte es. Lilli zuckte zusammen. Am liebsten wäre sie weggelaufen.

Gina stand auf und ging zur Haustür. Mit bebenden Händen schüttelte Lilli zwei Kopfschmerztabletten aus dem Röhrchen und würgte sie mit einem Schluck Wasser herunter.

Sie hörte Käthe fragen: »Wo ist Elisabeth?«

»Draußen auf der Terrasse. Hier durch, bitte. Darf ich Ihnen etwas anbieten, Frau Berger? Einen Kaffee vielleicht oder einen Tee?«

Käthe antwortete knapp: »Machen Sie sich bitte keine Umstände, Frau Wilhelmi. Ein Glas Mineralwasser, wenn Sie so nett sein wollen.«

Dann stand sie schon in der Terrassentür. Sie sah aus wie immer: tadellos gekleidet, perfekt frisiert. Aber etwas war neu. In Käthes Augen, die sonst immer kalt und streng blickten, standen Tränen. Sie sah ihre Schwiegertochter an und suchte nach Worten. Lilli erhob sich halb von ihrem Stuhl. Käthe ging mit zwei schnellen Schritten zu ihr und schloss sie in die Arme. Lilli versank weinend in einer Wolke von Käthes typischem Lavendelduft.

»Elisabeth, mein armes Mädchen ... Lilli, mein Gott ... Was kann ich sagen? Mir tut das so leid.«

Lilli spürte, dass Käthes Betroffenheit ehrlich und von Herzen kommend war. Nie zuvor hatte sie ihre Schwiegermutter so erlebt. Und nie zuvor hatte Käthe sie Lilli genannt.

»Käthe, es tut so weh! Armin hat ...«

»Ich weiß, ich weiß«, murmelte Käthe beruhigend. »Frau Wilhelmi hat mich bereits darüber aufgeklärt.«

Gina kam aus dem Haus, ein Glas Mineralwasser in der Hand. Käthe drückte Lilli sanft wieder auf den Stuhl.

Eine Zeit lang sagte niemand ein Wort. Dann räusperte sich Käthe. »Elisabeth, kannst du mir erzählen, was passiert ist?«

Lilli nickte. Sie wischte sich die Tränen aus dem Gesicht und trank noch einen Schluck Wasser, bevor sie antwortete.

»Ich bin heute Nachmittag noch einmal zurück ins *Camelot*. Und da habe ich zufällig ein Telefongespräch zwischen Vanessa und Armin gehört. Sie hat seinen Namen gesagt, sonst hätte ich gar nicht gemerkt, dass ... ich ...«, flüsterte Lilli stockend. Sie musste tief durchatmen, bevor sie weitersprechen konnte. »Sie hat sich über mich lustig gemacht. Sie hat gelacht und mich ein *kleines Muttchen* genannt.« Lilli schluchzte verzweifelt auf. »Ich schäme mich so.«

»*Du* schämst dich?« Käthe war entsetzt. »Armin sollte sich schämen – und diese ... diese Person, natürlich!«

»Das finde ich allerdings auch«, stimmte Gina ihr zu. »Und mir würden für Vanessa noch einige wesentlich treffendere Bezeichnungen einfallen.«

»Und das geht schon seit drei Jahren?«, wollte Käthe wissen. »Wieso denkst du das?«

Lilli sackte vollends in sich zusammen. »Weil sie es gesagt hat. Weil sie sich darüber lustig gemacht haben, dass ich seit drei Jahren nichts merke, deshalb.«

»Armin betrügt dich seit drei Jahren mit dieser Frau, die du täglich bei der Arbeit triffst? Und du hast nie etwas gemerkt oder Verdacht geschöpft?«, fragte Käthe weiter.

»Nein! Ich habe nichts gemerkt!« Lilli schrie es fast. »Ich weiß, wie blöd sich das anhört. Wie naiv.« Lilli schlug die Hände vors Gesicht. »Ich blöde Kuh habe wirklich gedacht, dass wir eine glückliche Ehe führen. Dass er mich liebt.« Ihre Stimme versagte.

»Oh, ich bin ganz sicher, dass er das tut.« Gina konnte sich ihren Sarkasmus nicht verkneifen. »Bestimmt wird er dir sagen, dass sein Verhältnis nichts mit dir und eurer Liebe zu tun hat«, fuhr sie fort. »Standardentschuldigung Nummer 1 aus dem Handbuch für Fremdgeher. Ich kenn mich da aus. Die Kerle haben keinerlei Schamgefühl oder Unrechtsbewusstsein.«

Käthe sog scharf die Luft ein. »Ja, aber ... Doch nicht jeder Mann.«

»Na gut, vielleicht nicht jeder. Aber mein Exmann – Florian – ganz sicher nicht. Und Armin auch nicht, sonst hätte er Lilli nicht dieser peinlichen Situation ausgesetzt. Wissen Sie, Frau Berger, auch mein Mann hat mich betrogen. Wir haben uns scheiden lassen, als unser Sohn sieben Jahre alt war. Und warum? Nicht etwa, weil er mir, wie es fair gewesen wäre, gestanden hätte, dass er sich in eine andere Frau verliebt hat. Sondern nur, weil ich zu früh nach Hause gekommen bin. Sie können sich nicht vorstellen, wie beschmutzt und gedemütigt ich mich gefühlt habe.«

Käthe schaute betreten zu Boden. Doch, sie wusste sehr wohl, was Gina mitgemacht hatte.

Lilli flüsterte: »Beschmutzt und gedemütigt. Genau. Er muss direkt aus ihrem Bett zu mir gekommen sein. Ich hasse ihn dafür. Und seine Samstage im Büro ... Dieser erbärmliche Lügner.« Sie machte eine lange Pause. Jetzt gerade, da sie es laut aussprach, verstand sie das ganze Ausmaß von Armins Betrug. »Die langen Arbeitszeiten ... Und wenn Monsieur Pierre alles weiß ... dann muss Armin abends im *Camelot* gewesen sein. Und die beiden müssen ihr Verhältnis ganz offen gezeigt haben! Sie haben sich nicht einmal die Mühe gemacht, wenigstens an meinem Arbeitsplatz diskret zu sein.« Lilli wurde plötzlich ganz ruhig. Sie hatte einen Entschluss gefasst. »Ich werde mich von Armin trennen.«

»Das finde ich gut«, sagte Gina, während Käthe gleichzeitig erschrocken rief: »Aber Elisabeth! Bist du sicher? Willst du nicht erst einmal in Ruhe darüber nachdenken?«

Lilli griff über den Tisch nach Käthes Hand. »Käthe, bitte, versteh mich doch. Worüber soll ich noch nachdenken? Mein Mann schläft seit drei Jahren mit einer anderen Frau, einer Frau, die ich gestern noch als gute Freundin bezeichnet habe. Wie soll ich damit umgehen? Wie soll ich ihm jemals wieder vertrauen können? Soll ich in Zukunft jedes Mal misstrauisch werden, wenn er Überstunden macht oder am Wochenende einen Termin hat? Das halte ich nicht aus.«

Käthe wollte noch nicht aufgeben. »Aber die Kinder, Elisabeth, denk doch bitte an die Mädchen.«

Lilli schüttelte den Kopf. »Die beiden sind alt genug, um das zu verstehen. Das wird bestimmt nicht einfach, aber nichts und niemand wird mich umstimmen können. Vor allem nicht Armin.«

»Äh, apropos Armin ... Der hat übrigens vorhin hier angerufen und wollte dich sprechen«, sagte Gina.

In Lilli krampfte sich alles zusammen. »Und? Was wollte er?«

»Was hat mein Sohn gesagt?«, fragte Käthe gleichzeitig.

»Nicht viel. Er wollte mit dir reden, Lilli, und wurde ziemlich ungehalten, als ich sagte, er solle dich in Ruhe lassen. Die beiden dürften gerade schwer in Panik sein: Vanessa weiß sicher, dass sie jetzt eine neue Köchin braucht – aber da hält sich mein Mitleid schwer in Grenzen. Und Armin, na ja ...«

Da klingelte es an Ginas Haustür. Die drei Frauen sahen sich an.

Gina sagte: »Also, ich erwarte keinen Besuch. Und wenn das Armin ist? Was soll ich dann tun, Lilli?«

»Ich ... Keine Ahnung.« Lilli zitterte. Sie konnte keinen klaren Gedanken fassen. Sie wollte aufspringen, wegrennen, sich verstecken.

Es klingelte wieder. Gina erhob sich aus ihrem Stuhl und ging ins Haus. Lilli lauschte mit angehaltenem Atem, während Käthe ihre Hand hielt. Zuerst konnten sie nicht verstehen, was an der Tür gesprochen wurde. Dann wurden die Stimmen lauter.

»Ich will mit meiner Frau sprechen!«, hörten sie Armin laut rufen.

»Armin, hau ab! Lilli will dich nicht sehen!«

Dann hörten sie die Tür mit einem lauten Knall zuschlagen.

Sekunden später kam Gina auf die Terrasse. »Also, der traut sich was.« Die Empörung über Armins Auftritt stand ihr ins Gesicht geschrieben.

Das Gartentor quietschte.

Die Köpfe der Frauen fuhren herum. Armin kam mit langen Schritten über den Rasen auf die kleine Gruppe zu.

»Lilli! Ich muss mit dir reden, sofort!«

Lilli fühlte sich wie das Kaninchen vor der Schlange. Panik stieg in ihr auf, hilfesuchend sah sie Käthe an.

Armin erreichte die Terrasse und kam in den Wintergarten gestürmt. Gina und seine Mutter würdigte er keines Blickes, er schien sie nicht einmal wahrzunehmen.

»Lilli, bitte, lass uns reden. Es ist nicht so, wie du vielleicht denkst. Das mit Vanessa, das ist nur ...«

Er kam nicht dazu, den Satz zu beenden.

Käthe fuhr aus ihrem Stuhl hoch und stellte sich zwischen Armin und Lilli.

»Halt den Mund!«, zischte sie ihren Sohn an.

Armin starrte sie verblüfft an. »Mutter? Was machst du denn hier?«

»Ich stehe deiner betrogenen Ehefrau zur Seite, das tue ich hier. Und dir würde ich raten, von hier zu verschwinden, hörst du, Armin? Das, was du Elisabeth angetan hast, ist infam. So habe ich dich nicht erzogen. Ich schäme mich für dich.«

Armin machte mit der Hand eine abwehrende Geste und sagte: »Mutter, misch dich nicht ein. Deine Meinung interessiert mich nicht. Das hier betrifft nur mich und meine Frau – und niemanden sonst. Das geht dich überhaupt nichts an.«

»Untersteh dich, so mit mir zu reden, Armin. Und jetzt respektierst du bitte, dass Elisabeth nicht mit dir sprechen möchte.«

»Mutter, ich warne dich ...«

Käthe holte aus und gab ihrem Sohn eine schallende Ohrfeige.

Armin rieb sich die Wange und wich erschrocken einige Schritte zurück. »Mutter, was erlaubst du ...?«

Klatsch!

Käthe war ihm gefolgt und hatte noch einmal ebenso heftig zugeschlagen.

Armin starrte sie einen Moment lang wütend an, dann drehte er sich auf dem Absatz um und ergriff die Flucht. Er rannte geradezu über den Rasen und verschwand durchs Gartentor.

Lilli und Gina hatten die Szene zwischen Mutter und Sohn verblüfft verfolgt. Jetzt saßen sie da und starrten Käthe an, die nur kurz ihren Seidenschal richtete und sich dann wieder auf ihren Stuhl setzte, als hätte die Auseinandersetzung mit ihrem Sohn niemals stattgefunden.

Zufrieden sah Käthe sich um und sagte: »Jetzt könnte ich einen Schnaps vertragen.«

Kapitel 8

»Soll ich mit reinkommen?«, fragte Gina und zog den Autoschlüssel aus dem Zündschloss.

»Nein, lass mal. Ich möchte alleine mit den Mädchen sprechen.«

»Okay. Wenn du mich brauchst, ruf an, ja?«

Lilli nickte. Dann umarmte sie Gina und stieg aus dem Wagen. Als sie mit unsicheren Schritten auf die Haustür zuging, hörte sie durch das geöffnete Küchenfenster ihre Töchter kichern. Lilli zögerte einen Moment, bevor sie das Haus betrat.

Von Armin keine Spur.

Kati und Svenja bemerkten sie zunächst nicht. Lilli blieb in der Küchentür stehen, um das Bild kurz auf sich wirken zu lassen. Ihre Töchter saßen einträchtig zusammen, hörten Musik, schwatzten und aßen Apfelpfannkuchen – ein Bild seltener Harmonie. Es zerriss ihr schier das Herz. Auch für Kati und Svenja würde sich jetzt alles ändern. Noch heute Morgen hätte Lilli jedem versichert, dass sie ein glückliches Leben führte. Und jetzt?

Kati sah hoch. Bei Lillis Anblick sprang sie erschrocken auf. »Ma, was ist los mit dir? Hast du geweint? Und wieso kommst du so spät? Ich habe mir schon Sorgen gemacht!«

Svenja, die mit dem Rücken zur Küchentür saß, war mit ihrem Pfannkuchen beschäftigt. Sie rannte zu Lilli, legte einen Arm um sie und führte sie zu einem Stuhl. »Setz dich, ich mache dir einen Espresso, ja? Oder möchtest du etwas anderes?«

Lilli nickte. »Lieber ein Glas Mineralwasser, Kati. Und dann setz dich bitte wieder, ich muss mit euch reden.«

Jetzt wurde auch Svenja aufmerksam. Sie starrte Lilli an und nuschelte mit vollem Mund: »Wasch'n losch?« Ein großer Brocken halb gekauten Pfannkuchens fiel ihr dabei aus dem Mund und klatschte auf ihren Teller.

Kati stellte ein Glas Mineralwasser vor Lilli ab und fuhr Svenja an: »Mach deinen Mund leer, bevor du sprichst. Ist ja ekelhaft. Siehst du nicht, dass mit Ma was nicht stimmt, du ignorante Pute?«

Svenja würgte den Pfannkuchen herunter und schrie: »Mach mich gefälligst nicht so blöd an, hörst du? Mama, sag doch was!«

Lilli schloss die Augen und legte beide Hände langsam auf den Tisch. »Seid ruhig – beide!«

Lillis Ton ließ ihre Töchter abrupt verstummen. Kati setzte sich wieder hin und sah ihre Mutter ängstlich an. Sie schien im Gegensatz zu Svenja zu ahnen, dass Lilli nicht ohne Grund so anders war als sonst.

Lilli trank einen Schluck Wasser. Wie gern hätte sie ihren Töchtern das erspart. »Also gut, ihr beiden, das fällt mir jetzt nicht leicht. Ich werde mich von Armin – von eurem Vater – trennen.«

»Waaas?«, riefen Kati und Svenja gleichzeitig.

Lilli nickte bestätigend. »Eurer Pa wird sofort hier ausziehen, das ist mein Wunsch.«

Während Svenja sie nur anstarrte und mechanisch, ohne hinzusehen, weiterhin Pfannkuchen in sich hineinstopfte, griff Kati nach Lillis Hand und fragte leise: »Was hat Papa gemacht?«

»Er ... Er hat ein Verhältnis«, antwortete Lilli.

»Wasch'n für'n Verhältnisch?«, nuschelte Svenja.

»Mit einer anderen Frau, natürlich!«, fuhr Kati ihre Schwester an.

Die zuckte zusammen, starrte auf ihren Teller und kratzte nervtötend mit ihrer Gabel auf dem Porzellan herum. Das Geräusch war kaum zu ertragen.

Das Telefon klingelte. Keiner machte Anstalten, aufzustehen. Der Anrufbeantworter sprang an, aber niemand hinterließ eine Nachricht.

Kati rührte sich als Erste. »Was für ein Arsch!«

Lilli seufzte. »Das ist noch nicht alles, Mädchen. Ich werde nicht mehr im *Camelot* arbeiten können.«

»Wieso, was hat denn das *Camelot* ...?« Kati brach ab und schlug sich entsetzt die Hand vor den Mund. »Willst du damit sagen, dass Pa mit Van...?«

Lilli kämpfte die aufsteigenden Tränen nieder und nickte.

»Und das bedeutet, dass ich nicht sagen kann, wann ich wieder Arbeit finde. Das heißt, unser Geld wird knapper werden, als wir es gewöhnt sind. Bis jetzt haben euer Vater und ich Geld verdient, und ich falle nun erst einmal weg. Euer Vater wird uns zwar sicherlich unterstützen, aber das wird längst nicht dem entsprechen, was wir bisher zur Verfügung hatten. Auf Dauer möchte ich das sowieso nicht. Das versteht ihr doch?«

Kati kam um den Tisch gelaufen und nahm Lilli in den Arm.

»Wir halten zusammen! Verlass dich auf uns, Ma! Vielleicht kann ich ja einen Job finden.«

Svenja hatte endlich aufgehört, in den Resten auf ihrem Teller herumzustochern. Ihr war deutlich anzusehen, dass sie angestrengt nachdachte. Dann rief sie empört: »Soll das heißen, dass ich die Karaoke-Anlage nicht kriege?«

Kati ließ Lilli los und stampfte wütend auf. »Spinnst du, Svenja? Wie hohl bist du eigentlich? Deine Scheißanlage interessiert hier kein Schwein!«

»Halt die Klappe, Kati!«, kreischte Svenja zurück. »Die haben es mir versprochen! Ich brauche diese Anlage!«

Kati wurde weiß um die Nase. »Eine Tracht Prügel, das ist es, was du brauchst. Wie bist du denn drauf? Mama geht es schlecht – und alles, woran du denkst, ist Geld. Ich schäme mich, dass du meine Schwester bist! Du bist so was von ätzend!«

Ehe Svenja antworten konnte, war in der Haustür ein Schlüssel zu hören. Dann stand Armin schon in der Küchentür. »Ihr seid ja doch zu Hause«, sagte er. »Ich habe gerade angerufen, aber es ist keiner ans Telefon gegangen. Was ist hier überhaupt los? Man hört euer Geschrei bis auf die Straße.«

Kati zog Svenja am Arm von ihrem Stuhl hoch und zerrte die lautstark Protestierende aus der Küche. Ihren Vater würdigte sie keines Blickes.

Bei Armins Anblick wurde Lilli übel. Als er sich ihr gegenüber an den Küchentisch setzte, verspannte sich ihr ganzer Körper.

»Lilli, du hast den Mädchen doch nicht etwa alles erzählt?«

»Doch, habe ich.«

»Lass uns reden, Lilli, bitte. Lass mich erklären.«

Lilli sah ihren Mann an und wurde mit einem Mal ganz ruhig.

Er hatte es nicht verdient, dass sie sich aufregte. Und ganz sicher würde sie ihm nicht die Genugtuung verschaffen, sie weinen und um seine Zuneigung betteln zu sehen.

»Lass hören«, sagte Lilli ruhig.

»Na ja, äh, das mit Vanessa und mir ... Das hat nichts mit uns beiden zu tun, Lilli.«

»Sondern?«

»Ich liebe nur dich, Lilli, das musst du mir glauben.«

»Du wirst es mir nachsehen, Armin, dass mir das gerade ausgesprochen schwerfällt. Du vögelst seit Jahren«, bei dieser Formulierung zuckte Armin zusammen, »eine andere Frau, meine Chefin und, wie ich dachte, gute Freundin. Ist das deine Art, mir deine Liebe zu beweisen?«

»Ja ... nein ... natürlich nicht. Aber das mit Vanessa, das hat doch nichts mit Liebe zu tun. Und ...«

»Und was?«

»Ich will mit dir zusammenbleiben. Du bist meine Frau. Ich brauche meine Familie. Das verstehst du doch? Du bist doch sonst immer so verständnisvoll.«

Lilli wollte schreien und toben und um sich schlagen, sein Gesicht zerkratzen und ihm die Haare büschelweise ausreißen. Was glaubte dieser Kerl eigentlich?

»Du willst mein Verständnis? Wofür? Dafür, dass dir eine Frau nicht reicht? Dafür, dass du Abwechslung brauchst?«

»Aber dir hat doch nichts gefehlt, oder? Du hast doch nicht einmal gemerkt, dass es eine andere Frau gab. Also hat Vanessa dir auch nichts weggenommen.«

Lilli glaubte, sich verhört zu haben. Was wollte Armin damit sagen? Dass eine Zweitfrau unter diesen Umständen legitim war? Wenn sie der Erstfrau *nichts wegnahm*?

»Willst du mir vorschlagen, so weiterzumachen, Armin? Ist es das, was du mir sagen willst? Dass ich deine kleine Affäre mit Vanessa akzeptieren soll? Gute Miene zum bösen Spiel mache?«

Armin rutschte auf seinem Stuhl herum. Er sah Lilli unsicher an. Er schien ein großes Drama erwartet zu haben, Geschrei, Tränen, Vorwürfe, aber nicht die nach außen hin ruhige Lilli, die dort vor ihm saß. Das machte ihn unvorsichtig.

Und dann tat er das Unglaubliche.

Er fragte: »Könntest du dir das denn vorstellen?«

Lilli rang um Fassung. Dann sagte sie kalt: »Ich kenne dich nicht. Du bist ein vollkommen fremder Mensch für mich. Pack sofort deine Koffer und verschwinde aus meinem Leben! Du musst mich unglaublich verachten, sonst würdest du mir nicht einen derartig beleidigenden Vorschlag machen.« Er wollte etwas sagen, aber Lilli hob die Hand. »Sei still, Armin. Du hast schon mehr als genug gesagt. Kennst du mich so wenig, dass du denkst, ich würde dich mit einer anderen Frau teilen? Dass ich mit einer Ehe zu dritt einverstanden wäre? Du bist ein Schwein, Armin. Niemals.«

Armin wurde blass. Dann sprang er auf und holte sich am Spülbecken ein Glas Wasser, das er in schnellen Schlucken hinunterstürzte. Er setzte sich zurück an den Tisch und fuhr sich nervös mit den Fingern durch die Haare. Als er wieder sprach, hatte er Tränen in den Augen.

»Ich mache Schluss mit Vanessa, wenn du willst, ich schwöre es dir! Aber bitte verlass mich nicht.«

»Du hast mich in dem Moment verlassen, als du was mit Vanessa angefangen hast. Du schläfst seit drei Jahren mit einer Frau, der ich beinahe täglich begegne. Du hast mich gedemütigt und lächerlich gemacht. Selbst meine Kollegen wussten davon. Jemand, der dazu fähig ist, liebt mich nicht.«

»Aber Lilli, bitte ...«

»Ach, halt einfach die Klappe. Mit jedem weiteren Wort machst du es nur noch schlimmer. Hau ab und heul dich woanders aus.«

Lilli stand auf und ließ ihn allein in der Küche sitzen. Sie ging zu ihren Töchtern ins Obergeschoss. Sie fand beide in Katis Zimmer. Dort saßen sie dann zu dritt und hörten Armin im Erdgeschoss hin- und herlaufen, während er seine Sachen packte.

Endlich fiel die Haustür zu.

Kapitel 9

Lilli lebte ihren neuen Alltag, so gut es eben ging. Wenn sie morgens aufwachte, tastete ihre Hand nach Armin. Jeden Morgen Tränen und Schmerz, wenn sie das kalte, unbenutzte Kissen neben sich spürte.

Kati und Svenja gegenüber versuchte sie, die Fassung zu wahren. Aber wenn die Mädchen vormittags in der Schule waren, stand sie oft stundenlang in der Küche am Fenster oder saß im Wohnzimmer auf der Couch und starrte ins Leere, während Tränen ihre Wangen herabliefen. Morgens konnte sie sich kaum überwinden, das Bett zu verlassen.

Obwohl sie Armin manchmal so sehr hasste, dass sie sich bremsen musste, um nicht aus dem Haus zu stürzen, zu ihm ins Büro zu fahren und dort zu randalieren, vermisste sie ihn.

Fast zwanzig Jahre Ehe, das waren unendlich viele gemeinsam erlebte, glückliche Momente. Die Geburten ihrer Töchter, fröhliche Urlaube, leidenschaftliche Nächte, ein harmonisches Familienleben ...

Und dann fiel ihr Vanessa ein, ihr perfekt geschminktes Gesicht, ihr Betrug und ihr falsches Lächeln, als sie vor ein paar Wochen noch gesagt hatte: »Du bist um deine Familie zu beneiden, Lilli. Aber tauschen möchte ich trotzdem nicht mit dir. Meine Unabhängigkeit ist mir wichtiger.«

Wenn Lilli allein war, stürmten Bilder auf sie ein, die sie vor Schmerz und Wut laut schreien ließen. Sie sah Armin und Vanessa zusammen im Bett, wie sie sich über ihre Ahnungslosigkeit lustig machten. Sie sah Armin im *Camelot*, wie er mit Vanessa flirtete, vor den Augen ihrer Kollegen.

Sie sah Armin, der – offenbar ohne den Hauch eines schlechten Gewissens – seine Rolle als liebender Ehemann und Familienvater spielte.

Und jedes Mal führte das dazu, dass Lilli sich unendlich schämte. Für ihre Naivität, für ihre Gutgläubigkeit und für ihre Unfähigkeit, ihren Ehemann so glücklich zu machen, dass er sich keine Geliebte suchen musste.

Jeden Tag kamen entweder Gina oder Käthe – manchmal auch beide – zu Besuch. Sie redeten mit ihr und umsorgten sie. Sie ließen sie weinen und hielten sie tröstend im Arm. Käthe kochte häufig für Lilli und die Mädchen, denn Lilli hatte jegliche Lust daran verloren.

Und sie hatte nicht einmal die Kraft, gegen Käthes schwere Hausmannskost zu protestieren, selbst Gemüse mit dicker Sahnesauce oder fettige Bratkartoffeln hatten sie nicht aufbegehren lassen.

Etliche Wochen nach Armins Auszug kam Kati von der Schule nach Hause und fand Lilli weinend im Badezimmer, auf dem Boden kauernd, ein Oberhemd von Armin an sich gepresst. Kati nahm es ihr sanft aus der Hand. Es war das mit dem zerrissenen Ärmel. Sie setzte sich zu ihrer Mutter auf den Fußboden. »Ma, bitte, so geht das nicht weiter.«

»Was soll ich denn machen?«, weinte Lilli.

Kati drückte ihre Mutter fest an sich. »Mama, ich kann das nicht mehr ertragen, dass du so unglücklich bist. Ich möchte dich wieder lachen sehen«, flüsterte sie.

»Kati, es tut mir leid, wirklich. Aber es geht mir nicht gut.«

»Ma, ich sehe doch, dass du dich schrecklich fühlst, aber ... Bitte, Mama, wir müssen eine Lösung finden.«

Sanft strich sie ihrer Mutter die Haare aus dem Gesicht.

»Pass auf, ich habe einen Vorschlag. Ich koche heute Abend was Schönes. Wir laden Tante Gina und Oma ein und sprechen über alles, ja? Und dann fällt uns bestimmt etwas ein.«

Bitte nicht, dachte Lilli verzweifelt. Bitte keine mitleidigen Gesichter mehr, kein an der Haustür zu laut geflüstertes »Wie geht es ihr heute, Kati« und »Hat sie heute Nacht geschlafen?«, keine Ratschläge, keine Hühnersuppe von Käthe mehr, »damit du wieder zu Kräften kommst, Kind.«

»Kati, das ertrage ich nicht, nicht heute.«

»Wann denn? Morgen? Übermorgen? Nächste Woche? Nächstes Jahr? Du wirst immer einen Grund finden, abzusagen, oder? Sei ehrlich. Mama, bitte. Wir brauchen dich. Svenja ist völlig durch den Wind, und mir geht es auch nicht viel besser. Und so sehr wir Oma mögen – du fehlst uns. Lass es uns wenigstens versuchen.«

Lilli wusste, dass Kati recht hatte. Sie war ihre Mutter, und es wurde Zeit, wieder am Leben der Töchter teilzunehmen, so schwer es ihr auch fiel. Svenja schlich seit Wochen wie ein Schatten durch das Haus, zutiefst verunsichert. Und Kati sollte sich ganz auf die Schule konzentrieren können, statt ihre depressive Mutter aufzufangen.

Lilli gab nach und nickte. »Also gut.«

»Ma, ich freu mich, wirklich. Wollen wir zusammen kochen? Hast du Lust?«

Lilli versuchte ein Lächeln. »Okay ... Aber lass mir noch ein paar Minuten. Geh schon mal vor, ja, Kati?«

»Alles klar.« Kati sprang auf. »Aber wenn du in fünf Minuten nicht in der Küche bist, komme ich dich holen.«

Ihre Tochter verließ das Badezimmer. Sekunden später hörte Lilli sie telefonieren.

Sie ertappte sich bei der Hoffnung, Käthe und Gina hätten keine Zeit – und schämte sich sofort für ihre Gedanken. Trotzdem waren ihr die Besuche lästig. Es war anstrengend, Menschen um sich zu haben, sprechen zu müssen. Beide versuchten alles, sie aufzumuntern und zu unterstützen, aber Lilli wartete vom Moment ihrer Ankunft nur darauf, dass sie sich endlich wieder verabschiedeten.

Ein gemeinsames Essen schien mehr, als sie ertragen konnte.

Sie rappelte sich mühsam auf und ging langsam Richtung Küche, wo Kati schon geschäftig hin und her lief. Lilli blieb unschlüssig in der Tür stehen.

Aber Kati hatte sie schon bemerkt. »Da bist du ja, klasse! Komm, du kannst dich um den Salat kümmern. Wir haben Hähnchenfilet. Ich könnte Ragout machen oder die Filets nature anbraten, was meinst du? Außerdem habe ich heute vor der Schule auf dem Biomarkt bei Mike eingekauft.«

»Wer ist Mike?«

»Na, dieser eine Biobauer vom Markt! Du weißt schon – lange blonde Haare, gutaussehend, sehr smart. Er hat mich übrigens nach dir gefragt, weil du schon seit Wochen nicht mehr auf dem Markt warst. Wirklich nett, der Typ.«

Kati plapperte ohne Punkt und Komma, während sie in der Küche hantierte und Lilli noch immer in der Tür stand.

»Na ja, ich habe ihm erzählt, dass es dir nicht so gut geht im Moment, aber ich habe ihm natürlich nicht gesagt, was wirklich los ist, und er hat mir ein paar Blümchen für dich mitgegeben.« Sie deutete auf einen Strauß orangefarbener Ringelblumen, der in einem kleinen Krug auf dem Küchentisch leuchtete. »Die sollen dich ein bisschen aufmuntern, sagt er. Und dann hat er jede kleine Frühkartoffel einzeln ausgewählt und hat gesagt: ›Für deine Mutter nur das Beste, die ist streng.‹ Guck mal, wie gemalt, die Dinger. Ich soll dich übrigens von ihm grüßen. Er sagt, wir sind seine besten Kunden, und er macht bald Pleite, wenn wir nicht mehr bei ihm einkaufen. Warte, bis du das Obst siehst, ein Traum. Ich sage nur: Walderdbeeren! Für den Salat haben wir Radieschen, die sind superlecker. Außerdem habe ich Zuckerschoten mitgebracht, Tomaten und frische Kräuter. Wir können uns jetzt überlegen, ob ...«

»Stopp! Hol doch mal Luft, Kati! Wo sind denn all diese unglaublichen Attraktionen?« Katis Eifer, sie aufzumuntern, ließ keine Gegenwehr zu. Ihre Tochter strahlte sie an und deutete auf einen großen Einkaufskorb, der auf der Arbeitsfläche neben dem Spülbecken stand.

Lilli nahm ihn und packte aus. Als sie das prachtvolle Obst und Gemüse so appetitlich auf dem Küchentisch liegen sah, kehrten ihre Lebensgeister zurück, und sie bekam tatsächlich Lust, gemeinsam mit ihrer Tochter ein köstliches Essen zu zaubern.

»Und? Was denkst du, Ma? Alles getrennt zubereiten, oder sollen wir einen Kartoffelsalat machen? Wir kochen die Kartoffeln, blanchieren die Zuckerschoten, und dann ab damit in die große Schüssel.«

Lilli nickte. »Gute Idee. Welche Sauce zum Salat?«

»Eine leichte Vinaigrette, bloß keine Mayonnaise. Und ich habe Mascarpone gekauft. Das gibt mit den gemischten Beeren einen super Nachtisch. Ich habe doch Minze mitgebracht?«

Natürlich hast du das, Süße, dachte Lilli gerührt. Und ich liebe dich dafür.

Es tat ihr gut, wieder mit Kati zusammen in der Küche zu stehen und ein Essen vorzubereiten. Das Kochen hatte ihr gefehlt. Es war fast wie früher. Wie früher, wie sich das anhörte ... Als hätte zwischenzeitlich der dritte Weltkrieg stattgefunden. Und dabei war ihr nur das passiert, was täglich tausende Frauen auf der Welt erleben: Ihr Partner ging fremd. Ob alle Frauen dann glaubten, ihr Leben sei zu Ende? Und sich so hässlich fühlten? Nur weil sich der Kerl eine andere ins Bett geholt hatte?

Katis Stimme holte sie aus ihren Gedanken. »Hallo? Jemand zu Hause? Du stehst da wie ein Ölgötze und starrst die Johannisbeeren an. Was ist denn nun mit der Mascarponecreme?«

Lilli ging zu Kati und schloss ihre Tochter in die Arme.

»Du bist ein Schatz, weißt du das? Ich danke dir, ehrlich. So – und jetzt wird gekocht.«

In der nächsten halben Stunde arbeiteten sie schweigend. Die traditionelle CD von Bob Marley dudelte im Hintergrund, während sie Hand in Hand arbeiteten, ein lange eingespieltes Team. Als Erstes kochten sie die kleinen Kartoffeln, die zum Auskühlen auf die Fensterbank ans offene Fenster gestellt wurden. Kati blanchierte die zarten, knackigen Zuckerschoten für eine Minute und schreckte diese dann in Eiswasser ab, damit sie ihre frische, hellgrüne Farbe behielten. In einer Glasschüssel rührte Lilli die Mascarpone mit frischem Orangensaft zu einer geschmeidigen Creme, während Kati damit begann, die Kartoffeln in Scheiben zu schneiden. Die hauchzarte, hellgelbe Schale entfernte sie nicht. Lilli schnitt die Zwiebeln in winzige Würfel und gab diese in ein ausgewaschenes Marmeladenglas, das sie immer zum Anrühren einer Vinaigrette benutzte. Sie goss zu gleichen Teilen Speiseöl, Essig und warmes Wasser dazu, schraubte den Deckel auf das Glas und schüttelte es kräftig, bis sich eine schaumige Flüssigkeit gebildet hatte. In einer Tonschüssel warteten die lauwarmen Kartoffeln, die Kati gesalzen und gepfeffert hatte. Jetzt schnitt sie Radieschen in hauchdünne Scheiben. Lilli gab die Vinaigrette in die Schüssel und hob die Sauce vorsichtig unter die Kartoffelscheiben. Bevor sie die weiteren Zutaten hinzufügen würde, sollten die Kartoffeln eine Zeit lang ziehen.

Lilli und Kati sprachen nicht viel. Beim gemeinsamen Kochen verstanden sie sich wortlos.

Als Svenja hereinkam, war sie sichtlich erstaunt, ihre Mutter in der Küche werkeln zu sehen, gab aber keinen Kommentar dazu ab.

»In einer halben Stunde gibt's Essen, Kurze«, sagte Kati. »Tante Gina und Oma kommen auch.«

»Blöde Kuh, nenn mich gefälligst nicht Kurze, ja? Ich bin genauso groß wie du«, fauchte Svenja und stapfte aus der Küche. Kurze Zeit später dröhnte Popmusik aus dem Wohnzimmer.

»Also, das ist doch ...« Kati wollte Svenja sofort hinterherstürmen.

Lilli hielt sie auf. »Lass sie. Ist schon okay. Wenn Oma kommt, muss sie das sowieso ausmachen.« Lilli schloss die Küchentür. »Komm, Kati, du deckst den Tisch, ich packe die Hähnchenfilets in die Pfanne und kümmere mich ums Obst, dann sind wir fertig. Unsere Gäste kommen jeden Moment.«

Und während Lilli an der Spüle stand und summend die winzigen, zarten Walderdbeeren trocken tupfte, lächelte Kati sie strahlend an.

»Was ist los, Kati? Warum lachst du?«

»Weil du mitsummst, Ma. Das finde ich toll.«

Zwanzig Minuten später saßen sie zu fünft um den großen Küchentisch herum.

In der Mitte der Tafel die Ringelblumen. Gina hatte natürlich auch Blumen aus ihrem Garten mitgebracht: einen riesigen Strauß aus dunkellila Gartenmohn, leuchtend blauen Iris, orange-gelben Fackellilien und pinkfarbenen Rosen.

Nachdem während der letzten beiden Wochen Trauer und Wut die Stimmung im Haus beherrscht hatten, brachten die farbenfrohen, duftenden Blumen eine fröhliche Atmosphäre in die Küche.

»Mein Gott, Gina«, hatte Lilli beim Anblick des Blumenmeeres ausgerufen. »In deinem Garten steht bestimmt keine einzige Blume mehr.«

Käthe zeigte sich ebenfalls beeindruckt. »Wirklich, Frau Wilhelmi, die wachsen alle in Ihrem Garten? Welche Pracht – beneidenswert. Ich habe ja leider nur einen Balkon.«

»Aber den kann man doch auch wunderschön bepflanzen!«

Gina war sofort in ihrem Element. »Wenn Sie möchten, Frau Berger, komme ich gern einmal bei Ihnen vorbei, sehe mir alles an und mache Ihnen Vorschläge für die Bepflanzung. Und spätestens im nächsten Jahr werden Sie von allen beneidet, das verspreche ich Ihnen.«

»Weißt du was, Käthe«, sagte Lilli, »bevor du nach Hause fährst, teile ich den Strauß. Der ist groß genug, um in zwei Wohnungen gute Laune zu verbreiten. Du nimmst die Hälfte mit und lässt den Sommer in dein Wohnzimmer einziehen.«

Käthe lächelte erfreut.

Gina und Käthe kommentierten mit keinem Wort den Umstand, dass Lilli zusammen mit Kati gekocht hatte und sich so lebhaft zeigte wie schon seit Wochen nicht mehr.

Auch Svenja schien froh, dass ihre Mutter nicht mehr wie ein trauriges Gespenst durch das Haus schlich, und saß gut gelaunt mit ihnen am Tisch. Zwar hatte Svenja die Karaoke-Anlage Lilli gegenüber nicht mehr erwähnt, aber sie war ihrer Mutter aus dem Weg gegangen. Und sie hatte häufig mit ihrem Vater telefoniert. Lilli hatte gehört, dass Svenja ihn immer wieder fragte, wann er endlich wieder nach Hause kommen würde. Auch mit Käthe hörte Lilli ihre jüngere Tochter oft sprechen, Oma und Enkelin saßen dann zusammen, tranken Tee und knabberten Plätzchen.

»Katharina, Elisabeth, das Essen ist delikat. Kompliment«, sagte Käthe, während sie ihr gebratenes Hähnchenfilet zerteilte.

»Stimmt, superlecker!«, schmatzte Svenja.

»*Porco dio*, ja«, stöhnte Gina. »Ich könnte mich glatt darin wälzen! Diese Kartöffelchen ...«

Käthe hob zwar bei Ginas Worten kurz eine Augenbraue, lächelte dann aber doch zustimmend. »Ich hätte es nicht besser sagen können, Frau Wilhelmi. Wo habt ihr das Gemüse gekauft?«

»Oh, das ist von Mike«, rief Kati.

»Mike? Wer ist denn das?«, fragte Käthe.

»Das ist der ...«, setzten Kati und Lilli gleichzeitig an, stockten dann und brachen in Gelächter aus.

Käthe und Gina wechselten einen schnellen Blick. Erstaunen und Erleichterung lagen darin. Sie hatten Lilli seit Wochen nicht ein einziges Mal lachen oder auch nur lächeln sehen. Kati deutete Lilli gegenüber eine Verbeugung an und gluckste: »Alter vor Schönheit. Erzähl du.«

Lilli schob ihren leeren Teller zur Seite und wischte sich mit einer Serviette kleine Vinaigrettespritzer aus dem Mundwinkel.

»Das ist ein Biobauer auf dem kleinen Markt am Rathaus. Sehr empfehlenswert, besonders das Angebot von diesem Mike. Gina, du kennst ihn ja.« Die nickte bestätigend.

»Aha ... Mike also.« Käthe sprach den Namen besonders akzentuiert aus. »Ihr nennt ihn schon beim Vornamen? Ungewöhnlich. Hat der Mann auch einen Familiennamen?«

Lilli sagte: »Um ehrlich zu sein, Käthe, das weiß ich gar nicht. Kowallek, Koslowski oder Kowalski oder so ähnlich. Er hat sich mir nur mit seinem Vornamen vorgestellt. Auf jeden Fall hat er hervorragende Ware. Erstklassiges Obst und Gemüse aus eigenem Anbau. Er hat, glaube ich, einen Bauernhof außerhalb der Stadt.«

»Stimmt«, rief Kati, die mittlerweile damit beschäftigt war, den Tisch abzuräumen. »Man kann zum Einkaufen auch zu ihm auf den Hof kommen. Er hat uns übrigens eingeladen, ihn dort mal zu besuchen und uns alles anzusehen. Nachtisch, die Damen? Es gibt Mascarponecreme mit Beeren aller Art. Und einen kleinen Espresso, vielleicht? Los, Svenja, beweg mal deinen Hintern und hilf mir.«

Svenja wollte gerade losmaulen, als sie einen Blick ihrer Großmutter auffing, woraufhin sie sich schnell von ihrem Stuhl erhob, um Kati zu helfen.

Minuten später hatte jeder ein Dessertschälchen mit sahnig gerührter Creme vor sich stehen. Die große Schüssel mit Walderdbeeren, Himbeeren und schwarzen Johannisbeeren kam in die Mitte des Tisches, sodass sich jeder selbst bedienen konnte.

Nicht sehr gastfreundlich schnappte sich Svenja sofort den Löffel und schaufelte großzügig Beeren auf ihre Portion, während Kati in kleinen Tässchen den frisch aufgebrühten Espresso servierte.

»Das sind ja echte Walderdbeeren! Köstlich!« Käthe war begeistert. »Wisst ihr, früher sind wir jungen Mädchen immer in den Wald gegangen und haben dort Erdbeeren gesammelt. Ein wirklicher Hochgenuss. Gar nicht zu vergleichen mit der Ware, die man heutzutage bekommt. Sind die auch von diesem ... diesem Herrn Mike?«

»Allerdings«, bestätigte Lilli. »Wenn ich ein Restaurant hätte, würde ich garantiert nur bei ihm einkaufen.«

»Aber das ist doch bestimmt nicht billig, oder?«, fragte Käthe.

»Der Geschmack macht das dreimal wieder wett. Und ich bin sicher, echte Genießer würden gern mehr für ein Essen dieser Qualität bezahlen.«

Kati sah Lilli aufmerksam an. »Dann mach das doch!«
»Was soll ich machen? Ein Restaurant eröffnen?«
»Na ja, es muss ja nicht sofort ein Restaurant sein, Ma. Aber du könntest doch einen Kochservice starten, oder?«

Aufgeregt sprang Kati auf und begann, in der Küche hin und her zu laufen. Die anderen beobachteten sie verblüfft.

»Ich habe da nämlich letztens so eine Reportage gesehen, wisst ihr? Das will ich dir schon seit Tagen erzählen, Ma. Es ging um einen Koch, und der ist zu den Leuten nach Hause gegangen, um da für sie zu kochen. Und er hat so kleine Feste ausgerichtet oder auch nur für zwei Leute. Kindergeburtstage, alles Mögliche! Und immer ganz irre Dekorationen, das könnte Tante Gina doch dann machen. Und ich helfe mit und Tobi bestimmt auch. Das wäre es doch! Was sagt ihr dazu?« Kati schaute begeistert in die Runde.

Gina nickte. »Verdammt gute Idee, Kati. Ich wäre dabei.«

Plötzlich wurde auch Svenja aufmerksam. »Kann man damit viel Geld verdienen? Du könntest für Promis kochen!«

»Klar«, spöttelte Kati, »zumal man hier in unserem Kaff ja auch alle zwei Meter über weltbekannte Prominente stolpert. Heute Morgen auf dem Markt habe ich übrigens den Sänger von Tokio Hotel gesehen, der hat Kartoffeln eingekauft.«

Svenja schob schmollend die Unterlippe vor. Mit ihren verschränkten Armen und ihrem trotzigen Gesicht sah sie aus, als habe sie gerade erst das Schulalter erreicht.

»Ich weiß nicht. Ob das so eine gute Idee ist?«, sagte Käthe. »Wäre es nicht sinnvoller, wenn du dir eine ordentliche Stelle suchen würdest? Du hast mir doch mal erzählt, dass man als Koch immer etwas finden kann, Elisabeth.«

»Im Prinzip stimmt das auch. Aber die Stelle im *Camelot* war die absolute Ausnahme – auf hohem Niveau kochen, aber zu normalen Arbeitszeiten von morgens bis nachmittags. Das ist in der Branche leider extrem ungewöhnlich. Es gibt nur zwei Möglichkeiten: Ich finde eine Stelle in einem erstklassigen Restaurant und muss dann garantiert nachts und am Wochenende arbeiten. Ich bin bestimmt nicht arbeitsscheu, aber ich möchte auch für Kati und Svenja da sein. Oder ich heuere in einer Kantine an und arbeite nur wochentags. Aber dann reiche ich fünf Tage in der Woche Billigbratwurst mit Fritten über die Theke.«

»Und flippst nach zwei Wochen aus«, fügte Gina hinzu.

»Genauso ist es«, bestätigte Lilli.

»Na also!«, rief Kati. »Dann gibt es ja nur die Möglichkeit, dass du selbst etwas auf die Beine stellst. Und wenn Tante Gina mitmacht ... Was soll denn da noch schiefgehen! Und außerdem, erinnert euch doch bitte an den Chef von Tante Renate, wie begeistert der war. Der wollte dich sofort anheuern! Bitte, da hast du deinen ersten Kunden«, schloss sie triumphierend.

»Da hat sie allerdings recht«, pflichtete Gina Kati bei. »Wirklich, Lilli, denk ernsthaft darüber nach. Renates Chef hat dir doch seine Karte gegeben, oder? Und, wenn ich mich recht erinnere, war das ein überschaubares Essen, für das er uns engagieren wollte. Zwölf Personen. Und der Polizeipräsident hat doch auch schon angefragt. Das schaffen wir mit links. Lass es uns ausprobieren, ja? Was hast du zu verlieren? Vielleicht ist das wirklich eine neue Perspektive für dich ... für uns. Ich hätte Spaß daran, mit dir zusammen etwas aufzubauen. Ich muss ja nicht sofort meinen Job kündigen.«

Lilli blickte in die Runde. Svenja schmollte noch immer, und Käthe sah skeptisch aus, aber Gina und Kati hatten Feuer gefangen. Beide strahlten sie erwartungsvoll an.

»Und was ist, wenn nach diesen beiden tollen ersten Kunden nichts mehr passiert? Ich bin nicht die Einzige, die gut kocht. Und wenn das alles so Erfolg versprechend wäre ... Warum machen das dann nicht alle Köche? Ich weiß nicht ...«

»Lass es uns versuchen, Lilli. Danach kannst du dir immer noch eine andere Stelle suchen«, drängte Gina.

Lilli lächelte. »Also gut. Ich werde ernsthaft darüber nachdenken. Und ich rufe morgen den Chef von Renate an und frage nach, ob er noch interessiert ist und was er sich vorstellt. Einverstanden?«

»Einverstanden!«, riefen Gina und Kati im Chor.

Später lag Lilli in ihrem für sie allein viel zu breiten Bett. Der Abend und die Gespräche gingen ihr wieder und wieder durch den Kopf. Katis Enthusiasmus, Ginas Unterstützung, Käthes nachvollziehbare Skepsis und Svenjas Erwartungen an sie. Das alles ließ sie nicht zur Ruhe kommen.

Aber immerhin war es zum ersten Mal seit Wochen nicht der Gedanke an Armin und seinen Betrug, der sie nicht einschlafen ließ.

Kapitel 10

»Wir können es drehen und wenden, wie wir wollen – aber Fünfzehntausend ist das Minimum«, sagte Lilli. Sie lehnte sich zurück und warf den Bleistift auf den Tisch. Er war übersät mit Katalogen für Gastronomiebedarf, vielfarbig skizzierten Dekorationsentwürfen, Kochbüchern und eng beschriebenen Blättern. Gina griff nach dem Stift und beugte sich über ein Blatt mit einer langen Liste. Hinter jedem Posten stand eine Zahl und ganz unten die Summe: zwölftausendfünfhundert Euro.

»Hm«, murmelte Gina, ohne Lillis Frage zu beantworten. »Bist du sicher? Da sind doch bestimmt Sachen dabei, die wir nicht unbedingt kaufen müssen, oder?« Sie fuhr mit dem Bleistift an der Zahlenkolonne hinunter und hielt an einer Stelle inne. »Hier! Das Geschirr, zum Beispiel. Das kann man doch ausleihen, oder?«

Lilli schob ihren Stuhl zurück und stand auf. »Theoretisch können wir alles auf der Liste leihen«, antwortete sie, während sie zum Herd ging und eine Platte anstellte. »Töpfe, Gläser, Geschirr, Tischtücher, Kerzenständer ... Alles, wenn du willst. Auf Dauer ist das aber nicht wirtschaftlich, es ist einfach viel zu teuer. Für die Sache in Renates Kanzlei, okay. Und vielleicht auch noch für den Geburtstag beim Polizeichef. Wir wollen uns ja sowieso erst danach endgültig entscheiden. Aber wir haben jetzt alles zig Mal durchgerechnet.

Das ist und bleibt die Liste der Dinge, die wir brauchen, Punkt. Und wenn ich mit unserem Konzept zur Bank gehe, werden die genau das von mir wissen wollen. Wie wir den Kredit investieren wollen, den ich von ihnen erbitte.«

Gina seufzte. »Ich weiß. Ich dachte nur ... Wenn die Summe nicht ganz so groß wäre ...«

»Es nützt aber nichts, die Kalkulation schönzurechnen, dann halten die mich höchstens für eine Traumtänzerin. Da muss ich durch. Die Zahlen müssen auf den Tisch. Übermorgen habe ich einen Termin bei unserer Hausbank, bis dahin muss alles hieb- und stichfest sein, sonst setzen die mich direkt wieder vor die Tür. Mein Geld reicht gerade noch so aus, um die Sachen zu leihen, die wir für die beiden ersten Aufträge brauchen, und die nötigen Lebensmittel vorzufinanzieren. Falls es danach weitergehen soll, müssen wir wissen, woher das nötige Kleingeld für die Anschaffungen kommt.«

»Aber wieso sollte die Bank den Kredit ablehnen? Unser Konzept ist schlüssig. Tobi hat zugesagt, dass er uns am Computer richtig professionelle Präsentationsmappen basteln wird. Die Bank muss einfach zustimmen. Wir sind beide Profis, wir haben schon die ersten Kunden ...«

»Und wir haben beide weder Sicherheiten noch Eigenkapital«, sagte Lilli düster. »Außerdem muss ich ein Gewerbe anmelden, und dafür brauche ich noch einige Papiere.«

»Nämlich?«

»Ich muss zum Beispiel meine persönliche Eignung nachweisen.«

Gina zog die Augenbrauen hoch. »Was heißt das denn bitte? Probekochen? Oder eine Prüfung, ob du überhaupt weißt, was eine Suppenkelle ist?«

Lilli schüttelte den Kopf. »Besser! Ich brauche ein polizeiliches Führungszeugnis, eine ... wie heißt das noch ... Moment«, sie kramte eine handgeschriebene Liste aus einer Mappe und las ab. »Eine sogenannte Unbedenklichkeitsbescheinigung vom Finanzamt und einen Nachweis über die Teilnahme an einer Belehrung nach dem Infektionsschutzgesetz. Das ist das frühere Gesundheitszeugnis. Dann kann ich mein Gewerbe anmelden.«

Gina hob die Hand. »Zwischenfrage: Hast du polizeiliches Führungszeugnis gesagt? Was soll das denn? Wollen die sich versichern, dass du nicht vorhast, deine Kunden zu ermorden oder zu beklauen oder was auch immer?«

»Wahrscheinlich genau das. So bekloppt es sich auch anhört. Wir könnten uns ja engagieren lassen und dann mit dem Tafelsilber abhauen. Überaus cleverer Plan. Aber wer weiß? Vielleicht ist das ja schon vorgekommen.«

»Bestimmt«, kicherte Gina. »Deppen gibt es schließlich überall auf der Welt. Aber zurück zum Geschäft. Was passiert dann? Wann musst du das Gewerbe anmelden? Wir wollen uns doch eigentlich erst nach den beiden Aufträgen entscheiden.« Sie schnappte sich Lillis Zettel und wedelte damit herum. »Und woher weißt du das überhaupt alles?«

»Ich hatte heute Morgen ein sehr informatives Gespräch mit einer netten Frau vom Ordnungsamt. Sie hat mir alles erklärt. Ich muss mein Gewerbe anmelden, bevor ich einen Auftrag ausführe. Das ist ein recht unbürokratischer Prozess, zumal ich ja nicht vorhabe, ein Restaurant zu eröffnen. Das wäre ein richtiges Theater mit Bauplänen, Mietverträgen, Eignung der Räumlichkeiten und der sanitären Anlagen, Parkplatznachweis und so weiter. Ich bin ja nur eine Mietköchin und arbeite dann an dem Platz, der mir vom Kunden zur Verfügung gestellt wird.«

»Alles gut und schön«, sagte Gina. »Aber was ist, wenn du hier kochst? Für die Party beim Gruber werden wir doch Teile des Büffets bei dir vorbereiten, oder?«

»Ah, gut aufgepasst, Frau Wilhelmi.« Lilli applaudierte. »Da wird mir das Ordnungsamt einen Lebensmittelkontrolleur ins Haus schicken. Der prüft dann, ob hier alles hygienisch ist, wie ich meinen Abfall entsorge, ob ich die Lebensmittel fachgerecht lagere, ob hier nicht eventuell immer zwei fette Katzen auf der Arbeitsfläche rumliegen ... Da mache ich mir keine Sorgen.«

»Aha. Und wenn wir uns nach den beiden Aufträgen doch dagegen entscheiden?«

Lilli zuckte die Achseln. »Dann melde ich das Gewerbe einfach wieder ab und suche mir einen hübschen Kantinenjob.«

Durch das geöffnete Küchenfenster waren Schritte zu hören, die sich der Haustür näherten. Ein Schlüssel drehte sich im Schloss. Lilli sah auf die Küchenuhr. »Für die Mädchen ist es doch noch viel zu früh?«

Plötzlich stand Armin in der Küchentür, einen riesigen Strauß Rosen in der Hand, hinter dem er fast verschwand. »Tag zusammen. Störe ich?«

Lillis Herz begann, heftig zu schlagen. Sie war weit davon entfernt, gelassen auf Armin zu reagieren. Ihre Handflächen wurden feucht, aber sie antwortete ruhig: »Allerdings, das tust du. Wie du siehst, sind Gina und ich beschäftigt. Was willst du?«

»Mit dir reden, Lilli. Hast du kurz Zeit? Bitte. Wir müssen ein paar Dinge klären.«

Gina wollte etwas sagen, aber Lilli bedeutete ihrer Freundin mit einer Kopfbewegung, zu schweigen.

»Also gut, Armin. Aber ich habe nicht viel Zeit.«

Gina sah Lilli an. »Möchtest du, dass ich hierbleibe?«

Lilli schüttelte den Kopf. »Danke, Gina, ist nicht nötig. Du kannst Tobi schon mal unsere Unterlagen geben. Morgen Nachmittag komme ich vorbei, und wir machen alles fertig, okay? Hat Tobi dann Zeit?«

»Ja, er hat schon alles so weit vorbereitet. Wir haben ja auch von Kati die Fotos, die sie auf Renates Silberhochzeit gemacht hat. Tobi wartet nur noch auf die Zahlen.« Gina stand auf und suchte die Unterlagen zusammen. »Ich geh dann mal. Bist du wirklich ganz sicher, dass ...?«

Lilli nickte. »Alles okay, Gina, ehrlich. Komm, ich bring dich zur Tür.«

Armin nahm das als sein Stichwort, die Küche zu betreten. Er ging zur Spüle, nahm eine Vase vom Schrank und füllte sie mit Wasser für die mitgebrachten Blumen.

An der Haustür umarmte Gina Lilli fest.

»Du rufst mich sofort an, wenn du mich brauchst, ja? Ich kann in zehn Minuten wieder hier sein. Sei tapfer, und fall bloß nicht auf sein Geschwätz rein, hörst du?«

Trotz ihrer Anspannung musste Lilli lachen. »Keine Sorge, ich lass mich nicht rumkriegen. Ich melde mich später bei dir, ja?«

Als Lilli zurück in die Küche kam, saß Armin am Tisch und blätterte in den Katalogen. Die Rosen standen in der Mitte des Tisches. Die großen, dicht gefüllten Blüten waren dunkelrot und dufteten betörend. Armin musste sich in Unkosten gestürzt haben.

Lilli blieb in der Tür stehen und verschränkte die Arme vor der Brust. »Also, was willst du?«

Armin sah mit seinem treuherzigen Hundeblick auf, den sie immer so liebenswert gefunden hatte. »Setz dich doch zu mir, Lilli. Lass uns reden.«

»Worüber denn?«

»Über dich. Über mich. Über uns. Bitte Lilli, entspann dich doch ein bisschen, ja?«

Lilli machte keine Anstalten, sich zu setzen. »In deiner Nähe kann ich mich nicht entspannen, Armin.«

Armin lächelte geschmeichelt. »So?«, fragte er gedehnt. »Wieso denn nicht?«

Lilli glaubte, sich verhört zu haben. Versuchte er ernsthaft, mit ihr zu flirten?

Sie setzte sich nun doch ihm gegenüber an den Tisch. »Ich werde dir mal erklären, warum ich mich nicht entspannen kann, Armin. Weil du noch immer die Frechheit besitzt, einfach hier aufzutauchen, ohne dich vorher anzukündigen. Und nicht nur das, du klingelst nicht an der Tür, wie es sich gehört, sondern benutzt auch noch den Schlüssel, als ob du hier zu Hause wärst. Und da ich ständig damit rechnen muss, dass du hier hereinspazierst, ohne dass ich dich eingeladen habe, kann ich mich nicht entspannen.« Sie streckte die Hand aus. »Gib mir den Schlüssel.«

Armins selbstgefälliges Grinsen verschwand schlagartig. »Ja, aber ... Wenn ich mal etwas brauche? Wie soll ich denn dann ins Haus kommen?«

»Ruf mich vorher an, und wir machen einen Termin aus. Das kann doch nicht so schwer sein, dir das zu merken. Und komm ja nicht auf die Idee, dir Käthes Schlüssel zu holen. Was ist jetzt mit deinem Hausschlüssel?«

Armin machte weiterhin keine Anstalten, ihrer Bitte nachzukommen. Er lächelte schief, so, als wäre er sich noch immer nicht sicher, ob Lilli es wirklich ernst meinte.

»Also gut.« Lilli schob ihren Stuhl zurück und stand auf. »Dann lasse ich eben das Schloss auswechseln. Und jetzt verschwinde. Offenbar bist du an Frieden zwischen uns nicht interessiert.«

Armin hob beschwichtigend die Hände. »Lilli, nein! Das verstehst du völlig falsch!« Er nestelte seinen Schlüsselbund aus der Hosentasche, löste den Haustürschlüssel vom Ring und legte ihn auf den Tisch. »Hier, bitte. Lilli, ich möchte keinen Streit mit dir, das war nur ein Missverständnis. Bitte, setz dich doch wieder hin.«

Lilli gab nach.

Armin versuchte ein zaghaftes Lächeln. »Gefallen dir die Blumen? Das sind Baccara-Rosen.«

Lilli streifte den riesigen Strauß mit einem Blick. »Vielen Dank. Aber, um ehrlich zu sein, ein bisschen pompös für meinen Geschmack. Der wäre in Vanessa Büro besser aufgehoben, denke ich. Sie steht auf protzige Sträuße.«

Armin zuckte zusammen und wurde rot. »Bitte, Lieb..., äh, Lilli, lass uns nicht über Vanessa sprechen.« Er griff hastig nach einem der Kataloge. »Womit habt ihr euch denn gerade beschäftigt? Planst du etwas mit Gina?«

Lilli zögerte. Es ging ihn nichts an, was sie vorhatte, aber früher oder später würde er es von Svenja oder Käthe sowieso erfahren. »Wir überlegen, uns selbstständig zu machen. Mit einem Gourmet-Service, wenn du es genau wissen willst. Wir haben gerade an der Kalkulation gearbeitet.« Sie machte eine Pause. »Wie du weißt, bin ich zur Zeit arbeitslos.«

Armin ignorierte ihre letzte Bemerkung und rief: »Aber das ist doch eine wunderbare Idee! Ich helfe dir dabei! Brauchst du Geld?«

Lilli schüttelte den Kopf. »Vielen Dank, aber das ist nicht nötig.«

»Aber Lilli, sei doch nicht dumm! Ich gebe dir das Geld dafür, dann ist der Start für dich nicht so mühsam. Ich möchte dich wirklich gern dabei unterstützen. Für meine Familie tu ich alles, das weißt du doch. Das war doch immer so, oder? Alles!«

Lilli sah Armin scharf an. Meinte er das ernst? Der Mann, der sich eine Geliebte zugelegt und ihre gemeinsame Zukunft in den Müll geworfen hatte, besaß die Frechheit, ihr ins Gesicht zu sagen, dass er alles für seine Familie tun würde? Lilli packte der Zorn. »Armin, behalte dein Geld. Oder kauf Vanessa ein hübsches, teures Geschenk. Das mag sie. Schmuck vielleicht, möglichst kostspielig. Du weißt schon – Understatement, aber in Platin. Oder eine Kreuzfahrt. Obwohl, das könnte ihr zu popelig sein, mit Krethi und Plethi zusammen auf einem Boot. Warte, ich weiß es: ein Sportwagen. Aber achte darauf, dass die Farbe zu ihrem Nagellack passt, sonst wird sie ungehalten.«

Armin starrte sie entgeistert an. Dann sagte er: »Du bist so bissig geworden, Lilli. So warst du früher nie. Ich erkenne dich gar nicht wieder.«

Wider Willen musste Lilli lachen. Es klang bitter, selbst in ihren Ohren. »Ist doch toll. Wir entdecken uns gerade ganz neu. Ich habe vor ein paar Wochen auch ganz unbekannte Seiten an dir kennenlernen müssen. Das war für mich nicht besonders schön, wie du dir vorstellen kannst. Armin, der Fremdgeher – eine interessante neue Facette. Und siehst du, das hat dir ein ganz neues Leben beschert: frei und ungebunden, mit einer Geliebten, die du wirklich vorzeigen kannst. Du bist ein echter Glückspilz.«

»Lilli, du bist zynisch.«

»Was denn noch alles? Bissig, zynisch ... Das sind tolle Komplimente, weiter so, Armin. Was fällt dir denn sonst noch Schmeichelhaftes ein?«

Armin starrte auf den Tisch. Dann sagte er leise: »Dass ich dich vermisse, Lilli. Sehr sogar. Und meine Mädchen.« Seine Stimme drohte zu versagen. Er blickte sie an, die Augen voller Tränen. »Bitte, Lilli, kannst du mir denn nicht verzeihen? Ich fühle mich einsam ohne euch. Und außerdem – mit Vanessa ist es aus.«

Lilli merkte, dass sie Mitleid mit ihm bekam. Aber sie wusste genau, hätte sie nicht dieses Telefongespräch gehört, würde er sie noch immer belügen. Vielleicht merkte er wirklich erst jetzt, was er verloren hatte. Aber sie war nicht bereit, ihm zu verzeihen. Noch nicht.

»Was ist los, Armin? Hat Vanessa dich weggeschickt? Bist du nicht mehr interessant für sie, jetzt, wo du nicht mehr gebunden bist? Bügelt sie deine Hemden nicht? Du kannst einem richtig leidtun.«

Armin zuckte zusammen, und sein Gesicht wurde hart.

Lilli wusste, sie war der Wahrheit zumindest nahegekommen. Aber das Triumphgefühl blieb aus, stattdessen übermannte sie grenzenlose Enttäuschung.

»Bitte geh jetzt, Armin. Wenn du noch Sachen brauchst, nimm sie dir. Und deine Mädchen kannst du sehen, so oft sie das wollen. Svenja freut sich immer, dich zu treffen.«

»Aber Kati weigert sich.«

»Kati ist alt genug, ihre eigenen Entscheidungen zu treffen. Und wenn sie dich momentan nicht sehen will, so wird dir nichts anderes übrig bleiben, als das zu respektieren. Du wirst dich damit abfinden müssen, dass sie dir dein Verhalten übel nimmt.«

»Aber du könntest ...«

»Ich könnte was? Ihr gut zureden? Ihr sagen, dass du es nicht so gemeint hast? Dass du mich noch liebst, obwohl es eine andere Frau in deinem Leben gibt? Mach dich nicht lächerlich, Armin. Du hast offenbar nichts verstanden, rein gar nichts. Bitte geh jetzt.«

Armin sprang so heftig auf, dass er dabei seinen Stuhl umstieß. Mit hochrotem Gesicht rannte er an Lilli vorbei aus der Küche. Die Haustür knallte zu.

Lilli sah ihm vom Küchenfenster aus nach. Mit wütenden, raumgreifenden Schritten stürmte er zu seinem Auto, riss die Fahrertür auf und fuhr mit durchdrehenden Reifen los. Offenbar war dieses Gespräch nicht so gelaufen, wie er es sich vorgestellt hatte.

Aber Lilli wusste, sie hatte richtig gehandelt. Sie waren weit davon entfernt, sich zu versöhnen.

Kapitel 11

»Frau Berger? Herr Orthmann hat jetzt für Sie Zeit.« Lilli erhob sich schnell aus dem tiefen Ledersessel im Wartebereich. Sie fühlte sich verkleidet in dem schicken Nadelstreifenkostüm, das sie sich am Tag zuvor gekauft hatte. Die Tatsache, dass sie trotz Termin bereits seit mehr als einer halben Stunde darauf wartete, vorgelassen zu werden, trug nicht gerade dazu bei, ihr Wohlbefinden zu steigern.

Die Präsentationsmappe, die auf ihren Knien gelegen hatte, fiel zu Boden. Lilli spürte, wie ihr Gesicht heiß wurde. Die Mitarbeiterin der Bank, die auf sie wartete, verzog keine Miene, sondern kam mit schnellen Schritten heran, bückte sich, hob die Unterlagen auf und reichte sie Lilli mit einem freundlichen Lächeln.

»Nichts passiert, Frau Berger. Kommen Sie bitte.«

»Danke«, flüsterte Lilli, umklammerte die Mappe mit ihrem Konzept und folgte ihr durch einen Gang bis zu einer Bürotür, die sie nach kurzem Klopfen öffnete. »Herr Orthmann? Frau Berger wäre jetzt da.«

»Soll reinkommen!«, rief eine Männerstimme.

Die junge Frau stieß die Tür ganz auf und bedeutete Lilli mit einer Handbewegung, einzutreten.

Lilli straffte ihre Schultern, setzte ein strahlendes Lächeln auf und ging auf den jungen Mann zu, der hinter seinem

Schreibtisch hervorkam und ihr zur Begrüßung die Hand reichte.

»Frau Berger, ich grüße Sie. Bitte, setzen Sie sich doch. Darf ich Ihnen etwas zu trinken anbieten? Kaffee, Tee, Mineralwasser?«

Lilli erwiderte den festen Händedruck und ließ sich in den Ledersessel vor dem Schreibtisch sinken.

»Ich ... ja ... guten Tag ... Mineralwasser, bitte.«

Erst jetzt wurde Lilli das Ausmaß ihrer Nervosität bewusst. Was, wenn die Bank in Person von Herrn Orthmann ablehnte? Sicher, sie vertraute ihrem Konzept, aber die Entscheidung würde dieser junge Mann treffen. Sein Gesicht kam ihr vage bekannt vor, aber es wollte ihr einfach nicht einfallen, wo sie ihn schon gesehen hatte.

Herr Orthmann wandte sich der jungen Frau zu, die noch immer in der offenen Bürotür stand und auf Anweisungen wartete.

»Miriam, bitte ein Mineralwasser für Frau Berger. Für mich noch einen Kaffee, kein Zucker, zweimal Milch. Schnell, wenn es geht.«

Die junge Frau verschwand. Orthmann ging hinter seinen Schreibtisch und ließ sich in seinen großen, gepolsterten Drehstuhl fallen. Er stützte seine Ellenbogen auf die Schreibtischplatte, verschränkte die Hände und sagte: »Nun, Frau Berger, was können wir für Sie tun? Bei Ihrem Anruf sagten Sie, es ginge um einen Kredit für eine Geschäftsgründung?«

Lilli nickte und legte die Präsentationsmappe auf den Schreibtisch. »So ist es. Ich möchte mich selbstständig machen, und ich brauche einen kleinen Kredit für die notwendigen Anschaffungen.«

»Soso, aha. Um was für ein Geschäft handelt es sich denn?«
Er nahm die Mappe auf und las die Aufschrift laut vor. »*Lillis Schlemmerei.* Aha.« Er sah Lilli an und lächelte. »Na, das hört sich ja schon mal sehr appetitlich an. Sie gestatten, dass ich mir kurz ein Bild mache?«

Bevor Lilli etwas erwidern konnte, wandte er seine Aufmerksamkeit wieder den Unterlagen zu. »Ah, sehr gut, Ihr Lebenslauf. Köchin im *Camelot* – ach, *die* Frau Berger sind Sie! Ich bin Stammgast bei Ihnen, wissen Sie das? Mit wichtigen Kunden gehe ich jedes Mal bei Ihnen essen, oder auch mit Kollegen. Immer hervorragend.«

Er vertiefte sich wieder in die Mappe.

Genau, das war es, daher kannte sie sein Gesicht. Regelmäßiger Gast im *Camelot*, laut und großkotzig. Und fast immer in Begleitung von anderen lauten, großkotzigen jungen Männern in teuren Anzügen. Und jedes verdammte Mal mit Sonderwünschen an die Küche. Der Service im *Camelot* hasste ihn und seine Kollegen, von Monsieur Pierre und ihr selbst ganz zu schweigen.

Die Bürotür öffnete sich, und die junge Assistentin kam mit den georderten Getränken auf einem Tablett herein.

Ohne von der Mappe hochzusehen, sagte Orthmann: »Wieso hat das denn so lange gedauert, Miriam? Haben Sie die Kaffeebohnen aus Costa Rica holen müssen?«

Jetzt war es Lilli, die der errötenden jungen Frau aufmunternd zulächelte und sich mit einem Nicken für das Mineralwasser bedankte, bevor diese das Büro eilig wieder verließ.

Während Orthmann noch immer in ihr Konzept vertieft

war, musterte Lilli ihr Gegenüber. Er war ungefähr Ende zwanzig, schlank und für einen Mann ziemlich klein, höchstens so groß wie sie selbst. Das hatte sie schon bei ihrer Begrüßung bemerkt. Seine kurzen hellbraunen Haare hatten blonde Strähnchen und waren über der Stirn zu dieser momentan so angesagten Frisur gegelt, die wie ein kleiner Hahnenkamm aussah. Sein dunkelblauer Anzug saß tadellos, er trug keinerlei Schmuck, außer am Handgelenk eine altmodisch wirkende Uhr mit schwarzem Lederarmband.

Langsam wurde Lilli ungeduldig.

Wie aufs Stichwort blickte Orthmann auf und sagte: »Na, das sieht ja alles sehr hübsch aus, Frau Berger.« Er griff nach seiner Tasse und trank einen Schluck Kaffee.

Lilli zuckte bei Orthmanns Wortwahl innerlich zusammen. Ihr Konzept als *hübsch* zu bezeichnen wie die Bastelarbeit eines stolzen Kindes ...

Orthmann fuhr fort: »Sie wollen sich also mit einem Gourmet-Service selbstständig machen?« Er lachte albern. »Na, gut kochen können Sie ja, das könnte ich zur Not bestätigen, nicht wahr?«

Lilli rang sich ein Lächeln ab und nickte. »Und was sagen Sie zu meiner Geschäftsidee?«

Orthmann lehnte sich in seinem Sessel zurück. »Ja, das ist alles sehr hübsch, wie gesagt. Aber wenn man fragen darf: Warum haben Sie denn im *Camelot* gekündigt und sich entschlossen, ein eigenes Geschäft aufzumachen?«

»Ich hatte private Gründe.« Lilli biss sich auf die Lippen. Sie hätte sich ohrfeigen können für ihre vorschnelle Antwort. Private Gründe ... Das klang sofort nach Schwierigkeiten. Nach Problemen, die es in der Arbeit gegeben hatte. Schnell sagte Lilli: »Ich konnte mich dort nicht so verwirklichen, wie ich es als freie Köchin kann.«

»Verstehe. Als freie Köchin kann man ganz verrückte Sachen machen, nicht wahr? Hahaha. Und welche Summe haben Sie sich vorgestellt, Frau Berger?«

»Ich brauche mindestens fünfzehntausend Euro. Die exakte Kalkulation liegt bei.«

Orthmann nickte und sagte: »Nun, das halte ich für eine überschaubare Summe. Sie und Ihr Mann sind seit über zwanzig Jahren gute Kunden unseres Hauses, und mit dem Verdienst Ihres Mannes als Sicherheit steht einem Kredit in dieser Höhe nichts im Weg, denke ich. Hat Ihr Mann nicht das *Camelot* umgebaut? Wunderbarer Stil, finde ich. Wenn ich mal genug Geld habe, werde ich ihn bestimmt als Innenarchitekten beschäftigen, hahaha.«

Allmählich ging ihr das alberne Gegacker ihres Gegenübers auf die Nerven. Und ganz sicher saß sie nicht hier, um mit Orthmann über Armin zu reden.

»Tun Sie das, Herr Orthmann. Aber was hat mein Mann denn mit meinem Kredit zu tun, wenn Sie mir die Frage gestatten?«

Orthmann beugte sich vor und legte die Fingerspitzen aneinander. »Nun, Frau Berger, wir können Ihnen doch nicht einfach so fünfzehntausend Euro in die Hand drücken. Schließlich sind Sie zurzeit«, er zwinkerte, »arbeitslos, hahaha, nicht wahr?«

Lilli rang sich ein souveränes Lächeln ab. »Mein Mann und ich leben getrennt, Herr Orthmann. Er steht als Bürge oder Ähnliches nicht zur Verfügung. Wenn ich Geld von meinem Mann wollte, würde ich nicht hier sitzen.«

Orthmanns Augenbrauen schnellten in die Höhe. »Dann haben Sie aber doch bestimmt andere Sicherheiten für den Kredit?«

Lilli schüttelte den Kopf. »Nein, Herr Orthmann, die habe ich nicht. Ich kann mich nur wiederholen: Dann würde ich nicht hier sitzen. Ich will, und ich muss Geld verdienen, und deshalb reden wir beide hier gerade über meine Geschäftsidee.«

»Ganz unter uns, Frau Berger, dann verstehe ich nicht, warum Sie einen so guten Job wie im *Camelot* aufgeben – in Ihrem Alter und in Ihrer privaten Situation. Sie haben dort doch von Anfang an gearbeitet, oder? Und die zauberhafte Frau Kamlot ist doch bestimmt eine tolle Chefin. Ich bin auch abends manchmal dort, wenn ich eine junge Dame gut ausführen will. Und Ihren Mann sehe ich dort auch häufig, gestern Abend erst! Ich hatte immer den Eindruck, Sie und Ihr Mann sind gut mit Frau Kamlot befreun...« Er unterbrach sich mitten im Satz, plötzlich begreifend. Dann räusperte er sich und sagte: »Ich verstehe. Tja, Frau Berger, ganz unter uns, so gänzlich ohne eigene Sicherheiten, in Ihrer Situation und in Ihrem Alter ...«

Lilli kämpfte gegen den Drang an, ihr Gegenüber zu ohrfeigen. Sie sprang auf und schlug mit der flachen Hand auf den Tisch. »Was genau verstehen Sie, Herr Orthmann? Ich finde Sie reichlich unprofessionell und unangemessen vertraulich, um ehrlich zu sein.« Sie griff nach ihrer Präsentationsmappe, die noch immer aufgeschlagen auf Orthmanns Schreibtisch lag. »Ich bin hier, um mit Ihnen über mein Geschäftskonzept zu sprechen – und nicht über mein Privatleben, das Sie im Übrigen einen feuchten Kehricht angeht. Und mich interessiert nicht die Bohne, mit wem und wie oft Sie das Personal im *Camelot* zu terrorisieren pflegen.«

Sie ging zur Tür und riss sie auf. Dann drehte sie sich noch einmal zu Orthmann um, der mit offenem Mund dasaß und sie fassungslos anstarrte. »Und ganz unter uns, Herr Orthmann, das Beste an meiner momentanen Arbeitslosigkeit ist, dass ich für Sie und Ihresgleichen nicht mehr kochen muss, denn das ist eine echte Strafe. Guten Tag, Herr Orthmann.«

»*Madonna* – der Typ hat WAS gesagt?« Ginas Hand mit der Kaffeetasse verharrte auf halbem Weg zwischen Untertasse und Mund.

»Tja, du hast richtig gehört: In meinem Alter und in meiner privaten Situation drückt man mir nicht mal so eben fünfzehntausend Euro in die Hand.«

Gina setzte die Tasse ab. »Und? Hat der Kerl noch alle seine Zähne? Das ist ja eine Frechheit!«

Lilli starrte auf die Präsentationsmappe, die zwischen ihnen auf dem Tisch auf Ginas Terrasse lag. »Frechheit hin, Frechheit her – das war's dann wohl mit unserer Geschäftsidee. Wäre auch zu schön gewesen.«

»Und was ist mit anderen Banken?«

Lilli schüttelte den Kopf. »Da haben wir noch weniger Chancen. Ich hatte ja gedacht, dass die Bank, bei der ich seit über zwanzig Jahren Kundin bin, die noch nie Probleme mit mir hatte, das Konto immer im Plus, mir helfen würde. Aber du siehst ja – ohne das Geld vom lieben Ehemann geht gar nichts. Aus der Traum.« Tränen liefen ihr über die Wangen. »Und das Schlimmste war ... Du hättest sein Gesicht sehen sollen, als er die Zusammenhänge begriffen hat.« Lilli schluchzte auf.

»Welche Zusammenhänge?«, fragte Gina erstaunt.

Lilli zog ein frisches Papiertaschentuch aus ihrer Jackentasche und schnäuzte sich geräuschvoll. »Ihm war völlig klar, dass ich nicht mehr im *Camelot* arbeite und von meinem Mann getrennt bin, weil Armin mit Vanessa ...« Sie verstummte.

Gina schüttelte heftig den Kopf. »Unsinn. Das bildest du dir ein. Woher soll der Blödmann das denn wissen?«

Lilli schluchzte in das feuchte Taschentuch. Dann schrie sie: »Weil der Kerl Stammgast im *Camelot* ist, deshalb! Er hat mir sogar erzählt, dass er Armin erst gestern Abend dort gesehen hat. Der hat einfach zwei und zwei zusammengezählt!« Lilli imitierte Orthmanns Stimme: »*Ich dachte, Sie und Ihr Mann sind mit Frau Kamlot befreundet.* Oh, pardon, korrekt muss es heißen: *mit der bezaubernden Frau Kamlot.* Das musst du dir mal vorstellen! Das war so demütigend! Ich sitz da in diesem blöden Kostüm ... und ... und ...« Ihre Stimme versagte wieder. Lilli schlug die Hände vors Gesicht und weinte hemmungslos.

Gina ließ sie eine Zeit lang in Ruhe. Dann sagte sie: »Ich habe eine Idee, Lilli. Eine Möglichkeit gibt es vielleicht noch.«

»Welche denn?«, jammerte Lilli unter ihren Händen hervor.

»Deine Schwiegermutter.«

Lilli ließ langsam die Hände sinken. Die Wimperntusche und der Lippenstift, die sie für das Gespräch mit der Bank aufgetragen hatte, waren verschmiert. »Käthe? Bist du verrückt?«

Gina trank einen Schluck Kaffee. Dann erwiderte sie: »So abwegig finde ich das gar nicht, Lilli. Käthe hat Geld. Und wenn wir sie von unserer Geschäftsidee überzeugen können, warum sollte sie dir keines leihen? Sie ist nicht blöd.«

»Das vielleicht nicht, aber Käthe hasst mein Essen. Die kann sich nie und nimmer vorstellen, dass Leute freiwillig Geld dafür bezahlen, damit ich für sie koche. Sie lacht sich bestimmt kaputt, wenn ich sie danach frage.«

»Lilli, bitte. Sie hat uns schon einmal sehr überrascht, vergiss das nicht. Du hättest auch nie gedacht, dass sie sich gegen Armin stellen würde, oder? Erinnere dich an die Ohrfeigen – irre!«

»Und was genau willst du mir jetzt damit sagen?«

»Dass deine Schwiegermutter für so manche Überraschung gut ist.«

»Ich weiß nicht ...«

»Was haben wir zu verlieren? Komm, du lädst sie zum Essen ein und kochst was Schönes. Ich werde auch dabei sein. Und dann zeigen wir ihr unser Konzept. Ja? Und jetzt, *cara mia*, gehst du dir das Gesicht waschen, du siehst aus wie ein Clown, der in eine Schlägerei geraten ist.«

Trotz ihrer Wut und Enttäuschung musste Lilli lachen. »Und genau so fühle ich mich auch – wie nach einer Schlägerei im Zirkus.«

Gina klatschte in die Hände. »Bravo, so gefällst du mir wieder. Diese Schlacht ist vielleicht verloren, aber der Krieg noch lange nicht.«

Zu Hause wurde Lilli von Kati schon ungeduldig erwartet, die in der Küche damit beschäftigt war, einen Kuchen zu backen und gerade Apfelviertel in eine Springform schichtete. Der Backofen brummte leise.

»Und, Ma? Wie war der Termin auf der Bank?«

Lilli seufzte. »Ach, Mädchen, es ist leider nicht gut gelaufen. Dort werde ich den Kredit nicht bekommen, fürchte ich.«

Kati war die Enttäuschung deutlich anzusehen. Mit dem Handrücken strich sie eine Haarsträhne aus dem Gesicht und hinterließ dabei auf der Stirn eine dicke Spur Mehl.

»Warum denn nicht? War unsere Präsentation nicht gut genug?«

Lilli nahm ihre Tochter fest in den Arm. »Kati, die Mappe ist wunderbar. Das war hervorragende Arbeit von dir und Tobi. Nein, ich bin als arbeitslose, alleinerziehende Mutter von über vierzig Jahren einfach nicht kreditwürdig, das ist der Grund.«

»Weiß Tante Gina schon Bescheid?«

Lilli nickte. »Ich war gerade dort.« Sie ging zum Herd, um sich einen Espresso aufzusetzen. »Du auch einen Kaffee, Kati?«

»Nee, später vielleicht. Aber lass doch, setz dich hin, ich mache ihn dir schnell. Du bist doch bestimmt müde.«

Die Fürsorge ihrer Tochter rührte sie. »Du machst mal schön den Kuchen fertig, hörst du? Ich kann eine Kalorienbombe heute gut gebrauchen, ein bisschen was Süßes zum Trost ist jetzt genau das Richtige. Wir haben hoffentlich Schlagsahne im Haus? Wenn schon, denn schon!«

Während Lilli sich ihren Espresso aufbrühte und sich mit der dampfenden Tasse an den Tisch setzte, fuhr Kati mit ihrer Arbeit fort. Sie ließ die in einem kleinen Topf vor sich hin köchelnde, duftende Vanillesahne noch einmal kräftig aufkochen und goss die zähflüssige Masse über die Äpfel. Dann schob sie die Kuchenform in den heißen Backofen, drehte sich zu Lilli um und fragte: »Und? Was wollt ihr jetzt machen? Du wirst doch wohl nicht aufgeben, oder?«

»Nein, natürlich nicht. Aber vorhin war ich sehr, sehr traurig. Das war schon hart, als dieser Kerl in der Bank gesagt hat, ich wäre zu alt. Das hat gesessen.«

»Na, das ist aber harmlos ausgedrückt. Ich wäre super beleidigt. Ich hätte dem Heini gehörig die Meinung gegeigt.«

»Du wärst stolz auf deine alte Mutter gewesen, meine Liebe. Genau das habe ich nämlich getan.«

Kati setzte sich an den Tisch. »Hihihi! Der Arme! Hast du ihm eine gescheuert?«

»Das habe ich – allerdings nur verbal. Sonst hätten sie bestimmt die Polizei gerufen. Und du willst mich ja wohl nicht im Knast besuchen, oder?«

»Bestimmt nicht. Aber wie soll es denn jetzt weitergehen mit euren Plänen?«

Lilli stand auf und ging zum Herd, um sich Kaffee nachzuschenken. Aus dem Backofen duftete es bereits köstlich.

»Hör mal, Ma«, rief Kati, »wie wär's denn, wenn du Oma fragen würdest?«

Lilli setzte sich zurück an den Tisch. »Das hat Gina auch schon vorgeschlagen. Zuerst war ich skeptisch, aber ich werde es zumindest versuchen. Ich rufe gleich bei deiner Oma an und lade sie zum Abendessen ein.«

»Für wann?«

»Morgen Abend. Gina kommt auch.«

»Oh, da bin ich mit Tobi verabredet. Aber ich kann ...«

»Nee, lass mal. Das ist mir ganz recht so. Am liebsten wäre mir, wenn Gina und ich allein mit Oma reden könnten. Das verstehst du doch?«

Kati nickte. »Klar. Und wie willst du das Minimonster solange loswerden? Knebeln und in den Keller sperren?«

»Kati! Du sollst Svenja nicht so nennen!« Wider Willen musste Lilli lachen. »Wo ist sie überhaupt?«

»Bei ihrer Busenfreundin Marie. Ach, da soll übrigens morgen eine Pyjamaparty starten – das passt doch.«

»Morgen? Mitten in der Woche?«

»Wieso mitten in der Woche? Morgen ist Samstag. Mensch, Ma, seit du nicht mehr arbeitest, weißt du gar nicht mehr, wann Wochenende ist. Aber sag mal, kann ich dir bei den Vorbereitungen für das Essen mit Oma helfen? Was willst du denn kochen?«

Lilli zeigte auf das große Regal mit den Kochbüchern. »Ich habe da schon so eine Idee. Aber ich freue mich, wenn wir das gemeinsam planen.«

»Abgemacht!«, rief Kati gut gelaunt. »In zwei Stunden treffen wir uns wieder hier, ja? Ich muss noch mal kurz zu Tobi, und dann planen wir das große Essen ...«

»... und stopfen uns mit deinem Apfelkuchen voll«, ergänzte Lilli. »Ich freu mich drauf. Vielleicht hat Svenja ja auch Lust, mitzumachen.«

»Das glaubst du doch wohl selbst nicht«, prustete Kati. »Aber ich sause jetzt mal los, umso schneller bin ich wieder da.« Sie stand auf und gab Lilli einen Kuss. »Bis später, Ma.«

»Bis später, Kati. Ich rufe inzwischen Oma an. Fahr vorsichtig.«

»Tu ich doch immer!«, rief Kati, während sie schon zur Tür hinausrannte.

Und während das vertraute Knattern von Katis Roller immer leiser wurde, fuhr Lilli mit dem Zeigefinger über die Rücken ihrer Kochbücher, bis sie den gesuchten Titel gefunden hatte.

»Na servus, dich habe ich gesucht«, sagte sie lächelnd und zog das Buch aus dem Regal.

Kapitel 12

Käthe blieb wie angewurzelt in der Küchentür stehen. »Du liebe Güte, Elisabeth, das sieht wunderschön aus. Aber es ist ja nur für drei gedeckt. Wo sind denn die Mädchen?«

»Kati ist verabredet, und Svenja schläft bei Marie, einer Freundin. Wir sind ganz unter uns.«

»Svenja schläft bei Fremden? Kennst du die Eltern dieses Mädchens?«

Lilli grinste innerlich. Das war typisch Käthe. Immer misstrauisch. »Ja, die kenne ich sehr lange, die beiden sind schon zusammen in den Kindergarten gegangen. Absolut vertrauenswürdige Leute. Und Marie hat auch bereits oft hier übernachtet.« Zeit, das Thema zu wechseln. »Das Kompliment für die Tischdekoration gebührt übrigens Gina.« Sie schob ihre Freundin, die am Herd stand, in Käthes Richtung. Auf der Arbeitsplatte warteten drei Suppentassen darauf, gefüllt zu werden.

»Frau Wilhelmi, das ist wirklich zauberhaft: das schöne Geschirr, die Blumen – so festlich! Und sogar Platzkärtchen! Und Mozarts Jupiter-Symphonie ... Das ist geradezu perfekt!«

Käthe setzte sich auf den ihr zugedachten Platz. »Wieder diese wunderbaren Rosen aus Ihrem Garten, Frau Wilhelmi. Wie heißt die Sorte noch gleich?«

»Pomponella«, sagte Gina stolz. »Sie eignet sich besonders als Tischdekoration, weil sie kaum duftet. Schließlich soll doch nichts vom Wohlgeruch eines guten Essens ablenken, nicht wahr?« Sie nahm den Platz gegenüber von Käthe ein, die verblüfft antwortete: »An was Sie alles denken. Unter diesem Aspekt habe ich das noch nie betrachtet.«

Sie ließ den Blick wieder über den Tisch schweifen. Ein schweres altrosa Damasttuch bedeckte die rustikale Tischplatte.

In einer breiten, niedrigen Vase aus burgunderrotem Porzellan am Ende des Tisches leuchteten die üppigen Rosen in dunklem Pink. Blockkerzen in verschiedenen Lachs- und Rosatönen in flachen, lindgrünen Schalen bildeten in der Mitte der Tafel eine Reihe. Auch in den Schalen steckten Rosenblüten und formten Manschetten für die Kerzen. Auf den lindgrünen Platztellern, die mit fedrigen Zierspargelzweigen umrahmt waren, stand eine von Gina kunstvoll zur Lotosblüte gefaltete, altrosa Stoffserviette.

Nach einiger Zeit sagte Käthe: »Es sieht nicht nur traumhaft aus, es duftet auch wunderbar. Was gibt es denn?«

»Neben deinem Teller liegt eine Menükarte, Käthe«, rief Lilli vom Herd herüber.

Käthe entrollte das Pergament und studierte die Karte.

»Oh, Elisabeth – Wiener Küche! Rinderbrühe, Tafelspitz mit Apfelkren und Röstkartoffeln, Wiener Wäschemädel mit Vanilleeis. Und zum Schluss ein Einspänner«, las Käthe die Menüfolge laut vor. »Elisabeth, damit machst du mir eine große Freude, weißt du das?«

Natürlich wusste Lilli das. In einem sentimentalen Moment hatte Käthe ihr vor einigen Jahren von ihrer Jugend in Wien erzählt und von der Wiener Küche, die sie ganz besonders gern mochte.

»Das freut mich sehr«, sagte Lilli, während sie die klare Rinderbrühe in die Suppentassen schöpfte und mit frischer Petersilie bestreute. »Gina, kümmerst du dich um die Getränke?«

Gina goss aus einer Glaskaraffe das Tafelwasser in die Kristallgläser und nahm die Servietten von ihrem und Lillis Platzteller. Käthe hatte ihre bereits entfaltet und über ihren Schoß gebreitet. Als Lilli die Suppe serviert hatte, hob Käthe ihr Glas und sagte: »Wir trinken zwar alle keinen Alkohol, aber ich möchte trotzdem anstoßen. Ich bin überwältigt – von der Dekoration und von dem Menü, auf das ich mich sehr freue.«

Während Suppe und Hauptgang sprachen sie kaum und genossen still das hervorragende Essen. Als Lilli die Teller abgeräumt hatte und sich wieder an den Herd stellte, um das Dessert zuzubereiten, sagte Käthe: »Elisabeth, das war der zarteste Tafelspitz, den ich jemals gegessen habe. Selbst ich traue mich selten an das Rezept, ich habe viel zu viel Angst, dass das Fleisch zäh wird. Kompliment.«

»Das finde ich auch«, stimmte Gina zu. »Aber jetzt will ich endlich wissen, was Wiener Wäschemädel sind. Das hat sie mir nämlich nicht verraten. Ich soll mich überraschen lassen, hat sie gesagt.«

»Oh, da kann ich helfen«, sagte Käthe lächelnd. »Das sind frittierte Marillenknödel. Eigentlich gibt es dazu auch Marillensauce, aber ich finde die Idee, stattdessen Vanilleeis dazu zu reichen, sehr gut.«

»Was ist denn eine Marille?«

»Eine Aprikose«, sagten Käthe und Lilli gleichzeitig.

»Ah, *l'albicocca*! Frittierte Aprikosenknödel also. Hm, da bin ich mal gespannt!«

Nach dem Dessert saßen die Frauen vor ihrem Wiener Einspänner – Mokka mit Sahnehaube, im Glas serviert.

Käthe ergriff Lillis Hand: »Elisabeth, danke für das wunderbare Essen. Ich hätte nie gedacht ...« Sie wurde rot und verstummte.

»Dass ich auch ohne meinen exzentrischen Schnickschnack kochen und etwas Ordentliches servieren kann, wie du immer so schön sagst?«, fragte Lilli lachend. »Schwamm drüber. Ich freue mich, wenn ich dich vom Gegenteil überzeugen konnte, Käthe.«

»Nun ja, das hast du«, sagte ihre Schwiegermutter verlegen. »Aber wie komme ich überhaupt zu der Ehre, so fürstlich bewirtet zu werden?«

Lilli und Gina wechselten einen schnellen Blick. Dann sagte Lilli: »Ich hatte gestern meinen Termin auf der Bank, wegen unserer Geschäftsidee.«

»Ach, das hattest du mir ja gar nicht erzählt. Ihr wolltet doch ein Konzept erarbeiten, oder? Darf ich das mal sehen?«

»Gerne!« Lilli griff nach der Präsentationsmappe, die in Griffweite im Regal lag, und reichte sie ihrer Schwiegermutter.

»Oh, das sieht aber professionell aus. *Lillis Schlemmerei*, das klingt schön! Und es ist vor allem nicht so ein neumodischer englischer oder französischer Name, wie ihn die meisten benutzen. Wer hat denn die Mappe gestaltet?«

»Da war Ginas Sohn Tobias, zusammen mit Kati.«

»Ich bin beeindruckt. Haben die beiden das am Computer gemacht?«

»Ja. Sie haben das visuelle Konzept ganz allein entworfen. Gina und ich haben nur den Text beigesteuert. Aber lies doch erst einmal in Ruhe.«

Käthe vertiefte sich in das Unternehmenskonzept und die Kalkulation. Als sie auf die Fotostrecke von Renates Silberhochzeit stieß, rief sie: »Aber da ist ja Renate auf dem Foto! Wann war denn das? Das Büffet sieht ja traumhaft aus. Wo seid ihr denn da gewesen?«

Lilli grinste. »Das ist die legendäre Silberhochzeit in der Kanzlei. Du erinnerst dich?«

Käthe nickte. Sie blätterte langsam weiter. »Aber ... Das sieht ja aus wie im Wald! Da sind ja Rehe!«

»Ginas Dekoration. Das alles fand im großen Sitzungssaal statt.«

»Elisabeth – ich hatte ja keine Ahnung.« Käthe blätterte weiter und besah sich die übrigen Fotos: der Schokoladenbrunnen mit der Früchteplatte, der Pilzbaumkuchen auf Moos und Farn, eine Waldlichtung mit einer Tiergruppe, fröhliche Gäste auf einer karierten Picknickdecke. Käthe schloss die Mappe. Dann sah sie Lilli ernst an und sagte: »Elisabeth, ich möchte mich entschuldigen. Ich war damals ungerecht zu dir. Ich hatte mir nicht vorstellen können ... Du weißt, bei Renates Silberhochzeit ...«

Lilli nahm Käthes Hand. »Käthe, bitte, ist schon gut. Ich gebe zu, ich war damals sehr verletzt, als du deswegen so mit mir geredet hast. Aber lass uns das Thema begraben, ja?«

Käthe lächelte. »Und, Frau Wilhelmi, Sie sind eine Künstlerin. Ihr beide seid Künstlerinnen.«

Gina deutete eine kleine Verbeugung an. »*Grazie, Signora.* Wie sieht es aus? Soll ich noch einen Kaffee machen, die Damen?«

Als Lilli nickte, stand Gina auf und räumte die Einspännergläser vom Tisch.

Käthe sagte: »Für mich nicht, danke. Ich nehme noch ein Mineralwasser. Aber, Lilli, was hat denn jetzt die Bank dazu gesagt?«

Lilli räusperte sich. »Die haben abgelehnt.«

»Abgelehnt? Mit welcher Begründung?«

»Zu alt, zu arbeitslos, keine Sicherheiten, keine Eigenleistung.«

»Aber deine Ausbildung und eure Arbeit ist eure Eigenleistung. Und eure Erfahrung. Das ist gar nicht hoch genug einzuschätzen.«

Lilli hob die Hände. »Finde ich ja auch. Aber der smarte Herr Orthmann von der Bank ist anderer Meinung. Er findet, ich hätte den Job im *Camelot* behalten sollen – in meiner Situation und in meinem Alter. Das waren seine Worte.«

»Also das ist ja wohl eine Unverschämtheit. Und wenn Armin dir das Geld gibt? Wie viel brauchst du?«

»Fünfzehntausend.«

»Na, das kann der Junge dir ja wohl geben. Ich werde mal mit ihm darüber sprechen.«

»Nein, Käthe, bitte nicht. Das möchte ich nicht. Ich weiß, dass er mir das Geld geben würde. Aber das wäre eine willkommene Gelegenheit für ihn, um sich mir wieder zu nähern. Ich habe vor ein paar Tagen mit ihm gesprochen. Er hat nichts eingesehen, Käthe. Er belügt mich nach wie vor. Ich habe zufällig erfahren, dass er noch immer um Vanessa herumscharwenzelt, obwohl er das Gegenteil behauptet.«

Käthe sah Lilli ernst an. »Du möchtest mich bitten, dir das Geld zu leihen.«

Lilli nickte. »Ja, das möchte ich, Käthe. Du sollst dich nicht sofort entscheiden. Nimm bitte die Mappe mit und lies dir alles noch einmal genau durch. Sprich mit Renate, wenn du möchtest. Sie kann dich anwaltlich beraten und dir erzählen, wie ihre Gäste die Feier fanden.«

»Na, dann weiß ich ja jetzt auch, warum ich so fürstlich bekocht wurde. Ich habe mich schon gewundert.«

Lilli presste die Lippen zusammen. Da war sie wieder, die Königinmutter. »Ich möchte nicht, dass du dich zu irgendetwas gedrängt fühlst, Käthe. Vergessen wir die Sache.«

Käthe hob beschwichtigend die Hände. »Beruhige dich bitte. So habe ich es nicht gemeint, Elisabeth. Ich werde mit meinem Steuerberater reden, wie er das einschätzt. Ihr habt schon zwei Aufträge?«

»Ja, das stimmt. Der Seniorchef in Renates Kanzlei möchte, dass wir ein Geschäftsessen ausrichten, am nächsten Wochenende. Und der Polizeipräsident hat uns für seinen Geburtstag engagiert. Das ist zwei Wochen später.«

Gina kam an den Tisch und servierte die Espressi und das Wasser für Käthe. Sie setzte sich wieder und sagte: »Wir wollen uns erst nach den beiden Aufträgen definitiv entscheiden.«

»Stimmt«, sagte Lilli. »Die beiden Veranstaltungen sind so etwas wie unsere Generalprobe. Das Essen in der Kanzlei ist klein – nur zwölf Personen. Beim Polizeichef wird es allerdings eine große Gartenparty, da sind wir richtig gefordert. Danach werden wir weitersehen.«

»Das hört sich vernünftig an, Elisabeth. Du willst nichts überstürzen, das gefällt mir. Hast du dich schon für einen festen Lieferanten entschieden?«

»Erinnerst du dich an den Bauern vom Biomarkt, von dem wir mal gesprochen haben. Mike?«

»Der Mann ohne Nachnamen, ja.«

Die Frauen lachten.

»Der Mann ohne Nachnamen«, sagte Lilli, »ja genau, um den geht es. Wir haben letzte Woche auf dem Markt kurz mit ihm gesprochen. Er hat Gina und mich für dieses Wochenende zu einem Besuch auf seinem Hof eingeladen. Dann können wir uns alles ansehen.«

»Lass uns das am besten gleich morgen Vormittag machen. Ich habe Zeit«, sagte Gina. »Kommen Sie doch mit, Frau Wilhelmi.«

Käthe schüttete den Kopf. »Das macht ihr jungen Frauen mal allein. Seht euch dort in Ruhe um.«

»Wir können ja Fotos machen«, schlug Gina vor.

In diesem Moment knatterte Katis Roller vor das Haus, und Augenblicke später streckte sie ihren Kopf durch die Küchentür.

Dann kam sie ganz herein und gab Käthe einen Kuss auf die Wange. »Hallo, zusammen! Na, Oma, hat es dir geschmeckt?«

»Ja, Kind, ich habe wunderbar gegessen. Deine Mutter hat mir eine große Freude gemacht.«

Kati zeigte auf die Präsentationsmappe. »Ah, du hast dir das Konzept angeschaut. Gefällt dir die Mappe?«

»Ja, das tut sie allerdings. Du hast das sehr schön gestaltet, Katharina.« Sie sah auf ihre Armbanduhr. »So, jetzt muss ich aber los.«

Gina stand auf. »Ich nehme Sie gern mit, Frau Berger.«

Nachdem Lilli die Haustür hinter den beiden geschlossen hatte, fragte Kati: »Und? Was hat Oma gesagt?«

»Noch nichts Definitives. Sie möchte noch darüber nachdenken.«

»Ja, aber ...«

»Nichts aber. Das ist völlig okay, Kati. Es ist eine Menge Geld, um das ich deine Oma gebeten habe. Wir werden sehen.«

Kapitel 13

Mike Kowalski hatte bei Lillis Anruf sofort abgehoben. »Dann bis nachher«, hatte er gesagt. »Ich freu mich!«

Jetzt waren sie unterwegs und fuhren durch die bäuerliche Landschaft zu seinem Hof. Das Wetter war wunderbar; die Sonne stand hoch an einem strahlend blauen Frühsommerhimmel. Während der Fahrt hörten sie alte Kassetten mit Hits aus den Achtzigern, die Gina beim Aufräumen gefunden hatte. Lilli und Gina sangen begeistert und aus voller Kehle mit.

»Da vorne müssen wir rechts rein.« Gina hatte die Wegbeschreibung auf dem Schoß und dirigierte Lilli über kurvenreiche Landstraßen und immer schmaler werdende Feldwege, bis ein Schild mit der Aufschrift *Biogemüse Kowalski, 20 Meter* am Straßenrand sie aufforderte, ein letztes Mal rechts abzubiegen.

Nach ein paar Metern Fahrt eröffnete sich ihnen der Blick auf ein altes, großes Gehöft, das von der Straße aus wegen der Bäume nicht zu sehen gewesen war. Der große, moderne Geländewagen vor dem Haus wirkte wie ein Anachronismus.

An der Backsteinfront rankten gelbe Kletterrosen empor, davor leuchteten bunt blühende Stauden. Das Mauerwerk war von dunklem Fachwerk durchzogen. Üppig blühende, riesige Kastanien beschatteten die breit ausladende Front des Bauernhauses. Die reich geschnitzte Eingangstür war, ebenso wie die hölzernen Läden an den kleinen Sprossenfenstern, glänzend dunkelgrün gestrichen. Von Mikes Gewächshäusern und Gemüsebeeten war nichts zu sehen, aber an der linken Seite führte ein gepflasterter Weg hinter das Haus, und rechts davon stand eine Scheune von gleicher Bauweise wie das Wohngebäude.

Gina fasste sich als Erste. »*Madonna*, das ist ja ein Paradies! Was für eine Kulisse! Hier gehört doch zwingend ein Restaurant hin, was meinst du? Oder ein Biergarten! Am besten beides. Zeit fürs erste Foto!« Sie zog eine kleine Digitalkamera aus der Umhängetasche und knipste schon drauflos, während Lilli noch mit Staunen beschäftigt war. Gina hatte den Nagel auf den Kopf getroffen. Das Ambiente war traumhaft schön, für einen lauschigen Biergarten wie geschaffen.

Sie ließ ihr Auto langsam neben dem Geländewagen ausrollen und drückte zweimal kurz auf die Hupe. Mike hatte sie gebeten, das zu tun, da er bei ihrer Ankunft vermutlich hinter dem Haus bei den Beeten sein würde.

Keine zwei Sekunden später galoppierten die beiden größten Hunde, die Lilli je gesehen hatte, um die Hausecke und umkreisten schwanzwedelnd ihr Auto. Neugierig spähten die beiden zotteligen grauen Riesen durch die Wagenfenster und hinterließen beim aufgeregten Schnüffeln verschmierte Abdrücke ihrer nassen Nasen auf den Scheiben.

»Irische Wolfshunde! Wollte ich immer haben, aber dazu brauchst du viel Platz, viel Zeit und jede Menge Auslauf für die Monster. Aber die sind superlieb.« Gina öffnete die Autotür.

»Gina! Bist du verrückt? Warte! Was, wenn ...«

»Feigling! Ich steige aus. Die tun nichts, sonst würden die hier nicht frei herumlaufen.«

Während Lilli noch zögerte, war Gina schon aus dem Auto geklettert. Sie ließ beide Hunde an ihren Händen schnüffeln und tätschelte ihnen dann die mächtigen Köpfe.

»Los, Lilli, komm, steig aus. Du musst ihnen die Hände hinhalten, damit sie deinen Geruch aufnehmen können, dann kann nichts passieren.«

Lilli beschloss, ihrer Freundin zu vertrauen, und öffnete ebenfalls ihre Tür, um auszusteigen. Mike kam um die Hausecke und winkte fröhlich.

»He, da seid ihr ja!«, rief er schon von Weitem, als wären sie seit Jahrzehnten befreundet.

Gina sah auf und schnalzte mit der Zunge. »Hallo, das ist ja ein Prachtkerl! Das ist mir auf dem Markt überhaupt nicht aufgefallen.«

»Pst, Gina, wenn er dich hört!«

Mike war hochgewachsen und durch die Arbeit im Freien durchtrainiert und braun gebrannt. Sein blondes Haar war zu einem langen Zopf geflochten. Seine Jeans waren ausgeblichen und an den Knien zerrissen, sein ärmelloses T-Shirt trug absurderweise den Aufdruck »Kiss the Cook«. Auf dem Markt trug er immer eine viel zu weite Latzhose mit einem unförmigen Pullover darunter, und dazu noch eine Schirmmütze. Er wäre die Idealbesetzung als knackiger Bauer in einem Werbespot.

Mike kam mit ausgestreckter Hand auf sie zu. Er lächelte breit. »Grüß Sie, Lilli. Schön, Sie zu sehen.«

Lilli schüttelte seine Hand. »Hallo, Mike. Danke für die Einladung. Sie erinnern sich an Gina? Wir waren mal zusammen bei Ihnen am Stand.«

Mike wandte sich Gina zu. »Na klar, schöne Frauen vergesse ich nicht so schnell. Guten Tag, Gina. Wie ich sehe, haben Ozzy und Zappa sich schon bekannt gemacht.«

»Ah, zwei echte Rocker also!« Gina klopfte den beiden Hunden begeistert auf die Rücken, wozu sie sich keineswegs bücken musste.

Mike grinste breit und sagte: »Eigentlich wollte ich die beiden Macduff und Macbeth nennen, aber schottische Namen für irische Hunde wären vielleicht nicht so passend gewesen. Außerdem hatte ich Angst, Shakespeare selig würde mir die drei Hexen aus *Macbeth* auf den Hals hetzen.«

Ozzy und Zappa scharwenzelten um Lilli herum und stießen sie mit ihren Riesenköpfen immer wieder auffordernd an. Sonst keineswegs ängstlich bei Hunden, war sie durch die schiere Größe der beiden struppigen Riesen eingeschüchtert. »Was, was wollen die beiden von mir?«

Mike lachte. »Die wollen gestreichelt werden! Die erkennen einen netten Menschen, wenn sie ihn sehen. Und außerdem, da sie noch keine von Ihnen an der Kehle gepackt und vom Hof geschleift haben ...« Er grinste aufmunternd. »Trauen Sie sich ruhig, ich passe auf, dass nichts passiert.«

Lilli ließ sich überzeugen und streichelte vorsichtig die Köpfe von Ozzy und Zappa, die genießerisch die Augen schlossen und sich schwer an sie lehnten. Lilli geriet etwas ins Straucheln, fand ihr Gleichgewicht aber sofort wieder. »Und die beiden bewachen Ihren Hof?«

»Ja. Die haben einen unfehlbaren Sensor für Unsympathen, das können Sie mir glauben. Die beiden haben bei Ihnen nicht einmal gebellt, das passiert wirklich selten.«

»Wie wäre es mit einer kleinen Führung, Mike?«, fragte Gina und zwinkerte Lilli zu.

Mike deutete einen Kratzfuß an und schnippte nach den Hunden. »Sehr gerne, auf zum Rundgang durch die Rabatten. Und danach gibt es frischen Stachelbeerkuchen, aus eigener Zucht und Herstellung. Mir nach!« Damit wandte er sich um und ging voran. Die Hunde trabten voraus und verschwanden wieder hinter dem Haus.

Lilli drehte sich zu Gina um, die Mikes Hintern anstarrte und murmelte: »Bei dem gibt es bestimmt noch ganz andere Dinge zu entdecken.«

Lilli stieß ihre Freundin mit dem Ellenbogen in die Seite und flüsterte: »He, reiß dich zusammen.«

Gina riss sich widerwillig von dem Anblick los. Mike verschwand um die Hausecke.

Lilli und Gina hakten sich unter und folgten ihm hinter das Haus. Sie passierten einen malerisch verwilderten Garten, der eine zum Teil überdachte Terrasse umschloss. Im Schatten einer rosa blühenden Kastanie war bereits der Kaffeetisch gedeckt, der mit einem Wildblumenstrauß geschmückt war. Lilli und Gina wechselten einen Blick. Kein Kinderspielzeug, keine Schaukel, kein Sandkasten.

»Und, Mike«, fragte Gina neugierig, »machen Sie das alles hier alleine? Oder hilft Ihnen Ihre Frau?«

Mike schüttelte den Kopf. »Ich habe natürlich Hilfe auf dem Hof, aber ich wohne hier nur mit Ozzy und Zappa. Meine Freundin findet es überhaupt nicht romantisch, dass ich Bauer geworden bin. Sie wohnt seit Kurzem wieder in der Stadt.«

»Ach, Sie sind nicht hier auf dem Hof aufgewachsen? Was haben Sie denn vorher gemacht?«, bohrte Gina ungeniert weiter.

»Ich bin, nein, war Lehrer. Deutsch und Englisch. Aber ich habe mich immer schon für Arbeit in der freien Natur interessiert. Und als ich von diesem Hof hier hörte und dass der vorherige Besitzer ihn abgeben wollte, na ja, da habe ich mich halt mal vorgestellt. Ein halbes Jahr habe ich noch mit ihm zusammengearbeitet und dabei alles Notwendige gelernt, damit ich den Hof nicht sofort runterwirtschafte. Es hat sich herausgestellt, dass ich ein Naturtalent bin – im doppelten Sinne.« Er grinste schief. »Meine Freundin hat allerdings klare Vorstellungen von ihrem Leben, und ein Bauer in dreckiger Cordhose und schlammigen Gummistiefeln gehört definitiv nicht dazu. Sie fühlt sich in der Stadt einfach wohler. Aber ich liebe die Arbeit in der Natur.« Er hob die Hände, als wollte er sagen »Was soll man machen?«, und wandte sich wieder dem Weg zu, der am Garten vorbei weiter auf das Grundstück führte. »Und was ist mit Ihnen? Dass Lilli Köchin ist, weiß ich ja. Und Sie, Gina? Ich bin neugierig.«

Gina gab bereitwillig Auskunft. »Ich bin geschieden und habe einen Sohn, Tobi, der ist achtzehn. Ich arbeite in einem Blumenladen. Mehr gibt es nicht über mich zu sagen, fürchte ich.«

Mike starrte sie erstaunt an. »Sie haben einen achtzehnjährigen Sohn? Unmöglich. Sie können doch höchstens dreißig sein!«

Gina errötete. »Schön wär's, aber danke für das Kompliment!«

»Das sich unglaublich ölig und abgeschmackt anhört«, stellte Mike fest.

»Ölig und abgeschmackt – finde ich gut«, sagte Gina grinsend.

Sie erreichten die ersten Gewächshäuser, die sich hinter dem Haus versteckten. Von der Terrasse aus hatte man sie nicht sehen können, da der alte Baum- und Strauchbewuchs des Gartens einen natürlichen Sichtschutz bildete. Rechts und links vom Weg lagen schmale Beete mit zahlreichen Kräutern und Gemüsepflanzen, die die milde Luft mit ihrem Geruch anreicherten. Von Zeit zu Zeit bückte sich Mike und zerrieb ein Blatt oder einen Stängel zwischen den Fingern, sodass es dann intensiv nach Petersilie, Zitronenmelisse, Dill oder Lavendel duftete. Die Hunde liefen immer ein paar Schritte voraus und blieben dann stehen, um auf sie zu warten. Gina fotografierte alles, was ihr vor die Linse kam.

Mike öffnete die Tür zum ersten Gewächshaus, in dem es farbenprächtig grünte und blühte. »Bitte sehr, meine Spezialabteilung: die essbaren Blumen.«

Lilli und Gina gingen staunend durch Reihen mit Glockenblumen, Gänseblümchen, Ringelblumen, Lavendel, Rosen und Taglilien. In einer Ecke standen einige blühende Zitronen- und Orangenbäume, die ihren typischen süßen Duft verströmten. Trotz der Blüten hingen an den Bäumen Früchte in verschiedenen Reifestadien.

»Aber das wächst doch auch alles in freier Natur«, rief Gina, während sie weiter Fotos machte. »Warum sperren Sie die Blumen ins Gewächshaus?«

»Im Prinzip haben Sie recht«, stimmte Mike zu. »Aber die Kunden bevorzugen Pflanzen, die geschützt im Gewächshaus gezogen wurden, das ist ihnen irgendwie weniger suspekt. Wahrscheinlich stellen die Damen und Herren Köche sich sonst vor, dass auf die Blumen, die sie in ihrer Küche auf die Teller der Gäste legen, eine Stunde vorher noch ein Wiesel gepinkelt hat.«

Lilli und Gina prusteten los.

»Außerdem«, fuhr Mike fort, »bin ich so natürlich unabhängig von Wetter und Jahreszeit. Kommen Sie, ich zeige Ihnen die anderen Gewächshäuser und die großen Gemüsebeete.«

Sie liefen weiter über das große Anwesen. In den Gewächshäusern gediehen Tomaten, Salat, Auberginen, Bohnen, Zuckerschoten und Paprika. Auf den Beeten und Feldern entdeckten sie Kartoffeln, Sellerie, Lauch, Zwiebeln, Karotten, Rettich, Kürbisse und mehrere Sorten Kohl.

Lilli war rundum begeistert. Mikes Gemüse wurde nach strengen Biovorgaben angebaut.

»So«, sagte Mike, »jetzt haben wir fast alles gesehen, und ich bekomme allmählich Hunger. Auf dem Rückweg zeige ich Ihnen noch den Obstgarten.«

Mike und Gina unterhielten sich angeregt, während Lilli – zu beiden Seiten eskortiert von Ozzy und Zappa – ein paar Schritte hinter ihnen ging. Sie erreichten den Obstgarten, wo es Äpfel, Birnen, Pflaumen, Kirschen, Stachelbeeren, Himbeeren, Brombeeren und noch viel mehr zu sehen gab. Lilli war davon überzeugt, dass sie jetzt auf einen Blick gar nicht alles erfassen konnte.

»Es gibt noch ein Gewächshaus, in dem ich Walderdbeeren, Physalis und Blaubeeren ziehe. Wollen Sie das auch noch sehen?«

Lilli winkte ab. »Kaffeedurst und Kuchenhunger – an mehr kann ich momentan nicht denken. Sie bleiben hier aber wirklich in Bewegung, oder? Über Langeweile können Sie bestimmt nicht klagen.«

Mike nickte. »Allerdings. Hier ist immer jede Menge zu tun. Aber das macht mir großen Spaß, für mich gibt es nichts Schöneres, als hier alles blühen und wachsen zu sehen. Das perfekte Erfolgserlebnis! Kommen Sie, hier durch die Hecke gibt's eine Abkürzung zum Kuchen.«

Lilli und Gina folgten Mike durch dicht stehende, halbhohe Buchsbaumsträucher und standen zu ihrer Überraschung gleich wieder im Garten des alten Bauernhauses. Die Hunde waren schon vorausgelaufen und zerrten knurrend und schwanzwedelnd an einem Ast herum, der im Gras lag.

»Setzt euch schon mal, ich mache Kaffee und hole den Kuchen. Schlagsahne, die Damen?«

»Stachelbeerkuchen ohne Sahne? Ich bitte Sie!«, rief Gina. »Wir helfen Ihnen schnell.«

»So weit kommt's noch. Sie sind meine Gäste. Und zukünftige Kundinnen müssen hofiert werden. Setzen Sie sich bitte, bin gleich wieder da.«

Kapitel 14

Lilli und Gina setzten sich an den Tisch. Ein kleines Sprossenfenster direkt hinter ihnen öffnete sich, und Mike reichte einen großen Teller mit Kuchen heraus, den Gina ihm rasch abnahm.

Mike verschwand wieder in der Küche, wo umgehend ein Rührmixer in Betrieb genommen wurde.

»Lilli! Attraktiv und nett und heterosexuell und dazu noch so gut wie Single – ich dachte, diese seltene Spezies wäre längst ausgestorben«, raunte Gina, während sie den duftenden Kuchen auf dem Tisch abstellte.

»So gut wie Single? Wie kommst du denn darauf?«

»Ich bitte dich. Diese Freundin wird hier nie wieder auftauchen, das ist doch wohl klar.«

Der Rührmixer verstummte, was ein weiteres Gespräch über Mikes Privatleben leider unmöglich machte. Er kam wieder aus dem Haus, in der einen Hand eine große Kanne Kaffee, in der anderen eine Schüssel mit Sahne. Er stellte die Schüssel auf den Tisch und goss allen ein. Dann setzte er sich zu den Frauen.

Lilli verteilte Kuchen und Sahne. »Ein toller Hof, Mike, wirklich schön«, sagte sie. »Und ein fantastisches Sortiment. Ich würde gern regelmäßig hier einkaufen, für meine Aufträge.«

Mike vergaß alle guten Sitten, als er mit vollem Mund fragte: »Man kann Sie also leihen oder mieten, wenn man einen Koch – Verzeihung – eine Köchin, braucht? Eine Leihköchin ... das klingt schön.«

»Schön? Na, ich weiß nicht.« Lilli schüttelte den Kopf.

Mike zog den Kopf zwischen die Schultern. »Oha, da ist mein loses Mundwerk wohl wieder mit mir durchgegangen, tut mir leid. Es sollte nicht beleidigend klingen. Ich finde wirklich, das hört sich nett an. So wie Zuckerbäckerin. Oder Kaltmamsell. Das sind einfach schöne Wörter. Und ich denke bei Leihköchin an eine Frau, die frei und ungebunden arbeiten kann und nicht an die starren Vorgaben einer Restaurantküche gebunden ist.« Er lächelte. »Das ist doch Ihr Plan, nicht wahr? Eine fahrende Köchin zu werden.«

Lilli musste ihm zustimmen. So, wie er es formulierte, klang es sogar richtig romantisch. »Genau. Wir wollen ein Geschäft gründen, einen Gourmet-Service. *Lillis Schlemmerei* soll er heißen. Wir wollen jetzt probeweise zwei Aufträge annehmen, und danach werden wir uns endgültig entscheiden.«

»Sie sind also ein Team? Gina, ich dachte, Sie arbeiten in einem Blumenladen?«

»Halbtags«, sagte Gina. »Es macht mir einfach Spaß, mit Blumen zu arbeiten. So wie ihr beide Spaß daran habt, mit Lebensmitteln umzugehen. Lilli und ich denken, das könnte eine gute Kombination sein.«

»Stimmt! Und Gina reicht im Blumenladen nicht nur einfach Tulpen im Zehnerpack über den Tresen, sie macht wirklich spektakuläre Dekorationen«, fügte Lilli hinzu. »*Lillis Schlemmerei* bietet Gesamtkunstwerke für Leute, die mit allen Sinnen genießen wollen.«

»Hört sich gut an. Wann geht es denn los?«

»In einer Woche ist es so weit. Ein Essen für eine Anwaltskanzlei.«

»Und? Schon einen Plan, was Sie kochen wollen?«

»Nichts Ausgefallenes, aber gute Qualität ist wichtig. Ich habe noch keinen genauen Menüplan, aber ich denke, ich bekomme alles hier. Kann ich über Sie auch Fleisch beziehen?«

»Klar, hier ist ein Bauer in der Nachbarschaft, bei dem man hervorragendes Geflügel bekommt, aber auch Kaninchen, Rind und Schwein. Wunderbare Qualität. Der geht mit seinen Tieren um wie Dr. Doolittle, und das schmeckt man auch.«

Gina schüttelte sich. »Dass glückliche Tiere am besten schmecken, finde ich fies.«

»Aber ein leckeres Steak schubst du auch nicht vom Teller, meine Liebe«, wandte Lilli ein.

»Stimmt schon, aber ich möchte das Tier vorher möglichst nicht kennen. Wenn ich zu jedem Steak ein Foto von seinem sanftäugigen Lieferanten namens Joe oder Bill bekäme, wie er nichts Böses ahnend auf einer Wiese Butterblumen in sich hineinmampft, na, ich weiß nicht.«

Lilli sah auf die Uhr. »Leute, es ist spät geworden, ich muss los. Ich bin mit meinen Töchtern zum Abendessen verabredet.« Sie wandte sich an Mike. »Ich lasse das erst mal alles sacken. Vielleicht inspiriert mich Ihr schönes Angebot hier noch zu einigen Ideen. Das Essen ist nächstes Wochenende, wir haben also noch etwas Zeit. Für die Dekoration hat Gina hier mit Sicherheit auch einiges gefunden. Oder, Gina?«

Die beschäftigte sich schon wieder mit Ozzy und Zappa, die schmachtend neben ihrem Stuhl saßen und die halbvolle Sahneschüssel nicht eine Sekunde lang aus den Augen ließen. »Wie? Was hast du gesagt, Lilli? Ich habe gerade nicht zugehört. Die beiden charmanten Herren hier haben mich abgelenkt.«

»Dekoration, Gina, Blumen, Gräser und Gemüse – du erinnerst dich?«

»Was halten Sie davon, wenn Sie morgen Nachmittag mit Ihren Familien noch einmal herkommen? Haben Sie Zeit?«, fragte Mike. »Ich besorge Fleisch von meinem Nachbarn, dann können Sie sich selbst von der Qualität überzeugen.« Als er sah, dass Lilli und Gina zögerten, fügte er hinzu: »Ich lade meine zukünftigen Kunden immer zu einem einfachen Probeessen ein.« Er grinste. »Bis jetzt konnte ich auf die Weise noch jeden von meiner Ware überzeugen.«

»Das ist eine gute Idee.« Lilli stimmte erfreut zu, Gina nickte ebenfalls. »Ich bringe dann meine beiden Töchter mit – Kati kennen Sie vom Markt – und Gina ihren Sohn. Wir kommen also zu fünft. Und ich überlege mir bis morgen, was ich nächste Woche kochen will, dann können wir alles Notwendige schon mal zusammenstellen.«

»Und was ist mit Ihrem Mann, Lilli? Hat der keine Lust?«, fragte Mike.

Lilli biss sich auf die Unterlippe und starrte auf ihren Teller. »Ich ... Wir sind nicht mehr zusammen. Wir haben uns vor Kurzem getrennt.«

Mike schwieg betreten und entschuldigte sich dann sofort für seine Frage, doch Lillis gute Laune war verflogen. Hatte er unbedingt davon anfangen müssen?

Es fiel ihr immer noch schwer, über Armin zu sprechen. Einerseits, weil es noch immer wehtat, andererseits, weil sie das Mitleid und die Verlegenheit ihres jeweiligen Gegenübers nicht ertragen konnte. Würde es ewig so weitergehen?

Kapitel 15

Nachdem sie die Rückfahrt zunächst schweigend zurückgelegt hatten, fragte Gina schließlich: »Was ist los mit dir? Warum bist du so ruhig? Hat es dir nicht gefallen?«

Lilli antwortet nicht sofort, sondern sah konzentriert auf die Straße. Dann sagte sie: »Doch, sehr sogar. Aber als das Gespräch auf Armin kam, da wollte ich nur noch weg.«

»Also, erstens kam das Gespräch nicht auf Armin, sondern Mike hat ganz harmlos gefragt, ob dein Mann morgen mitkommt. Und zweitens hat er sich sofort dafür entschuldigt.«

»Das Thema ist mir peinlich. Ich habe dann das Gefühl ...«

»Welches Gefühl? Hör endlich auf, dich dafür zu schämen, dass dein Mann fremdgegangen ist. Ich weiß, alles ist noch ganz frisch für dich, aber je eher du wieder nach vorn schaust, desto besser. Vergiss den Blödmann, und zwar so schnell wie möglich.«

Kurze Zeit später hielten sie vor Ginas Haus.

»Wir haben also morgen eine Verabredung mit dem attraktivsten Bauern weit und breit. So ein schöner Mann ... und so allein auf seinem großen Bauernhof. Geradezu tragisch, finde ich.«

Lilli lachte. »Und? Schon irgendwelche Strategien überlegt?«

Gina seufzte. »Leider nicht mein Typ. Zu blond.« Damit stieg sie aus. Bevor sie die Haustür erreicht hatte, öffnete diese sich, und Kati kam herausgelaufen.

»Hallo, Tante Gina. Ma, warte, ich komme mit!« Sie sprang zu Lilli ins Auto und gab ihr einen Kuss auf die Wange.

»Wie war's bei Mike?«

»Es war ein schöner Nachmittag. Mike hat einen traumhaften Hof, wunderbares Obst und Gemüse und die beiden größten Hunde, die ich je in meinem Leben gesehen habe.«

»Ach ja? Was denn für Hunde?«

»Irische Wolfshunde. Groß wie Zweifamilienhäuser. Unfassbar. Und rate, wie die beiden heißen!«

»Keine Ahnung, Bernhard und Bianca vielleicht?«

Lilli brach in Gelächter aus. »Na, das wäre mal eine gute Idee. Nee, die heißen Ozzy und Zappa und sind ganz lieb und sanft. Aber du kannst sie morgen selbst kennenlernen. Mike hat uns alle eingeladen, bei ihm zu kochen und zu grillen, wir probieren einen Fleischlieferanten aus, den er uns empfohlen hat. Hast du Lust?«

»Klar!« Kati war sofort Feuer und Flamme. »Kommt Tante Gina auch mit?«

»Du meinst wohl, ob Tobi mitkommt?« Lilli konnte es einfach nicht lassen.

»Ma!«, schrie Kati empört. »Hör auf damit! Da ist nichts zwischen Tobi und mir.«

Beim Haus angekommen parkte Lilli den Wagen in der Einfahrt. Hinter ihnen hielt ein Auto – Armin. Die Beifahrertür öffnete sich, und Svenja sprang heraus. Sie lief nach hinten zum Kofferraum, um mehrere prall gefüllte Tüten herauszuholen, dem Aufdruck nach von Schuhläden und Boutiquen.

Dann gab sie ihrem Vater durch das geöffnete Autofenster einen Kuss. »Danke, Papi! Du bist der Beste!« Nach einem herausfordernden Blick in Lillis Richtung fügte sie hinzu: »Hoffentlich ziehst du bald wieder bei uns ein.«

Lilli zeigte auf die Haustür.

»Kati, Svenja, ab ins Haus. Ich möchte mit eurem Vater reden. Allein.« Als sich die Haustür hinter den Mädchen geschlossen hatte, rannte Lilli zur Fahrertür und riss sie auf. »Armin! Was denkst du dir dabei?«

Der zog die Augenbrauen hoch. »Ich weiß nicht, was du meinst.«

»Die Einkäufe! Bist du verrückt? Was hast du Svenja da alles gekauft? Ich möchte das nicht.«

»Ich werde meiner Tochter doch wohl ein paar Geschenke machen dürfen, oder? Sie hat sich so gefreut. Und mir macht das Spaß.«

»Ich finde es aber nicht okay. Sie soll sich daran gewöhnen, dass wir nicht mehr so viel Geld zur Verfügung haben.«

»Bitte, Lilli. Das muss nicht so sein, das weißt du. Ich möchte euch alle morgen groß zum Essen ausführen, ja? Bist du einverstanden?«

Lilli rang um ihre Beherrschung. Begannen jetzt die Machtspielchen? Der liebe, großzügige, einsame Papa gegen die böse, geizige Mama, die den armen Papi aus dem Haus gejagt hatte? Lilli schüttelte den Kopf. »Tut mir leid, wir haben schon etwas vor.«

»Mit Gina?«

»Nein. Ja, auch. Wir sind zum Grillen eingeladen. Und, Armin, hör auf, mich zu bedrängen.« Sie wandte sich ab und ging Richtung Haustür.

»Lilli, bitte! Geh nicht einfach so weg. Gib mir eine Chance, ja?«

Doch Lilli ging ins Haus, ohne sich noch einmal umzudrehen.

Sie fand ihre Töchter im Wohnzimmer. Svenja hatte ihre Schätze ausgepackt und über das Mobiliar verteilt. Sie trug eine pinkfarbene Wildlederjacke, an deren Ärmel noch das Preisschild baumelte, und zwängte ihre Füße gerade in ein farblich exakt dazu passendes Paar Stiefel. »Guck mal, Mama, hat Papi mir geschenkt! Ist die Jacke nicht schick?« Sie drehte sich ein paarmal um die eigene Achse. »Und morgen geht er ganz toll mit uns essen.«

»Das glaube ich kaum«, murmelte Kati, während Lilli sagte: »Nein, das wird Papi nicht, Svenja. Er hätte mich vorher fragen sollen. Wir haben etwas anderes vor.«

Svenja blieb abrupt stehen. »Das geht aber nicht«, rief sie empört. »Papi hat schon einen Tisch bestellt, in einem echt teuren Restaurant.«

»Wir sind bei Mike Kowalski auf seinen Bauernhof eingeladen, zum Grillen. Mike ist mein zukünftiger Lieferant, verstehst du?«

»Das ist mir egal!«, heulte Svenja laut auf. »Ich will nicht auf den blöden, dreckigen Bauernhof. Ich will mit Papi essen gehen und meine neuen Sachen anziehen. Du bist gemein! Immer muss alles nach deiner Nase gehen. Deswegen wohnt Papi auch nicht mehr bei uns.«

Lilli traute ihren Ohren kaum. »Hat er das gesagt?«

»Nein!«, schrie Svenja. »Das muss er auch nicht! Papi ist ganz traurig und fühlt sich allein, das hat er gesagt.« Sie schluchzte so sehr, dass Tränen und Rotz auf ihre Jacke tropften. »Er vermisst uns und will zurück zu uns. Aber du schickst ihn immer wieder weg. Ich hasse dich!«

Lilli wurde blass.

»Halt deine blöde Klappe!«, schrie Kati ihre Schwester an. »Du spinnst wohl ein bisschen. Noch ein Wort, und ich scheuer dir eine!«

Svenja raffte ihren neuen Sachen zusammen, stopfte sie zurück in die Tüten und rannte aus dem Zimmer. Sekunden später hörten sie ihre Zimmertür im Obergeschoss zuknallen.

Lilli ließ sich in den nächstbesten Sessel fallen.

»Diese Mistgöre! Ma, geht es dir gut?« Katis Wut über Svenja war Besorgnis um ihre Mutter gewichen.

Lilli zwang sich, ruhig durchzuatmen. Sie wusste, sie konnte der traurigen und verstörten Svenja, die sich nach ihrem Vater sehnte, keinen Vorwurf machen. Aber dass Armin seine eigene Tochter mit Geschenken auf seine Seite zu ziehen versuchte, traf sie tief.

Im Flur klingelte das Telefon. Lillis gesamter Körper verkrampfte sich. Kati nahm den Anruf entgegen und kam dann ins Wohnzimmer, den Hörer in der Hand.

»Wenn das dein Vater ist ...«

Kati schüttelte den Kopf. »Oma«, flüsterte sie.

Lilli seufzte, streckte aber die Hand nach dem Hörer aus. Sie hatte nicht die geringste Lust, jetzt über Geld zu sprechen. »Hallo, Käthe.«

»Guten Tag, Elisabeth«, sagte Käthe streng. »Ich habe mit dir zu reden.«

»Was gibt es denn, Käthe?«

»Elisabeth, du verbietest den Kindern, ihren Vater zu treffen. Das finde ich nicht in Ordnung.«

»Das tue ich nicht, Käthe. Hat Armin das behauptet?«

»Nicht Armin. Svenja hat mich angerufen. Sie hat furchtbar geweint. Sie sagt, du hättest verboten, dass sie morgen mit Armin essen gehen darf.«

»Das ist ihre Version.«

»Dann erkläre mir bitte, wie es deiner Meinung nach war.«

Lilli musste sich beherrschen, Käthe nicht anzuschreien. Sie hatte keine Lust, sich ihrer Schwiegermutter gegenüber für irgendetwas zu rechtfertigen. Nie wieder. Und wenn das hieß, dass Käthe ihr das Geld nicht geben würde, dann war es ihr auch egal.

»Elisabeth? Bist du noch dran?«, unterbrach Käthe Lillis Gedanken.

»Ja. Bin ich.« Am liebsten hätte Lilli das Gespräch einfach ohne ein weiteres Wort beendet.

»Elisabeth, was stimmt denn nun? Warum erzählt Svenja mir so etwas, wenn es nicht wahr ist?«

Lillis Wut verrauchte. Dann sagte sie ruhig: »Also gut, Käthe. Armin war mit Svenja shoppen. Er muss Hunderte Euro ausgegeben haben. Als sie die Tüten ausgepackt hatte, sah das Wohnzimmer aus wie eine Boutique für verwöhnte Gören. Dann hat er ihr versprochen, dass wir alle zusammen morgen groß ausgehen. Leider habe ich bereits andere Pläne für uns. Ende der Geschichte. Sie ist jetzt ganz einfach wütend auf mich.«

»Warum lässt du sie denn nicht mit Armin ausgehen?«

»Käthe, bitte. Ich möchte das nicht. Und ich möchte auch nicht, dass Armin so viel Geld für sie ausgibt. Allein die

Lederjacke mit den passenden Stiefeln hat mindestens fünfhundert Euro gekostet, wenn nicht mehr. Weißt du, was sie vorhin zu mir gesagt hat? Ich hätte Armin vertrieben.«

»Ach, Elisabeth, sie ist doch noch ein Kind.«

»Eben, Käthe. Und deshalb entscheide ich als ihre Mutter, was sie tut und was nicht.«

»Was habt ihr denn morgen vor?«

»Wir fahren noch einmal zu diesem Biobauern auf den Hof, er hat uns eingeladen. Wir machen ein Probeessen, um seine Ware zu testen. Gina und Tobias kommen auch mit.«

»Na gut, wenn du so entschieden hast.«

»Allerdings, das habe ich. Ich bitte darum, dass du das respektierst. Svenja ist nur sauer, weil sie ihren Willen nicht bekommt.«

Käthe räusperte sich. »Elisabeth, mach ihr bitte keine Vorwürfe, dass sie mich angerufen hat, ja? Das Kind ist verwirrt und unglücklich im Moment.«

»Willkommen im Club. Das kann man heutzutage gar nicht früh genug lernen, dass das Leben kein Wunschkonzert ist, oder? Aber ich bin die Erwachsene, ich muss stark sein«, sagte Lilli. Sie seufzte und fuhr fort: »Käthe, ich kann Svenja ja verstehen. Und ich bin sehr froh, dass die Mädchen sich an dich wenden können, wenn sie Probleme haben. Aber trotzdem werde ich meine Entscheidung nicht ändern. Und ich unterstelle Armin, dass er Svenja benutzt, um wieder an mich heranzukommen. Vielleicht nicht bewusst, aber er tut es. Und ich habe meine Gründe, seinen Versprechungen nicht zu glauben.«

»Was meinst du damit?«

Es drängte Lilli, Käthe die Wahrheit zu sagen. Dass ihr ein blasierter Bankangestellter die Augen geöffnet hatte über

Armin und Vanessa. Dass Armin trotz seiner Beteuerungen nach wie vor seine Affäre fortsetzte.

»Weißt du, Käthe, ich traue ihm einfach nicht über den Weg. Noch nicht. Verstehst du das?«

»Nun gut, Elisabeth. Du wirst wissen, was du tust.«

»Danke, Käthe. Und ich weiß zu schätzen, dass du dir um die Mädchen Sorgen machst.«

»Das ist doch selbstverständlich. Dann wünsche ich euch morgen viel Spaß. Ich werde gleich noch einmal mit Svenja reden.«

»Danke. Ich zeig dir nächste Woche die Fotos, ja?«

«Gern. Auf Wiederhören, Elisabeth.«

Lilli fiel zurück in den Sessel und rieb sich die Schläfen. Langsam, ganz langsam entspannte sie sich wieder. Sie dachte an den kommenden Tag, an ihre Aufträge. Es tat gut, wieder ein Ziel zu haben.

Kapitel 16

»Lilli? Komm doch bitte mal mit.« Renate stand in der Tür der kleinen Küche, in der Lilli gerade damit beschäftigt war, die Teller vom Dessert in die Spülmaschine zu räumen. Lilli richtete sich auf und strich sich mit dem Handrücken eine Strähne aus dem Gesicht. »Ist draußen doch noch etwas? Ich dachte, wir hätten alles.«

Renate lachte. »Vergiss doch mal das Geschirr. Der Senior möchte dich kurz sprechen.«

Lilli linste schnell an sich herunter. Die Kochjacke war einigermaßen sauber, aber die Schürze? Ein geübtes Auge würde die gesamte Menüfolge erkennen können. Schnell löste Lilli die Schleife vor ihrem Bauch, wendete den Stoff und band ihn sich wieder um. Sie nahm sich vor, in Zukunft auf derartige Situationen vorbereitet zu sein und immer eine saubere Kluft dabeizuhaben.

»Ich finde, man darf ruhig sehen, dass du schwer für dein Geld gearbeitet hast«, sagte Renate. »Und außerdem – die Kürbissuppe ist es allemal wert, auf deiner Schürze verewigt zu werden.«

»Findest du?« Lilli zupfte an ihren Haaren. »Ich komme mir immer so schmuddelig vor. Du weißt schon – verschwitzt, von oben bis unten bekleckert, strähnige Haare ...«

Renate schüttelte den Kopf. »Unsinn. Komm jetzt.«

Lilli folgte ihrer Cousine den Korridor hinunter bis zu dem Sitzungszimmer, in dem das Essen stattgefunden hatte. An der Tür blieb Lilli stehen, in der Erwartung, Renate würde ihren Seniorpartner ebenfalls auf den Gang hinaus bitten. Aber Renate öffnete die Tür, legte den Arm um Lillis Schultern und zog sie mit sich in den Raum, in dem die restlichen elf Gäste des Essens warteten. Bei Lillis Anblick begannen sie zu applaudieren.

»Hier ist sie!«, rief Renate. »Darf ich vorstellen: Lilli Berger, meine Cousine und Meisterköchin.«

Dr. Baumann, der Seniorchef der Kanzlei, kam von seinem Platz an der Stirn der Tafel strahlend auf Lilli zu. Wie aus dem Nichts tauchte Gina mit einem gefüllten Tablett auf und servierte Champagner. Im Vorbeigehen griff Dr. Baumann sich zwei Gläser und reichte eines davon an Lilli weiter.

»Liebe Frau Berger«, er verbeugte sich leicht, »Sie haben hier zwölf Bewunderer Ihrer beeindruckenden Kochkunst«, er beschrieb mit dem Glas einen Halbkreis Richtung Tisch, an dem mittlerweile alle Gäste den Champagner erhoben hatten und Lilli anlächelten, »die alle mit Ihnen anstoßen und sich bedanken möchten.« Er sah sich um, bis er Gina entdeckte, die sich an ihre Anrichte zurückgezogen hatte. »Bei Ihnen auch, Frau Wilhelmi!«

Gina goss sich einen Champagner ein und hob lächelnd ihr Glas.

»Auf die beiden Künstlerinnen«, rief Dr. Baumann. »Auf Frau Berger und das Glück, ihr Gast sein zu dürfen. Und auf Frau Wilhelmi und ihre wunderbare Dekoration, die diesen Abend nicht nur zu einem Gaumen-, sondern auch zu einem Augenschmaus gemacht hat.«

Lilli fühlte sich zwar von seinen Worten geschmeichelt, wäre aber am liebsten sofort wieder in ihre Küche verschwunden. Und ein bisschen weniger Pathos wäre ihr ebenfalls lieber gewesen.

»Frau Berger?« Baumanns Stimme riss sie aus ihren Gedanken. Sie bemerkte, dass alle sie erwartungsvoll ansahen.

Lilli räusperte sich verlegen und nickte lächelnd in die Runde, während ihr der Schweiß ausbrach. Die meisten Gesichter kannte sie von Renates Silberhochzeit. Die drei unbekannten Herren, alle in eleganten, dunklen Anzügen, mussten die wichtigen neuen Klienten sein, der Anlass für dieses Essen. Irgendetwas musste sie jetzt sagen – aber was? Sie hatte doch nur gekocht. Schön, wenn es allen geschmeckt hatte, aber Baumann führte sich auf, als hätte sie ein Heilmittel gegen Malaria entdeckt. Alle starrten sie an, als hätte sie eine zweite Nase im Gesicht. Verflucht, wenn ihr doch nur irgendetwas Amüsantes einfallen würde, nur ein verdammter lockerer Satz.

»Es war mir ein verdammtes Vergnügen«, hörte Lilli sich zu ihrem eigenen Entsetzen sagen und spürte, wie ihr Kopf glühend heiß wurde. Im Raum herrschte Totenstille. Lilli schlug erschrocken die Hand vor den Mund. Dann platzte sie heraus: »Habe ich das gerade etwa laut gesagt?«

Alle – außer Lilli – brachen in Gelächter aus. Dr. Baumann, silberhaarig und elegant, wischte sich sogar kichernd ein paar Tränen aus dem Augenwinkel. Dann erhob er wieder sein Glas und sagte: »Frau Berger, Sie sind wunderbar. So erfrischend. Sie sagen, was Sie denken, das gefällt mir. Auf Ihr Wohl!«

Lilli wäre am liebsten aus dem Sitzungszimmer geflüchtet. Sie wollte nur noch weg. Im letzten Moment, bevor sie wie ein verstörtes Kind aus der Tür rennen konnte, tauchte Gina neben ihr auf, legte ihr den Arm um die Schultern und grinste breit in die Runde. »Ich hätte es nicht besser sagen können. Ein verdammtes Vergnügen. Denn es ist immer eine Freude, für Kunden zu arbeiten, die mit allen Sinnen genießen. Dann ist auch unsere Arbeit ein wahrer Genuss.« Gina trank einen Schluck Champagner. Dann fuhr sie fort: »Das Beste daran ist – dieser Genuss wird uns auch noch bezahlt. Und deshalb haben *wir* zu danken.« Sie zwinkerte Baumann zu, der ihr lachend zuprostete. »Und jetzt entschuldigen Sie uns bitte«, sie winkte in die Runde, »die Damen Künstlerinnen haben noch ein paar Gabeln zu polieren.«

Und während die Gäste amüsiert applaudierten, schob Gina die völlig verstummte Lilli aus dem Raum und zurück in die Sicherheit der kleinen Küche.

»Oh mein Gott, oh mein Gott, oh mein Gott!« Lilli schlug die Hände vors Gesicht und ließ sich auf den einzigen Stuhl fallen.

Gina lehnte lässig im Türrahmen und sagte: »Was hast du denn? Lief doch super. Alle sind satt und zufrieden, alle haben Spaß. Und die Damen haben mich schon angebettelt, ob sie eins von den Blumengestecken haben dürfen.«

»Ach, lass mich doch in Ruhe mit den blöden Gestecken«, murmelte Lilli dumpf hinter ihren Fingern hervor. »Ich habe mich da draußen gerade zum Vollidioten gemacht.«

»Ach was, du spinnst.«

Lilli nahm die Hände vom Gesicht. »Du hast leicht reden. Du weißt immer, was du sagen musst. Ich schäme mich zu Tode.« Sie schüttelte den Kopf. »*Ein verdammtes Vergnügen ...* Das muss man sich mal vorstellen. Vor diesen Leuten! Sehr professionell, wirklich.«

Ginas Augenbrauen zogen sich drohend zusammen. Sie musterte Lilli einen Moment lang schweigend. Dann entspannten sich ihre Gesichtszüge wieder, und sie sagte leise: »*Cara mia,* hör auf, dich zu quälen. Bitte. Glaub mir, du bist von allen Anwesenden die Einzige, die denkt, dass du dich zum Idioten gemacht hast. Ganz sicher. Ich verstehe, dass du aufgeregt bist und alles perfekt machen willst. Und dein spontanes, offenes Wort da draußen«, Gina lächelte, »das nimmt dir kein Mensch übel – im Gegenteil. Alle fanden es sehr charmant. Gönn ihnen doch ihren Spaß.«

»Spaß auf meine Kosten«, jammerte Lilli. »Alle haben mich ausgelacht.«

Gina brach in lautes Lachen aus. »Lilli, entschuldige«, prustete sie, »aber du hörst dich gerade wie eine Fünfjährige an.« Sie wurde wieder ernst. »Um ehrlich zu sein: Jetzt gerade fängst du an, dich zum Idioten zu machen. Es ist nichts passiert, außer dass da draußen zwölf hochzufriedene Kunden sitzen. Meine Dekoration ist der Knaller, dein Essen war perfekt. *Basta.* Bitte – ich möchte unseren Erfolg genießen, Lilli. Verdirb uns das nicht.«

Damit drehte Gina sich um und ging zurück in den Sitzungsraum, den sie heute in einen eleganten Speisesaal verwandelt hatte. Lilli hörte, wie Gina von einem vielstimmigen »Aaaah!« und leisem Applaus begrüßt wurde.

Lilli seufzte und wandte sich wieder ihrer Arbeit zu. Es gab noch jede Menge Töpfe zu schrubben.

Kapitel 17

Am nächsten Vormittag saßen Lilli und Gina an Lillis Küchentisch, als das Gartentürchen leise quietschte und Mike den Weg zur Haustür entlangkam. Er entdeckte sie durch das geöffnete Küchenfenster und winkte. »Na, die Damen? Wie lief es gestern?«

Gina war schon aufgestanden und rief ihm fröhlich zu: »Ich komme schon!«

Lilli winkte Mike und ging zum Herd, um für ihn einen Kaffee einzugießen. Als sie sich umdrehte, stand er schon hinter ihr.

»Na, Lilli Leihköchin? Gestern Triumphe gefeiert?« Er drückte sie freundschaftlich an sich.

Lilli befreite sich schnell aus seinem Armen. Mike hatte Gina und ihr nach dem gemeinsamen Grillabend auf seinem Hof das Du angeboten, als sie sich verabschiedeten – und ihre zögernde Zustimmung gleich mit einer festen Umarmung besiegelt. Mikes offene Herzlichkeit war für sie immer noch ungewohnt. Sie hatte seit Jahren keinen anderen Mann als Armin umarmt. »Wie man's nimmt«, beantwortete Lilli seine Frage. »Ich war nicht hundertprozentig zufrieden.«

Gina verdrehte die Augen, hob beschwörend die Hände und rief: »*Madonna,* geht das schon wieder los?«

Mike setzte sich an den Tisch und fragte: »Was war denn? Doch hoffentlich nichts mit meiner Ware? War der Kürbis nicht in Ordnung?«

»Natürlich war der Kürbis in Ordnung – wie der Rest deiner Ware auch«, sagte Gina. »Lilli spinnt. Sie bildet sich ein, sie hätte sich gestern unangemessen verhalten. Wäre sie eine fundamentalistische Katholikin, würde sie sich vermutlich jetzt mit Brombeerranken den Rücken blutig peitschen.«

Mit theatralischer, flehender Geste wandte sie sich ihrer Freundin zu. »Lilli, du Unglückselige! Du hast uns ruiniert!«

Wider Willen musste Lilli lachen. »Ist ja schon gut – ich hab's kapiert.« Sie setzte sich zu den beiden an den Tisch.

»Na also«, sagte Mike. »Und jetzt will ich alles wissen.«

Lilli sah, dass Gina sich kaum noch bremsen konnte, und nickte ihr zu. Gina platzte heraus: »Es war gigantisch! Allen hat es geschmeckt, und unsere Visitenkarten sind weggegangen wie warme Semmeln.«

»Wundert euch das? Mich nicht. Aber weiter, bitte. Ich möchte endlich wissen, was du mit den vierzig Hähnchenschenkeln gemacht hast, Lilli.«

»Eigentlich nichts Spektakuläres: entbeint, in Sojasauce mariniert und dann scharf angebraten.«

»Du hast vierzig Hähnchenschenkel entbeint, verstehe.«

»Ein grauenvolles Gemetzel«, warf Gina ein.

»Diese Zubereitungsart hat mir mal eine Japanerin gezeigt«, erklärte Lilli. »Man schneidet das Fleisch mit einer kräftigen Schere vom Knochen, immer ganz winzige Schnitte. Alles recht mühsam, das stimmt, aber als Ergebnis hast du ein ungefähr rechteckiges Stück Fleisch. Du stichst Löcher in die Haut und marinierst alles, da sind deiner Fantasie keine

Grenzen gesetzt. Ich nehme am liebsten Soja- oder Teriyakisauce, die ist etwas süßer. Du kannst dir aber auch selbst etwas anrühren. Und dann ab in die Pfanne damit, auf der Hautseite zuerst anbraten. Du bekommst ein Hähnchenschenkelsteak, die eine Seite kross durch die scharf angebratene Haut, die andere butterzart durch das Muskelfleisch vom Schenkel – wirklich ein Genuss.«

»Und das fanden auch die Gäste«, sagte Gina.

»Und die Deko? Gina?«, fragte Mike.

»Hol doch mal dein Notebook, Lilli«, bat Gina. »Kati hat die Fotos, die sie gemacht hat, bevor die Gäste gekommen sind, schon auf die Festplatte gespielt.«

Lilli war bereits auf dem Weg in Armins altes Arbeitszimmer, das sie sich – vorerst provisorisch – als Büro eingerichtet hatte.

Als Lilli mit dem Notebook wieder in die Küche kam, sagte Mike gerade: »Lila und grün? Du traust dich was!«

Gina lachte. »Ihr Männer habt keine Fantasie. Warte ab, bis du die Bilder siehst. Komm, Lilli, zeig's ihm.«

Der Computer war leise summend hochgefahren, und Lilli klickte einen Ordner mit der Bezeichnung »Kanzlei« an. Nacheinander erschienen die Fotos, die den Raum und die Tafel aus wechselnden Perspektiven zeigten. Gina hatte den Tisch mit kugelrunden, lila Zierlauchblüten und Farn dekoriert. Die Stiele des Zierlauchs hatte sie knapp unterhalb der Kugeldolde gekürzt und dann mit den Spitzen der Farnblätter in flachen Schalen zu Gestecken arrangiert, die sie jeweils zwischen zwei gegenüberliegende Gedecke gestellt hatte. Dazwischen hatten kleine Gruppen elfenbeinfarbener, niedriger Blockkerzen in violetten Schalen gestanden. Das schlichte, ebenfalls elfenbeinfarbene Porzellan hatte am Rand einen zarten, maigrünen Streifen. Tischtuch und Servietten, beides aus Leinen, griffen den grünen Farbton auf. Die vier Ecken des Tisches wurden flankiert von mannshohen Kerzenleuchtern, die ebenfalls mit Blockkerzen – diesmal in Maigrün – bestückt waren.

Detailaufnahmen rundeten die Präsentation ab. Die letzten drei Fotos zeigten je ein Platzgedeck mit jeweils einem angerichteten Gang des Menus.

»Wow. Das sieht spitze aus. Absolut edel. Jetzt weiß ich auch, wozu Lilli unbedingt die Schnittlauchblüten brauchte. Und der nächste Auftrag ist beim Polizeipräsidenten? Wollen wir dann heute über eure Bestellung sprechen?«

Lilli nickte. »Die Feier ist in vierzehn Tagen. Eigentlich nicht so kompliziert, nur eben größer. Fünfzig Leute, Gartenparty – das ist der aktuelle Stand der Dinge. Die ganze Logistik ist gebucht, die Rechnungen dafür gehen direkt ans Geburtstagskind.«

»Hört sich doch super an«, sagte Mike. »Wisst ihr denn schon, was ihr an Lebensmitteln braucht?«

»Im Großen und Ganzen ja. Noch nicht bis ins kleinste Detail, aber die Bestellung steht so weit. Und was die Deko angeht ...«

Das Telefon im Büro läutete. Lilli sprang auf und rannte quer über den Flur, um das Gespräch anzunehmen, bevor der Anrufbeantworter ansprang.

»*Lillis Schlemmerei,* guten Tag. Hier spricht Lilli Berger«, meldete sie sich atemlos.

»Ah, Frau Berger, gut, dass ich Sie sofort persönlich erreiche. Hier ist Gruber.«

»Herr Gruber, Sie rufen im perfekten Moment an, falls Sie noch einen speziellen Wunsch für Ihren Geburtstag haben. Ich sitze gerade mit meiner Geschäftspartnerin und unserem Lieferanten zusammen.«

»Ja, Frau Berger, ich rufe in der Tat deswegen an.« Er brach ab und räusperte sich. »Frau Berger, das ist mir jetzt sehr unangenehm, aber ich muss die Feier absagen. Meiner Frau geht es gesundheitlich nicht gut, sie wird in zehn Tagen operiert, Sie verstehen?«

»Ja. Ja, natürlich, Herr Gruber.«

Lilli setzte sich langsam auf den Schreibtischstuhl. Aus der Küche klang das Gelächter von Gina und Mike herüber. Lillis Gedanken rasten. Grubers Absage war ein Schlag in die Magengrube. Gerade noch hatte sie glücklich das erfolgreiche Essen in der Kanzlei gefeiert, und jetzt ... »Frau Berger? Es tut mir wirklich leid. Ich werde Sie auf jeden Fall buchen, wenn ich den Geburtstag nachhole. Ich weiß nur noch nicht, wann das sein wird ...«

Und wie würde Käthe reagieren? Ausgerechnet der Auftrag, der sie so sehr beeindruckt hatte. Die Stimme des Polizeipräsidenten drang wieder an ihr Ohr.

»... und die Kosten für die Stornierungen übernehme ich selbstverständlich. Und Ihre sonstigen Auslagen, Frau Berger. Schicken Sie bitte Ihre Rechnung.«

»Ich ... ja, vielen Dank, aber ich muss das erst einmal überschlagen. Ich weiß das gar nicht aus dem Kopf, Herr Gruber.«

»Wie gesagt, es tut mir wirklich leid. Ich hatte mich sehr darauf gefreut.«

»Ich verstehe Ihre Entscheidung natürlich, Herr Gruber. Die Gesundheit Ihrer Frau geht absolut vor. Melden Sie sich doch, wenn Sie Genaueres über einen möglichen neuen Termin wissen.«

»Das werde ich, Frau Berger, das werde ich sicher. Auf Wiederhören.«

»Auf Wiederhören. Gute Besserung an Ihre Frau.«

Lilli hielt den Hörer noch eine Zeit lang an ihr Ohr, bevor sie ihn langsam auflegte. Aus der Küche hörte sie Gina und Mike lebhaft miteinander diskutieren, ohne zu verstehen, was sie sagten. Dazu war das Rauschen in ihren Ohren zu laut.

»He, Lilli«, sagte Gina, als ihre Freundin sich wieder an den Küchentisch setzte, »Mike hat eine Bombenidee für ...« Sie unterbrach sich, als sie Lillis Gesichtsausdruck bemerkte. »Was ist los? Wer war das gerade am Telefon? Käthe? Hat sie abgelehnt?«

Lilli schüttelte den Kopf. »Das war Gruber. Die Party ist abgesagt.«

»Abgesagt?«, riefen Gina und Mike gleichzeitig.

»Abgesagt.« Lilli seufzte. Ihr Mund war trocken. Sie griff nach ihrer Tasse, ihr Arm fühlte sich bleischwer an.

»Wieso denn? Jetzt erzähl doch!«, rief Gina aufgeregt. »Hat er es sich anders überlegt? Ein besseres Angebot bekommen? Der kann doch nicht einfach ... Wir haben doch Vereinbarungen!«

»Stimmt«, sagte Mike. »Wenn ihr einen verbindlichen Auftrag habt ...«

Lilli winkte ab. »Nichts dergleichen. Höhere Gewalt, sozusagen. Seine Frau muss ins Krankenhaus. Er möchte nicht feiern, solange es ihr nicht besser geht.«

»Was hat sie denn?«, fragte Gina.

Lilli runzelte die Stirn. »Ist das alles, was dich daran interessiert? Keine Ahnung, was ihr fehlt. Ich habe auch nicht danach gefragt. Aber ich weiß, was *uns* jetzt fehlt. Ein lukrativer Großauftrag, mit dem wir potentielle Kunden erreichen, die dort zu Gast sind. Und ein Auftrag, der Käthe überzeugt.« Sie stellte die Tasse mit einem Knall auf den Tisch zurück. »Das war's für uns, Herrschaften. Wäre schön gewesen.«

Gina starrte Lilli stumm an. Mike sagte: »Du willst doch jetzt nicht die Flinte ins Korn werfen, Lilli? Eine Absage, na und? Du wirst andere Kunden finden. Ihr seid gut.«

»Was heißt das schon.«

»Qualität setzt sich immer durch. Du darfst nicht aufgeben. Das ist nur ein kleiner Rückschlag. Als ich damals ...«

»Verdammt, Mike, hör auf. Du lebst allein. Ich habe zwei Töchter zu versorgen. Ich kann mir keine kleinen Rückschläge leisten. Dieser Auftrag war wichtig für uns! Neue Kunden, Käthe ... Ach, Mensch, das ist so unfair!«

Lilli starrte auf die Tischplatte. Die Enttäuschung war einfach übermächtig. Eine Träne fiel herab und zerplatzte mit einem leisen Geräusch neben ihrer Kaffeetasse. Gina und Mike sahen sie mitleidig an.

»Guckt mich nicht so an! Ich komme schon klar. Ich brauche nur ein paar Stunden, damit ich mich damit abfinden kann. Warum hätte es auch klappen sollen? Mein Leben liegt in Trümmern, da hat Erfolg nichts zu suchen.«

»Lilli, bitte. Lass dich doch nicht runterziehen. Wenn ich irgendetwas tun kann ...?« Mike hatte seine rechte Hand tröstend auf ihre gelegt.

Lilli schüttelte den Kopf. »Im Moment kann niemand etwas tun. Ich brauche ein bisschen Zeit zum Nachdenken.« Sie befreite ihre Hand. »Gina, Mike, seid mir nicht böse, aber – ich möchte jetzt gern allein sein. Bitte.«

Mike erhob sich sofort von seinem Stuhl. »Natürlich, klar. Gina, kann ich dich mitnehmen?«

Gina, die noch immer blass und stumm am Tisch saß, nickte.

Kapitel 18

Lilli war froh, als die beiden gegangen waren. Sie blickte ihnen aus dem Küchenfenster hinterher. Mike hatte den Arm um Ginas Schultern gelegt. Auch Gina hatte geweint, als sie Lilli zum Abschied umarmte.

»Lilli«, hatte sie gemurmelt, »bitte, denk in Ruhe nach, ja? Ruf mich jederzeit an, wenn du reden möchtest.«

Lillis Blick in den Vorgarten verschwamm, als sich ihre Augen wieder mit Tränen füllten. Ärgerlich schalt sie sich eine dumme, alte Heulsuse.

Was hatte sie sich bloß eingebildet? Hatte sie wirklich gedacht, sie könnte das reibungslos durchziehen? Ein Auftrag nach dem anderen, nur begeisterte Kunden, die Frau, die nach einer Krise von Erfolg zu Erfolg eilt ... so etwas gab es nur in Romanen.

Sie ging langsam zum Herd, um sich einen frischen Espresso aufzubrühen, als das private Telefon klingelte.

»Berger.«

»Madame Lilli?«, fragte eine wohlbekannte, tiefe Stimme.

»Monsieur Pierre?« Lilli war so verblüfft, dass sie für einen Moment ihren Kummer vergaß.

»Ja, ich bin's. Wie geht es Ihnen?« Ohne ihre Antwort abzuwarten, fuhr er gleich fort: »Sagen Sie, Madame Lilli, sind Sie noch auf Arbeitssuche?«

»Lustig, dass Sie mich das fragen. Ja, seit einer halben Stunde bin ich wieder auf Arbeitssuche, in der Tat.« Lilli erzählte Monsieur Pierre, was in den vergangenen Wochen passiert war. Sogar ihre Zweifel daran, ob *Lillis Schlemmerei* es jemals schaffen würde, nicht nur sie und ihre Töchter, sondern auf längere Sicht auch Gina zu ernähren, brachen einfach so aus ihr heraus.

»Aber Ihre und Madame Ginas Idee ist richtig gut. Es wäre doch schade ...« Er verstummte.

»Natürlich ist es schade«, sagte Lilli. »Manchmal muss man Dinge eben ganz pragmatisch sehen. Und die Vernunft sagt mir, dass ich es lieber lassen sollte. Aber Sie haben mich gefragt, ob ich eine Stelle suche. Haben Sie einen Tipp für mich?«

»Tipp?«, fragte Monsieur Pierre. »Ach so, klar, ja, vielleicht. Ein befreundeter Koch hat mich angerufen. Er arbeitet im *La Traviata*. Die suchen dort dringend jemanden zur Unterstützung.«

Lilli kannte das *La Traviata*: gehobene mediterrane Küche, ein Stern im Guide Michelin, immer ausgebucht. Für jeden Koch war es ein Traum, dort zur Küchencrew zu gehören.

»Madame Lilli? Soll ich Ihnen mal die Telefonnummer geben?«

»Gern, Monsieur Pierre. Danke, dass Sie an mich gedacht haben. Sind Sie sicher, dass Sie mich empfehlen wollen?«

Der Koch lachte. »Solange Sie keine Stiefmütterchen auf den Tellerrand legen, ohne dass der Chef es angeordnet hat ...« Er machte eine Pause. »Ich halte sehr viel von Ihren Fähigkeiten, Madame Lilli. Auch wenn ich manchmal ... Sie wissen schon.«

»Danke, Monsieur Pierre. Das bedeutet mir viel.«

Verlegenes Räuspern drang aus dem Hörer. Typisch Monsieur Pierre! Er war kein Freund gefühlsbetonter Momente, es sei denn, das Gefühl war Wut. So hatte Lilli ihn zumindest in der Küche erlebt: aufbrausend, unnachgiebig, stark. Dass er ihr ein Kompliment gemacht hatte, war fast eine kleine Sensation.

»Schön«, sagte der Koch. Seine Stimme war rau. Er diktierte Lilli die Telefonnummer des Restaurants, nannte ihr den Ansprechpartner und fügte hinzu, sie könne sich gern auf ihn, Monsieur Pierre, berufen. Er stehe auch jederzeit als Referenz zur Verfügung.

Der Geschäftsführer vom *La Traviata* war höchst erfreut, Lilli am Telefon zu haben. Am liebsten wäre es ihm, wenn sie ihre Schürze umbinden und sich umgehend an den Herd in seiner Küche stellen würde, wie er versicherte.

»Im Prinzip gern«, sagte Lilli. »Aber das Wichtigste haben wir noch nicht besprochen.«

»Den Lohn fanden Sie doch akzeptabel?«, fragte der Geschäftsführer erstaunt.

»Sie werden es kaum glauben, aber das ist für mich nicht das wichtigste Entscheidungskriterium. Viel wichtiger sind für mich die Arbeitszeiten.«

»Arbeitszeiten? Wir öffnen um achtzehn Uhr, die Küche ist bis circa dreiundzwanzig Uhr geöffnet. Die Frühschicht beginnt um dreizehn Uhr und arbeitet bis zweiundzwanzig Uhr. Sonntags bieten wir einen großen Brunch an, da beginnt die Schicht um sechs Uhr. An allen Feiertagen öffnen wir bereits mittags, also muss auch da die Küche ab frühmorgens besetzt sein. Montags haben wir Ruhetag, es sei denn, ein Feiertag fällt auf einen Montag.«

Genau das, was Lilli befürchtet hatte. Die normalen Arbeitszeiten in einer Restaurantküche. Ohne danach fragen zu müssen, war ihr klar: Sie würde jeden Tag bis in die Nacht arbeiten und jeden Samstag, Sonntag und Feiertag im *La Traviata* am Herd stehen. Und ihre Töchter? Wann würden sie sich noch sehen können? Vielleicht morgens ein paar Minuten, bevor sie zur Schule gingen. Oder Sonntagabends, wenn sie, Lilli, die Brunch-Schicht hätte. Sie musste nicht lange nachdenken: Es blieb ihr nichts anderes übrig, als die angebotene Stelle abzulehnen, was der Geschäftsführer des *La Traviata* sehr bedauerte.

Lilli beschloss, sich die Kalkulation für den Gourmet-Service noch einmal vorzunehmen. Mit einem frischen Espresso zog sie sich in ihr kleines Büro zurück. Vertieft in Listen und Prospekte, bemerkte sie nur am Rande, dass Kati und Svenja zwischendurch im Haus waren. Kati sah einmal kurz ins Büro, zog sich aber auf Lillis Signal hin sofort wieder zurück. Erst als jemand an der Haustür klingelte und niemand kam, um die Tür zu öffnen, merkte Lilli, dass die Mädchen wieder weggegangen sein mussten.

»Hallo, Lilli. Darf ich reinkommen?«

Das hatte ihr gerade noch gefehlt – Armin. Seit Svenjas Einkaufsorgie hatten sie nicht mehr miteinander geredet. »Was willst du?«

Armin versuchte ein unsicheres Lächeln. »Störe ich dich gerade? Ich wollte mit dir ein paar Dinge besprechen. Aber ich kann aber auch an einem anderen Tag ...«

Ihr erster Impuls war, ihn wegzuschicken, doch dann überlegte sie es sich anders. Sollte er eben sagen, was er zu sagen hatte. Schlechter konnte ihre Laune nicht werden.

»Komm rein. Heute ist nicht besser oder schlechter als an irgendeinem anderen Tag. Möchtest du etwas trinken?« Sie drehte sich um und ging in die Küche.

Armin folgte ihr und setzte sich an den Tisch. »Danke, ich nehme ein Glas Wasser. Ich komme gerade von einem Meeting. Literweise schlechter Kaffee in Kombination mit Dutzenden völlig hirnrissiger Ideen der Bauherren.«

»Du bist wirklich zu bedauern«, sagte Lilli desinteressiert, während sie ihm das gewünschte Glas auf den Tisch stellte und sich setzte.

»Ja, stell dir vor, die sind sich noch nicht einmal untereinander einig, was sie wollen. Sie will eine Badewanne, er will eine Dusche. Er will gefliese Böden, sie will Parkett. Ich bin kurz davor, denen vorzuschlagen, sie sollen gefälligst zwei Häuser bauen. Von mir aus mit einem Tunnel dazwischen. Geld wie Heu, aber ...«

»Armin, tut mir leid, aber ich habe gerade gar keinen Sinn für dein anstrengendes Leben«, unterbrach Lilli. »Mir ist nicht nach Small Talk, um ehrlich zu sein.«

Armin musterte sie prüfend. »Du siehst auch angeschlagen aus – wenn du mir diese Bemerkung gestattest. Hast du geweint?«

»Hm.«

»Warum? Gibt es Probleme mit den Mädchen?«

»Nein.«

»Lilli, bitte, wenn ich dir helfen soll, musst du mir schon sagen, was passiert ...«

»Armin!« Lilli schlug mit der flachen Hand auf den Tisch. »Ich habe dich nicht gebeten, mir zu helfen. Das geht dich nichts an. Nicht mehr.«

»Doch, Lilli. Das wird mich immer etwas angehen. Auch wenn du mich momentan nicht als Ehemann an deiner Seite haben willst, werde ich mich immer dafür interessieren.«

»Ich will dich nicht ...? Also ...«, Lilli schüttelte fassungslos den Kopf. »Du tust gerade so, als hätte ich mich aus einer Laune heraus von dir getrennt.«

Armin biss sich auf die Unterlippe. Dann sagte er schnell: »Du hast recht, entschuldige. Das war dumm von mir. Aber ich vermisse dich so, Lilli.«

Lilli schloss die Augen. Sie musste sich nichts vormachen, sie vermisste ihn auch, seine Nähe, sein Lachen und seine Zärtlichkeiten. Sie sehnte sich nach dem Gefühl, Teil einer glücklichen Familie zu sein, ihren Lebenspartner gefunden zu haben. Liebte sie ihn noch? Wollte sie ihn zurück? Sie öffnete die Augen und begegnete seinem Blick, der sehnsüchtig auf ihrem Gesicht ruhte. Und gerade jetzt, im Moment ihre Scheiterns, brauchte sie Trost.

Armin beugte sich über den Tisch zu ihr und griff nach ihren Händen. »Lilli, ich liebe dich. Die letzten Wochen waren die Hölle für mich. Ich ... wir gehören doch zusammen!«

»Armin, bitte, nicht.«

Ohne ihre Hände loszulassen, kam er um den Tisch herum und zog Lilli von ihrem Stuhl hoch. Lilli merkte, wie ihr Widerstand erlahmte. Sie lag in Armins Armen, der ihr leidenschaftliche Worte ins Ohr flüsterte und immer wieder ihren Hals küsste. Schließlich fand er ihren Mund, erst zaghaft, dann immer fordernder.

»Nicht, nicht hier ...« Lilli entzog sich Armin, der bereits ihr T-Shirt hochgeschoben hatte.

»Du hast recht.« Er hob sie auf und trug sie ins Schlafzimmer.

»Wir müssen uns anziehen, ich weiß nicht, wann Kati und Svenja nach Hause kommen.« Lilli versuchte, sich Armins Armen zu entwinden. Aber er ließ sie nicht gehen.

»Bleib noch ein bisschen, Lilli. Ich habe das so sehr vermisst ...« Er zog sie enger an sich, um sie zu küssen. Sie ließ es geschehen, bog dann ihren Kopf zurück und wiederholte energisch: »Wir müssen uns anziehen.«

»Warum? Sollen die Mädchen doch sehen, dass wir wieder zusammen sind.«

Dass wir wieder zusammen sind?

»Oder willst du zuerst allein mit ihnen reden? Dann sag mir einfach, wann ich wieder einziehen soll.«

Wieder einziehen?

»Ich rede heute noch mit Vanessa und sage ihr, dass ich zu dir zurückgehe.«

Vanessa? Die Vanessa, mit der angeblich schon lange Schluss ist?

»Ach, Lilli, ich bin so glücklich, dass wir beide endlich wieder ...«

Lilli setzte sich abrupt auf. Schnell zog sie die zerwühlte Bettdecke nach oben, um ihre Brüste zu bedecken. Plötzlich schämte sie sich.

»Lilli, was ist denn mit dir?«, fragte Armin verblüfft, als sie seiner Berührung auswich.

»Fass mich nicht an, Armin.«

»Aber, Lilli, was hast du denn? Habe ich irgendetwas getan?«

Wieder zuckte sie zurück, als er die Hand nach ihr ausstreckte. »Was hast du bitte wegen uns mit Vanessa zu besprechen? Wieso musst du Vanessa sagen, dass du zu mir zurückgehst?«

Armin wurde blass. »Wie? Wa..., das habe ich so nicht gesagt. Natürlich muss ich mich nicht vor Vanessa rechtfertigen.«

»Was ich wiederum nicht behauptet habe. Du hast wortwörtlich gesagt, dass du Vanessa heute noch sagen willst, dass du zu mir zurückgehst. Aber ist ja auch egal. Tatsache ist, dein Verhältnis mit Vanessa ist nicht seit Wochen beendet, wie du mir immer weismachen willst.«

»Aber Lilli, das ist nur ein Missverständnis! Es ist nicht so, wie es ...«

»... sich anhört?«, ergänzte Lilli spöttisch. »Armin, du bist das wandelnde Klischee eines Ehemanns, der seine Frau betrügt. Und ich wäre fast wieder auf dich hereingefallen.«

»Aber, Lilli, bitte, tu das nicht, schick mich nicht wieder weg.«

Sie kletterte aus dem Bett, wobei sie die Decke eng um sich wickelte. Die Vorstellung, dass Armin sie nackt sah, war ihr unerträglich. »Armin, steh auf, zieh dich an und verschwinde!«

»Aber Lilli, was war das denn gerade? Du hast mich doch auch vermisst, das habe ich ganz genau gemerkt.«

»Falsch! Du hast ausgenutzt, dass ich traurig und verwundbar bin. Du triffst hier Entscheidungen, ohne mich auch nur zu fragen, ob ich möchte, dass du zurückkommst. Und ich möchte nicht, verstehst du?«

»Aber, Lilli, ich dachte ...«

Lilli wandte sich mit einem Ruck von Armin ab. »Es ist aus, Armin. Endgültig und unwiderruflich. Raus mit dir.«

Zu Lillis Erleichterung hatte Armin das Haus verlassen, bevor Kati und Svenja zurückkamen. Das gemeinsame Abendessen mit ihren Töchtern stand sie nur mühsam durch. Von Zeit zu Zeit fing sie Katis forschenden Blick auf, ging jedoch nicht darauf ein. Lilli war heilfroh, dass die ohne Punkt und Komma plappernde Svenja fast allein die Konversation am Tisch bestritt, und ließ sich mit ihrer jüngeren Tochter gern auf harmlose Diskussionen über Mode und Filmstars ein. Als beide Mädchen auf ihre Zimmer gingen, um vor dem Zubettgehen noch Schulaufgaben zu erledigen, zog Lilli sich in ihr Schlafzimmer zurück.

Nachdem sie das Bett neu bezogen hatte, stellte sie sich unter die Dusche. Lange ließ sie heißes Wasser über ihren Körper laufen.

Sie war so wütend auf sich. Wie hatte sie sich nur von Armin verführen lassen können? Sie war ihm ohne jeden Widerstand und ohne auch nur einmal über die Konsequenzen nachzudenken in die Arme gefallen.

Sie frottierte sich ab, bis ihre Haut krebsrot war und brannte. Obwohl sie todmüde war, dauerte es in dieser Nacht lange, bis sie sich in den Schlaf geweint hatte.

Kapitel 19

Lilli schreckte aus einem tiefen und traumlosen Schlaf hoch, als die Haustür mit einem Knall ins Schloss fiel. Ein Blick auf die Uhr zeigte ihr, dass ihre Töchter gerade das Haus verlassen haben mussten, um zur Schule zu gehen.

Sie hätte sich am liebsten wieder unter ihre Decke gekuschelt, um den Rest des Tages in dieser warmen, kleinen Höhle zu verbringen.

Aber das war unmöglich. Sie hatte eine Menge zu tun, um den geplatzten Auftrag für die große Geburtstagsparty abzuwickeln: Bestellungen mussten storniert, Aushilfen abbestellt werden – und sie musste sich Gedanken darüber machen, wie sie die bereits geleisteten Arbeitsstunden berechnen wollte.

Lilli zog sich rasch an und suchte in ihrem Büro alle relevanten Telefonlisten, Auftragsbestätigungen und Notizen zusammen. Sie hatte mindestens fünfundzwanzig Telefonate vor sich, um alle Bestellungen und Vereinbarungen für den Geburtstag des Polizeipräsidenten zu stornieren. Sie breitete alles auf dem Küchentisch aus und zog aus der Schublade am Kopfende einen Block und einen Stift, um sich Gesprächsnotizen zu machen.

Lilli starrte auf die Papiere, die ihre Situation als gescheiterte Möchtegerngeschäftsfrau so deutlich symbolisierten. Sie zog sich die Auftragsbestätigung des Zeltverleihs heran, bei dem sie sechs Pavillons bestellt hatte, und strich langsam mit der Hand über das Papier.

Dann griff sie schnell nach dem Telefon, bevor sie es sich anders überlegen konnte.

In diesem Moment klingelte es laut und durchdringend. Vor Schreck ließ Lilli den Apparat auf den Tisch fallen. Sie erkannte Käthes Nummer auf dem Display. Ausgerechnet Käthe, ausgerechnet jetzt. Sie dachte kurz daran, das Gespräch nicht anzunehmen, aber sie hatte sich schließlich vorgenommen, alles so schnell wie möglich zu regeln. Und dazu gehörte auch das Gespräch mit ihrer Schwiegermutter.

»Hier ist Lilli, hallo Käthe.«

»Elisabeth, guten Tag. Ich habe gerade mit Renate telefoniert. Ich möchte dir sagen, dass ich mich wirklich freue, was für einen guten Eindruck du und Frau Wilhelmi dort hinterlassen habt.«

»Danke«, erwiderte Lilli lahm.

»Renate sagt, zwei ihrer Kolleginnen sind bereits dabei, sich einen Anlass auszudenken, nur, um euch buchen zu können.«

»Ausdenken?«

»Elisabeth, habe ich dich geweckt? Du wirkst so abwesend. Ja, ausdenken. Weil kein Geburtstag oder Jubiläum in Sicht ist. Ich finde das wunderbar.«

»Ja, das ist es, wirklich ein großes Kompliment. Aber, Käthe, ich muss dir etwas sagen.«

Käthe lachte leise. »Schon gut, Elisabeth, Renate hat mir davon erzählt, dass du dich, nun ja, ein wenig salopp geäußert hast. Ob das Wort ›verdammt‹ zum öffentlichen Wortschatz einer seriösen Geschäftsfrau gehören sollte, darüber kann man sicherlich streiten, aber ...«

»Das meine ich nicht«, unterbrach Lilli. »Da ist noch etwas anderes, worüber ich mit dir reden will.«

»Ach, Kind, was immer dir bei diesem Essen in der Küche vielleicht nicht ganz so gut gelungen ist, wie du dir das vorgestellt hattest, die Gäste waren jedenfalls ausnahmslos begeistert, sagt Renate.«

»Das weiß ich, Käthe. Aber ...«

Ein Tuten im Hörer signalisierte, dass ein weiterer Anrufer versuchte, sie zu erreichen. Mikes Nummer erschien auf dem Display. »Käthe, entschuldige bitte, mein Lieferant ist auf der anderen Leitung. Das könnte wichtig sein. Kann ich später zurückrufen?«

»Ja, gerne. Dann habe ich auch eine gute Nachricht für dich.«

Lilli ahnte, dass es dabei um den Kredit gehen würde. Bestimmt hatte Käthe sich entschlossen, ihr das Geld zu leihen. »Käthe, wir reden später, ja? Bis dann.« Lilli drückte einen Knopf, um Mikes Anruf anzunehmen. »Mike, hallo.«

»Lilli? Halt dich fest! Ich habe einen Auftrag für euch. Einen Riesenauftrag!«, schrie Mike aufgeregt in den Hörer.

»Wovon redest du?«

»Wenn die Damen möchten, haben sie einen Ersatzauftrag für den Tag, der so unerwartet frei geworden ist«, rief er triumphierend. »Na? Gar nicht neugierig?«

»Hm.«

»Also, pass auf. Jim, ein alter Bikerfreund von mir, heiratet in zwei Wochen. Er hat gestern erfahren, dass sein Caterer pleitegegangen ist. Die Hochzeit soll bei mir auf dem Hof gefeiert werden, mit allem Drum und Dran. Das Budget ist ordentlich. Ihr sollt alles ranschaffen, was nötig ist, ›um es richtig krachen zu lassen‹ – ich zitiere wörtlich. Wie sieht's aus? Habt ihr Lust?«

Lilli sagte: »Jim. Ein Biker. Was versteht der denn unter einem ›ordentlichen Budget‹?«

Mike lachte. »Ich wittere Vorurteile. Und das von dir. Ich bin entsetzt! Aber, um dich zu beruhigen: Jim hat einen seriösen Beruf, ist erfolgreicher Geschäftsmann und verdient sehr gut.«

»Was macht er denn beruflich?«

»Hm, was möchtest du hören? Drogenhandel? Bordelle? Ich fürchte, ich muss dich enttäuschen, Lilli.«

»Sondern?«

»Jim importiert für einen großen, internationalen Möbelkonzern Plüschtiere aus China. Der Mann schwimmt in Geld. Für seine Hochzeitsfeier ist ihm nichts zu teuer.«

»Was stellt er sich denn so vor?«, fragte Lilli.

»Sie wünschen sich ein fröhliches Sommerfest. Einen schön dekorierten Ort, leckeres Essen vom Büffet, mindestens vier große Grills, Kuchenauswahl, Programm für die Kleinen. Allein die Brautleute haben schon drei Kinder unter zehn Jahren.«

»Wie viele Gäste?«

»Um die achtzig Leute, davon ungefähr fünfzehn Kinder. Aber alles ganz unkompliziert und bodenständig. Die küssen dir die Füße für einen leckeren Kartoffelsalat.«

»Wann soll das Fest beginnen?«

»Gegen achtzehn Uhr. Die Trauung ist mittags, dann macht der harte Kern eine Motorradtour. Die Gäste, die nicht mitfahren, werden mit einem Reisebus gebracht und auch wieder abgeholt. Um Punkt dreiundzwanzig Uhr. Was sagst du?«

»Hm. Hört sich alles gut an. Ich würde mit der Hochzeit nicht so viel Umsatz machen wie mit der Party beim Polizeipräsidenten, aber ich müsste immerhin nicht alles stornieren. Ich freu mich, Mike, das hilft mir wirklich. Wann kann ich mit deinem Freund darüber sprechen?«

»Heute noch, wenn du möchtest. Jim wartet auf meinen Rückruf.«

»Okay, ruf ihn an.«

»Also gut«, sagte Mike. »Was haltet ihr davon, wenn wir uns später alle bei mir auf dem Hof treffen? Sagst du Gina Bescheid? Dann können wir vor Ort alles planen.«

»Gern, Mike, so machen wir es. Bis dann«, erwiderte Lilli abschließend.

Als sie am Nachmittag bei Mike eintrafen, standen dort schon zwei schwere, chromfunkelnde Harley-Davidson-Maschinen vor dem Haus. Lilli hupte einmal kurz. Sekunden später tauchten Ozzy und Zappa auf und umkreisten sie fröhlich bellend.

»Ah, meine beiden Kumpels«, sagte Gina und tätschelte den zwei Riesen die mächtigen Schädel. »Na, wo ist euer Boss? Hinten?«

»Wir sitzen im Garten. Kommt ihr nach hinten?« Mike stand an der Hausecke und winkte ihnen zu. Die Hunde trabten sofort in seine Richtung, blieben aber immer wieder stehen, um auf Lilli und Gina zu warten.

Am Tisch auf der Terrasse saß ein Paar mittleren Alters. An Jim war alles mächtig: der schwarze Bart, der Bauch, die graue Mähne, die schaufelgroßen Hände. Er trug eine offensichtlich maßgeschneiderte Lederhose über teuren, handgenähten Biker-Boots, dazu ein schwarzes T-Shirt. Bei ihrem Eintreffen erhob er sich sofort von seinem Stuhl und streckte ihnen grüßend die Hand entgegen. »Hi, ich bin Jim«, dröhnte er. »Wir duzen uns doch? Ihr seid meine Lebensretterinnen.«

Lillis Hand verschwand komplett in Jims Pranke. »Lilli Berger, ich freue mich, dich kennenzulernen, Jim. Das ist meine Freundin und Geschäftspartnerin Gina. Sie wird alles dekorieren.«

Jim schüttelte Gina ebenfalls enthusiastisch die Hand. »Wunderbar! Wunderbar! Ich möchte euch meine süße Braut vorstellen. Das ist Babsi.«

Babsi, mit roten Locken, frischer Gesichtsfarbe und mollig, lachte laut. »Danke, aber mit Mitte Vierzig noch als süße Braut vorgestellt zu werden ... ich weiß nicht. Trotzdem danke.« Auch sie schüttelte Lilli und Gina die Hand. »Ich freue mich sehr. Großartig, dass ihr einspringen könnt.«

»Wir sind auch ganz glücklich«, sagte Lilli. »Wir sollten an dem Tag sowieso eine große Gartenparty ausrichten. Der Auftraggeber musste kurzfristig absagen, und so fügt sich doch alles bestens, nicht wahr?«

Kaum eine Stunde später waren sie sich einig. Babsi und Jim entpuppten sich, wie von Mike angekündigt, als pflegeleichte Auftraggeber. Sie wünschten sich ein Fest, auf dem jeder seinen Spaß haben sollte. Kein Kleiderzwang, keine steife Sitzordnung, kein »Ikebana auf dem Teller«, wie Jim sich ausdrückte. Schnell hatten sie sich auf Leckeres vom Grill und verschiedene Salatvariationen verständigt, außerdem ein Kuchenbüffet.

»Ansonsten vertrauen wir eurer Fantasie«, hatte Babsi zu Lilli gesagt.

Erst am Abend dachte Lilli daran, bei Käthe zurückzurufen. Im Nachhinein dankte sie dem Schicksal dafür, dass Mike sie genau im richtigen Moment unterbrochen hatte. »Käthe? Hier ist Lilli.«

»Elisabeth. Ich hatte schon nicht mehr mit deinem Anruf gerechnet.«

»Ich hatte heute sehr viel zu tun. Es tut mir leid. Ich hatte einen kurzfristigen Termin mit einem Auftraggeber.«

»Mit Polizeipräsident Gruber?«

»Nein. Die Feier von Gruber ist abgesagt. Leider.«

»Abgesagt? Aber warum denn?«

»Seine Frau ist krank und muss ins Krankenhaus. Obwohl er sicher nicht möchte, dass ich das erzähle.«

Käthe schwieg. Dann fragte sie: »Was hat sie denn?«

»Keine Ahnung, Käthe. Aber das spielt auch keine Rolle. Ich habe nämlich auch eine gute Nachricht.«

»Aha?«

»Ja, ich habe einen Ersatzauftrag für den Tag. Fast genau so groß. Eine Hochzeitsfeier.«

»Aber das ist ja wunderbar! Eine Hochzeit! Jemand, den man kennt?«

»Nein, es ist ein Bekannter von meinem Lieferanten. Deswegen hat er heute Morgen angerufen, als wir gerade telefoniert haben. Die Feier findet auf Mikes Hof statt.«

»Auf dem Bauernhof? Zwischen Kühen und Schweinen? Mein Gott, was sind denn das für Leute?«

Wider Willen musste Lilli lachen, beherrschte sich aber sofort wieder. »Käthe! Keine Tiere! Mike zieht lediglich Obst und Gemüse. Er wohnt in einem wunderschönen, alten, restaurierten Bauernhaus. Vor dem Haus ist ein Vorplatz mit altem Baumbestand, der jeden noch so edlen Biergarten in den Schatten stellen würde.«

»Und der Auftraggeber?«

»Ein Geschäftsmann. Ich kann fast die komplette Planung, die Gina und ich für Herrn Gruber gemacht haben, übernehmen. Das sollte ja auch eine Gartenparty werden. Eigentlich müssen wir nur das Konzept für die Dekoration ändern, das ist alles.«

»Ein wohlhabender Geschäftsmann, aha. Und der Mann ist ein Bekannter deines Lieferanten?«

»So ist es. Er hatte eigentlich jemand anderen engagiert, aber das Unternehmen musste absagen.«

Käthe schwieg einen Moment lang. Dann sagte sie zögernd: »Aha, hm. Nun, wegen des Kredits ...«

»Käthe, lass uns abwarten, ja? Die Situation hat sich verändert. Du wirst die Bilder von der Hochzeit sehen, und dann kannst du immer noch eine Entscheidung treffen.«

»So werden wir es machen. Auf Wiederhören, Elisabeth.«

Kapitel 20

Drei Wochen später saß Lilli auf dem Sofa, die Beine hochgezogen, und umklammerte nervös mit beiden Händen ihre Tasse. Genau so hatte sie sich bei ihrer Gesellenprüfung gefühlt.

Nachdem sie sich nach der Absage von Gruber und dem Gespräch mit dem Geschäftsführer des *La Traviata* schon fast damit abgefunden hatte, in Zukunft als Köchin in irgendeiner Kantine zu stehen, hatte der Auftrag, die Hochzeit von Jim und Babsi auszurichten, alles wieder verändert. Sie hatte Blut geleckt. Jetzt wollte sie es unbedingt. Es machte so viel mehr Spaß, kreativ zu arbeiten, als Abend für Abend die Keniaböhnchen zu den Lammkoteletts an exakt die gleiche Stelle auf den Teller zu legen.

Käthes Stimme drang an ihr Ohr.

»Das sieht alles sehr gut aus, Elisabeth.« Käthe griff nach ihrer Tasse mit Fencheltee, trank einen Schluck und stellte sie dann wieder ab. Sie lehnte sich im Sessel zurück und nickte ernst. Konzentriert hatte sie sich die Bilder angesehen, die Kati ausgedruckt, mit Kommentaren und Erklärungen versehen und zu einer Mappe zusammengefasst hatte. Die Präsentation umfasste Motive von Renates Silberhochzeit, dem Essen in der Kanzlei und der Hochzeit.

Lilli war aufgeregt. Es hing jetzt von Käthe ab, ob ihr Traum von *Lillis Schlemmerei* sich erfüllen würde.

Diese nahm die Mappe noch einmal zur Hand und blätterte erneut durch die Seiten, dann sagte sie: »Ich habe mich entschieden, dir das Geld zu geben, Elisabeth. Aber ich leihe es *dir* persönlich, und nicht deinem und Frau Wilhelmis Unternehmen. Wie ihr das untereinander regelt, ist mir egal. Renate hat einen Vertrag aufgesetzt, der nur zwischen dir und mir besteht. Ich hoffe, du bist einverstanden.«

Lilli erstarrte. Das war der Moment, in dem sie sich verbindlich entscheiden musste. Wenn sie jetzt zustimmte, hatte sie von einer Minute zur anderen fünfzehntausend Euro Schulden. Wenn es schiefginge, würde sie die Summe mühsam über Jahre abzahlen müssen. Auf dem Rücken ihrer Töchter. Und was, wenn ihr starker Drang nach Freiberuflichkeit nichts anderes war als der verzweifelte Versuch, sich wenigstens auf beruflicher Ebene einige Erfolgserlebnisse zu holen, nachdem ihr Privatleben in Trümmern lag?

»Elisabeth?«

»Natürlich bin ich einverstanden, Käthe. Ich freue mich sehr«, sagte Lilli lahm. Als sie Käthes enttäuschtes Gesicht sah, zwang sie sich zu mehr Enthusiasmus. »Wirklich, Käthe, du machst mich sehr glücklich. Aber, verstehst du, ich bin einfach sprachlos. Wenn man sich etwas so sehr wünscht, und dann passiert ein Rückschlag wie die Absage von Gruber, und alles scheint verloren ...«

Käthe erhob sich aus dem Sessel. »Ich werde jetzt nach Hause fahren, Elisabeth. Ruh dich aus, du wirkst erschöpft. Du kannst ab sofort über das Geld verfügen. Renate wird euch gerne unterstützen, wenn ihr untereinander eine Vereinbarung treffen wollt. Was ich euch übrigens empfehlen würde. Freundschaft hin, Freundschaft her, ein gemeinsames

Geschäft muss auf soliden Beinen stehen und klar zwischen allen Beteiligten geregelt sein.«

»Käthe, bleib doch noch.« Lilli war ebenfalls aufgestanden.

Aber ihre Schwiegermutter schüttelte lächelnd den Kopf. »Nein, wirklich, Elisabeth, ich verstehe dich sehr gut. Du hast in der nächsten Zeit viel zu tun. Wenn ihr einen Steuerberater braucht, gebe ich dir gern die Nummer von meinem.«

Lilli ging die paar Schritte um den Tisch herum zu Käthe und umarmte sie herzlich. »Das ist sehr, sehr nett von dir, mich zu unterstützen, das rechne ich dir hoch an.«

Käthe ließ die Umarmung zu, aber nach ein paar Sekunden merkte Lilli, wie ihre Schwiegermutter sich versteifte. Sie trat einen Schritt zurück und Käthe richtete ihr Seidentuch, das bei der Umarmung verrutscht war. »Das mache ich gern, Elisabeth. Ich wünsche dir und Frau Wilhelmi einen guten Start und viel Erfolg. Und wenn du meine Hilfe oder meinen Rat benötigst, dann melde dich bitte.«

Als sich die Haustür hinter Käthe geschlossen hatte, stellte Lilli sich vor den großen Garderobenspiegel im Hausflur.

Da stand sie nun – Lilli Berger, seit zehn Minuten frischgebackene Geschäftsfrau. Ein Neubeginn in ihrem Alter, war das klug? In ein paar Tagen wurde sie dreiundvierzig Jahre alt. Hätte sie auf den jungen Schnösel in der Bank hören sollen? Lilli schüttelte den Kopf. Nein! Sie hatte mit Gina die perfekte Partnerin gefunden, und sie würden Erfolg haben.

Das Telefon klingelte.

»Lilli Berger, hallo?«

»Ist Käthe noch da?«, fragte Gina atemlos.

Lilli lachte. »Du kannst Gedanken lesen, oder?« Sie machte eine kurze Pause und fuhr dann fort: »Sie gibt uns das Geld. Wir sind im Geschäft! Morgen früh geht es los. Fünfzehntausend Euro warten darauf, sinnvoll angelegt zu werden.«

»Super!!!« Gina hatte vor Freude ihre Stimme nicht unter Kontrolle und schrie so laut ins Telefon, dass Lilli den Hörer ein Stück vom Ohr weghalten musste.

»Was liegt jetzt an? Was machen wir als Erstes?«

»Hast du Zeit?«

»Machst du Witze? Natürlich habe ich Zeit. Soll ich vorbeikommen? Ich mache mich sofort auf den Weg. Unterwegs kaufe ich eine Kiste Champagner.«

»Guter Plan. Und vom Rest des Geldes kaufe ich mir ein Diadem, das ich dann immer beim Kochen trage.«

Gina lachte. »Das möchte ich sehen! Hör mal, ich mache mich auf den Weg. Wollen wir heute Abend alle zusammen kochen? Dann lege ich Tobi einen Zettel hin, dass er nachkommen soll. Und wir sollten Mike einladen.«

»Mike? Ich weiß doch gar nicht, ob er Lust dazu hat. Und Zeit.«

»Dann finde es heraus. Ruf ihn an, dann weißt du es. Es gibt auch mit ihm einiges zu besprechen.«

»Aber ...« Trotz ihres engen Kontaktes zu Mike konnte Lilli nach wie vor nicht unbefangen mit ihm umgehen. Er war ein attraktiver Mann, dessen Warmherzigkeit sie nicht unberührt ließ, wie sie sich selbst eingestehen musste. Und seit er sich von seiner Freundin getrennt hatte ...

Gina lachte. »Nichts aber. Ich fahre jetzt los. Bis gleich.«

Mit diesen Worten legte sie auf.

Kapitel 21

»Na, da haben wir ja einiges zu tun nächste Woche«, sagte Gina ein paar Stunden später und klappte ihren Terminkalender zu.

»Allerdings.« Lilli schob die Papiere zusammen, die über den Tisch verteilt lagen, und warf einen Blick auf die Küchenuhr. »Gleich kommt Mike.«

»Aufgeregt?«

»Wie bitte?« Lilli sah von den Prospekten auf, die sie zu einem ordentlichen Stapel geschichtet hatte. »Wie meinst du das? Wegen der nächsten Woche?«

Gina schüttelte lachend den Kopf. »Wegen Mike.«

»Quatsch.« Lillis Kopf wurde heiß.

»Hm. Dann will ich dir mal glauben, obwohl du knallrot geworden ist.«

»Du spinnst, Gina. Was du dir alles einbildest. Außerdem, ein neuer Kerl wäre das Allerletzte, was ich mir jetzt noch ans Bein binden würde. Im Moment habe ich ganz andere Prioritäten.«

»Sicher.« Gina nickte ernsthaft. »Ein Mann würde da nur stören, das sehe ich ein. Bei den vielen Terminen.«

Der Plan für die nächsten Tage war schnell gemacht gewesen: das Equipment, das sie bereits ausgesucht hatten, musste schnellstmöglich bestellt werden; zusätzlich würden sie in den Gastronomie- und Dekorationsgroßhandel fahren und einkaufen. Ein Kellerraum bei Lilli sollte als Lager dienen; Tobi hatte sich bereit erklärt, die notwendigen Renovierungen zu erledigen und Regale aufzubauen.

Als Kati und Svenja gemeinsam aus der Schule gekommen waren und Lilli und Gina in der Küche über den Papieren hatten sitzen sehen, war beiden Mädchen sofort klar gewesen, was das zu bedeuten hatte. Die Reaktionen waren höchst unterschiedlich ausgefallen: Svenjas Miene hatte sich verdüstert, Kati dagegen war sofort zu ihrer Mutter gelaufen und hatte sie umarmt.

»Na, Svenja«, hatte Gina gesagt. »Was guckst du denn so mürrisch? Freust du dich nicht für deine Ma?«

»Mama soll sich eine feste Arbeit suchen. Das ist doch doof so. Sie weiß doch gar nicht, wie viel Geld sie verdient.«

»Du meinst wohl, du hast Schiss, dass sie zu wenig verdient«, sagte Kati.

»Also wirklich.« Gina schlug mit der Hand auf den Tisch. »Schluss jetzt. Wir haben etwas zu feiern. Und außerdem, liebe Svenja: Es gehört durchaus zu unseren Plänen, Geld zu verdienen.« Sie griff nach Svenja und zerzauste ihr die Haare. »Und wir haben auch überhaupt nichts gegen viel davon. Gib uns ein bisschen Zeit. Und jetzt will ich dich lachen sehen.«

Svenja begann zu kichern und wand sich aus Ginas Umklammerung. »Und ich verspreche dir noch etwas: Von jedem Promi, für den wir kochen, bringe ich dir ein Autogramm mit. Mit persönlicher Widmung. Na? Ist das ein Angebot?«

»So«, unterbrach Lilli und stand auf. Sie griff nach den Papierstapeln auf dem Tisch. »Nachdem das jetzt geklärt ist, gehen die jungen Damen bitte an ihre diversen Haus- und sonstigen Aufgaben. Um sieben gibt es Essen. Ich bitte um vollzähliges Erscheinen. Hat jetzt eine von euch Hunger?«

Beide Mädchen schüttelten den Kopf, Svenja griff aber nach einem Apfel, bevor sie die Küche verließ.

Gina sah den beiden nachdenklich hinterher. »Denkst du, Svenja spielt mit?«

»Doch, ich glaube schon.« Lilli ging quer über den Flur in ihr kleines Büro und ließ die Unterlagen auf den Schreibtisch gleiten. Die kleine Lampe am Anrufbeantworter ihres Geschäftsanschlusses blinkte rot. Drei Anrufe. Dabei kannten diese Nummer bisher nur Leute, die bei einem der letzten Essen ihre Visitenkarten mitgenommen hatten.

»Gina! Komm mal schnell rüber!«

Als Gina neben ihr stand, zeigte Lilli auf die blinkende Anzeige und drückte den Abspielknopf. Das Band sprang an.

»Hallo Lilli, hallo Gina, hier ist Marianne. Wir haben uns bei der Hochzeit von Babsi und Jim kennengelernt. Meine Kurze wünscht sich, dass ihr Geburtstag genauso wird wie der Kinderspaß auf Mikes Hof. Sie nervt mich seit Tagen damit. Ruft mich doch bitte an, ja? Lines Geburtstag ist übrigens schon in drei Wochen. Ich hoffe, ihr könnt mich noch einschieben, ihr habt bestimmt jede Menge zu tun. Also, ich freu mich auf euren Anruf.« Dann folgte eine Telefonnummer.

Nach einem Piepton erklang die nächste Nachricht: »Guten Tag, Frau Berger, hier Gruber. Frau Berger, kann ich Sie auch für ein kleines Dinner engagieren? Meine Frau kommt aus dem Krankenhaus, und ich möchte sie überraschen. Würden Sie mich bitte anrufen? Vielen Dank. Auf Wiederhören.«

Wieder der Piepton. Dann eine weibliche Stimme. »Hallo, Frau Berger. Mein Name ist Krüger. Mein Mann hat an dem Essen bei Dr. Baumann in der Kanzlei teilgenommen. Er hat mir von Ihren Kochkünsten vorgeschwärmt. Wir würden Sie gern für die Verlobung unserer Tochter buchen, zwanzig Personen. Ich würde mich über einen Kostenvoranschlag freuen, möchte mich aber gern vorher mit Ihnen über meine Vorstellungen unterhalten. Bitte rufen Sie mich an, meine Telefonnummer ist ...«

Lilli und Gina hatten atemlos gelauscht. Gina hob die rechte Hand und rief: »Schlag ein, Lilli! Wir sind im Geschäft!«

Lilli klatschte ab und drückte wieder den Abspielknopf des Geräts. »Ich muss das noch mal hören, Gina, das ist wie Musik.«

Gina stemmte die Hände in die Hüften und sagte: »Weißt du was? Ich sage Tobi Bescheid, dass er uns die Anrufe auf CD brennt. Dann können wir uns das bis in alle Ewigkeit immer wieder anhören. Unsere ersten Aufträge! Los, lass uns zurückrufen.«

»Wir machen das morgen früh, okay?«

»Ist das aufregend! Findest du es nicht total spannend, *cara*? Ab morgen ist alles anders!«

»Allerdings. Komm, Mike muss jeden Moment auftauchen. Hast du Lust, ein bisschen im Garten zu wildern und den Tisch zu dekorieren? Ich finde, jetzt haben wir richtig was zu feiern.«

Später saßen sie bei knusprigen Hähnchenschenkeln, Backkartoffeln und selbst gemachtem Apfelkompott am Küchentisch.

Während Lilli das Essen servierte, versorgte Gina die Runde mit Getränken.

»Und was ist der Anlass für dieses hervorragende Mahl?«, fragte Mike, nachdem er seinen gefüllten Teller genießerisch beschnuppert hatte. »Gibt es etwas zu feiern?«

»Allerdings«, sagte Gina und stellte ein Glas Orangensaft an Svenjas Platz. »Morgen geht es richtig los für uns. Heute haben wir drei Anfragen bekommen.«

»Echt?«, rief Kati begeistert. »Erzähl!«

»Wie war das noch? Ein Essen für den Polizeipräsidenten und seine Frau, ein Kindergeburtstag ... hilf mir, Lilli.«

»Und eine Verlobungsfeier. Wenn unser Angebot akzeptiert wird.«

»Na, bravo.« Mike hob sein Glas. »Das geht ja gut los. Ich freue mich für euch.«

»Und wir helfen mit.« Kati stupste Tobi an. »Stimmt's, Tobi? Wenn ihr mal Personal braucht ...«

Tobi nickte. »Und die Website wird freigeschaltet, sobald ihr grünes Licht gebt.«

»Einen Grill kann ich zur Not auch bedienen«, sagte Mike. »Und Svenja kann sich auch ein paar Euro verdienen, oder, Lilli?«

»Natürlich.« Lilli setzte sich an den Tisch und beobachtete ihre jüngere Tochter.

Svenja starrte mürrisch in ihren Salat und stocherte mit der Gabel darin herum. Dann murmelte sie ohne aufzusehen: »Keine Lust.«

»Na, na«, sagte Gina. »Wenn deine Ma mal dringend Hilfe braucht, wirst du doch bestimmt ...«

»Werd ich nicht!«, schnappte Svenja giftig. »Da habe ich nichts mit zu tun. Ich will nicht in so einer dreckigen Küche arbeiten.«

In Mike schien der verborgene Pädagoge zu erwachen. »Schau mal, Svenja«, sagte er ruhig, »es wäre doch schön, selbst ein bisschen Geld zu verdienen, oder? Dann kannst du dir viele Wünsche selbst erfüllen, ohne dass du jemanden darum bitten musst.«

Svenjas Gabel fiel klirrend auf den Teller. Sie funkelte Mike, der ihr gegenübersaß, böse an. Dann fauchte sie: »Papa kauft mir alles, was ich will. Und Sie haben mir gar nichts zu sagen.«

Zeit, die Blauhelme zu schicken.

»Svenja, das ist kein Grund, unverschämt zu Mike zu sein. Er ist mein Gast – unser Gast«, sagte Lilli.

Ihre Tochter starrte mit zusammengepressten Lippen auf ihren Teller. »Entschuldigung«, murmelte sie schließlich fast unhörbar.

»Entschuldigung angenommen«, antwortete Mike.

»Und außerdem«, fuhr Lilli fort, »muss mir niemand helfen, der das nicht freiwillig tun will. Und jetzt haut rein, das Essen wird kalt.«

Kapitel 22

Lilli schlug die Augen auf. Kaffeeduft drang durch die angelehnte Schlafzimmertür. Jetzt hörte sie auch das Klappern von Geschirr. Lilli warf einen Blick auf den Wecker auf ihrem Nachttisch, der bereits kurz vor zehn Uhr anzeigte.

Lieber Gott, lass mich wieder einschlafen und erst übermorgen wieder aufwachen, dachte Lilli, mehr wünsche ich mir nicht zu meinem Geburtstag. Keine Torte, keine Party, keine Geschenke. Was gibt es schon großartig daran zu feiern, dass man dreiundvierzig Jahre alt wird? Gar nichts. Zumal ich mich zehn Jahre älter fühle. Mindestens.

Sie schwang die Beine über die Bettkante und rieb sich die Augen, während sie mit hängenden Schultern auf der Matratze saß. Hinter den zugezogenen Vorhängen prasselte Regen gegen die Fensterscheibe.

Sie stand auf, gähnte ausgiebig, zog sich den Morgenmantel über und ging quer über den Flur in die Küche. Das Radio dudelte leise. Der Tisch war für vier Personen gedeckt. An Lillis Tasse lehnte ein Briefumschlag, auf dem »Für das Geburtstagskind« stand. Kati, die geschäftig hin und her lief, begrüßte sie fröhlich.

»Guten Morgen! Ich dachte schon, ich muss dich an den Haaren aus dem Bett zerren. Setz dich doch schon mal, Kaffee kommt sofort.«

Lilli nahm den Umschlag und wedelte damit herum. »Morgen. Was ist denn da drin?«

»Noch nicht aufmachen! Erst, wenn Tante Gina hier ist.«

»Gina kommt? Das wusste ich gar nicht.«

Kati goss Lilli Kaffee ein. »Korrekt. Denn das ist ja der Sinn einer Überraschung, dass man vorher nicht Bescheid weiß.«

»Aha? Was denn für eine Überraschung?«

Ehe Kati antworten konnte, klingelte es an der Haustür.

»Ma, kannst du aufmachen? Das ist bestimmt Tante Gina. Ich kümmere mich ums Rührei.«

Gina umarmte Lilli herzlich zur Begrüßung. »Na? Ziemlich lässig gekleidet heute Morgen, wenn ich mir die Bemerkung erlauben darf. Frühstück schon fertig, Schlafmütze?«

»Du kennst doch Kati. Weißt du etwas über diese geheimnisvolle Überraschung?«

Gina grinste. »Kann schon sein.«

Die beiden gingen in die Küche und setzten sich. Kati stellte eine Schüssel mit Rührei auf den Tisch. »Ich hol mal die Prinzessin runter«, sagte sie und verließ die Küche.

»Keinen Streit heute, bitte«, rief Lilli ihr hinterher. »Wenn sie noch schläft, dann lass sie um Himmels Willen in Ruhe. Ich kann heute Morgen keine Dramen an meinem Frühstückstisch ertragen.«

Gina lachte. »*Mamma mia,* so schlimm?«

»Schlimmer«, stöhnte Lilli und rieb sich die Augen. »Ich fühle mich uralt, ich bin todmüde, und ich würde am liebsten eine Woche durchschlafen. Ich habe das Gefühl, mich muss man nur anstupsen, und ich zerspringe in tausend Stücke.«

»Wir haben aber auch arbeitsreiche Wochen hinter uns. Diese Verlobungsfeier vor zwei Tagen fand ich sehr anstrengend. Die Dekoration war wesentlich aufwendiger als alles andere zuvor.«

»Das Menu auch.« Lilli gähnte ausgiebig.

Kati kam zurück in die Küche und verkündete: »Madame geruhen, noch zu schlafen. Tante Gina, weiß Ma schon Bescheid?«

»Natürlich nicht! Ich habe selbstverständlich auf dich gewartet.«

»Also dann.« Kati nahm den Umschlag und überreichte ihn Lilli mit großer Geste. »Liebe Ma, das ist ein Geburtstagsgeschenk von Tante Gina und mir.«

»Wieso denn heute schon? Ich habe doch erst morgen ...« Sie griff nach dem Brief. »Darf ich jetzt schon hineinsehen?«

»Natürlich!«, riefen Gina und Kati gleichzeitig.

Lilli öffnete das Kuvert und fand darin eine Karte, die sie aufklappen musste. »Ein Gutschein für einen Wellness-Tag! Für heute?«

Kati sah sie gespannt an. »Und? Freust du dich?«

»Ja, sicher, aber heute? Ich bin gar nicht darauf vorbereitet.«

Gina umarmte Lilli. »Oh doch, das bist du. Du hast es dir gerade selbst verordnet.«

»Habe ich das?«

»Allerdings! Du hast gesagt, du bist todmüde und fühlst dich uralt. Das sind ja wohl die besten Voraussetzungen. Also, man erwartet dich um zwölf, und dann gibt es das volle Programm: Massage, Maniküre, Pediküre, Hautpflege, Sonnenbank, sogar einen neuen Haarschnitt, wenn du willst.«

»Genau«, sagte Kati. »Genieße den Tag, ja? Um sieben Uhr gibt es Abendessen. Vorher möchte ich dich hier nicht wiedersehen. Und danach setzen wir uns gemütlich zusammen.«

Nachdem Lilli das Haus verlassen hatte, fragte Gina: »Und? Alles fertig?«

Kati nickte. »Na klar! Alles vorbereitet.« Sie sah auf die Küchenuhr. »Eigentlich müsste Mike gleich kommen und alles mitbringen. Und du?«

»Mein Kofferraum ist proppenvoll. Lass uns noch einen Kaffee trinken, bevor wir mit der Arbeit anfangen.«

Als Mike klingelte, lief Kati zur Tür und ließ ihn herein. Er trug eine Kiste, die bis zum Rand mit den bestellten Waren gefüllt war.

»Hallo, Mike. Komm rein, trink einen Kaffee mit uns.«

»Gern«, sagte Mike, »aber allzu viel Zeit habe ich nicht. Auf dem Hof wartet 'ne Menge Arbeit, und ich will ja heute Abend pünktlich sein.«

Strahlend betrat er die Küche, in der Gina allein am Tisch saß. Sein Lächeln wurde deutlich schwächer. »Ach Gina. Du bist's nur«, sagte er.

Die spielte die Empörte. »Na, das nenne ich mal eine charmante Begrüßung.«

Mike wurde knallrot. »Ich bin so ein Idiot, tut mir leid. Das habe ich nicht so gemeint. Du weißt schon ...«

»Ja, ich weiß«, sagte Gina theatralisch, »ich kann Lilli nicht das Wasser reichen.«

»Ja ... ich meine, nein ...«

»Mike, jetzt stell endlich die blöde Kiste ab und setz dich hin«, rief Kati. »Ma ist nicht da. Aber keine Sorge, bis heute Abend ist sie wieder zurück. Entspann dich.«

»Wo ist sie denn?«

»Na, du bist aber ganz schön neugierig«, sagte Gina.

»Wir haben ihr einen Wellness-Tag geschenkt«, beantwortete Kati Mikes Frage. »Vermutlich lässt sie sich gerade von einem muskulösen, strammen Schweden namens Björn massieren. Die Glückliche.«

»Beneidenswert«, seufzte Gina, während Mike nur ein schiefes Lächeln zustande brachte. Er trank schnell seinen Kaffee aus und verabschiedete sich abrupt.

»Ich muss wieder los. Okay ... äh ... bis heute Abend dann.«

Kati und Gina warteten, bis sich die Haustür hinter ihm geschlossen hatte. Dann kicherten sie und schüttelten sich quer über den Tisch die Hände. »Na, was habe ich gesagt?«, feixte Gina. »Er ist völlig in sie verschossen. Ich glaube, wir sollten allmählich mal mit unseren Vorbereitungen beginnen. Es soll heute Abend doch alles perfekt sein für die beiden, oder?«

»Für welche beiden? Kommt Papi heute Abend?« Unbemerkt von ihnen, war Svenja in der Küche aufgetaucht. Ihre Haare standen verstrubbelt in alle Richtungen ab, und sie trug noch ihren rosa Schlafanzug. Wie ein kleines Kind rieb sie sich mit beiden Fäusten die Augen und murmelte verschlafen: »Wo ist Mama?«

Kati und Gina wechselten einen schnellen Blick. »Deine Ma macht einen Wellness-Tag«, sagte Gina dann. »Sie kommt heute Abend erst wieder.«

»Und Papi? Kommt er denn jetzt heute Abend?«

»Nein, tut er nicht«, sagte Kati. »Mama bekommt heute Besuch von Mike.«

»Was? Der kommt heute? Da will ich nicht dabei sein. Ich ruf bei Papi an, der soll mich abholen.«

»Das wirst du nicht tun, du Zicke. Wir fahren mit Tante Gina, sie hat uns ins Kino eingeladen. Und wir gehen zusammen essen.«

»Das ist ja noch langweiliger. Ich will nicht ins Kino! Und wieso überhaupt Mike? Wie der Mama immer anglubscht. Was wollen die denn allein machen? Der soll Mama in Ruhe lassen, die hat einen Mann.«

»Komm, Svenja«, sagte Gina, »gönn deiner Mutter mal was, hm? Sie hat so viel gearbeitet in letzter Zeit. Wir Frauen machen uns einen schicken Abend. Wenn du willst, kannst du den Film aussuchen und wohin wir essen gehen.«

Svenja stand mitten in der Küche, rot vor Wut. Ihre Fäuste waren geballt, die Augen voller Tränen, als sie schrie: »Ich will nicht, ich will nicht, ich will nicht!« Sie drehte sich um und rannte zur Tür hinaus. »Ich hasse euch!«

Kati wollte hinterher, aber Gina hielt sie auf. »Lass sie. Sie beruhigt schon wieder. Sie ist immer noch sehr verwirrt und sehr wütend. Sie will nicht verstehen, dass euer Vater weg ist und dass eure Mutter ihn nicht mehr zurückhaben will.«

»Sie ist eine verwöhnte Göre, das ist alles«, sagte Kati wütend. »Sie plärrt uns ständig die Ohren voll, was sie alles unbedingt haben muss und wie Scheiße sie es findet, dass sie nicht mehr sofort alles kriegt, was sie will. Allmählich geht sie mir tierisch auf die Nerven. Sie will doch so erwachsen sein, dann soll sie sich auch so benehmen.«

»Aber sie ist noch nicht erwachsen, Kati. Und selbst wenn man erwachsen ist«, Gina seufzte, »selbst dann versteht man nicht alles, glaub mir.« Sie schob ihren Stuhl zurück und stand auf. »Komm, wir krempeln jetzt die Ärmel hoch. Und hoffen, dass Mike nicht absagt.«

Lilli lag in einer riesigen Marmorwanne, in der warmes Wasser sprudelte, das mit Salzen aus dem Toten Meer angereichert war. In der Hand hielt sie ein Glas Sekt. Von der Decke wurde sie mit Höhensonne bestrahlt. Auf dem Rand der Wanne stand ein Teller mit Früchten, die in mundgerechte Happen zerteilt waren. Aus Lautsprechern, die hinter üppigen Grünpflanzen verborgen waren, drang leise klassische Musik. Der Raum duftete nach Lavendel und Orange.

Lilli räkelte sich wohlig in dem warmen Wasser, trank kleine Schlucke von dem Sekt und hing ihren Gedanken nach. Wie nett von Kati und Gina, ihr diesen Tag zu schenken. Sie selbst wäre nie auf die Idee gekommen, denn seit Wochen stand einzig und allein die Arbeit ganz oben auf ihrer Prioritätenliste. Und natürlich half ihr die dauernde Beschäftigung, sich abzulenken – von Armin, von ihrer zerstörten Ehe, von ihrer Verzweiflung. Aber wenn sie ehrlich mit sich war, musste sie sich eingestehen, dass eine Versöhnung mit Armin nicht mehr stattfinden würde. Sie konnte ihm nicht mehr vertrauen, nie wieder.

Sie schreckte auf, als eine Mitarbeiterin des Wellness-Centers in den Raum gestöckelt kam. Die junge Frau war perfekt geschminkt und hatte eine Figur wie ein Topmodel. Wie auch ihre Kolleginnen trug sie eine Art Uniform bestehend aus einem pfirsichfarbenen, knapp sitzenden Kittel und einem farblich passenden Haarband. Sie sah überaus appetitlich aus.

»Frau Berger? Ich bin Candy, ich werde Sie heute durch Ihr Wohlfühlprogramm begleiten. Geht es Ihnen gut bisher?«

»Wunderbar, alles perfekt«, sagte Lilli zufrieden.

»Ich bringe Sie jetzt zu Ihrer Ayurveda-Behandlung. Fühlen Sie sich erfrischt?«

Lilli stieg aus der Wanne und schlüpfte in den flauschigen Bademantel, den die junge Frau ihr hinhielt. »Danke, Candy, ich fühle mich wunderbar. Auf was darf ich mich noch freuen?«

»Nun, wie wir es vorhin besprochen haben. Zuerst eine Viertelstunde Biosauna bei fünfzig Grad. Dann gehen wir zur ayurvedischen Ganzkörpermassage inklusive der Füße. Danach machen wir eine Pause und laden Sie zu einem leichten Lunch ein.«

»Das hört sich ja schon alles sehr verführerisch an. Konnten Sie klären, ob der Friseur mich einschieben kann?«

»Ja, Sie haben Glück. Heute Morgen hat eine Dame ihren Termin abgesagt, und das passt perfekt in unseren Zeitplan. Nach dem Lunch geht es weiter mit einer Kopf- und Gesichtsmassage, und zum Abschluss der ayurvedischen Behandlung verwöhnen wir Sie noch mit einem Öl-Stirnguss. Bevor wir Sie dann in unserem Haarsalon erwarten, geht es noch zur Maniküre und zur Pediküre.«

»Wunderbar. Ich werde mich wie neugeboren fühlen, das weiß ich jetzt schon. Vermutlich werden Sie mich heute Abend gewaltsam von der Polizei heraustragen lassen müssen. Freiwillig werde ich jedenfalls nicht gehen.«

Candy klapperte verdutzt mit den Augenlidern und zog die Stirn kraus.

»Entschuldigen Sie bitte, das sollte ein Scherz sein«, sagte Lilli schnell. »Von mir aus kann es weitergehen.«

Das Gesicht der Blondine entspannte sich wieder. »Oh, ein Scherz. Natürlich, ich verstehe. Hahaha. Natürlich. Kommen Sie bitte mit.«

Einige Stunden später starrte Lilli in das Gesicht einer wunderschönen, fremden Frau. Es war ihr Spiegelbild.

Sie saß in einem Frisierstuhl, und all die Menschen, die den Tag damit verbracht hatten, sie zu massieren, zu kneten, zu ölen, zu zupfen, zu feilen, zu schminken und zu frisieren, hatten ihr Werk vollendet. Und sie hatten ganze Arbeit geleistet.

Allein Jürgen, der Friseur, hatte sich zwei Stunden lang nur mit ihren Haaren beschäftigt. Sie waren jetzt knapp schulterlang, großzügig durchgestuft und hatten zarte Strähnchen in verschiedenen Blond- und Rottönen. Der neue Schnitt brachte Lillis Naturwellen wieder zum Vorschein, die ihr in letzter Zeit so schmal gewordenes Gesicht weich umrahmten. Lilli hatte sogar das Angebot angenommen, sich schminken zu lassen. Ihre Haut sah aus wie Samt, ihre Augen leuchteten, das zarte Rouge ließ ihre Wangen sanft glühen.

»Jürgen, das haben Sie wunderbar gemacht«, sagte Lilli begeistert. »Aber kann ich das auch selbst machen, ohne ein Geschwader von Experten, das mir hilft?«

Jürgen, eine filigrane Gestalt in winzigem T-Shirt und knallengen Schlaghosen, nickte. »Aber natürlich«, flötete er geziert. »Durch den Stufenschnitt haben Ihre Wellen ganz automatisch mehr Volumen, da brauchen Sie nicht einmal Lockenwickler. Und für eine Hochsteckfrisur nehmen Sie Ihre

Haare im Nacken zusammen, zwirbeln sie zu einem Zopf und fixieren sie am Hinterkopf mit einer Spange. Dann zupfen Sie sich an den Schläfen ein paar feine Strähnchen heraus.« Er beugte sich zu ihr herunter und flüsterte verschwörerisch: »Das macht das Gesicht weicher, wissen Sie?« Er breitete die Arme aus, als wolle er ein besonders tolles Produkt präsentieren. »Und voilà – fertig!«

»Ich werde es versuchen. Und ansonsten muss ich eben noch einmal wiederkommen.«

Jürgen verbeugte sich leicht und zwitscherte: »Es wäre mir eine Freude!«

Als Lilli zu Hause ankam, war es bereits kurz vor sieben Uhr. Kati nahm sie an der Haustür in Empfang und rief: »Ma! Du siehst toll aus! Gina, komm mal schnell!«

Gina kam aus dem Wohnzimmer und verschloss die Tür hinter sich. Sie nahm Lillis Hände und drehte sich mit ihr im Kreis. »*Bellissima!* Wie wunderschön du aussiehst.«

»Und das habe ich nur euch beiden zu verdanken. Ich fühle mich wunderbar.«

Lilli wollte in die Küche, aber Kati versperrte ihr den Weg. »Nichts da. Deine Geburtstagsüberraschung geht noch weiter. Erst ziehst du dir das Kleid an, das ich dir hingelegt habe. Heute Abend wird schick gegessen. Und dann wartest du bitte, bis wir dich rufen, ja? Du kannst ruhig noch eine CD starten, es dauert hier noch ein paar Minuten.«

Damit schob Gina ihre Freundin unnachgiebig ins Schlafzimmer und schloss die Tür von außen.

Kapitel 23

Auf dem Bett lag ein Kleid, das Lilli noch nie gesehen hatte. Es war aus dunkelgrünem Samt, schmal geschnitten, knielang und passte wie angegossen. Lilli drehte sich vor dem Spiegel hin und her, beugte sich vor und wuschelte mit beiden Händen durch ihre Haare. Dann richtete sie sich wieder auf und warf den Kopf zurück. Ihre Haare fielen um ihr Gesicht wie eine goldene Wolke.

Fast wäre sie aus dem Schlafzimmer gelaufen, um sich zu präsentieren, besann sich aber dann auf Katis Bitte. Sie startete eine ihrer geliebten Reggae-CDs und tanzte summend durchs Schlafzimmer. Die Minuten vergingen, ohne dass jemand sie rief.

Das Telefon im Hausflur klingelte. Lilli stellte die Musik ab und lauschte. Es läutete weiter. Niemand kam, um das Gespräch anzunehmen. Sie streckte erst den Kopf aus der Tür, dann lief sie barfuß in den Flur.

»He, Kati, Gina, wo seid ihr?«

Niemand antwortete. Sie nahm den Hörer ab.

»Berger, hallo.«

»Hallo, Ma.«

»Kati? Was ...? Wo bist du denn?«

Ihre Tochter lachte vergnügt. »Wir sind unterwegs zu Tante Gina.«

»Ja aber, wieso ...? Ich denke, wir essen alle zusammen? Ich verstehe gar nichts mehr.«

»Ma, du wirst gleich verstehen, glaub mir«, kicherte Kati. »Hör einfach nur zu, bitte. Wir wünschen dir einen wunderbaren Abend mit deinem Überraschungsgast. Das Essen ist vorbereitet und servierfertig. Bitte schau in den Kühlschrank und in den Backofen. Der Prosecco ist euer Aperitif. Nach dem Essen wartet im Garten der Pavillon auf euch. Wir wünschen viel Spaß!« Aus dem Hörer drang ein Tuten. Kati hatte aufgelegt.

Kopfschüttelnd ging Lilli in die Küche. In der Tür blieb sie wie angewurzelt stehen. Der Tisch war für zwei Personen gedeckt und verschwenderisch dekoriert. Zartlila Tüll bauschte sich auf der Tischplatte. Dicke, pinkfarbene Kerzen standen auf Untersetzern aus Moos. Smaragdgrüne Kristalle funkelten auf dem Tüll. Unter den beiden dunkelroten Platztellern lagen große Bananenblätter. Eine leere Vase wartete darauf, gefüllt zu werden. Außer ihr war niemand mehr im Haus. Sie wollte gerade in den Garten gehen, als es an der Haustür klingelte.

Lilli riss schwungvoll die Tür auf.

»Mike! Was machst du denn hier?«

Mike sah verdattert hinter seinem Blumenstrauß hervor. »Hallo, Lilli! Ich ... äh ... ich bin eingeladen.«

»Ach, dann bist du der Überraschungsgast?«

»Ich weiß nicht ... Wusstest du denn nicht, dass ich heute komme?«

»So ist es. Aber ich freu mich! Komm rein.«

Mike blieb unschlüssig im Hausflur stehen. »Wo geht's hin? Wo sind die anderen? Im Garten?« Ihm fiel auf, dass er noch immer die Blumen umklammerte. »Hier, Lilli, für dich.«

Der Strauß bestand ausschließlich aus Pflanzen und Blüten, die im Gemüsebeet und im Kräutergarten wuchsen: gelbe Zucchiniblüten, kugelrunde lila Blütenstände vom Lauch, Bohnenranken und Minzzweige.

Lilli vergrub ihr Gesicht in der Pracht. »Mike, der Strauß ist wunderschön.«

»Du bist wunderschön, Lilli.«

Lilli spürte, wie ihr Gesicht heiß wurde. »Ich ... Danke für das Kompliment, Mike. Äh ... Zu deiner Frage: Es gibt keine anderen Gäste. Und ich bin genauso überrascht wie du, um ehrlich zu sein. Ich war den ganzen Tag unterwegs und bin vor ein paar Minuten erst gekommen. Gina und Kati waren gerade noch hier, aber jetzt sind sie weg.« Sie ging voraus in die Küche und zeigte auf den geschmückten Tisch. »Ich komme gerade aus meinem Zimmer und finde alles so vor. Keine Ahnung, was die sich dabei gedacht haben.«

Mike sah aus wie ein Schuljunge, der bei einem Streich ertappt wurde. »Ich ... Wenn es dir lieber ist, gehe ich wieder.«

»Quatsch, nein, ich freu mich doch, dass du hier bist. Setz dich. Wir genießen jetzt erst einmal das Überraschungsessen.« Lilli stellte den Strauß in die Vase. Dann ging sie zum Herd. »Erst mal schauen, was es überhaupt gibt.« Sie schaute an sich herunter. »Oh, ich bin ja immer noch barfuß. Ich sollte mir Schuhe ...«

Als sie an Mike vorbei aus dem Zimmer wollte, hielt er sie vorsichtig am Arm fest. »Nein, bleib so. Du siehst perfekt aus.« Seine Berührung fühlte sich an wie ein sanfter elektrischer Schlag. Sie sahen sich an. Keiner von beiden sagte etwas. Mike neigte sich zu Lilli und strich ihr sanft eine Locke aus dem Gesicht. »Lilli Leihköchin«, murmelte er, »ich ...«

Lilli wandte sich abrupt von ihm ab, verwirrt und mit weichen Knien. Am Herd versuchte sie, sich zu sammeln. Sie drehte sich um, Mike hatte sich an den Tisch gesetzt und sah sie an, liebevoll, zärtlich ... Viel zu zärtlich für einen Geschäftspartner.

Lilli lachte verlegen. »Hast du denn wenigstens Hunger?«

Mike nickte, während er sie unverwandt ansah.

»Ich muss erst einmal nachsehen, was es überhaupt gibt, ich habe ja gar nicht selbst ... ich weiß ja nicht ...« Sie öffnete den Topf, auf dem ein Zettel mit dem Hinweis »Ich bin die Vorspeise« klebte, und fand darin eine Gazpacho. »Magst du Gazpacho, Mike?«

»Sehr gern sogar.«

Während der nächsten zwei Stunden genossen sie das Essen. Sie plauderten über die Biker-Hochzeit, über Lillis und Ginas letzte Aufträge und über vieles andere. Immer wieder berührten sich ihre Hände, verhakten sich ihre Blicke ineinander. Nach Katis köstlichem Dessert, einer weißen Schokoladenmousse mit Walderdbeeren, fragte Lilli: »Möchtest du auch einen Espresso?«

»Gern.«

Lilli fiel der Zettel wieder ein. »Geh doch vor in den Garten, ja? Ich komme dann nach.«

»Ich helfe dir.«

Lilli zwang sich zu einem lockeren Ton. »Nein, nein, ich mache das. Du bist mein Gast. Also, raus mit dir, los!«

»Lass mich nicht zu lange warten«, sagte Mike und verschwand aus der Küche.

Lilli stand am Herd und erledigte mechanisch alle Handgriffe, um einen Espresso aufzubrühen. Sie konnte kaum einen klaren Gedanken fassen. Dieser ganze Tag ... Sie kam sich vor wie in einem Märchen. Zuerst die Stunden im Schönheitstempel, umhegt von dienstbaren Geistern, dann Jürgen, der Zauberer, der sie in eine wunderschöne Prinzessin verwandelt hatte. Passend dazu: Aschenputtels Ballkleid auf dem Bett, Tischlein-deck-dich in der Küche, und im Garten wartete der schöne Prinz.

Mike ... Lilli fragte sich, ob sie in ihn verliebt war. Sie lächelte. War das nicht egal – hier und heute? Mike begehrte sie, das war nicht zu übersehen. Und – Lilli wusste, dass es keinen Zweck hatte, dies zu leugnen – sie begehrte ihn.

Die Espressokanne auf der Herdplatte gurgelte. Lilli stellte sie zusammen mit zwei Tassen auf ein Tablett, atmete noch einmal tief durch und ging durch das Wohnzimmer. In der Terrassentür blieb sie wie angewurzelt stehen.

Mitten auf der Rasenfläche stand ein Gartenzelt, das an drei Seiten mit Bahnen aus golddurchwirktem, tiefrotem Stoff geschlossen war. Es dämmerte bereits, und unter dem Stoffhimmel des Pavillons funkelten Dutzende winziger bunter Glühbirnchen. Zwei hölzerne Gartenliegen waren mit Decken und Kissen zu bequemen Lagerstätten umfunktioniert worden. Auf einem niedrigen, runden Tisch standen brennende Kerzen in farbigen Windlichtern, zusammen mit zwei Sektgläsern. Dean Martin sang dazu schmachtend seine Liebeslieder. Mike hielt eine Sektflasche hoch und rief: »Schau mal, was ich hier gefunden habe. Da meint es aber jemand sehr gut mit uns beiden.«

Lilli ging langsam durch das Gras auf ihn zu. »Mike, ich schwöre dir, ich hatte keine Ahnung.«

Mike lachte und stellte die Sektflasche ab. Dann nahm er ihr das Tablett aus den Händen, stellte es auf den Tisch und sagte: »So, wie du guckst, glaube ich dir das sofort. Aber trotzdem, es ist alles perfekt. Den Sekt habe ich eisgekühlt in einer Kühltasche gefunden, und da ist noch eine Flasche. Der CD-Spieler musste auch nur gestartet werden. Herrlich!« Er nahm Lillis Hände und zog sie an sich. »Lass es uns genießen, ja? Ich freu mich so darüber, dass wir endlich einmal allein sind. Ich warte schon so lange darauf.« Er beugte sich zu ihr und küsste sie. Lilli wurde schwindelig, und ihr Herz klopfte wie rasend. Sie schloss die Augen und lehnte sich an ihn. Seine Hände schoben sich in ihre Haare und hielten sanft ihren Kopf. Lilli legte ihre Arme um Mike und zog ihn noch näher zu sich. Da begann das Telefon im Haus zu klingeln. Lilli löste sich von Mike. »Das Telefon ...«

Er versuchte, sie festzuhalten. »Lass doch, Lilli.«

»Nein, Mike, vielleicht ist das Kati.« Leise fügte sie hinzu: »Ich weiß nicht, wann die Mädchen hier wieder auftauchen werden.« Sie errötete.

Mike ließ sie los und lachte. »Verstehe. Das ist natürlich eine wichtige Information.«

Lilli rannte ins Wohnzimmer und griff nach dem Apparat. »Ja? Hallo?«

»Störe ich gerade, *bellissima*?«

»Du hast alles eingefädelt, stimmt's?«

»Seid ihr schon im Garten, Lilli? Was für ein Glück, dass es heute Mittag aufgehört hat zu regnen! Habt ihr Spaß?«

»Gina, was hast du dir dabei gedacht?«

Ihre Freundin lachte. »Och, nichts. Genieß den Abend, ja? Deine Mädchen und ich waren im Kino, und jetzt sitzen wir bei mir in der Küche und stopfen uns mit *Acht Kostbarkeiten* aus dem Chinarestaurant voll. Unter uns: *Acht Grausamkeiten* fände ich passender, Glutamat bis zum Abwinken.« Sie kicherte leise. »Die beiden werden übrigens auch bei mir übernachten. Svenja hat zwar gemeckert, aber ich konnte sie dann doch damit locken, dass sie den Film und das Essen aussuchen durfte.«

»Das Essen aussuchen durfte«, wiederholte Lilli perplex.

»Aber jetzt sag doch mal, wie ist es denn so? So ganz allein mit Mike? Habt ihr euch schon geküsst?«

»Gina!«

»Wusste ich es doch. Wurde auch Zeit. Und jetzt husch, husch, zurück zum Traummann, aber *pronto*. Ich werde die Mädchen bis mindestens morgen Mittag hier in Geiselhaft nehmen, notfalls mit körperlicher Gewalt. Ich wünsche euch noch viel Spaß.«

Und damit hatte sie aufgelegt.

Lilli stand mit dem Hörer in der Hand unschlüssig im Wohnzimmer. Noch war Zeit, alles abzubrechen. Aber wollte sie das überhaupt? Sie fühlte sich wohl mit ihm, und er tat ihr so gut. Sie hatte schon beinahe nicht mehr gewusst, wie es sich anfühlte, in den Armen eines Mannes zu liegen.

Lilli rannte in ihr Bad und schaute in den Spiegel. Ihre Augen leuchteten, ihre Wangen glühten rosig. So sah keine Frau aus, die den Mann, der sehnsüchtig auf sie wartete, nach Hause schicken wollte. Rasch fuhr sie sich durch die Haare und warf sich selbst eine Kusshand zu.

Dann lief sie wieder in den Garten hinaus, so schnell sie konnte.

Kapitel 24

Langsam wurde Lilli wach. Neben sich fühlte sie einen warmen Körper. Für einen Moment war sie verwirrt. Dann fiel ihr alles wieder ein, und ein glückliches Lächeln breitete sich auf ihrem Gesicht aus. Sie drehte den Kopf. Da lag er und schnarchte leise: Mike.

Als sie nach dem Telefonat mit Gina wieder in den Garten gegangen war, hatte Mike den Sekt bereits in die Gläser gefüllt. Sie hatten angestoßen und getrunken, und dann hatten sie eng umschlungen getanzt, begleitet von Dean Martins Samtstimme. Immer wieder hatten sie sich geküsst. Irgendwann hatten sie auf den Liegen gesessen und sich schweigend an den Händen gehalten. Alles hatte sich ganz natürlich angefühlt, ihre Verlegenheit vom Beginn des Abends war völlig verschwunden gewesen. Sie wusste nicht mehr, wann sie schließlich ins Haus gegangen waren.

Erst im Morgengrauen waren sie eingeschlafen, Arm in Arm und erschöpft.

Sie streifte sich ihren Morgenrock über und tänzelte summend in die Küche. Das würde ein wunderbarer Tag werden! Doch als sie aus dem Küchenfenster sah, stockte ihr der Atem.

Armin kam auf die Haustür zu.

Sie öffnete ihm, bevor er klingeln konnte. »Armin, guten Morgen. Was führt dich zu mir?«

Armin zog hinter seinem Rücken eine rote Rose hervor. »Herzlichen Glückwunsch zum Geburtstag! Habe ich dich geweckt? Zieh dich an, ich habe eine Überraschung für dich. Ich warte hier.«

Lilli nahm die Rose und sagte: »Danke, aber das passt eigentlich gerade nicht. Ich ...«

»Ach komm, es dauert nicht lange. In zehn Minuten bist du wieder hier. Übrigens, du siehst irgendwie anders aus. Warst du beim Friseur?«

Sie zögerte. Was wäre jetzt einfacher – Armin nachzugeben und ihn schnell wieder loszuwerden, oder ihn jetzt wegzuschicken und eine Auseinandersetzung zu riskieren?

»Also gut, Armin, aber wirklich nur kurz. Warte hier, ich ziehe mir etwas an.« Lilli schloss die Tür, damit er nicht plötzlich im Haus auftauchen konnte.

Leise schlich sie sich ins Schlafzimmer. Mike bewegte sich leicht und murmelte irgendetwas, wachte aber nicht auf. Lilli zog sich eine Jeans und ein T-Shirt an, schlüpfte in Sneakers und ging wieder hinaus zu Armin.

»Also, Armin, worum geht es?«, fragte sie, während sie die Tür hinter sich ins Schloss zog.

Armin grinste verschwörerisch. »Wirst du gleich sehen! Ich bin gespannt auf dein Gesicht.« Er öffnete das Gartentürchen, griff in seine Jackentasche und zog eine überdimensionale Geschenkschleife aus rotem Tüll hervor. »Bitte sehr!«

Erst da sah sie es: ein kleiner Autoschlüssel baumelte schimmernd an dem Band. Armin zeigte mit großer Geste auf einen grasgrünen, glänzenden Kleintransporter, der nagelneu aussah.

Armin breitete die Arme aus und rief: »Na, was sagst du? Ist er nicht toll?« Als Lilli nicht reagierte, ließ er die Arme langsam wieder sinken. »Was ist los? Gefällt dir die Farbe nicht? Willst du ihn lieber in Blau? Oder Gelb? Du musst mir nur noch sagen, wie der Wagen beschriftet werden soll.«

Lilli hob eine Hand. »Stop, Armin. Ich werde das nicht annehmen.«

Aber Armin wollte nicht verstehen. Er legte den Arm um Lilli, zog sie zur Fahrertür, drückte ihr den Schlüssel in die Hand und sah sie bittend an. »Fahr doch ein paar Meter. Bitte. Na los, die Tür ist offen.« Ohne ihre Antwort abzuwarten, lief er um den Wagen herum und setzte sich auf den Beifahrersitz.

Lilli warf einen Blick zurück zum Haus. Dies war weder der richtige Zeitpunkt noch der richtige Ort für eine lautstarke Auseinandersetzung mit Armin. Sie stieg in das Auto und steckte den Schlüssel in den Anlasser. »Na gut, ich fahre ein paar Kilometer. Aber das bedeutet nicht, dass ich ...«

»Fahr doch erst mal los. Du wirst dich sofort in ihn verlieben.«

Lilli gab auf. Armin würde es früher oder später begreifen müssen, dass sie den Wagen nicht annehmen würde. Sie drehte den Schlüssel, und der Motor sprang leise brummend an. Sie löste die Handbremse und fuhr los.

Während der Fahrt wurde Armin nicht müde, die zahlreichen Vorzüge und die topmoderne Sonderausstattung des Wagens wortreich anzupreisen. Ihm schien nicht aufzufallen, dass Lilli kein Wort sagte.

Nach wenigen Kilometern durch die Stadt stoppte Lilli den Wagen am Straßenrand. Bis zu ihrem Haus waren es noch gut zweihundert Meter. Sie wollte nicht, dass Mike sie gemeinsam mit Armin sah. »Also, Armin. Was soll das hier?«

Der grinste selbstgefällig. »Du brauchst doch einen vernünftigen, großen Wagen für deine Arbeit, oder? Ich dachte, der könnte dir gefallen.«

»Ich will das nicht. Das ist ein viel zu großes Geschenk. Glaub ja nicht, dass du mich so ...«

»Aber ich kann es mir doch leisten, Lilli. Und warum soll ich dir nicht eine kleine Freude machen?«

»Eine kleine Freude? Armin, das ist maßlos übertrieben. Ich werde den Wagen auf keinen Fall annehmen. Und wo wir gerade beim Thema Geld sind. Hör auf, Svenja so übertrieben zu verwöhnen. Ich habe dann immer das Theater mit ihr. Das nervt mich unheimlich.«

»Aber Lilli, ich will doch nur ... Ich will dir doch nur zeigen, dass ich dich noch immer liebe.« Armin beugte sich zu ihr und versuchte, sie zu küssen.

Lilli wich zurück und schlug nach ihm. »Wag es nicht, Armin! Ein für alle Mal: Lass mich in Ruhe! Es ist endgültig vorbei, kapier das endlich!«

Armin war blass geworden und vor ihrem Schlag zurückgewichen. Er starrte mit zusammengepressten Lippen durch die Frontscheibe. Dann sagte er, ohne sie anzusehen: »Ich habe dich und den kleinen, dreckigen Bauernlümmel vorhin wohl gestört?« Er lachte böse. »Du glaubst wohl, ich hätte nicht gemerkt, dass du unter deinem Fähnchen nackt warst, als du die Tür geöffnet hast. Und wie wichtig es dir war, dass ich nicht ins Haus komme. Ekelhaft.«

»Das geht dich nichts mehr an, Armin. Und nenne Mike nie wieder einen dreckigen Bauernlümmel, hörst du?«

»Also hatte ich recht«, rief Armin triumphierend. »Na ja, Svenja hat mich ja gestern angerufen und mir erzählt, dass sie und Kati verschwinden mussten, damit du dich in Ruhe mit deinem Lover vergnügen kannst. Widerlich.«

Lilli sah ihren Mann lange an. Dann sagte sie ruhig: »Hau ab, Armin, und lass mich in Ruhe.« Sie stieg aus dem Wagen, knallte die Tür hinter sich zu und rannte die Straße hinunter, weg von Armin, zurück zu Mike.

Sie schloss die Haustür auf und stürmte ins Schlafzimmer.

»Mike! Stell dir vor ...«

Sie verstummte. Das Bett war leer. Auf dem Kopfkissen lag eine Nachricht. Sie griff nach dem Blatt und las:

»Liebe Lilli, die Nacht war wunderbar, und ich habe die Zeit mit dir sehr genossen. Du wunderst dich bestimmt, dass ich schon gegangen bin. Ich habe nachgedacht und bin zu dem Schluss gekommen, dass du mir viel zu wichtig bist, als dass ich unsere Freundschaft und unsere Zusammenarbeit durch ein Liebesverhältnis riskieren wollte. Du bist noch nicht lange von deinem Mann getrennt, und ich möchte nicht derjenige sein, der einer eventuellen Versöhnung im Weg steht. Du bedeutest mir als gute Freundin sehr, sehr viel. Und ich will nicht, dass alles in einer großen Enttäuschung endet. Bis bald, Mike.«

Lilli sah dem Blatt hinterher, wie es aus ihrer kraftlosen Hand langsam zu Boden segelte.

Wie betäubt ging sie in die Küche. Auf dem Tisch standen noch die Reste des gestrigen Essens mit Mike, dem Mann, der ihr vor gerade mal zwölf Stunden gesagt hatte, dass er sich schon so lange nach ihr sehnte. Wütend riss sie seinen Blumenstrauß aus der Vase. Nichts sollte sie mehr an die vergangene Nacht erinnern. Sie rannte durch den Garten zur Mülltonne und warf die Blumen hinein. Dann zerrte sie die Dekoration vom Gestänge des Pavillons, fummelte die widerspenstige CD von Dean Martin aus dem Gerät und stolperte damit wieder zur Tonne, um alles hineinzustopfen.

Erschöpft setzte sie sich auf eine der Holzliegen, von denen sie in ihrer maßlosen Enttäuschung die Decken und Kissen heruntergerissen und in den Garten geschleudert hatte, und versuchte, sich zu beruhigen, als sie in der Einfahrt einen Wagen stoppen hörte. Langsam ging sie um das Haus herum nach vorne. Gina und die Mädchen.

Sie nahm sich vor, sich nichts anmerken lassen. Sie würde niemandem etwas von der letzten Nacht erzählen, auch Gina nicht. Sie musste unbedingt erst mit Mike sprechen und ihm erklären, dass von Versöhnung mit Armin keine Rede sein konnte. Und zwar so schnell wie möglich. Nachdem ihre spontane Wut und Enttäuschung mittlerweile verraucht war, bedauerte sie beinahe ihren Ausbruch und dass sie seine Blumen weggeworfen hatte.

Die Beifahrertür flog auf, und eine sehr blasse, sehr verweint aussehende Kati stürzte aus dem Auto und an Lilli vorbei, ohne sie zu begrüßen. Sie schloss hektisch die Haustür auf und verschwand im Haus. Als Nächste kletterte Svenja von der Rückbank aus dem Wagen. Sie sah aus wie eine zufriedene Katze, die gerade die größte und leckerste Maus ihres Lebens verspeist hatte. Svenja reckte sich, gähnte und tänzelte auf Lilli zu.

»Guten Morgen, Mama. Na? Das war klasse bei Tante Gina ... hätte ich vorher gar nicht gedacht.« Svenja grinste breit und fügte dann hinzu: »Ich glaub aber, dass Kati es nicht so toll fand.« Damit schlenderte sie betont langsam an Lilli vorbei in den Garten.

Gina war mittlerweile ebenfalls aus dem Wagen gestiegen und kam auf Lilli zu. Sie sah besorgt aus. Sie blieb vor Lilli stehen, seufzte und sagte: »*Cara,* wir müssen reden.«

»Gina, was ist denn los? Was ist mit Kati?«

»Beruhige dich, es ist nichts Schlimmes. Obwohl, das kommt wohl auf die Perspektive an, schätze ich. Lass uns reingehen. Ich erzähle dir, was passiert ist.«

»Wir setzen uns auf die Terrasse, ja? Mir ist nach frischer Luft.«

Als sie am Tisch saßen, sagte Lilli ungeduldig: »Also, jetzt erzähl schon, Gina.«

Gina nickte, drehte sich aber zuerst zu Svenja um, die sich in Hörweite im Garten herumdrückte. Svenja versuchte zwar, den Eindruck zu erwecken, als sei sie am Gespräch der beiden Frauen nicht interessiert, stellte sich aber nicht sehr geschickt dabei an. »Svenja?«

Svenja kam sofort auf die Terrasse. »Ja, Tante Gina?«

»*Carissima,* bist du bitte so nett und lässt uns allein? Ich möchte mit deiner Mutter reden.«

Svenja zog zwar einen Schmollmund, verzog sich aber außer Hörweite und sammelte einige der im Gras verstreuten Kissen ein. Sie lümmelte sich auf eine der Liegen unter dem

Pavillongestell und zog ihren tragbaren CD-Spieler aus der Jackentasche. Sie schaltete das Gerät ein und steckte sich die Kopfhörerstöpsel in die Ohren. Ihr rechter Fuß begann zu wippen.

»Also gut, Lilli.« Als wollte sie noch etwas Zeit gewinnen, zog Gina umständlich ihre Jacke aus und hängte sie über die Lehne ihres Stuhls.

Lilli verlor die Geduld. »Gina! Wenn du nicht sofort mit der Sprache rausrückst ...«

Gina seufzte wieder. »Es geht um Kati und Tobi.«

»Wieso? Was? Ich verstehe nicht ...«

»Gleich wirst du es verstehen. Wir Mädels saßen heute Morgen beim Frühstück, als Tobi hereinkam ... mit einem Mädchen.«

»Mit einem Mädchen?«, wiederholte Lilli verständnislos. »Na und?«

»Nichts, na und. Das Mädchen hatte lediglich ein T-Shirt an, das knapp ihren kleinen Hintern bedeckte – und sie sah sehr verschlafen aus. Und sie hing an Tobi wie eine Klette, der, nebenbei bemerkt, ebenfalls ein wenig ermattet wirkte.« Gina schnaubte. »Immerhin war mein Herr Sohn etwas vollständiger bekleidet als die junge Dame.«

Allmählich fiel bei Lilli der Groschen. »Du meinst, Tobi und dieses Mädchen ... Oh.«

Gina nickte grimmig. »Allerdings. Tobi war gestern Abend unterwegs, angeblich mit Kumpels. Er wusste nichts davon, dass Kati und Svenja bei uns übernachten würden. Ich hatte irgendwie keine Gelegenheit, es ihm zu sagen. Und dieses Mädchen hat offenbar die Nacht bei ihm ... mit ihm verbracht.«

»Oh, die arme Kati. Wie hat sie reagiert?«

»Sie ist kreideweiß geworden, als die beiden in die Küche gekommen sind, das kannst du mir glauben. Ich wusste gar nicht, was ich sagen oder tun sollte. Und dann sagte dieses Mädchen«, Gina verstellte ihre Stimme und säuselte übertrieben: »*Tobi, Süßer, willst du mich deiner Mutter nicht vorstellen? Ach, und die liebe Kati ist auch hier. Hallo, Kati!*« Gina schüttelte sich. »Urgh, es war absolut gruselig.« Sie starrte in den Garten hinaus, wo Svenja mittlerweile zur Musik aus ihren Kopfhörern versunken vor sich hin tanzte.

»Ach herrje, Gina, die arme Kati. Und was ist dann passiert?«

»Tobi war knallrot und starrte Kati an, und Kati war mittlerweile hellgrün im Gesicht und guckte wie gelähmt auf ihren Teller. Tobi stammelte dann irgendwas davon, dass das Mädchen Mandy hieße und in seine Klasse ginge. Mandy – das musst du dir mal vorstellen! So eine aufgedonnerte kleine Tussi mit aufgemalten Augenbrauen und mindestens drei Piercings im Gesicht.« Gina schüttelte fassungslos den Kopf. »Und ich will mir lieber nicht vorstellen, wo sie sonst noch überall Metallknöpfe stecken hat.« Gina deutete mit dem Daumen über ihre Schulter. »Aber deine Svenja, die hatte Spaß, das kannst du mir glauben. Die hat ihren Mund überhaupt nicht mehr zubekommen vor lauter Begeisterung. Ihr Kopf ist zwischen denen hin und her geflogen wie bei einem verdammten Tennismatch. Richtig rote Backen hat sie gekriegt. Eine Minute vorher hat sie noch schmollend am Tisch gesessen und rumgequengelt, wann sie endlich wieder nach Hause darf. Was für ein Früchtchen.«

Lilli lachte bitter auf. Die Duplizität der Ereignisse wäre komisch, wenn sie sich nicht ein Thema ausgesucht hätten, das alles andere als lustig war. Mutter und Tochter mit Liebeskummer – gleichzeitig.

»Lilli?« Gina beugte sich besorgt über den Tisch. »Alles in Ordnung? Ich hätte nicht gedacht, dass dich das so amüsiert.«

Lilli schreckte aus ihren Gedanken auf. »Nein, nein, natürlich amüsiert mich das nicht. Entschuldige. Was ist weiter passiert?«

»Na ja, Mandy hat geredet und geredet, wie nett sie es fände, mich endlich kennenzulernen, und dass sie Tobi schon so lange toll fände und dass sie sich gestern zufällig getroffen hätten, blablabla. Irgendwann hat Tobi sie aus der Küche gezerrt. Svenja war ganz atemlos vor Aufregung und hat Kati angestarrt, der einfach nur die Tränen aus den Augen liefen. Ich habe dann die Mädchen ins Auto gepackt – und da sind wir.«

Lilli versuchte, sich zu sammeln. »Gina, entschuldigst du mich bitte? Ich muss mit Kati sprechen und sehen, wie ich ihr helfen kann.«

Gina sah sie forschend an. »Alles in Ordnung mit dir? Du wirkst so ... Ich weiß nicht. Wie war denn überhaupt dein Abend mit Mike?«

»Nett«, sagte Lilli abwesend, in Gedanken schon bei ihrer Tochter.

»Nett? Nur nett?«

»Genau.«

»Hat er nicht ... Ich meine, habt ihr ... Du weißt schon.«

Lilli wusste genau, welche Antwort ihre beste Freundin sich erhoffte, schließlich hatte Gina das romantische Dinner mit Mike nicht ohne Hintergedanken geplant. Es war ja auch alles gut gelaufen – bis Mike das Weite gesucht hatte.

»Wir hatten einen netten Abend, wie gesagt. Nett gegessen, nett geplaudert, die nächsten Aufträge besprochen ... Danke übrigens noch mal für den Tag im Wellness-Center und das schöne Essen. Das hat mir wirklich gutgetan.«

Gina sah skeptisch aus, verabschiedete sich aber, ohne weiter zu nachzuhaken. »Na gut, wir sehen uns dann. Wenn du mich brauchst ...«

Lilli umarmte ihre Freundin. »Ich weiß. Und ich bin froh darüber, Gina, ehrlich.«

Gina wandte sich ab, schlug sich mit der flachen Hand vor die Stirn und drehte sich wieder zu Lilli um. »Mensch, Lilli, das habe ich völlig vergessen bei der ganzen Aufregung: Herzlichen Glückwunsch zum Geburtstag! Deshalb habe ich auch deine Blumen zu Hause gelassen, verdammt. Steht dir heute überhaupt der Sinn nach Gesellschaft? Später vielleicht?«

Lilli schüttelte den Kopf. »Das ist gerade alles ein bisschen viel. Ich ... ich möchte mich heute intensiv um Kati kümmern.«

Gina musterte sie forschend. »Sicher? Ich weiß nicht, du bist so ... anders. Sonst alles in Ordnung?«

»Absolut. Alles bestens. Ich melde mich, und dann quatschen wir, ja?«

Natürlich war bei ihr alles in Ordnung ... Konnte eine Frau sich einen schöneren Geburtstag wünschen und ein besseres Geschenk, als von einem Mann verlassen zu werden, nach einer einzigen, wundervollen Nacht?

Lilli klopfte an Katis Zimmertür, hinter der Stille herrschte. Nach einiger Zeit ertönte leise Katis Stimme: »Ja?«

»Kati, ich bin's. Darf ich reinkommen?«

Wieder nichts, dann: »Okay.«

Kati lag auf ihrem Bett und starrte an die Zimmerdecke. Die Vorhänge waren geschlossen.

Lilli setzte sich auf die Bettkante. »Wie geht es dir, Süße?«

Aus Katis Augenwinkeln sickerten dicke Tropfen und flossen auf ihr Kopfkissen. Sie machte keine Anstalten, sich die Tränen wegzuwischen. »Ach, Mama«, flüsterte sie zittrig.

Lilli wusste, wie ihre Tochter sich fühlte. Nichts war so schlimm wie der erste Liebeskummer, dieser sprachlos machende Schmerz, dieses sichere Gefühl, nie wieder glücklich sein zu können. »Magst du reden, Kati? Möchtest du mir erzählen, was passiert ist?«

»Tante Gina hat doch bestimmt schon ...« Sie schluchzte.

Lilli nahm eine Packung Papiertaschentücher von Katis Nachttisch, zog ein Tuch heraus und tupfte Katis Tränen ab. »Klar hat Gina kurz erzählt. Aber trotzdem.«

Kati putzte sich geräuschvoll die Nase. Sie sah Lilli nicht an. »Wir haben beim Frühstück gesessen. Svenja hat unheimlich genervt, dass sie endlich wieder nach Hause will und so. Ich hatte Tobi die ganze Zeit nicht gesehen, auch gestern Abend nicht, er war mit Kumpels unterwegs. Wir haben auch schon geschlafen, als er nach Hause kam ...«

Kati stockte und schluchzte verzweifelt. Ihr schien wieder bewusst zu werden, dass er keineswegs allein nach Hause gekommen war und dass er die Nacht mit einem Mädchen verbracht hatte, während sie buchstäblich im Nebenzimmer geschlafen und nichts geahnt hatte.

Sie beruhigte sich ein wenig und fuhr fort: »Und dann hörte ich ihn die Treppe runterkommen, und ich habe mich schon gefreut, dass er sich zu uns an den Frühstückstisch setzt. Svenja war schon wieder in Hochform, so nach dem

Motto ›Katis Verliebter kommt, und jetzt wird Kati rot.‹« Vor lauter Weinen konnte sie nicht weitersprechen. Lilli drängte sie nicht, sondern saß einfach ruhig auf der Bettkante. »Und dann ... Mama, es war schrecklich! Dann ging die Tür auf, und er kam rein – und diese Tussi hing ihm am Hals. Mama, es hat sich angefühlt wie ein Tritt in den Magen, ehrlich! In meinen Ohren hat es gerauscht, und ich konnte ihn nur anstarren.« Sie verstummte wieder, versunken in der Erinnerung an diesen Moment des Schreckens und der Erkenntnis.

»Und das Mädchen ist in eurer Klasse?«

»Mandy!« Kati stieß den Namen mit einer derartigen Wut hervor, dass Lilli für einen kurzen Moment gar nicht glauben konnte, dass sie ihre Tochter vor sich hatte.

»Und was ist Mandy für ein Mädchen?«

Kati lachte bitter auf. »Immer bauchfrei, immer meterdick geschminkt – ätzend. Tobi hat immer gesagt, dass er sie total bescheuert findet. Die ist schon lange hinter ihm her, hat ihn ständig angerufen, immer wieder, und wir haben uns darüber kaputtgelacht.« Ein weiterer Tränenstrom folgte. »Ach, Mama, ich weiß gar nicht, warum mir das so viel ausmacht. Tobi ist doch nur ein Freund. Aber ich hätte der blöden Kuh die Augen auskratzen können, wie sie da rumgeschwärmt hat, wie toll sie Tobi findet. So richtig triumphierend. Und Svenja, meine liebe Schwester, die hatte auf einmal unheimlich gute Laune, ich hätte sie an die Wand klatschen können! Ich bin so wütend, Mama, und so verwirrt. Was ist denn bloß los mit mir?«

Lilli nahm Katis Hand und hielt sie fest. »Du bist verliebt, Kleines, das ist los. Und jetzt bist du eifersüchtig, und das ist ein böses, schlimmes Gefühl, das traurig und wütend macht.«

»Hast du dich auch so gefühlt, als du herausgefunden hast, dass Papa mit Vanessa ...?«

Lilli nickte. »Genauso. Das Schlimmste ist die Hilflosigkeit, dass du nichts ändern kannst. Und der Schmerz. Es tut richtig weh, seelisch und körperlich.«

»Aber ich bin doch nicht in Tobi verliebt – oder? Bin ich wirklich in Tobi verliebt, Mama?«

»Ich glaube schon, Kleines. Und er findet dich auch nett, das weiß ich.«

Kati schluchzte verzweifelt auf. »Und warum ist er dann mit Mandy zusammen?«

»Bist du denn sicher, dass die beiden ein Paar sind?«

Kati schien die Frage nicht zu verstehen. »Aber sie hat doch bei ihm geschlafen. Ich würde nur dann bei einem Jungen schlafen, wenn ich mit ihm zusammen wäre.«

Lilli wurde wieder einmal bewusst, dass Kati mit ihren siebzehn Jahren wirklich keine Erfahrungen mit Jungs hatte. Sie schien nicht einmal zu ahnen, wie lange Tobi schon in sie verliebt war und wie vergeblich er auf ein Zeichen von ihr gewartet hatte. Und dass er sich jetzt auf dieses andere Mädchen eingelassen hatte, hieß noch lange nicht, dass bei ihm echte Gefühle im Spiel waren.

»Mama, lässt du mich bitte allein?«

»Natürlich, Kleines. Und wenn du etwas brauchst, meldest du dich.«

Aber Kati war schon wieder in Gedanken versunken.

Svenja lag im Wohnzimmer vor dem Fernseher und schaute MTV. Ihr Idol Pink rutschte gerade schaumbedeckt und gewollt ungraziös über die Motorhaube eines Sportwagens. Lilli setzte sich zu Svenja, nahm ihr die Fernbedienung weg und schaltete den Ton auf stumm.

»He, was soll das? Ich will das hören! Das ist der neue Song von Pink.«

»Den kannst du noch tausendmal hören. Ich möchte mit dir sprechen. Es geht um Kati.«

Ein breites Grinsen erschien auf Svenjas Gesicht. »Da hat Kati aber ganz schön dumm geguckt heute Morgen, als ihr geliebter Tobi mit dieser Mandy in die Küche kam. Das habe ich ihr gegönnt, dieser arroganten Ziege. Immer weiß sie alles besser. Geschieht ihr recht.«

»Das finde ich nicht nett von dir, Svenja, dass du so schadenfroh bist. Für Kati war das wirklich schlimm. Sie ist sehr unglücklich.«

»Na und, na und, na und, lalalalala«, sang Svenja fröhlich und völlig unbeeindruckt. »Soll sie doch mal sehen, wie das ist. Immer hackt sie auf mir rum und tut so, als wäre sie schon sooo erwachsen. Und jetzt heult sie wie ein Baby.«

»Svenja, jetzt hör mir mal zu. Ich möchte nicht, dass du Kati damit ärgerst. Wenn ich das auch nur ein einziges Mal höre, kriegen wir zwei mächtig Ärger miteinander. Es ist nicht schön, sich über den Kummer von anderen lustig zu machen.«

»Ja, aber Kati macht das doch auch immer mit mir.«

Lilli verdrehte innerlich die Augen. »Svenja, es besteht ein kleiner Unterschied zwischen deiner Wut, wenn du deine zwanzigste Jacke nicht bekommst, und dem Kummer, den Kati gerade erlebt. Du rennst dann zu Papa und bettelst solange, bis er dir gleich drei Jacken kauft. Du möchtest doch so gern erwachsen sein. Jetzt hast du die Gelegenheit, es mir zu beweisen.«

»Hm.«

»Versprichst du mir, Kati damit in Ruhe zu lassen?«

»Hm.«

»Svenja, das reicht mir nicht. Versprichst du es mir?«

Ganz leise und kaum hörbar kam die Antwort: »Ja.«

»Laut und deutlich, bitte: Ja, ich verspreche es dir.«

»Menno! Ja, ich verspreche es dir. Zufrieden? Kann ich jetzt weitergucken?«

Lilli gab ihr die Fernbedienung zurück. »Ich hoffe, ich kann mich auf dich verlassen, und du hältst das Versprechen, das du mir gegeben hast.«

Aber Svenja hatte bereits den Ton wieder eingeschaltet. Vermutlich hatte sie Lillis letzten Satz schon nicht mehr gehört.

Kapitel 25

Mit wachsender Besorgnis beobachtete Lilli in den nächsten Tagen die Veränderung, die mit Kati vor sich gegangen war. Ihre sonst so fröhliche und offene Tochter war fast völlig verstummt und mied jede Gesellschaft. Jeden Morgen ging sie zur Schule, blass und traurig, und setzte sich der Situation aus, die sie momentan so unglücklich machte. Wenn sie nach Hause kam, zog sie sich sofort in ihr Zimmer zurück und behauptete, sie müsse lernen.

Lilli stand am Küchenfenster und sah den Roller ihrer Tochter vor dem Gartentor halten. Kati blieb ein paar Sekunden reglos sitzen, bevor sie endlich langsam abstieg, mit dem Fuß den Ständer des Rollers ausklappte und das Fahrzeug abschloss. Sie nahm den Helm ab und öffnete ihren Anorak. Ihre Augen waren dunkel umschattet, ihr schmales Gesicht wirkte spitz. Sie seufzte, bevor sie sich Richtung Haustür in Bewegung setzte.

»Kati?«, rief Lilli aus der Küche.

Es dauerte ein paar Sekunden, bis ihre Tochter antwortete: »Was ist denn? Ich würde gern sofort in mein Zimmer gehen, ich muss noch lernen«, sagte sie, während sie ihren Kopf durch die Küchentür steckte.

»Ich weiß«, sagte Lilli. »Aber magst du dich nicht einen Moment zu mir setzen? Hm?«

Kati zögerte. Dann stellte sie ihren Rucksack ab und ging zum Küchentisch.

Sie setzte sich auf die Kante des nächstgelegenen Stuhls, den Körper der Tür zugewandt, bereit zur sofortigen Flucht. Sie starrte auf ihre Knie.

»Hast du Hunger? Soll ich ...«

Kati schüttelte den Kopf. »Kein Hunger«, murmelte sie.

»Ich mache dir einen Kakao.«

Kati wehrte mit einer Handbewegung ab. »Bitte, Ma, ich brauche nichts. Es geht mir gut.«

Lilli setzte sich ihrer Tochter gegenüber. Kati wandte sich ihr zu, sah sie aber nicht an. »Kati, ich ...« Lilli stockte. Sie rang um die richtigen Worte und setzte neu an. »Kati, du hast mich erlebt, als dein Pa und ich uns getrennt haben. Du hast dir Sorgen um mich gemacht.«

Kati sah sie kurz an und nickte.

»Und du hast alles versucht, um mich aufzumuntern. Du hast mir wirklich geholfen, und dafür bin ich dir sehr dankbar. Ich möchte das Gleiche für dich tun.«

»Ich weiß ja, dass du mir helfen möchtest, aber«, Kati suchte nach Worten und hob hilflos die Hände, »... aber ich weiß einfach nicht ... Nein, falsch, ich weiß, dass ...« Ihre Stimme brach.

»Dass du auf nichts Lust hast«, sagte Lilli und nickte. »Oh ja, das kenne ich. Aber ich musste deinen Pa immerhin nicht dauernd sehen. Du triffst Tobi jeden Tag.«

Kati verzog das Gesicht, als habe sie Schmerzen. »Es gibt Tage, da kann ich ihm völlig aus dem Weg gehen, weil wir keinen Unterricht zusammen haben. Und die Schule ist groß genug, um sich nicht zu begegnen.«

»Gehst du mittags in eurer Mensa essen, wenn du länger Unterricht hast?«

Kati antwortete nicht.

»Und wie macht ihr das mit der Website? Ihr habt doch sonst immer zusammen ...«

»Das ist nicht nötig«, unterbrach Kati, »das geht alles per Mail. Ich schicke ihm die Bilder und die Texte, und er baut alles ein. Zur Not kann er das ja mit Tante Gina klären. Kein Problem also.« Kati rutschte unruhig auf dem Stuhl umher. »Kann ich nach oben gehen? Bitte?«

Lilli wusste, dass jetzt nicht der Moment war, Kati weiter zu bedrängen. »Natürlich kannst du das, wenn du möchtest.«

Kati schlurfte aus der Küche und stieg mit schweren Schritten die Treppe zum ersten Stock hinauf.

Lilli blieb allein in der Küche zurück.

Als ihr Handy klingelte, nahm sie das Gespräch an, ohne vorher auf dem Display die Nummer des Anrufers zu kontrollieren. Ihr Atem stockte, als sie die Stimme erkannte.

»Hallo, Lilli? Hier ist Mike.«

Ihr Herz schlug schneller. Hoffentlich würde sie ihre Stimme beherrschen können. Gefasst sagte sie: »Hallo, Mike.«

»Lilli, hast du einen Moment Zeit? Ich würde gern ...«

Sie hielt den Atem an. War jetzt – endlich! – der Moment für die längst fällige Aussprache gekommen?

»... die Bestellung für nächste Woche mit dir besprechen«, fuhr Mike fort. »Mit Gina habe ich bereits alles geklärt, ich muss jetzt nur noch von dir wissen ...«

Die Enttäuschung war überwältigend. Lilli hätte am liebsten sofort das Gespräch beendet. Der Drang, in Tränen auszubrechen, war fast übermächtig.

»Lilli? Bist du noch dran?« Mike wartete offenbar schon einige Zeit auf eine Antwort.

»Ich ... hm ... na klar bin ich noch dran. Ich war nur kurz abgelenkt, entschuldige bitte.« Sie holte tief Luft und räusperte sich. Sie war heilfroh, dass Mike sie gerade nicht sehen konnte, denn die ersten Tränen rollten ihre Wangen herab. »Die Bestellung, ja ... hm ... die faxe ich dir spätestens morgen Mittag. Reicht das?«

»Wenn du möchtest. Ich kann aber auch morgen nach dem Markt kurz vorbeikommen.«

Lilli zuckte zusammen. Ihn treffen – wollte sie das? »Du, das wird zeitlich etwas eng. Ich weiß nicht, wann ... Also, ich faxe es dir lieber.«

»Hm. Na gut.«

Klang seine Stimme enttäuscht? Oder war es ihre eigene Enttäuschung, die ihr das suggerierte? »Tja, also, ich warte dann auf dein Fax.«

Mike verstummte. Eine Zeit lang schwiegen beide. Lilli kämpfte mit sich, ob sie ihm gegenüber nicht vielleicht doch lieber offen sein sollte, aber dann sagte er: »Na gut. Also. Ich warte dann ... Ach, das habe ich schon gesagt, oder? Auf Wiedersehen, Lilli. Bis bald.«

»Bis bald.«

Lilli saß regungslos am Tisch und starrte den stummen Hörer an. Mikes Verhalten ließ keinen anderen Schluss zu: Ihr Lieferant wollte er weiterhin bleiben, doch als ihren Liebhaber sah er sich offenbar nicht mehr, trotz seiner Beteuerungen vor einigen Tagen, wie lange er diese Nacht herbeigesehnt hatte – angeblich.

Waren Männer doch alle gleich? Oder war vielleicht Mikes Freundin wieder in seine Arme zurückgekehrt? Wenn ja, musste sie sich damit abfinden. Aber sie konnte nicht aufhören, an ihre gemeinsame Nacht zu denken.

Kapitel 26

Seufzend legte Lilli das Kochbuch zur Seite und starrte aus dem Küchenfenster. Seit Tagen mühte sie sich damit ab, das passende Menü für ein Dinner für zwei Personen zu finden. Die Kundin, Frau Beckmann, hatte bei ihrem Treffen vor zwei Wochen schrill und aufgeregt auf sie eingeredet. Sie wollte mit dem Essen ihren Mann überraschen. Gleichzeitig schien sie starr vor Angst, er könnte das Menü nicht mögen.

»Wissen Sie, Sie sind mir empfohlen worden. Aber es gibt zwei, drei Dinge zu bedenken. Mein Mann mag kein Paprika und keinen Brokkoli, wir essen beide keinen Spargel und keinen Rosenkohl.« Frau Beckmann hatte sich vorgebeugt und geflüstert, als habe sie Angst, ihr Mann könne sie hören. »Auf keinen Fall Ingwer, verstehen Sie, bloß keine exotischen Gewürze, der Fisch darf keine einzige Gräte enthalten, ach, und nichts Italienisches. Seit dieser Fußball-WM, Sie wissen schon ... Ach so, und auf keinen Fall Meeresfrüchte mit Armen oder Augen oder Flossen, und um Gottes Willen nichts Rohes. Am besten, Sie kochen einfach etwas Gutbürgerliches, Bodenständiges. Mein Mann bringt es fertig und lässt alles stehen, und ich kann das dann ausbaden. Es soll doch eine Überraschung zu seinem Sechzigsten sein.« Während ihres Monologes hatte Frau Beckmann nervös ein Taschentuch in ihren Händen geknetet.

Lilli hatte ihr gegenüber gesessen und versucht, nicht die Geduld zu verlieren. Der Block vor ihr hatte sich mit einer endlosen Liste von verbotenen Dingen gefüllt. Sie hatte sich beherrschen müssen, um nicht einfach aufzuspringen und die Frau dort im Café sitzen zu lassen. Stattdessen hatte sie Frau Beckmann freundlich angelächelt und ihr versichert, sie würde jeden Menüvorschlag im Detail mit ihr durchsprechen, damit alles perfekt würde. Seither hatte es mehrere Telefonate gegeben, ohne dass es Lilli gelungen wäre, einen zufriedenstellenden Vorschlag zu machen.

Und jetzt saß sie schon seit dem frühen Morgen über ihren Kochbüchern, und ihr fiel absolut nichts mehr ein.

Vielleicht sollte sie einfach einen Schnittchenteller und einen Mett-Igel machen ... Mixed Pickles und Tomaten-Fliegenpilze – und ab geht die Zeitreise zurück in die Sechziger. Die klassische Käseschnitte mit Salzstangen im Gittermuster drüber und dann lecker Paprikapulver darüber.

Oh, Moment, der Herr isst ja kein Paprika ...

Das Telefon klingelte.

In Erwartung, dass der Anrufer Frau Beckmann sein würde, atmete Lilli tief durch und griff nach dem Telefon, das neben ihrem Block auf dem Küchentisch lag.

»Lilli Berger, guten Tag.«

»Lilli, bist du es?«

Nicht Frau Beckmann, eindeutig. Lilli kannte die Stimme, aber ihr wollte im ersten Moment partout nicht einfallen, woher.

»Lilli?«, wiederholte die Frau am Telefon. »Ich bin's, Vanessa. Ich brauche unbedingt deine Hilfe.«

Lilli war unfähig, irgendetwas zu sagen.

»Hallo? Bist du noch dran?«

»Ja«, antwortete Lilli automatisch.

Vanessa fasste das als Aufforderung auf, mit ihrem Anliegen fortzufahren. »Also, Lilli, ich bin so froh, dass ich dich sofort erwische. Ich habe ein Riesenproblem. Monsieur Pierre hatte vor ein paar Tagen einen Bandscheibenvorfall und fällt noch für mindestens drei Wochen in meiner Küche aus. Er liegt zu Hause flach und kann kaum laufen. Und er hat mir vorgeschlagen, ich könnte dich doch mal fragen, ob du Lust hast, im *Camelot* auszuhelfen. Du, ich halte das für eine wunderbare Idee! Du kennst dich schließlich hier aus, und ich müsste nicht mühsam nach jemandem suchen, der erst angelernt werden muss. Wer sollte das auch machen? Und außerdem, ich habe bald eine große Veranstaltung. Ich müsste sonst absagen, du verstehst?« Vanessa hielt inne. »Lilli? Du sagst ja gar nichts? Du kannst mir jeden Preis nennen.«

»Zehntausend Euro. Pro Woche«, sagte Lilli kalt.

»Du spinnst wohl. Das ist absurd!«

»Absurd ist, dass du hier anrufst, Vanessa. Stell dich doch selber in deine Scheißküche oder ruf den Pizzaservice. Interessiert mich nicht. Und jetzt entschuldigst du mich. Ich habe zu tun. Eine große Veranstaltung, du verstehst?« Lilli beendete das Gespräch und ließ den Apparat auf den Tisch fallen. Während des Telefonats war sie ruhig geblieben, aber jetzt reagierte ihr Körper. Schlagartig war sie schweißgebadet.

Wut stieg in ihr hoch, nicht auf Vanessa, sondern auf Monsieur Pierre. Dass Vanessa keinerlei moralische Prinzipien hatte und nur auf ihren Vorteil bedacht war, wusste sie schließlich aus eigener Erfahrung. Aber dass ausgerechnet Monsieur Pierre derart wenig Skrupel und Takt besaß, sie als

Ersatz für die Küche des *Camelot* vorzuschlagen, machte sie so zornig, dass sie handeln musste. Sie griff nach dem Telefon und wählte Ginas Nummer. Nach dem zweiten Klingeln ging Gina an den Apparat und rief: »Tusch! Lass mich raten: Dir ist endlich eingefallen, was wir für die Beckmanns kochen, stimmt's?«

»Ist es nicht. Das ist mir aber auch momentan völlig egal.«

»Wieso? Hat Frau Beckmann abgesagt und uns erlöst? Und wie hörst du dich überhaupt an?«

»Gina, bitte komm vorbei. Wir fahren zu Monsieur Pierre.«

Gina prustete. »Glaubst du, der kann uns helfen? Bist du mit deinem Latein am Ende?«

»Erzähl ich dir alles, wenn du hier bist. Bitte!«

Eine halbe Stunde später waren sie auf dem Weg zu Monsieur Pierres Wohnung; die Adresse hatten sie aus dem Telefonbuch. Gemeinsam schwelgten sie in Fantasien, wie sie den Chefkoch für seinen Verrat an Lilli büßen lassen würden. Ihre Rache würde blutig und qualvoll sein, darin waren sie sich einig.

Monsieur Pierre wohnte in einem verwahrlost aussehenden Altbau. Auf jedes Klingelschild waren mindestens zwei Namen gekritzelt, nur seines, das dritte von unten, war ordentlich mit »P. A. Meisenheimer« beschriftet. Die Haustür stand sperrangelweit offen. Im Hausflur drängten sich etliche Fahrräder und zwei Kinderwägen.

»Auf geht's, Gina, erster Stock, schätze ich.«

Die beiden rannten die Treppe hoch.

Zwei Wohnungstüren mit kleinen, im Quadrat angeordneten Riffelglasfenstern standen im ersten Obergeschoss zur

Auswahl, die linke in vergilbtem Weiß, staubig und mit zerkratzten Aufklebern bedeckt, die rechte peinlich sauber, in hochglänzendem, dunkelgrünem Lack gestrichen und mit einem gravierten Metallschild versehen.

Lilli und Gina sahen sich an.

»Ich nehme noch Wetten an, hinter welcher Tür unser kleiner Pedant wohnt«, grinste Gina.

»Nicht nötig«, sagte Lilli und lehnte sich mit der Hand gegen den Klingelknopf. Ein durchdringendes Schellen erklang, ein einziger, schriller Ton. Nichts rührte sich hinter der Tür. Lilli begann, im Stakkato gegen den Knopf zu schlagen.

»Machen Sie auf, Meisenheimer!«, rief sie und ließ die Klingel los, um zu lauschen. »Wir wissen, dass Sie da sind!«

Aus der Wohnung war eine klägliche Stimme zu hören. »Ich kann nicht aufstehen. Der Schlüssel liegt unter der Matte. Wer ist denn da?«

»Werden Sie schon sehen!«, schrie Lilli, bückte sich und hob die dunkelrote Kokosfußmatte mit der goldenen Aufschrift »Carpe Diem« hoch.

Darunter lag ein beeindruckend großer, altertümlicher Schlüssel mit riesigem Bart.

»Werden Sie schon sehen«, wiederholte sie, während sie das Monstrum im Schloss drehte und die Tür aufstieß.

Kapitel 27

Lilli und Gina standen in einem langen, schmalen Flur mit Dielenboden, von dem rechts und links je zwei Zimmertüren abgingen. An den hellgrün getünchten Wänden hingen riesige, gerahmte Poster von Elvis Presley in seinen typischen Posen.

»Hallo? Ich bin hier«, ertönte Monsieur Pierres Stimme aus dem ersten Zimmer auf der rechten Seite.

Lilli und Gina kamen in einen hohen Raum, der durch geschlossene Vorhänge verdunkelt war. Mitten im Zimmer stand ein breites Metallbett, in dem ein sehr elend aussehender Monsieur Pierre thronte, gestützt von dicken Kissen. Seine Bettwäsche hatte Leopardenmuster. Über dem Kopfende hing ein riesiges Elvis-Porträt in Öl. Neben dem Bett stand eine Schneiderpuppe, die einen aufwendig mit Glitzersteinen verzierten Show-Overall trug. Der Raum roch nach Schweiß und ungewaschener Kleidung. Am Fußende des Bettes lehnten zwei fliederfarbene Krücken, auf dem Holzfußboden lagen leere Kartons vom Pizzaservice, halbvolle Plätzchentüten und zerknüllte Bierdosen. Gegenüber von dem Krankenlager lief ein Fernseher, auf dessen Bildschirm Jamie Oliver gerade Gemüse in einen großen Wok schnippelte. Also doch, Lilli hatte es immer gewusst. Jamie Oliver, den er angeblich so verachtete. Wie hatte Monsieur Pierre ihn genannt? Einen lispelnden, ungewaschenen Proleten? Dem Gestank im Zimmer nach zu urteilen, war hier jemand ganz anderes ungewaschen.

»Madame Lilli! Madame Gina!« Monsieur Pierre wühlte hastig die Fernbedienung unter der Decke hervor und schaltete den Fernseher aus. Sein hochroter Kopf sprach Bände. »Was führt Sie beide denn her? Woher wussten Sie ...?«

Lilli erinnerte sich wieder an den Grund ihres Besuchs und ging wütend auf ihn zu. Sie blieb vor dem Bett stehen, stemmte die Hände in die Hüften und sagte leise: »Wie konnten Sie es wagen, Meisenheimer? Haben Sie überhaupt keinen Anstand? Oder waren Sie besoffen, als Sie diese hirnverbrannte Idee hatten?«

Der Koch wich erschrocken in die Kissen zurück. »Wie? Wa... was?«, stammelte er. »Was habe ich denn getan?«

»Was Sie getan haben? Sie haben mich wütend gemacht, sehr wütend. Und traurig. Am liebsten würde ich Ihnen ...« Sie brach ab.

Hilfe suchend sah Monsieur Pierre zu Gina. »Aber was ist denn bloß los?«

»Gina wird Ihnen nicht helfen«, sagte Lilli. »Haben Sie in Ihrem blöden, egozentrischen Hirn die Vorstellung gehabt, ich würde mich über Vanessas Anruf freuen?«

»Madame Kamlot hat Sie angerufen?«, fragte Monsieur Pierre fassungslos. »Ja, aber ... Warum sind Sie dann wütend auf mich?«

»Weil Sie ihr gesagt haben, dass sie das tun soll! Weil Sie ihr vorgeschlagen haben, dass ich Sie in der Küche vertreten soll, Sie ..., Sie ..., ach!« Lilli warf die Arme in die Luft. »Mir fällt keine passende Beleidigung ein. Wie konnten Sie mir das antun?«

Die Röte in Monsieur Pierres Gesicht vertiefte sich noch. »Aber das ist alles ein schrecklicher Irrtum, Madame Lilli! Ich habe doch nicht ... Ich würde doch niemals ...«

»Schluss! Ich will nichts von Ihnen hören, und erst recht keine Entschuldigungen, verstanden? Ich bin nur hier, um Ihnen zu sagen, was ich von Ihnen halte, Sie ...« Lilli brach in Tränen aus. »Wie konnten Sie nur?«

Gina legte ihrer weinenden Freundin den Arm um die Schultern und führte sie zu einem kleinen Cocktailsessel, auf dem sich schmutzige Kleidung türmte. Gina warf alles auf den Boden und drückte Lilli sanft auf die Sitzfläche. Dann sagte sie: »So, jetzt beruhigen wir uns alle erst einmal. Lilli, ich habe den Eindruck, Monsieur Pierre weiß wirklich nicht, wovon du redest, oder, Monsieur Pierre?«

Der Koch hob die Finger zum Schwur. »Ich schwöre es bei ..., bei ..., bei was auch immer Sie wollen, Madame Lilli.«

»Ja aber«, schniefte Lilli, »wieso hat sie denn dann bei mir angerufen? Und warum hat sie behauptet, dass Sie es ihr geraten haben?«

»Madame Lilli, bei meiner Ehre, ich habe nichts dergleichen getan. Ich habe nur gesagt, es gäbe außer Ihnen niemanden, der in der Lage wäre, mich zu ersetzen, vor allem bei der Planung der Theaterparty, und dass ich ihr also niemanden empfehlen könne. Das war alles.«

»Diese verdammte *puttana*«, zischte Gina. »Ich drehe ihr den Hals um! Eigenhändig – und mit Vergnügen!«

Lilli drehte sich der Kopf. Ein bisschen schämte sie sich dafür, dass sie wirklich geglaubt hatte, Monsieur Pierre würde hinter Vanessas Anruf stecken. Sie ging zu seinem Bett und streckte ihm die Hand hin. »Nehmen Sie meine Entschuldigung an? Ich war so außer mir, dass diese Frau die Dreistigkeit hatte, ausgerechnet mich um Hilfe zu bitten, dass ich nicht mehr klar denken konnte.«

Monsieur Pierre schüttelte Lillis Hand. »Angenommen.« Er wischte sich mit der Hand die Schweißperlen von der Stirn. »*Mon dieu*, für einen Moment dachte ich wirklich ... Madame Lilli, Sie können ganz schön Furcht einflößend sein, wissen Sie das?«

Gina nickte. »Allerdings, das kann sie, wenn sie nur richtig sauer ist.« Sie sah sich im Zimmer um. »So, nachdem für den Moment alles zwischen uns geklärt ist, können wir uns ja um wichtigere Dinge kümmern. Wo haben Sie Mülltüten? Es wird Zeit, dass hier jemand Ordnung schafft.«

»Äh, gegenüber. Aber Sie müssen doch nicht, ich bitte Sie ...«

Doch Gina war schon in der Küche verschwunden. »*Madonna!*«, hörte Lilli ihren entsetzten Aufschrei. »Wie sieht es denn hier aus?« Rascheln und Geschirrklappern drangen aus der Küche. Monsieur Pierre war bei Ginas Ausruf wieder rot angelaufen, und erneut erschienen Schweißperlen auf seiner Stirn. Es war ihm sichtlich peinlich, sich und seine Wohnung in einem derart erbärmlichen Zustand präsentieren zu müssen. Angestrengt mied er Lillis Blick, die in seinem Zimmer herumlief und die überall verstreute Wäsche einsammelte. Als Gina wieder auftauchte, hatte sie eine von Monsieur Pierres weißen Kochschürzen umgebunden und ihre Ärmel hochgekrempelt. Sie schleifte einen großen blauen Müllsack hinter sich her, der bereits zu einem Viertel gefüllt war. Sie ging durchs Zimmer und warf den Abfall, der auf dem Boden herumlag, dazu. Dabei murmelte sie: »*Madonna –*

dass Männer solche Schweine sein können. Habt ihr alle keine *mamma*, die euch irgendwann einmal Sauberkeit beigebracht hat?«

»Aber ich kann mich doch nicht bewegen«, jammerte Monsieur Pierre wie ein kleiner Junge. Er zog unter seinem Kopfkissen ein großes, zerknittertes Stofftaschentuch hervor und wischte sich damit schwer atmend den Schweiß vom Gesicht.

Lilli lächelte ihm beruhigend zu. »Natürlich nicht. Wenn man derartige Schmerzen hat.«

»Kein Grund, wie ein Schwein zu leben«, sagte Gina streng. »Lilli, du gehst einkaufen. Der Mann hat nichts im Kühlschrank.«

»Kein Problem. Und dann koche ich uns etwas.«

Lilli ging in die Küche, um sich dort umzusehen.

Die bunt zusammengewürfelten Möbel sahen samt und sonders aus wie vom Sperrmüll. Auf der Abtropffläche der Spüle stapelte sich benutztes Geschirr. Eine Spülmaschine gab es nicht. Auf dem altmodischen Gasherd zeugten mehrere Schichten braun verkrusteter Flecken von nicht nur einmal übergekochter Milch. Mehrere Töpfe mit Milchresten schimmelten in der Spüle. Neben einer verdreckten Kaffeemaschine auf einem schmalen Unterschrank standen die benutzten Tassen, Kaffeelöffel und durchweichten Filter von mindestens vier Tagen. Auf der Fensterbank kämpften seit längerem nicht mehr gegossener Schnittlauch und Basilikum um ihr Leben, umrahmt von verschimmelten Tomaten. Auf dem Küchentisch lag eine fleckige und klebrig wirkende Plastiktischdecke mit buntem Blumenmuster, bedeckt mit Brotkrümeln. In einer Plastikschüssel gammelten einige verschrumpelte Äpfel und Bananen mit braunfleckiger Schale. Der Linoleumfußboden war übersät mit Zuckerkrümeln und alten Kaffeeflecken, die wie getrocknetes Blut aussahen.

Gina kam in die Küche, den mittlerweile gut gefüllten Müllsack hinter sich her ziehend. »Da staunt man nicht schlecht, was?«

Lilli schüttelte fassungslos den Kopf. »Ich kann nicht glauben, was ich hier sehe. Unser böser Troll, der im *Camelot* immer ausgeflippt ist, wenn auch nur ein Krümel auf dem Boden lag. Das hier muss der Horror für ihn sein. Und dass wir ihn so sehen.«

»Du hast ja recht. Wir müssen ihm helfen, Lilli. Während du einkaufen gehst, werde ich hier Klarschiff machen. Hier, nimm das Leergut gleich mit.« An der Klinke der Küchentür hing eine Einkaufstasche im XXL-Format, die prall mit Plastikpfandflaschen gefüllt war.

Als Lilli eine Stunde später mit den Einkäufen zurückkam, hörte sie Gina und Monsieur Pierre schon durch die Wohnungstür lautstark streiten.

»Raus hier, Madame Gina! Sie können doch nicht ...«, schrie Monsieur Pierre.

»*Porco dio!*«, hörte Lilli Ginas Antwort. »Glauben Sie, ich habe noch nie einen nackten Mann gesehen? Stellen Sie sich doch nicht so an! Sie können sich doch gar nicht ...«

»RAUS HIER!!!«

Ein schriller Schrei von Gina, dann knallte eine Tür zu.

Lilli stellte schnaufend die schweren Taschen ab und klingelte an der Wohnungstür. Gina öffnete sofort. Ihr Haar war zerzaust, ihr T-Shirt voller Wasserflecken.

»Lilli! Dieser dumme, unvernünftige Mann!«

»Komm, nimm mir mal ein paar Taschen ab. Was ist denn passiert?«

»Ich wollte ihn waschen und da ...«

»Du wolltest WAS?«

Gina wuchtete die Einkäufe auf den mittlerweile sauberen Küchentisch. »Ihn waschen, na und? Der Mann kann sich doch kaum bewegen. Und er hat gestunken wie ein Iltis. Wenn ich das Bett neu beziehe, dann hat er sich zu duschen.«

Lilli lachte laut. »Gina! Du kannst doch nicht einen Mann, den du kaum kennst, bis unter die Dusche verfolgen und erwarten, dass er sich von dir waschen lässt. Und wie ich sehe, hat er sich gewehrt.«

»Er ist mit dem Duschkopf auf mich losgegangen.«

Schlagartig stand Lilli wieder in der *Camelot*-Küche, rührte in der Orangensauce für die Entenbrust des Polizeipräsidenten und hörte hinter sich Monsieur Pierre mit der Spülhilfe um den Spülschlauch kämpfen. Sie lächelte. Obwohl der Gedanke an ihre frühere Wirkungsstätte untrennbar mit Vanessa verknüpft war, musste sie sich eingestehen, dass sie den Austausch mit dem jähzornigen Koch vermisste. Ob es daran lag, dass der Mensch dazu neigte, die Vergangenheit zu verklären?

Gina schimpfte weiter vor sich hin, während sie die Tüten und Taschen auspackte und Lillis Einkäufe in den Kühlschrank und in die Abstellkammer räumte. Sie hatte alles blitzblank geputzt, die Spüle glänzte wie neu, das Geschirr war gespült und in die Schränke sortiert, der Boden schimmerte wie frisch gewachst, und alles befand sich an dem Platz, an den es gehörte.

»Hast du irgendwo eine kleine Vase gesehen, Gina? Und ich brauche das Hähnchenfilet, die Pilze und die Kartoffeln, lass die ruhig liegen.« Lilli hatte neben den Lebensmitteln einen Strauß Ringelblumen und orangefarbene Tischsets gekauft.

»*Cara*, machst du Witze? Dieser unmögliche Mensch hat keine Vase, jedenfalls habe ich keine gesehen. Nimm ein großes Trinkglas, da hinten im Küchenschrank, das reicht.«

Durch den Flur humpelte Monsieur Pierre auf Krücken heran und erschien in der Küchentür. Er war in einen voluminösen blaugestreiften Frotteebademantel gehüllt. Sein Gesicht war zornig, sein feuchtes Haar wild gesträubt. »Ah, Madame Lilli, Gott sei Dank sind Sie wieder da. Lassen Sie mich bloß nie wieder mit dieser italienischen Hexe allein! *Mon dieu!* Diese Frau ist ja von Sinnen.«

»Der Mann sollte froh sein, dass sich jemand um ihn kümmert«, murmelte Gina. »Wälzt sich hier in seinem eigenen Dreck und Selbstmitleid und jammert wie ein kleiner Junge.«

»Madame Lilli, diese Verrückte hat mich bis unter die Dusche verfolgt. In die Dusche! Ich war nackt!«, beschwerte sich Monsieur Pierre.

»Na und? Glaubt er, er hätte irgendetwas zu bieten, was nicht jeder andere Mann auch hat? Pah!«

Offenbar erwartete keiner der beiden eine Antwort von ihr, und so beschränkte Lilli sich darauf, wie ein Zuschauer bei einem Tennismatch zwischen den beiden Kontrahenten hin- und herzusehen.

»Da, Madame Lilli, hören Sie, wie diese Frau über mich spricht? Da muss man sich in seiner eigenen Wohnung ...« Monsieur Pierre fuchtelte so wild mit einer seiner Krücken, dass er strauchelte und sein Gesicht vor Schmerzen verzog. Er fiel schwer mit der Schulter gegen den Türrahmen und kämpfte um sein Gleichgewicht.

Gina sprang zu ihm und fing ihn auf. »*Stupido* ... Einen kleinen, dummen Jungen muss man doch waschen. Sie sollten froh sein, dass ich Sie nicht mit Ihrer dreckigen Klobürste abgeschrubbt habe. Verdient hätten Sie es.«

»Lassen Sie mich sofort los!«, zeterte Monsieur Pierre, ließ sich aber von Gina zu seinem Bett führen.

»So, ganz vorsichtig ...«, hörte Lilli Gina sagen, die dann aber sofort weiterschimpfte: »So ein dummer, dummer Mensch! Sie haben gar nicht verdient, dass man sich um Sie kümmert.«

»Niemand hat Sie darum gebeten«, ächzte Monsieur Pierre. »Ich habe Sie nicht hergerufen, oder?«

Lilli ging hinüber ins Schlafzimmer. Gina beugte sich über Monsieur Pierre und half ihm, sich bequem hinzulegen. Ihre wohlgeformten Brüste hingen direkt vor seinem Gesicht. Das Bett war frisch bezogen – diesmal im Tigermuster –, und die Vorhänge bauschten sich vor den geöffneten Fenstern.

»Wenn ich das junge Glück mal kurz stören darf«, sagte Lilli. Gina fuhr wie von der Tarantel gestochen hoch, Monsieur Pierre zuckte ertappt zusammen. Lilli registrierte amüsiert, dass beide verlegen erröteten.

»Also, ich mache jetzt erst einmal einen ordentlichen Kaffee für uns. Dann koche ich etwas Vernünftiges, einverstanden, Monsieur Pierre? Haben Sie so ein Tablett mit ausklappbaren Beinen? Fürs Bett?«

»Im Wohnzimmer«, knurrte der Koch. »Sie leisten mir doch Gesellschaft beim Essen?«

»Sehr gern«, sagte Lilli, während Gina, auf dem Weg nach draußen, murmelte: »Ach nee, ich dachte, wir wären hier nicht willkommen. Dieser dumme Mensch weiß wirklich nicht, was er will.«

Lilli zwinkerte Monsieur Pierre zu und folgte Gina ins Wohnzimmer, das ein weiterer Tempel für Elvis war, diesmal mit Wänden in der Farbe von Himbeereis. Poster, Fotos, eine Vitrine mit kitschigen Statuetten aus Porzellan, außerdem eine enorme Sammlung von Schallplatten, CDs und Videos sämtlicher Spielfilme und Konzertmitschnitte boten einen überwältigenden Anblick.

Gina zeigte auf die Vitrine. »Damit kennen wir jetzt auch die ganz private Obsession von unserem schlecht gelaunten Meisterkoch. Porzellanpüppchen. Ich sehe ihn richtig vor mir, wie er mit Rüschenschürze und Staubwedel ...«

»Gina, lass ihn! Es muss ihm sowieso schon peinlich sein, dass wir ihn so hilflos sehen.«

»Kein Grund für Unverschämtheiten. Soll ich dir kochen helfen?«

»Nicht nötig, geht ganz schnell. Du kannst den Kaffee machen, schon mal das Tablett bei ihm aufbauen und ihn unterhalten. Wir stellen den Küchentisch am besten ans Bett, dann können wir schön zusammen essen.«

Der Tisch wurde ins Schlafzimmer getragen und neben dem Bett plaziert. Monsieur Pierre würdigte sie keines Blickes. Er hatte sich in die »Geständnisse eines Küchenchefs« vertieft, ein Buch des amerikanischen Starkochs Anthony Bourdain.

Lilli kochte ein Hähnchenragout mit Pilzen und Petersilienkartoffeln. Sie hatte die Fensterbank mit neuen Töpfen mit frischen Kräutern bestückt. Nachdem Gina sich um den Kaffee gekümmert und den Tisch im Schlafzimmer gedeckt hatte – dabei war kein Laut aus dem Raum gedrungen –, hatte sie sich ins Bad begeben, um »in diesem Schweinestall wenigstens den gröbsten Dreck abzukratzen«, wie sie gebrummelt hatte.

»Das Essen ist fertig!«, rief Lilli aus der Küche. Sie füllte drei große, rosafarbene Teller – Monsieur Pierre schien ausschließlich pastellfarbenes Porzellan zu besitzen – und garnierte das Hähnchenragout jeweils mit einer Ringelblumenblüte. Diesen speziellen Gruß an ihre ehemaligen Kollegen konnte und wollte sie sich nicht verkneifen. Sie nahm das Glas mit den Blumen, klemmte sich zwei Flaschen Mineralwasser unter den Arm und brachte den ersten Teller mit ins Schlafzimmer. Der Tisch und das Tablett waren mit den neuen Sets, Besteck und roten Stumpenkerzen gedeckt. Irgendwo hatte Gina sogar dunkelrote Papierservietten aufgestöbert. Lilli stellte den Teller auf das Tablett, das mit ausgeklappten Beinen auf dem Tisch stand. Sie wollte schon danach greifen, als Gina, die mittlerweile ebenfalls erschienen war, es kurzerhand an sich nahm. »Ich mache das!« Sie ging um das Bett herum, fauchte »Buch weg!« und stellte die Mahlzeit vor Monsieur Pierre ab. »Können Sie wenigstens allein essen, ohne alles sofort wieder vollzusauen? *Madonna,* wenn ich daran denke, wie das Bettzeug ausgesehen hat. Ich konnte genau erkennen, was dieser Mann in den letzten Tagen gegessen hat: Thunfischpizza, Salamipizza, Schokolade, Plätzchen ...«

Monsieur Pierre errötete, verkniff sich aber eine Antwort.

Gina setzte sich Lilli gegenüber an den Tisch, die in der Zwischenzeit die anderen Teller geholt hatte, und füllte Mineralwasser in die Gläser. Aus den Augenwinkeln beobachtete Lilli amüsiert, wie der Koch mit gerunzelter Stirn die Ringelblume auf seinem Teller anstarrte. Er pickte die Blüte mit spitzen Fingern vom Ragout und legte sie behutsam zur Seite. Dann sagte er: »Das duftet *formidable*, Madame Lilli. *Bon appetit, mesdames!*«

Gina verdrehte die Augen. »Herrje, hören Sie doch endlich auf damit.«

»Womit denn?«, fragte Monsieur Pierre verdutzt. »Was habe ich denn jetzt schon wieder getan?«

»Sie klingen wie ein schwuler französischer Friseur. *Madame* dies, *Madame* das ... also wirklich. Total affektiert.«

»Sagt die Frau, die andauernd *Madonna* schreit und mit italienischen Schimpfwörtern um sich wirft. Ha.«

»Ich bin allerdings wirklich Italienerin, während Sie nur so tun, als wären Sie Franzose.«

Lilli klatschte in die Hände, um die Aufmerksamkeit der beiden Streithähne zu erregen. Als beide sie ansahen, sagte sie: »Soll das ewig so weitergehen? Ich komme mir ja vor wie zu Hause, wenn meine Töchter sich streiten!« Lilli hob ihr Glas. »Vorschlag: Wir lassen das Sie jetzt mal endlich weg. Ich bin Lilli, das ist Gina, und Sie sind ..., du bist ...«

»Pierre«, sagte der Koch schnell und wurde rot. »Ich bin so daran gewöhnt«, fügte er leise hinzu.

»Also gut – Pierre. Und jetzt wird gegessen. Und ich will nichts mehr hören, verstanden?«

»Ah, das war lecker«, stöhnte Monsieur Pierre eine Viertelstunde später und tupfte sich den Mund ab. »Danke, Mad..., äh, Lilli, und auch danke für ... deine Hilfe ... Gina.«

»Hast du jemanden, der sich um dich kümmern kann?«, fragte Lilli. Der Koch schüttelte den Kopf.

»Dann werde ich das übernehmen«, sagte Gina. »Keine Widerrede«, fügte sie hinzu, als Monsieur Pierre protestieren wollte. »Ich hätte ja keine ruhige Minute mehr, wenn ich wüsste, dass du hier in deinem eigenen Dreck vergammelst.«

Monsieur Pierre konnte das erfreute Lächeln, das auf seinem Gesicht erschien, nicht unterdrücken. Er räusperte sich verlegen und sah aus dem Fenster.

Lilli und Gina räumten das Geschirr ab und brachten frischen Kaffee ins Schlafzimmer. Wie erwartet, schaufelte der Koch sich großzügig Zucker in den Kaffee, denn davon hatten die Spuren in der Küche gezeugt.

»Und, Pierre? Wie läuft es so im *Camelot?*«, fragte Lilli. Sie hatte lange überlegt, ob sie ihn danach fragen sollte. Sie hätte nicht erklären können, was sie sich davon versprach. Sie redete sich ein, dass es dafür rein therapeutische Gründe gab, um sich selbst zu prüfen, ob sie mit dem *Camelot* abgeschlossen hatte.

»Willst du das wirklich wissen?«

Lilli nickte. Ihr Herz klopfte so laut, dass sie beinahe fürchtete, die beiden anderen könnten es hören.

»Na gut«, sagte Monsieur Pierre. »Also, um ehrlich zu sein, es macht keinen Spaß mehr, seit du gegangen bist, Lilli.«

»Ach, dir fehlt wohl jemand, den du anschreien kannst?«, fragte Gina. »Dir reicht es wohl nicht, Spülhilfen zu terrorisieren?«

Monsieur Pierre ignorierte Ginas Bemerkung. »Ich habe natürlich mehr Arbeit als vorher. Der Koch, der für dich eingestellt wurde, kann dir nicht das Wasser reichen. Ich muss ständig auf alles aufpassen, was er macht.«

»Siehst du Armin manchmal?« Lilli schlug sich im Geiste die Hand vor den Mund. Eigentlich hatte sie diese Frage nicht stellen wollen, sie war ihr einfach herausgerutscht.

Der Koch warf ihr einen schnellen Blick zu und wand sich verlegen. »Hm.«

Lilli konnte sich denken, was seine Reaktion bedeutete. Zu eindeutig war seine Körpersprache, zu sichtbar sein Unbehagen. Aber jetzt wollte sie alles wissen. Je eher, desto besser. »Komm, sei ehrlich, Pierre. Ich kann es aushalten. Ich bin nach wie vor von ihm getrennt.«

Monsieur Pierre sah aus, als wünschte er sich ans andere Ende der Welt. Er seufzte und holte tief Luft. Dann sagte er: »Er ist fast jeden Abend da. Ich habe den Eindruck, dass er Madame Kamlot damit auf die Nerven geht. Um ehrlich zu sein, ich habe vor einigen Tagen unfreiwillig gehört, dass sie zu jemandem am Telefon gesagt hat, es hätte ihr besser gefallen, als du noch mit ihm ..., na ja, weil er ihr da nicht so auf der Pelle ...«

Überrascht und resigniert zugleich stellte Lilli fest, dass es sich immer noch anfühlte wie ein Tritt in den Magen. Monsieur Pierre bemerkte Lillis Gesichtsausdruck und sagte leise: »Er hat dir gesagt, dass er sie nicht mehr sieht, richtig? Tut mir leid, Lilli.«

»Ha! Das habe ich mir gedacht!«, rief Gina. »Wachst du jetzt endlich auf?«

Lilli schüttelte den Kopf. »Gina, bitte nicht schon wieder. Ich habe Armin das nie wirklich geglaubt.« Sie trank von ihrem Kaffee. Die Untertasse klirrte, als sie die Tasse mit zitternden Händen zurückstellte. Sie konnte niemandem einen Vorwurf machen, sie hatte es so gewollt. Es war Zeit, das

Thema zu wechseln. Sie zwang sich zu einem Lächeln. »Pierre, Vanessa hat da etwas von einer Veranstaltung erzählt, die sie jetzt ohne dich absagen muss. Worum geht es denn da eigentlich genau?«

»Theaterfest, Saisonabschluss«, sagte Monsieur Pierre düster und starrte aus dem Fenster. »Nur für das Ensemble und das Verwaltungsteam. Der Auftrag ist eigentlich durch mich ans *Camelot* gegangen, der Verwaltungsdirektor ist ein alter Schulfreund von mir. Das hätte ich wirklich gern gemacht. Die wollen ein römisches Fest mit entsprechendem Essen und Dekoration.« Er drehte sich zu Lilli und Gina um. »Wollt ihr das nicht übernehmen? Ihr seid doch perfekt dafür! Wenn ich mir eure Arbeit so ansehe ...«

»Woher kennst du denn unsere Arbeit?«, fragte Gina verblüfft.

»Na, von eurer Website, da sind doch immer Fotos. Ich ...«, er lachte verlegen, »... ich halte mich da schon von Anfang an auf dem Laufenden. Ich bewundere eure Arbeit sehr, um ehrlich zu sein. Also, was ist? Seid ihr interessiert? Soll ich mal mit Horst sprechen?«

»Horst?«, fragten Lilli und Gina gleichzeitig.

»Horst Scheffler. Der Verwaltungschef vom Theater. Ich helfe euch auch gern bei der Planung, wenn ihr wollt.«

»Oh, ein römisches Fest! Da muss ich direkt mal im Internet recherchieren, wo ich die Deko herkriege.« Gina schloss die Augen und zeichnete mit den Händen Säulen in die Luft.

»Das ist kein Problem«, sagte Monsieur Pierre. »Dir stünde der Theaterfundus zur Verfügung. Säulen, Statuen, Mobiliar, Kulissen, sogar Kostüme – alles da. Gefeiert werden soll auf der Hauptbühne, die ist riesig.«

Gina war in ihrem Element. »Ich werde das alte Rom auf die Bühne bauen. Dazu Personal in Togen, Fackeln ... Sind Fackeln erlaubt?«

»Hm, ich glaube nicht. Offenes Feuer auf der Bühne ...«

Gina winkte ab. »Macht nichts. Die kann man simulieren, und auf der Bühne kann man doch auch Spots setzen, oder?«

»Äh ... Darf ich eure eifrige Planung kurz unterbrechen?«, mischte Lilli sich ein. »Das ist ja alles gut und schön, aber noch hat nicht *Lillis Schlemmerei* den Auftrag, sondern das *Camelot*. Außerdem kenne ich nicht genug Eckdaten. Wann soll es stattfinden, wie viele Personen werden kommen, wie hoch ist das Budget?«

»Anfang September, knapp 80 Personen. Um den Rest kümmere ich mich«, sagte Monsieur Pierre. »Ich rufe morgen im Theater an. Madame Kamlot wird absagen müssen, ohne mich schafft sie das nicht. Mit diesen unfähigen Ersatzköchen? Niemals.«

»Mein lieber Monsieur Pierre, ich mache mir ernsthafte Sorgen um deine Loyalität deiner Arbeitgeberin gegenüber.« Lilli war überrascht, wie konsequent er die Seiten wechselte. »Genauso, wie du uns helfen willst, könntest du doch auch dem *Camelot* helfen, oder?«

»Ich könnte schon, wenn ich wollte. Aber ich will nicht. Es würde mir wesentlich mehr Spaß machen, wenn ich das mit euch beiden zusammen planen könnte.«

»Die Firma dankt«, sagte Lilli. »Und wo du gerade so schön in hilfsbereiter Stimmung bist ... Ich habe da morgen einen Auftrag.«

»Frau Beckmann«, stöhnte Gina. »Die hatte ich völlig verdrängt.« Sie verzog das Gesicht zu einer gekonnten Imitation der Mimik ihrer bisher schwierigsten Kundin und ahmte Frau Beckmanns Flüstern perfekt nach: »*Um Himmels Willen keine stark riechenden Blumen, keine hohen Gestecke, am besten ganz flach, gegen Rosen ist er allergisch, und er mag keine gelben Blumen. Eigentlich mag er sowieso grundsätzlich keine Blumen, aber gelbe verabscheut er besonders. Und bitte auch keine Kerzen. Mein Mann hasst dieses Flackern. Wir speisen grundsätzlich bei Deckenlicht.*« Gina sah nun wieder wie sie selbst aus und tippte sich mit dem Zeigefinger an die Stirn.

Lilli lachte. »Vortrefflich dargestellt. Also, Chefkoch, hier kommt der Auftrag: für zwei Personen, möglichst gutbürgerlich, nichts Exotisches, nichts Rohes, keine Meeresfrüchte. Ich bin mit meinem Latein am Ende. Die Frau schafft mich. Sie hat schon sieben Vorschläge abgelehnt.«

Monsieur Pierre lehnte sich zurück und schloss die Augen. Nach kurzem Nachdenken sagte er: »Consommé mit Eierstich, glasierter Schweinebraten in Malzbiersauce und Kartoffelgratin oder Pommes Macaire, dazu klassisches Gemüse. Als Dessert Crème Caramel mit Cognac. Oder vielleicht rosa Weingelee an Vanillesahne.« Er öffnete die Augen und grinste Lilli an. »Und wenn ich dir einen Tipp geben darf: Streu keine Stiefmütterchen drüber. Jedenfalls keine gelben.«

»Hahaha, sehr komisch. Aber das Menü ist klasse. Das werde ich ihr heute Abend vorschlagen.« Lilli sah auf ihre Armbanduhr. »Mein Gott, schon fünf Uhr. Gina, wir müssen los. Das heißt, ich muss los. Aber da wir mit deinem Auto hier sind ...«

Als sie im Wagen saßen, fragte Gina: »Wie geht es dir?«

»Warum fragst du?«

»Ich sage nur ein Wort, Lilli: Armin.«

»Armin ist mir egal.«

»Ist er nicht. Oder zumindest ist dir nicht egal, wie er sich dir gegenüber verhält. Erzähl mir nicht, dass es dir nicht wehtut, dass er dich immer noch belügt.«

Lilli sah starr aus dem Fenster. Durch ihre Tränen sah sie draußen verschwommen die Häuser vorbeifliegen. Gina hatte recht, es tat weh. Armins Verhalten war demütigend. Andererseits war Lilli froh darüber, die Wahrheit zu kennen, das würde sie davor bewahren, Armins Beteuerungen irgendwann doch noch zu glauben und einer Versöhnung zuzustimmen.

»Ich bin so wütend auf Armin, wenn ich sehe, wie sehr dich das quält«, sagte Gina. »Vor allem, weil er Svenja benutzt – und Käthe!«

Lilli schnäuzte sich lautstark in ein Taschentuch, das sie umständlich aus ihrer Jackentasche gekramt hatte. »Käthe ist und bleibt seine Mutter«, sagte sie dann. »Sie ist einfach hin und her gerissen zwischen ihrem vermeintlich bereuenden, einzigen Sohn und der Tatsache, dass er mich betrogen hat. Und ganz tief im Inneren hat sie bestimmt auch Angst, ihre Enkelinnen zu verlieren, wenn wir uns scheiden lassen würden.«

»Aber das ist doch Quatsch. Du würdest doch nie ...«

»Natürlich nicht. Außerdem sind die Mädchen alt genug, um selbst zu entscheiden, ob sie ihre Oma sehen wollen oder nicht. Und sie lieben Käthe, das weiß ich.«

»Erstaunlich«, sagte Gina.

Lilli schüttelte den Kopf. »Gar nicht. Sie ist eine vorbildliche Oma. Sie hat immer Zeit für Kati und Svenja, und sie nimmt die beiden sehr ernst.«

Sie hielten vor Lillis Haus. »Soll ich mit hineinkommen?«, fragte Gina. »Brauchst du mich heute noch?«

»Heute nicht. Ich rufe gleich Frau Beckmann an und kläre das Essen ab. Das wird schon. Aber wie machen wir das denn morgen? Wenn du zu Monsieur Pierre willst ...«

»Ach, das mit dem alten Stinkstiefel erledige ich bis zum frühen Nachmittag, das ist kein Problem. Wir machen das mit dem Essen wie besprochen. Ich hole erst die Blumen ab und komme dann bei dir vorbei.«

»Na gut. Bis morgen dann.« Lilli umarmte ihre Freundin. »Das war ein aufregender Tag, findest du nicht?«

Gina nickte. »Ja, und wenn das mit dem Theaterfest klappen würde, fände ich es wunderbar. Ich würde das so gern machen. Stell dir vor, mit professionellen Kulissen zu arbeiten!«

Lilli lachte. »Wieder mal mit den Kopf in den Wolken, Frau Wilhelmi. Erst einmal müssen wir morgen Abend den geheimnisvollen Gatten von Frau Beckmann überzeugen, und dann sehen wir weiter.«

Kapitel 28

»KÄTHE! Was tust du da?« Lilli stand in der Küchentür und starrte ihre Schwiegermutter fassungslos an. Käthe saß am Tisch und polierte Lillis Espressokanne. Vor Anstrengung standen ihr Schweißperlen auf der Stirn, ihre Hände steckten in hellrosa Gummihandschuhen. Lilli ließ ihre Tasche fallen, hechtete zum Tisch und riss Käthe die kostbare Kanne aus der Hand. »Meine *Bialetti*! Was hast du getan?«

Ihr Heiligtum glänzte wie hochglanzpolierter Chrom – innen wie außen. Die sorgfältig gepflegte Patina war restlos verschwunden. Lilli ließ sich auf einen Stuhl fallen und starrte auf das schimmernde Ding in ihren Händen, das einmal ihre Espressokanne gewesen war.

»Ich konnte diese dreckige Kanne nicht mehr sehen, Kind. Sieht doch wunderbar aus. Wie neu.«

»Wenn ich eine neue Kanne haben wollte, hätte ich mir eine gekauft. Weißt du, wie lange ich dafür gebraucht habe, bis sie so aussah?«

»Elisabeth, das ist doch ekelhaft. Diese braune Kruste in der Kanne, das ist unhygienisch. Du kannst mir nicht erzählen, dass das gesund war. Da müssen doch Bakterien und Keime genistet haben.«

»Verdammt, Käthe! Habe ich dich je gezwungen, Kaffee aus dieser Kanne zu trinken? Das ist wie bei Teekannen, man darf das Innere nicht mit Scheuermittel polieren. Jetzt kann ich die Kanne wegschmeißen.«

»Rede keinen Unsinn, Elisabeth. Seit wann muss man Dinge wegwerfen, nur weil sie endlich einmal sauber sind? Du solltest froh sein, dass ich mich erbarmt habe. Was im Übrigen auch für den Rest deines Haushalts gilt.«

Lilli knallte die Kanne auf den Tisch. Obwohl sie wusste, dass es klüger wäre, den Mund zu halten, konnte sie sich nicht bremsen. »Ach ja? Was genau willst du damit sagen, Käthe?« Ihre Stimme klang beleidigter als beabsichtigt, stellte Lilli ärgerlich fest.

»Das kann ich dir genau erklären, mein liebes Kind«, sagte Käthe mit hochgezogenen Augenbrauen. »Dreck in den Ecken, Spinnweben überall, ungebügelte Bettwäsche in den Schränken, schmutzige Fenster ... um nur einige Punkte zu nennen. Ich musste ja sogar erst einmal vernünftiges Putzzeug kaufen, bevor ich überhaupt anfangen konnte. Mir scheint, ich habe hier buchstäblich in letzter Sekunde eingegriffen. Die Doppelbelastung überfordert dich offensichtlich.« Käthe verschränkte die Arme vor der Brust und sah Lilli herausfordernd an.

Langsam wurde Lilli wütend. »Das tut sie keineswegs, Käthe. Ich bin dir dankbar, dass du mir seit einiger Zeit hilfst, aber ich habe dich nicht darum gebeten. Du hast es mir angeboten, erinnerst du dich?«

Käthe schnappte empört nach Luft. »Ich habe nur an die Mädchen gedacht. Wenn ich nicht jeden Tag kochen würde ...«

»... würden die beiden auch nicht verhungern!«, fiel Lilli Käthe ins Wort. »Im Gegenteil, das wäre gesünder für sie als das fettige, schwere Essen, das du jeden Tag auftischst. Svenja hat mindestens fünf Pfund zugelegt.«

»Na, das ist ja nichts Neues, dass du gute deutsche Hausmannskost verachtest – schon aus reiner Opposition. Aber dass meine Enkelinnen mit ungebügelter Kleidung in die Schule gehen müssen, das ist mir peinlich.«

»Käthe, Jeans und Unterwäsche müssen nicht gebügelt werden. Meine Gardinen müssen auch nicht gestärkt werden. Und die grüne Bluse, die du mir letztens ruiniert hast – der Stoff war vorher absichtlich zerknittert. Das muss ein echtes Stück Arbeit gewesen sein, diese Millionen Falten rauszubügeln!«

»Allerdings, das war es. Aber danach hat die Bluse wenigstens ordentlich ausgesehen.«

»Ich brauche einen Espresso«, murmelte Lilli und stand auf. Auf halbem Weg zum Herd fiel ihr wieder ein, dass ihre Kanne dank Käthe unbenutzbar war. Wütend riss sie verschiedene Schranktüren auf und knallte sie wieder zu, bis sie alle Utensilien zusammengesucht hatte, um sich einen Filterkaffee aufzubrühen. Käthe beobachtete sie dabei mit hochgezogenen Augenbrauen.

»Jetzt führ dich nicht auf wie ein trotziges Kleinkind, Elisabeth. Ohne mich wäre hier doch schon längst alles zusammengebrochen.«

Lilli fuhr herum. »Wie bitte? Ich höre wohl nicht recht!«

Käthe runzelte die Stirn. »Sieh dich doch mal um. Seit wie vielen Jahren ist auf den Schränken nicht mehr geputzt worden? Ich habe allein die Regale tagelang geschrubbt. Und außerdem, du hast es allein mir zu verdanken, dass du überhaupt dein Geschäft eröffnen konntest. Vergiss das bitte nicht.

Dann musst du dir schon gefallen lassen, dass ich hier nach meinen Vorstellungen Ordnung schaffe.«

Lilli riss der Geduldsfaden. »Nein, Käthe, das muss ich nicht, und das will ich nicht. Ich habe deinem Vorschlag, mir im Haushalt zu helfen, den Mädchen zuliebe zugestimmt. Ja, ich habe mit dem Theaterfest extrem viel zu tun. Das ist aber eine Ausnahme.« Sie setzte sich wieder zu Käthe an den Tisch und fuhr fort: »Und was dein Geld betrifft: Du hast in eine Geschäftsidee investiert, dafür bin ich dir sehr dankbar. Du hast mir nichts geschenkt, damit wir uns hier klar verstehen. Dein Steuerberater hat dir zu der Investition geraten, wenn ich mich recht erinnere. Ich zahle die Raten pünktlich zurück. Aber das heißt nicht, dass ich mich mit Leib und Leben an dich verkauft habe. In drei Tagen ist die Feier. Dann habe ich auch wieder viel mehr Zeit.«

»Ich verstehe«, sagte Käthe eisig. »Dann kommst du sicher ab sofort ohne mich zurecht. Ich merke durchaus, wenn ich nicht erwünscht bin, Elisabeth.« Käthe erhob sich von ihrem Stuhl, streifte die Gummihandschuhe ab und warf sie auf den Tisch. »Du entschuldigst mich.«

Damit verließ sie die Küche. Keine zehn Sekunden später fiel die Haustür hinter ihr ins Schloss.

Lilli blieb am Tisch sitzen und starrte vor sich hin.

Das war die alte, die ungeliebte Käthe, die unbarmherzige Königinmutter. Und sie, Lilli, war das Aschenputtel. Unfähig, dumm, undankbar. Hatte sie sich nur eingebildet, dass sich zwischen Käthe und ihr etwas verändert hatte? Vielleicht hatte Käthe sich ja nur verstellt, und die neue, beinahe freundschaftliche Vertrautheit sollte nur dazu dienen, Armins Rückkehr in die Familie vorzubereiten. Doch auch Käthe würde eines Tages feststellen müssen, dass Armin sie belog und ausnutzte.

Aber womöglich hatte ihre Schwiegermutter recht mit ihrer Einschätzung, dass sie, Lilli, gerade die Kontrolle verlor. Und dass sie sich zu viel vorgenommen hatte. Sie hatte ihre Töchter in letzter Zeit wirklich kaum gesehen. Für das Theaterfest musste so viel organisiert werden, nachdem endlich festgestanden hatte, dass Lilli und Gina den Auftrag bekommen würden.

Wie aufs Stichwort hielt Ginas Auto vor dem Gartentor. Lilli sah Gina heftig gestikulierend auf Monsieur Pierre einreden, der auf dem Beifahrersitz saß und genervt die Augen verdrehte. Sie stiegen aus und kamen den Weg zur Haustür entlang. Gina schimpfte wie ein Rohrspatz, während Monsieur Pierre beschwichtigend die Hände erhoben hatte.

Lilli erwartete sie in der offenen Haustür. Gina schoss gleich an ihr vorbei in Richtung Küche. »Lilli, halte mir diese Nervensäge vom Hals!« Ein schriller Schrei ertönte. »*Madonna!* Was ist mit deiner *Bialetti* passiert?«

Monsieur Pierre nahm Lilli kurz in die Arme. »Hallo, Lilli. Deine Freundin Gina schafft mich, ehrlich.«

Lilli lachte. »Was war denn schon wieder?«

Monsieur Pierre stemmte die Hände in die Hüften. »Sie hat mal wieder versucht, mich zu vergiften. Während ich heute Vormittag beim Arzt war, hat sie für mich gekocht. Völlig ungenießbar. Das habe ich ihr auch gesagt. Und natürlich ist diese Furie dann ausgerastet und hat mit Tellern geworfen.«

Lilli tätschelte dem Koch mitfühlend den Arm. »Komm erst mal rein, Pierre.«

Als sie in die Küche kamen, stand Gina mitten im Raum und hielt anklagend die *Bialetti* hoch. »Wer war das, Lilli? Du etwa?«

»Sicher. Und morgen verkaufe ich meine Töchter im Internet, weil ich über Nacht komplett den Verstand verloren habe. Rate mal. Wer könnte das wohl getan haben?«

»Sieht eigentlich nach Käthe aus.«

»Stimmt haargenau. Und als ich mich darüber aufgeregt habe, hatten wir einen Riesenstreit, der damit geendet hat, dass Käthe unter Protest das Haus verlassen hat.« Lilli seufzte. »Ich bin nämlich undankbar, müsst ihr wissen.«

»Hat sie das gesagt?«, fragte Monsieur Pierre.

Lilli nickte. »Nicht wörtlich. Aber das hat sie gemeint.«

»Manchmal ist sie wirklich eine boshafte alte Krähe«, sagte Gina. »Ihre Hilfe in allen Ehren, aber sie hat versucht, hier das Regiment zu übernehmen, stimmt's?«

»Schwamm drüber. Ich habe gerade andere Probleme. In drei Tagen ist Showtime, und da kann ich keine Aufregung brauchen. Danach werde ich weitersehen. Wie war der Termin im Theater? Hat alles geklappt?«

»Oh, Lilli! Es ist wunderbar.« Gina hatte die Arme gehoben und tanzte durch die Küche. »Ein Traum! Die Requisite hat alles genau so aufgebaut, wie ich es haben wollte. Marmorsäulen, Götterstatuen, Liegebänke, und es gibt sogar einen Brunnen, aus dem der Wein sprudeln wird. Morgen werde ich noch Pflanzen aufstellen und alles mit Weinlaub schmücken.« Sie drehte noch eine Pirouette und verharrte kurz in graziöser Ballerinapose, bevor sie sich verbeugte. »Danke, danke, kein Applaus. Bitte erst nach der Vorstellung.«

Monsieur Pierre starrte Gina mit offenem Mund an. Als sie sich aufrichtete, begegnete sie seinem Blick und wurde tiefrot. Irritiert fauchte sie: »Was ist los? Sind dir die Beleidigungen ausgegangen? Enttäusch mich nicht!«

Monsieur Pierre hatte sich wieder gefasst. »Nicht nur Möchtegernköchin, sondern auch noch Möchtegernballerina«, sagte er süffisant. »Ich bin beeindruckt. Was kommt als Nächstes?«

»Möchtegernboxerin, wenn du nicht endlich deine Klappe hältst. Kannst du denn nur stänkern?«

»Ich werde immer etwas unleidlich, wenn man versucht, mich zu vergiften.«

»Immer noch meine Spaghettisauce?« Gina rang theatralisch die Hände. »Wie kannst du es wagen? Das war ein Rezept von meiner *mamma*!«

Monsieur Pierres Augenbrauen wanderten nach oben. »Tatsächlich. Und deine *mamma* hat dir beigebracht, fünf Kilo Oregano und zwölf Kilo Salz in die Sauce zu kippen? Das war reines Gift!«

»Du ..., du ... *mascalzone! Strazio!*«

Monsieur Pierre zog aufreizend langsam ein Wörterbuch aus seinem Rucksack und schlug es auf. »*Mas..., mas..., mascal...* hier! *Mascalzone!* Aha. Drecksekerl. Sehr einfallsreich, Gina. Und so damenhaft. Wie war das andere Wort?«

»*Strazio*«, soufflierte Lilli hilfsbereit, die der Auseinandersetzung amüsiert folgte.

»Vielen Dank, Lilli«, sagte Monsieur Pierre salbungsvoll und blätterte weiter in dem Buch. »*Stra..., stra...*«

Gina sprang auf ihn zu und riss ihm das Wörterbuch aus den Händen. »Nervensäge. Das heißt Nervensäge«, zischte sie. Dann lief sie zum Küchenfenster, öffnete es und schleuderte das Buch in den Vorgarten. »So, mein Lieber, du willst mich provozieren? Nicht mit mir.« Sie setzte sich dem Koch gegenüber an den Tisch und starrte ihn herausfordernd an.

»Großartige Vorstellung«, sagte Lilli und applaudierte. »Niemand schätzt einen guten Kampf so sehr wie ich, aber jetzt haben wir uns genug amüsiert. Gott sei Dank bist du wieder gesund, Pierre. Sonst müsste ich noch befürchten, dass ihr euch gegenseitig umbringt, wenn man euch weiterhin täglich aufeinander loslässt.«

»Hm.« Monsieur Pierre starrte auf vor sich auf die Tischplatte.

»Ab wann arbeitest du wieder? Morgen?«

»Übermorgen. Und glaub mir, Lilli, ich wäre viel lieber mit euch im Theater. Aber im *Camelot* geht alles drunter und drüber.«

»Wie bedauerlich«, sagte Gina. »Raupen im Salat? Trockenes Risotto? Tiramisu mit Salmonellen?«

Lilli sah, dass Monsieur Pierres seine Stirn runzelte, und beschloss, einzugreifen. »Lasst uns doch lieber noch mal unsere Planung durchgehen, ja? Hast du mit Mike die Bestellung geklärt, Pierre?«

Der Koch nickte. »Mike liefert übermorgen früh in die Theaterkantine, dann könnt ihr sofort anfangen. Das Kantinenpersonal ist ab acht vor Ort, um dir zu helfen.«

»Sehr gut. Es gibt eine Menge vorzubereiten.«

»Was genau wird es denn geben?«, fragte Gina. »Gefüllte Giraffenhälse? In Auerochsenfett gebratene Schweinskaldaunen mit Honig?«

»Meine liebe Gina, du hast zu viel Asterix gelesen«, sagte Lilli kichernd. »Nichts dergleichen. Verschiedene Eintopfgerichte, einige Beilagen und Süßspeisen, alles nach Originalrezepten. Von einem Römerverein bekommen wir eine antike Garküche geliehen, außerdem Geschirr und Besteck. Na ja, die haben ja damals nur mit Löffeln gegessen. Klappt denn alles mit den Kostümen?«

Gina nickte. »Die Damen vom Fundus sind wunderbar. Wir haben Gewänder für uns und das Personal beiseitegelegt, und zwei Stunden vor Beginn der Veranstaltung werden wir eingekleidet und stilecht frisiert.«

»Und die Gäste? Wäre doch toll, wenn die auch ...«

»Alles organisiert. Das Gauklervolk ist Feuer und Flamme, kostümiert zu erscheinen. Teilweise haben sie sich Termine in der Theatermaske geholt, der Rest will in Fantasiekostümen kommen. Jede Menge Togaträger in Bettlaken, schätze ich mal. Klappt das mit der Musiktruppe?«

»Ja, sie reisen nachmittags an und kommen sofort zum Theater für einen Soundcheck. Sie bringen auch ihre CDs mit, damit wir die Pausen überbrücken können.« Lilli fiel auf, dass Monsieur Pierre immer schlechtere Laune zu bekommen schien. »He, Chefkoch, was ist los mit dir?«

Monsieur Pierre schnaubte. »Schön, dass die Damen so viel Spaß haben. Während ihr die Party des Jahres feiern könnt, darf ich wieder im *Camelot* in der Küche stehen.«

Lilli legte ihre Rechte auf seine Hand. »Pierre, ohne dich hätten wir das niemals geschafft. Wir haben dir den Auftrag zu verdanken, und deine Vorarbeit ist nicht zu bezahlen, ich weiß. Kannst du nicht einfach deinen Krankenschein verlängern?«

Der Koch schüttelte den Kopf. »Das geht nicht. Madame Kamlot hat mich während meiner Krankschreibung jeden Morgen um acht angerufen und sich ausgiebig über die Aushilfsköche beschwert. Dann habe ich die Tageskarte gemacht, den Einkauf geplant, die Rezepte diktiert ... Das geht mir derart auf die Nerven, dass ich mich lieber so schnell wie möglich selbst wieder in die Küche stelle.«

»Vielleicht ist dir das ein Trost: Kati wird mindestens zwei Millionen Fotos machen.«

»Und dann kannst du dich über uns beide als römische Küchensklavinnen amüsieren«, ergänzte Gina. »Würde es dir gefallen, wenn wir uns in Ketten legen lassen würden? Mit halb zerrissener Kleidung und so?«

Monsieur Pierre wurde rot.

Drei hektische Tage später stand Lilli auf der Bühne des Theaters in ihrer original römischen Garküche, rührte in einem großen Kessel mit Frikassee und beobachtete das bunte und lebhafte Treiben um sie herum. Das Fest war in vollem Gange, alle amüsierten sich prächtig. Die Damen überboten sich gegenseitig mit prachtvollen Gewändern, glänzendem Goldschmuck und komplizierten Flechtfrisuren. Die Herren trugen größtenteils weiße Togen – wenn sie nicht als Legionär erschienen waren. Besonders die jungen Schauspieler hatten sich fantasievoll kostümiert.

Der Kulisse hatten die Gäste begeistert applaudiert; Gina hatte wirklich ganze Arbeit geleistet. Man wähnte sich tatsächlich im alten Rom, zwischen überlebensgroßen, scheinbar marmornen Statuen und hohen Säulen. Durch die aufgemalten Fenster schien der Blick in eine idyllische, mediterrane

Landschaft zu gehen. Es gab Diwane mit üppigen Polstern, auf denen die Damen malerisch lagerten und sich von Sklaven Getränke einschenken und Kühlung zufächeln ließen. Andere Gäste saßen auf einfachen Bänken und Hockern an langen, hölzernen Tischen. Die eigens engagierte Musikgruppe spielte auf historischen Instrumenten, die mitgereisten Tänzerinnen erfreuten besonders die männlichen Gäste.

Lilli sah auf ihre Armbanduhr. Sie war auf den Ansturm der Gäste vorbereitet, die Speisen waren fertig. In einer halben Stunde würde zur Unterhaltung eine antike römische Opferzeremonie stattfinden, danach sollte gegessen werden.

Gina kam in den Stand. Sie hatte sich in der Theatermaske schminken und einkleiden lassen und trug ein maigrünes, fließendes Gewand mit hoher Taille, das mit verschwenderischer Goldstickerei verziert war. Ihr schwarzes Haar war hochgesteckt und mit goldenen Bändern durchflochten. Sie sah wunderschön aus.

»Lilli, kann das Büffet eröffnet werden? Ich glaube, die Leute könnten schon einen Snack vertragen. Wir verschieben die Opferzeremonie auf später, was denkst du?«

»Von mir aus können wir den Startschuss geben, es ist alles fertig.« Lilli salutierte. »Der Service steht bereit.«

Gina runzelte die Stirn. »Alles in Ordnung mit dir, *carissima*? Du bist blass.«

»Dunkelrot ist nicht meine Farbe«, antwortete Lilli lachend. »Ich musste die letzte Tunika nehmen, alle anderen waren schon weg.«

Gina schien nicht überzeugt. »Na, ich weiß nicht. Sag Bescheid, wenn du nicht mehr kannst, ja? Du wirkst sehr erschöpft.«

»Das ist ja wohl kein Wunder, oder? Heute Abend muss alles perfekt laufen.«

»Natürlich tut es das, *carissima*. Alle amüsieren sich prächtig.« Sie sah sich im Raum um. »Ah, die lustigen Musikanten machen Pause. Ich lege eine CD ein, und dann eröffnen wir das Büffet.« Sie verschwand wieder in der Menge. Kurze Zeit später ertönte ein Gong, und sofort strömten die Gäste auf Lilli zu. Dank ihrer Aushilfen aus der Theaterkantine und Kati bewältigte sie den ersten Ansturm problemlos. Horst Scheffler, der Verwaltungschef des Theaters, kam strahlend auf sie zu. Er sah aus wie ein römischer Senator, allerdings mit höchst anachronistisch wirkender, modischer Brille mit schwarzem, eckigem Gestell. Lilli unterdrückte ein Grinsen. »Herr Scheffler! Alles zu Ihrer Zufriedenheit?«

Scheffler legte seine rechte Hand auf die Brust und sagte: »Frau Berger, ich finde keine Worte. Ihre Inszenierung übertrifft meine kühnsten Erwartungen. Jeder schwärmt von Ihrem wunderbaren Essen. Ich kann Ihnen nicht genug danken. Alle amüsieren sich großartig.«

Lilli verbeugte sich lächelnd. »Vielen Dank. Ich gebe das gern an mein Team weiter. Denn, Herr Scheffler, Sie wissen ja, dass meine Geschäftspartnerin, Frau Wilhelmi, für die Dekoration verantwortlich ist. Und wir dürfen Monsieur Pierres Hilfe nicht vergessen.«

»Aber meine liebe Frau Berger«, rief Scheffler. »Warum so bescheiden? Und, ganz unter uns«, Scheffler neigte sich Lilli zu und senkte die Stimme, »es sollte mich sehr wundern, wenn es nicht bald Aufträge hagelt. Ich bin schon von etlichen Kollegen nach Ihrer Telefonnummer gefragt worden.« Scheffler zwinkerte ihr fröhlich zu.

Lilli verbeugte sich noch einmal. »Vielen Dank. Und glauben Sie mir, ich bin mindestens ebenso froh wie Sie, dass alles so wunderbar läuft.«

Scheffler sah sich um und winkte einigen Leuten zu. »Um ehrlich zu sein, Frau Berger, zuerst war ich ja nicht sicher, als Peter Sie empfohlen hat. Ich kannte Ihre Arbeit ja nicht. Beim *Camelot* war ich mir sicher, gute Qualität zu bekommen, und als Frau Kamlot mir mitteilte, dass sie absagen muss, weil Peter diesen unseligen Bandscheibenvorfall hat ... Aaah, wie aufs Stichwort!«

Lilli folgte seinem Blick. Ihr stockte der Atem.

Vanessa trug ein eng anliegendes, schwarzes Kaschmirkleid und schwindelerregend hohe Plateau-Pumps. Ihr pechschwarzer Bubikopf glänzte wie lackiert, und sowohl ihr Lippenstift als auch ihr Nagellack hatten exakt die gleiche Farbe wie die auffallenden roten Sohlen ihrer Pumps. Sie trug keinerlei Schmuck. Zwischen all den Togen und wallenden, farbigen Gewändern wirkte sie wie eine Außerirdische.

Sie stand mitten im Raum und hielt Hof. Scheffler war so schnell zu ihr geeilt, dass er beinahe über den Saum seiner Toga gestolpert wäre. Er küsste ihr die Hand. Vanessa sah über seinen gebeugten Kopf hinweg starr zu Lilli. Dann wandte sie ihren Blick Scheffler zu, lächelte strahlend, sagte ein paar Worte und kam dann gemeinsam mit ihm auf Lilli zu. Vanessa ließ den Blick über die angebotenen Speisen schweifen. Ohne ihre frühere Freundin und Angestellte anzusehen, lächelte sie dünn und sagte: »Das sieht ja alles recht hübsch aus.«

Scheffler, der Vanessa unverhohlen von der Seite anschmachtete, nickte eifrig. »Ja, nicht wahr? Wir sind sehr erleichtert, Frau Kamlot. Wir dachten ja zuerst, nach Ihrer Absage ... Sie können sich denken, wie schockiert wir waren.«

Vanessa kräuselte die Lippen. »Nun ja, eigentlich ist das alles hier ja trotzdem eine *Camelot*-Produktion. Immerhin hat unsere gute Frau Berger hier«, sie warf Lilli einen eisigen Blick zu, »mit den Planungen meines Kochs gearbeitet, der im Übrigen Frau Berger auch drei Jahre lang in meinem Restaurant geschult hat, wie Sie wissen. Aber Frau Berger hat es vorgezogen, meine Küche zu verlassen, obwohl sie erst durch das Talent und die Geduld meines Kochs überhaupt in die Lage versetzt wurde, eine leidlich gute Figur abzugeben.«

Scheffler sah entsetzt zwischen Vanessa und Lilli hin und her. Er hob beschwörend die Hände. »Aber Frau Kamlot, ich kann Ihnen versichern ... Wie ich Frau Berger gerade schon gesagt habe, wir sind mehr als zufrieden mit dem Fest.« Scheffler konnte nur noch stammeln. Er war sichtlich erleichtert, als er vom Intendanten des Theaters zu sich gerufen wurde. »Die Damen entschuldigen mich?« Er raffte hastig seine Toga und ergriff die Flucht.

»Was ist los, Lilli?« Vanessa lächelte süffisant, pickte sich mit spitzen Fingern eine Aprikose vom Büffet und biss hinein. »Du sagst ja gar nichts.«

»Ich wüsste nicht, was wir zu besprechen hätten.« Ärgerlich bemerkte Lilli, dass ihre Stimme zitterte.

»Du bist blass, meine Liebe. Du siehst überarbeitet aus«, fuhr Vanessa fort und ließ den Aprikosenkern auf den Boden fallen. Sie beugte sich ganz nah zu Lilli und sagte leise: »Das ist das letzte Mal, dass du mir einen Auftrag weggeschnappt hast, hörst du?« Sie wandte sich ab, drehte sich dann aber noch einmal zu Lilli um. »Ach, da fällt mir ein – kümmere dich mal um deinen Mann. Du kannst ihn zurückhaben, er wird mir allmählich lästig.«

Damit stolzierte sie davon.

Lilli stand wie versteinert und starrte Vanessa hinterher. Bei jedem ihrer Schritte blitzten die feuerroten Sohlen ihrer Schuhe auf. Lillis Gesichtsfeld verengte sich immer mehr, bis sie außer Schwärze nur noch die roten Sohlen sah, die eine feurige Spur zu hinterlassen schienen. Dann übertönte das immer lauter werdende Rauschen in Lillis Ohren alle anderen Geräusche, und sie wurde ohnmächtig.

Gina stand am anderen Ende der Bühne, als sie Vanessa Kamlot hereinkommen sah. Mit gerunzelten Augenbrauen beobachtete sie, wie Vanessa mit Horst Scheffler zum Büffet ging. Gina unterhielt sich gerade mit dem Pressechef des Theaters, der über einen unerschöpflichen Vorrat an fantasielosen Komplimenten zu verfügen schien. Über seine Schulter hinweg versuchte sie, das Büffet im Auge zu behalten. Sie sah den kurzen Wortwechsel zwischen Vanessa und Lilli und wie ihre Freundin daraufhin kreidebleich wurde.

Gina entschuldigte sich bei ihrem Gesprächspartner und eilte durch die Gäste in Richtung Büffet. Sie verfiel in Laufschritt, als sie Lilli fallen sah, und zerrte ihr Handy, das sie für Notfälle dort in einer Tasche deponiert hatte, unter ihrer Robe hervor und wählte. »Tobi?«, rief sie atemlos. »Tobi, stell jetzt keine Fragen. Nimm sofort deinen Roller und fahr zum *Camelot*, schnell. Bring Monsieur Pierre ins Theater! Ich sag ihm Bescheid.«

Sie raffte ihre Robe, um schneller rennen zu können. Gott sei Dank konzentrierte sich die Aufmerksamkeit der Gäste gerade auf die Vorführung der antiken Opferzeremonie, die von einem eigens dafür engagierten Darsteller nach historischem Vorbild zelebriert wurde. Niemandem war aufgefallen, was sich am Büffet abgespielt hatte.

Monsieur Pierre hatte schlechte Laune. Vanessa Kamlot hatte mit ihren wortreichen, täglichen Monologen über die desolaten Zustände in der Küche des Restaurants nicht übertrieben, das wusste er jetzt. Er war gerade dabei, auf einem Teller einen Saucenspiegel für eine Portion Lammnüsschen zu legen, als sein Handy den »Walkürenritt« piepste und damit einen Anruf von Gina meldete. Er ließ alles stehen und hastete zu seinem Telefon. Ihr Anruf konnte nichts Gutes bedeuten, denn er wusste ja, dass in diesem Moment die Party im Theater in vollem Gange war – genauso wie sie wusste, dass er im *Camelot* am Herd stand.

»Ja, hallo?«

»Du musst sofort herkommen!«, schrie es aus dem Hörer. »Lilli ist zusammengebrochen. Vanessa ist hier aufgetaucht und hat mit Lilli gesprochen ... und danach ... Pierre, bitte, Kati schafft das nicht alleine!«

Monsieur Pierre musste nicht lange überlegen. »Ich komme, so schnell ich kann.«

»Tobi muss jeden Moment bei dir sein. Er holt dich mit dem Roller ab und bringt dich ins Theater. Oh, Pierre ...« Gina rang krampfhaft nach Luft.

»Gina, bitte, beruhige dich. Ich bin gleich bei dir.« Das Tuten aus seinem Telefon sagte ihm, dass Gina bereits aufgelegt hatte. Monsieur Pierre steckte sein Handy in die Tasche seiner Kochhose und band die Schürze ab. Die Aushilfsköche und die Spülhilfe starrten ihn schweigend und mit offenen Mündern an.

Der blonde Aushilfskoch sagte: »Sie wollen doch nicht jetzt gehen? Das können Sie doch nicht machen. Wir haben hier jede Menge Bons liegen. Der Laden ist voll.«

Monsieur Pierre schnaubte. »Ihr schafft das schon.« Damit verließ er die Küche, durchquerte – an den verdutzten Kellnern vorbei – den voll besetzten Restaurantbereich und trat vor die Tür, wo nur Augenblicke später Tobis Roller mit quietschenden Reifen vor ihm hielt.

Monsieur Pierre schwang sich auf den Rücksitz, hielt seine hohe Kochmütze fest und brüllte: »Gib Gas, Junge!«

Und genau das tat Tobi.

Kapitel 29

Gina beugte sich über Lilli, die langsam wieder zu sich kam. Sie lag in dem Bereich hinter der Bühne, den Kopf durch mehrere Decken gestützt, die Beine hochgelegt. Gina kniete neben ihr und fächelte ihr Luft zu.

Lilli war leichenblass, ihr Gesicht glänzte von kaltem Schweiß. Sie versuchte, sich aufzurichten. »Was ..., was ist denn passiert? Au!« Sie hielt sich stöhnend den schmerzenden Kopf.

Gina drückte sie wieder in die liegende Position zurück.

»Bleib liegen, Lilli. Du bist umgekippt. Was war denn los? Was wollte Vanessa von dir?«

Lilli versuchte wieder, aufzustehen. »Ich muss nach vorne! Das Essen! Was sollen die denn von mir denken? Ich kann doch nicht ..., au, verdammt! Wieso tut mein Kopf denn so weh?«

Gina hielt ihr ein Glas Wasser hin. »Hier, trink einen Schluck. Du hast dir den Kopf angeschlagen, als du umgefallen bist. Du bleibst jetzt schön hier. Vorne hat keiner etwas bemerkt, die waren alle mit dem Opfer-Hokuspokus von diesem Aushilfsdruiden beschäftigt. Kati kümmert sich ums Essen, und Pierre ist auf dem Weg hierher.«

Lilli trank kleine Schlucke Wasser. »Pierre? Aber wieso denn? Der muss doch arbeiten.«

»Er hat gesagt, er kommt sofort, wenn wir ihn brauchen. Ich habe ihn angerufen, und er kommt. *Basta.*«

Lilli schüttelte den Kopf. Das war alles zu viel. »Ich verstehe nichts von dem, was du sagst, Gina. Vanessa ...«

»Was wollte die aufgetakelte Schnepfe von dir?«

»Mich beschimpfen.« Bei der Erinnerung an die peinliche Szene schüttelte Lilli sich. »Sie hat sich aufgespielt wie die Königin von Saba, hat ein paar Beleidigungen losgelassen, vor Scheffler natürlich, und hat behauptet, dass ich das hier allein nie geschafft hätte.« Erschöpft hielt Lilli inne. Wieder sah sie Vanessas rot aufblitzende Schuhsohlen vor sich. Sie holte tief Luft. »Aber das hat ihr noch nicht gereicht. Sie hat mich wissen lassen, dass ich Armin zurückhaben kann. Er langweilt sie, musst du wissen. Und dann wurde alles schwarz.«

Gina machte Anstalten, aufzustehen. »Ist sie noch hier? Ich kratze ihr die Augen aus.«

Jetzt war es Lilli, die Gina zurückhielt. »Bleib hier, um Himmels Willen. Womöglich fangt ihr sonst an, euch zu prügeln.«

Gina hockte sich wieder hin. »Du hast recht. Wir sollten uns nicht auf das Niveau dieser Ziege herablassen. Aber irgendwann ... irgendwann erwische ich sie – und dann werde ich meine gute Kinderstube spontan vergessen.«

Tobi und Monsieur Pierre rasten durch die Stadt.

Als sie nach wilder Fahrt vor dem Bühneneingang des Theaters hielten, stieg Monsieur Pierre mit weichen Knien vom Rücksitz des Rollers und wartete ungeduldig, während Tobi die Vespa parkte und abschloss. Der Nachtportier, der sie aufzuhalten versuchte, wurde von den beiden einfach über den Haufen gerannt. Da Monsieur Pierre sich von den Planungstreffen her gut auskannte, erreichten sie die Bühne ohne weitere Verzögerung. Monsieur Pierre stürzte sofort auf Kati zu, die hinter dem riesigen Büffet versuchte, den zweiten Ansturm des Abends zu koordinieren. Bei seinem Anblick entspannte sich ihr Gesicht, und sie fiel ihm um den Hals. »Monsieur Pierre, ich bin so froh, Sie zu sehen!«

Der Koch räusperte sich verlegen. »Na na, Mademoiselle Kati, ich bin ja jetzt da. Wo sind ...?«

»Gina und Ma? Hinter der Bühne. Ma geht es wieder besser, aber sie fühlt sich schwach. Irgendetwas muss passiert sein.«

Monsieur Pierre dreht sich zu Tobi um, der nur zögernd näher gekommen war und Kati nervöse Blicke zuwarf. Der Koch schnippte mit den Fingern. »Los, Tobi, geh hinter die Bühne zu deiner Mutter und Madame Lilli, und sag Bescheid, dass ich da bin.«

Tobi, dankbar, eine Aufgabe zu haben, verschwand in die Richtung, in die Monsieur Pierres Finger wies.

Der Koch rieb sich die Hände. »Also, Mademoiselle Kati, was muss ich wissen?«

Kati hatte ihn gerade in alles eingewiesen, als Gina auftauchte. Genau wie Kati umarmte sie Monsieur Pierre, der erst erstarrte und dann seinerseits Gina fester umschlang, als es sich für eine freundschaftliche Umarmung gehörte. Gina machte sich los und drückte ihm einen Kuss auf die Wange. »Pierre, du glaubst nicht, wie froh ich bin, dich zu sehen.« Sie sah sich im Raum um. »Ist die verdammte Vanessa noch hier, Kati?«

»Vorhin habe ich sie noch gesehen. Sie hat sich hinten am Brunnen mit diesem Schauspieler unterhalten. Wieso? Warum fragst du?«

»Nichts, nichts. Na, die wird staunen, wenn sie dich hier sieht«, sagte Gina zu Monsieur Pierre. »Hoffentlich verpasse ich das nicht.«

»Was war denn hier überhaupt los?«, fragte er. »Was ist mit Lilli?«

Gina vergewisserte sich, dass Kati am anderen Ende des Büffets zu tun hatte und sagte dann leise: »Deine saubere Chefin ist auf sie losgegangen und hat behauptet, Lilli hätte ihr diesen Auftrag gestohlen. Und dass Lilli allein nicht gut genug sei, so etwas hier zu schaffen. Und noch einiges mehr, für das sie übers Knie gelegt gehört. Ich bin gerade extrem wütend. Vanessa ist eine gemeine, böse Person, die unglaublich frustriert sein muss.«

»So? Muss sie das? Na, wenn eine ungebildete kleine Italienerin das sagt.« Vanessa hatte sich unbemerkt von der Seite genähert. Sie stand kerzengrade vor dem Büffet und starrte Monsieur Pierre kalt an. »Darf ich erfahren, warum Sie nicht an Ihrem Arbeitsplatz in meinem Restaurant sind, wo Sie hingehören, Herr Meisenheimer?«

Monsieur Pierre zuckte mit keiner Wimper. »Weil meine Freunde mich hier brauchen, Madame Kamlot«, sagte er.

»Wenn Sie nicht auf der Stelle ins *Camelot* zurückkehren, Herr Meisenheimer«, zischte Vanessa, »dann haben Sie ab morgen keinen Arbeitsplatz mehr. Haben wir uns verstanden?«

»Sie wollen mich entlassen«, stellte Monsieur Pierre fest. Der Koch klang entspannt und völlig unbeeindruckt.

Monsieur Pierres Selbstsicherheit brachte Vanessa für einen Moment aus dem Konzept und ließ ihre Gesichtszüge kurz in völliger Verblüffung entgleisen. Doch sie fasste sich rasch wieder. »Allerdings, das will ich. Das ist Arbeitsverweigerung, Herr Meisenheimer. Und nicht nur das, Sie stellen Ihre Arbeitskraft der Konkurrenz zur Verfügung. Das allein ist Grund genug. Sie haben die Wahl. Fahren Sie sofort wieder ins *Camelot*, dann bin ich noch einmal bereit, Ihre Unverfrorenheit zu vergessen.«

Monsieur Pierre deutete eine leichte Verbeugung an und sagte höflich: »Bemühen Sie sich nicht, Madame Kamlot. Ich kündige hiermit. Und ich nehme ab sofort meinen restlichen Urlaub.«

Vanessa Kamlot wurde kreideweiß. Sie schien noch etwas sagen zu wollen und öffnete den Mund, drehte sich dann aber steif um und verließ den Raum.

Kati und Gina hatten die Szene stumm verfolgt. Gina löste sich als Erste aus ihrer Erstarrung und flüsterte: »Pierre, du kannst doch nicht ...«

»Gina, sei nicht naiv«, sagte Monsieur Pierre. »Diese Entscheidung war schon gefallen, als ich vorhin ins Theater gekommen bin. Madame Kamlot hat recht: Ich habe meinen Arbeitsplatz verlassen, um euch hier zu helfen, das ist ein Entlassungsgrund. Du kannst nicht geglaubt haben, dass sie sich das gefallen lässt. Das würde kein Arbeitgeber.«

»Ja aber ...«

»Nichts ›ja aber‹. Es ist gut so, glaub mir.«

»Und wovon willst du leben?«

»Mach dir darüber keine Gedanken. Ich finde schon etwas. Köche werden immer gesucht. Zur Not heuere ich als Smutje auf einem Containerschiff an.« Er grinste schief. »Kümmere dich lieber um Lilli. Am besten, du bringst sie nach Hause. Gibt es jemanden, den ihr anrufen könnt, damit sie nicht allein ist?«

»Nicht nötig«, sagte Kati. »Oma ist bei uns zu Hause. Sie passt auf Svenja auf, die liegt mit Grippe im Bett.«

Gina war sich sicher, dass Käthe nicht unbedingt Lillis erste Wahl war. Aber das Wichtigste war, dass Lilli aus diesem Trubel herauskam. »Also gut. So machen wir es.«

Sie ging hinter die Bühne, wo Lilli noch immer mit geschlossenen Augen lag. Tränen liefen ihr die Wangen hinab. Tobias saß neben ihr. Er sprang sichtlich erleichtert auf, als er seine Mutter kommen sah. »Kann ich sonst noch etwas tun, Mum?«

»Wieso? Wartet Mandy auf dich?«

Tobi wich dem Blick seiner Mutter aus, kniff die Lippen zusammen und schüttelte den Kopf.

»Frag doch bitte vorher noch bei Monsieur Pierre nach, ob du ihnen irgendetwas helfen kannst. Ich bring Lilli nach Hause, und komme dann so schnell wie möglich wieder zurück.«

»Alles klar. Tschüss, Tante Lilli. Gute Besserung.« Tobi verschwand.

»Elisabeth? Frau Wilhelmi? Mein Gott, was ist denn passiert?« Käthe hatte nach dem ersten kurzen Klingeln die Haustür geöffnet.

»Ich will mich umziehen«, murmelte Lilli, die noch immer ihre dunkelrote Tunika trug.

»Ich mache einen Tee«, sagte Käthe und verschwand in der Küche.

Gina begleitete Lilli ins Schlafzimmer und half ihr aus der Tunika in ihren bequemen Morgenmantel.

»Willst du dich hinlegen? Möchtest du schlafen?«

Lilli schüttelte den Kopf. »Lieber auf die Couch. Kann nicht schlafen.«

Gina führte Lilli ins Wohnzimmer und bettete sie auf das breite Sofa. Sie stopfte ihrer Freundin etliche Kissen in den Rücken und breitete eine Wolldecke über sie. »Liegst du bequem? Was kann ich noch für dich tun?«

»Nichts. Fahr zurück ins Theater, du wirst dort gebraucht.« Lilli schlug die Hände vors Gesicht. »Mein Gott, das ist mir alles so peinlich. Aber als Vanessa ... Ich habe das einfach nicht ausgehalten.«

»So weit kommt es noch, dass dir das peinlich ist. Vanessa hat sich unmöglich benommen, ganz bestimmt nicht du! Taucht da auf wie die böse Fee auf Dornröschens Taufe. Das wird sie noch bereuen.«

»Wer kümmert sich denn jetzt um das Essen? Das kann Kati doch nicht alleine.«

»Mal abgesehen davon, dass Kati das mit Sicherheit souverän machen würde – Pierre ist da.«

»Pierre? Wieso das denn?«

»Weil ich ihn angerufen habe.«

Lilli richtete sich auf. »Hat er denn nicht gearbeitet? Ich dachte, er hat Dienst im *Camelot*.«

Gina grinste. »Hatte Dienst, hatte. Vergangenheit. Das Beste hast du nämlich verpasst: die Begegnung zwischen Vanessa und Pierre. High Noon am Büfett. Es endet damit, dass Pierre gekündigt hat. Vanessas Gesicht – unbezahlbar.«

»Ach du liebe Güte!« Lilli sank wieder in die Kissen zurück. »Und alles in der Öffentlichkeit!«

»Keine Sorge«, sagte Gina und tätschelte Lillis Hand. »Niemand hat etwas bemerkt.« Sie beugte sich über Lilli und gab ihr einen Kuss auf die Wange. »*Ciao, carissima,* ich muss wieder los. Ruh dich aus. Pierre und ich kümmern uns um alles. Komm ja nicht auf die Idee, morgen zum Aufräumen im Theater aufzutauchen.«

Käthe kam ins Wohnzimmer und stellte ein Tablett mit dampfender Teekanne, drei Tassen und einem Teller voller Plätzchen auf dem Couchtisch ab. Sie entzündete das Teelicht im Porzellanstövchen. »Darf ich Ihnen auch eine Tasse Tee anbieten, Frau Wilhelmi?«

Gina schüttelte den Kopf. »Vielen Dank, Frau Berger, aber ich muss wieder zurück ins Theater.«

Käthe verließ mit Gina das Wohnzimmer. Lilli hörte die beiden leise sprechen, dann fiel die Haustür ins Schloss, und Käthe kam zurück. Sie goss Tee in eine Tasse und reichte sie ihrer Schwiegertochter. »Frau Wilhelmi sagt, euer Theaterfest ist geradezu ein Triumph, alle sind hingerissen von eurer Arbeit. Das freut mich für dich. Für euch.«

Lilli trank einen Schluck. »Schwarzer Tee? Lecker.«

Käthe schenkte sich selbst ein und setzte sich in den Sessel zu Lillis Füßen. »Sechs Minuten gezogen. Beruhigend.«

»Hm. Wie geht es Svenja?«

»Sie schläft. Sie hat heute noch gehustet, aber es ist schon viel besser geworden. Sie hat kaum noch Fieber. Eine Erkältung darf höchstens drei Tage dauern. Ab ins Bett, viel Ruhe, Wärme und täglich eine gute Hühnersuppe – und bloß keins von diesen schrecklichen Medikamenten nehmen.«

Der heiße, aromatische Tee tat Lilli gut. Sie nahm den Zitronenschnitz, der auf ihrer Untertasse lag, und quetschte ihn über der Tasse aus. Der Saft färbte den Tee heller. »Du und deine Hühnersuppe.«

»Sie hat bis jetzt noch immer geholfen, Elisabeth, das musst du zugeben. Gutes, altes Hausmittel.«

»Stimmt. Du solltest ein Restaurant eröffnen, in dem es nur frische Hühnersuppe gibt. Oder einen Stand auf dem Weihnachtsmarkt, dann könnten die Jungs mit ihren Folienkartoffeln und ihrem langweiligen panierten Blumenkohl dichtmachen.« Lilli verstummte und rührte gedankenverloren in ihrem Tee.

Käthe räusperte sich. »Möchtest du reden, Elisabeth?«

»Hm.« Lilli hielt Käthe ihre leere Tasse hin, woraufhin diese ihr nachschenkte. Lilli zögerte. Von Käthe hätte sie diese Frage zuallerletzt erwartet. Seit ihrem Streit wegen der polierten Espressokanne gab es zwar eine Art Waffenstillstand zwischen ihnen, doch versöhnt hatten sie sich bisher nicht. Aber Käthes Besorgnis klang aufrichtig. »Alles war wunderbar, Käthe. Die Gäste waren begeistert, der Auftraggeber zufrieden. Alles lief wie am Schnürchen. Bis ...« Bei der Erinnerung an Vanessas Auftritt versagte Lillis Stimme.

Käthe wartete einen Moment und fragte dann sanft: »Bis?«

»Bis Vanessa Kamlot aufgetaucht ist.«

»Vanessa Kamlot? Das ist doch ...«

»Genau. Armins Geliebte. Es war ein beeindruckender Auftritt.«

»Was meinst du? Armin war doch nicht etwa dabei?«

»Oh nein, das hat sie nicht gewagt. Oder nein: Das hätte er nicht gewagt. Sie hätte da mit Sicherheit keine Skrupel.

Sie hat sich – in Begleitung von Herrn Scheffler, meinem Auftraggeber, wohlgemerkt – vor mir aufgebaut und verbale Stinkbomben geworfen.«

Käthe runzelte die Stirn. »Wie bitte? Ich verstehe nicht. Was meinst du damit?«

Lilli lachte bitter auf. »Sie hat mich eine mittelmäßige Köchin genannt, aber das ist mir herzlich egal.«

»Unverschämtheit!«

»Herr Scheffler hat peinlich berührt den Rückzug angetreten. Und Vanessa hat mich beschuldigt, ihr den Auftrag gestohlen zu haben.«

»Und? Hat diese Person denn recht damit?«

»Natürlich nicht. Sie musste absagen, weil Monsieur Pierre einen Bandscheibenvorfall hatte. Das *Camelot* war ohne ihn nicht in der Lage, die Party auszurichten.«

»Hatte sie dich nicht angerufen, dass du für ihren Koch einspringen sollst?«

»Woher weißt du das denn?«, fragte Lilli verblüfft. Sie konnte sich beim besten Willen nicht daran erinnern, mit Käthe darüber gesprochen zu haben.

»Das hat Katharina mir erzählt.«

»Hm.« Lilli nahm eins von den Plätzchen und knabberte daran.

»Das nimmst du Katharina doch nicht übel, Elisabeth? Sie hat sich große Sorgen um dich gemacht.«

Lilli schüttelte den Kopf. »Ich freue mich, dass du Zeit für sie hast. Ich glaube, die Mädchen leiden noch sehr unter der Situation mit Armin.«

»Das denke ich auch.« Käthe sah Lilli forschend an. »Wie steht es denn eigentlich zwischen Armin und dir? Er erzählt mir immer wieder, wie sehr er dich und die Mädchen vermisst.«

Es tat Lilli in der Seele weh, zu sehen, wie gern Käthe ihrem Sohn glauben wollte. Und es ärgerte sie maßlos, dass Armin seine Mutter belog und nicht zögerte, Käthe für seine Zwecke einzuspannen. »Weißt du, immer wenn ich denke, dass Armin sich vielleicht geändert hat, oder wenn ich anfange, seinen Versprechungen zu glauben ...« Lilli verstummte. Ihr traten Tränen in die Augen. »Ich würde lügen, wenn ich behaupten würde, dass er mir nicht fehlt, Käthe. Es ist schwer, alles allein zu machen.«

»Aber du hast kein Vertrauen mehr zu ihm.«

»Stimmt. Und ich habe Grund dazu.«

»Er beteuert mir gegenüber immer, dass er aus seinen Fehlern gelernt hat. Gib ihm doch noch eine Chance, Elisabeth.«

Jetzt hatte Käthe es endlich ausgesprochen. Lilli war nicht überrascht, dass eine Versöhnung zwischen Armin und ihr Käthes heimlicher Wunsch war. Aber ihre Schwiegermutter hatte es verdient, die Wahrheit zu erfahren.

»Käthe, ich weiß definitiv, dass er nicht aus seinen Fehlern gelernt hat. Es sei denn, er meint damit, dass er jetzt vorsichtiger ist, um sich nicht mehr erwischen zu lassen.«

Käthe presste die Lippen zusammen. Dann sagte sie: »Wie meinst du das?«

»Hat er dir erzählt, dass er nicht mehr mit Vanessa zusammen ist?«

»Allerdings, das hat er.«

»Wann?«

»Immer wieder. Seit du dich von ihm getrennt hast.«

Lilli holte Luft. »Er belügt dich, Käthe. Das ist nicht wahr.«

Käthe setzte sich kerzengerade hin. »Das kannst du nicht mit Bestimmtheit wissen, Elisabeth.«

»Doch, Käthe, das kann ich. Leider. Ich weiß, dass sie noch immer Kontakt haben.«

»Das muss doch nicht heißen ...«

»Käthe, bitte. So naiv sind wir doch wohl beide nicht, oder? Außerdem hat Vanessa heute keinen Zweifel daran gelassen.«

»Woran?«

»Dass ihr Verhältnis keineswegs Vergangenheit ist. Sie hat gesagt, ich könne ihn zurückhaben, weil er ihr allmählich auf die Nerven gehe.«

Käthe wurde blass und schnappte nach Luft. »Vielleicht hat sie das nur gesagt, weil sie dich verletzen wollte. Vielleicht stimmt das überhaupt nicht.«

»Doch, Käthe. Ich weiß es von Monsieur Pierre. Armin ist ständig im *Camelot*. Fast täglich. Pierre sieht, wie die beiden miteinander umgehen. Es gibt keinen Zweifel.«

In Käthes Augen standen Tränen. Lilli sah ihr die Enttäuschung über Armins Lügen selbst ihr, seiner Mutter, gegenüber, deutlich an. »Ach, Elisabeth. Aber wenn diese Frau Kamlot ihn nicht mehr will? Den Mädchen zuliebe ...«

»Käthe! Das kannst du nicht ernst meinen! Bei allem Respekt, aber das kann nur jemand vorschlagen, der diese Situation nicht aus eigener Erfahrung kennt. Du hast keine Ahnung, wie ich mich fühle. Wie das ist, wenn man seinem Ehemann nicht mehr vertrauen kann.«

Käthe wandte ihren Blick ab. Sie erhob sich aus dem Sessel, ging zum Fenster und starrte in die Dunkelheit. Ohne sich umzudrehen, sagte Käthe: »Ich weiß sehr gut, wovon ich spreche, Elisabeth. Und«, sie seufzte, »und wie eine Frau sich fühlt, deren Ehemann seine Frau hintergeht.«

»Armins Vater hat dich betrogen?«

Käthe nickte. »Weißt du, Kind, man kann sich damit arrangieren. Männer sind eben so.«

Lilli schüttelte vehement den Kopf. »Ich soll mich damit arrangieren? Das kann ich nicht, Käthe. Nicht einmal den Mädchen zuliebe.«

Käthe wandte sich vom Fenster ab und setzte sich wieder in den Sessel. Sie starrte auf ihren Ehering. »Otto war immer gut zu mir. Er hat Armin und mir ein sorgenfreies Leben ermöglicht.«

Lilli war kurz sprachlos. War das Käthes Ernst? »Das reicht mir nicht. Habe ich als Ehefrau nicht ein Recht auf Respekt? Ich will den Mann, den ich liebe, nicht mit anderen Frauen teilen.«

»Otto hat es mir gegenüber nie an Respekt mangeln lassen, Elisabeth. Ich konnte mich darauf verlassen, dass nie eine andere Frau meinen Platz einnehmen würde. Otto war ein Ehrenmann.«

Lilli schnaubte. »Respekt nennst du das? Ehrenmann? Hat dich das denn nicht verletzt? Gedemütigt?«

Käthe lächelte traurig. »Doch, das hat es. Zuerst. Natürlich habe ich weinend bei meiner Mutter gesessen. Aber die hat gesagt, ich soll an den Jungen denken, und ich soll Otto auf keinen Fall merken lassen, dass ich Bescheid weiß.«

»Und dann?«

»Dann bin ich wieder nach Hause gegangen, habe nur noch heimlich geweint und so getan, als wäre alles in Ordnung.«

Kein Wunder, dass Käthe nach außen oft so emotionslos wirkte und stets auf Haltung bedacht war. Das verstand Lilli jetzt.

»Aber das ist schrecklich, Käthe. So kann man doch nicht leben.«

»Doch, man kann, Elisabeth. Im Laufe der Zeit tut es immer weniger weh. Und Otto war als Offizier ja fast ständig irgendwo anders stationiert. Ich wollte nicht so viel herumreisen, schon Armin zuliebe. Und wenn Otto Heimaturlaub hatte, haben wir wunderbare Reisen gemacht und waren eine glückliche Familie.«

»Das könnte ich nicht«, sagte Lilli bestimmt. »Dann wäre mein Leben eine Lüge, das würde ich auf Dauer nicht aushalten.«

»Manchmal muss man das.« Käthe lächelte traurig. »Manchmal gibt es keine Alternative.«

»Kann schon sein. Aber ich habe heute gemerkt, dass ich das nicht kann und niemals können werde. Als Vanessa vor mir gestanden hat und ...« Lilli begann zu weinen.

Käthe stand auf und setzte sich zu ihrer Schwiegertochter auf die Couch, nahm ihre Hände und sah ihr forschend ins Gesicht. Dann sagte sie: »Elisabeth – das ist doch nicht der einzige Grund, warum es dir so schlecht geht. Läuft dein Geschäft nicht gut? Hast du finanzielle Probleme?«

»Nein ...«, Lilli schniefte, »im Gegenteil, alles läuft wunderbar. Ich kann kaum alle Anfragen bedienen.«

»Was ist es dann? Verträgst du dich nicht mehr mit Gina? Ist was mit den Mädchen? Kann ich irgendwie helfen?«

Lilli schüttelte heftig den Kopf. »Nein, niemand kann mir helfen ... Ach, Käthe.« Sie tastete nach einem Papiertuch und schnäuzte sich. »Käthe, warum verlassen mich alle Männer? Bin ich so hässlich? Oder so unerträglich?«

»Wieso? Ich dachte, Armin wäre dein erster Freund gewesen? Von wem redest du?«

Nun brachen alle Dämme. Bisher hatte Lilli mit niemandem über Mike und ihre gemeinsame Nacht sprechen können, über ihr Unglück, ihre Selbstzweifel. »Käthe, es gibt einen anderen Mann. Ich habe mich verliebt, und ich dachte ...«

»Von wem redest du? Geht es um Monsieur Pierre?«

»Nein, Pierre doch nicht. Außerdem ist der in Gina verliebt. Nein, es ist Mike.«

»Euer Lieferant? Der Biobauer?«

»Ja. Wie hast du ihn so schön genannt? Der Mann ohne Nachnamen.«

Käthe verstand immer noch nicht. »Und wieso hat er dich verlassen? Will er dich nicht mehr beliefern?«

Trotz ihres Kummers musste Lilli lachen. »Nein, ich muss mir keinen neuen Lieferanten suchen. Obwohl das vielleicht die Lösung wäre.«

»Jetzt sprich nicht in Rätseln, Elisabeth. Was ist vorgefallen zwischen euch?«

»Mike und ich haben eine Nacht zusammen verbracht. Die Nacht vor meinem Geburtstag.«

»Aber das ist schon ein paar Wochen her. Was ist denn passiert? Hat der Mann dich ausgenutzt? Hat er keine ehrenhaften Absichten gehabt?«

Lilli seufzte. »So einfach ist das nicht. Ich glaube eigentlich schon, dass er es ernst mit mir gemeint hat. Aber dann ist Armin aufgetaucht, und Mike hat da vielleicht etwas missverstanden. Und seitdem ...«

»Seitdem?«

»Er will partout nicht mit mir darüber reden. Wann immer ich es versuche, blockt er ab. Er denkt aus irgendeinem Grund, ich wolle mich mit Armin versöhnen.«

»Aber das muss man doch klären können. Ihr seid doch zwei erwachsene Menschen!«

»Ach, das hört sich so einfach an. Aber es ist schwierig. Wir sind nie allein, und dann ging es Kati so schlecht. Er ist sehr nett zu mir, und ich glaube auch, dass er mich mag, aber ich traue mich einfach nicht mehr, ihn direkt darauf anzusprechen.«

»Elisabeth, weißt du was? Es wird Zeit, dass du eine kleine Pause machst. Das war doch alles ein bisschen sehr viel in den letzten Monaten. Du hast ein Geschäft gegründet und bist damit ein hohes Risiko eingegangen. Das allein belastet schon immens. Dazu deine private Situation. Zwei Töchter im Teenageralter sind auch nicht einfach. Und das mit Armin ... Ich finde, du solltest ein paar Tage wegfahren.«

Lilli schüttelte den Kopf. »Unmöglich, Käthe. Bald ist die große Messe, bei der wir *Lillis Schlemmerei* präsentieren. Wir stecken schon mitten in den Vorbereitungen. Ich bin einfach nur ein bisschen erschöpft.«

»Elisabeth, kein Mensch kann ununterbrochen schuften.«

»Wenn man sich ein Geschäft aufbaut, steht Erholung ganz weit unten auf der Prioritätenliste. Das habe ich mir so ausgesucht.«

Schließlich konnte sie sich nach der Messe immer noch ausruhen.

Kapitel 30

Es war noch vor sieben Uhr morgens, aber die große Messehalle wimmelte bereits vor Geschäftigkeit. Vor der Laderampe stauten sich die LKWs und Transporter der Teilnehmer, während das Hallenpersonal die angelieferte Ware möglichst schnell auf Gabelstapler verteilte, die dann, voll beladen, mit halsbrecherischer Geschwindigkeit kreuz und quer durch die Halle rasten. Sämtliche Aussteller waren schon seit Stunden vor Ort, um ihre Stände aufzubauen, zu dekorieren und mit Ware zu bestücken. Hektik lag in der Luft. Befehle wurden gebrüllt, überall wurde gehämmert, geschraubt und gebohrt. Um die Kakofonie perfekt zu machen, lief an mindestens jedem zweiten Stand ein Radio oder ein CD-Spieler.

Lilli und Gina waren seit fünf Uhr in der Messehalle. Um zehn Uhr würde das sonntägliche Publikum in die Halle strömen. Den Stand hatten sie, unterstützt von Tobi, Mike und Monsieur Pierre, bereits am Tag zuvor aufgebaut. Die Wände bestanden aus Theaterkulissen und sahen aus wie grobe Steinwände. Stroh auf dem Boden und grobe Holztische und -bänke sowie ein großer Kessel, der in einem riesigen, täuschend echt aussehenden Styroporkamin über einem künstlichen Feuer hing, schufen die Illusion einer mittelalterlichen Gesindeküche. Hier hatte das Publikum die Gelegenheit, die angebotenen Speisen zu probieren.

»Sind Sie Frau Berger?«

Lilli blickte vom Schneidebrett auf und sah eine junge Frau mit Headset und Klemmbrett mit Gina sprechen, die letzte Hand an die Standdekoration legte. Nach dem Vorbild des Renaissancekünstlers Giuseppe Arcimboldo hatte sie zwei riesige Gemälde geschaffen, die seinen berühmten Bildern »Frühling« und »Sommer« nachempfunden waren. Die beiden abgebildeten Figuren, eine Frau und ein Mann, hatte sie ausschließlich aus Gemüse, Obst, Blüten und Blättern gestaltet. Gina war gerade dabei, die empfindlichen Kunstwerke noch einmal mit Wasser zu besprühen, bevor sie endgültig am dafür vorgesehenen Platz aufgestellt werden sollten.

Auf die Frage der Unbekannten hin schüttelte Gina den Kopf und deutete auf Lilli. Die junge Frau mit dem Headset sagte noch: »Spektakuläre Deko, Kompliment«, und kam dann auf Lilli zu. »Frau Berger? Verena Küpper mein Name, von *Brainstorm Media*.« Sie deutete auf den Ausweis an ihrer Jacke. »Wir drehen einen Bericht über diese Veranstaltung, und ich bin auf der Suche nach interessanten Motiven. Ihr Stand ist ein echter Eyecatcher. Ich würde gleich gern unser Team vorbeischicken, wenn Sie einverstanden sind.« Verena Küpper sah sie erwartungsvoll an, während ihre Hand mit dem Kugelschreiber über dem Klemmbrett mit einer Standbetreiberliste schwebte, bereit, den Namen Berger mit einem Haken zu versehen.

Lilli legte das Messer, mit dem sie gerade Lauch geschnitten hatte, beiseite und wischte sich die Hände an der Schürze ab. »Das möchte ich nicht ohne meine Mitarbeiter entscheiden. Können Sie mich gleich noch einmal ansprechen?«

»Natürlich, natürlich.« Verena Küpper malte hinter Lillis Namen auf der Liste ein geheimnisvolles Symbol, vermutlich ihr

Kürzel für »vielleicht«. Dann lächelte sie freundlich und sagte: »Falls jemand aus Ihrem Team nicht gefilmt werden möchte – kein Problem. Der bleibt dann einfach so lange aus dem Bild.«

»Was genau wollen Sie denn filmen?«, fragte Gina, die sich zu ihnen gesellt hatte.

»Meine Geschäftspartnerin Gina Wilhelmi«, stellte Lilli vor. »Gina ist verantwortlich für die Dekoration.«

Verena Küpper nickte anerkennend. »Die habe ich ja schon bewundert. Das wollen wir unseren Zuschauern natürlich nicht vorenthalten. Wir stellen uns das so vor: Wir brauchen ein paar Bilder von den Vorbereitungen, bevor das Publikum eingelassen wird. Dazu ein paar Fragen über Ihr Angebot, darüber, was Sie sich von der Messe erhoffen, warum Sie das Thema Mittelalter gewählt haben und so weiter. Dann würden wir Sie immer mal wieder kurz besuchen kommen und dann natürlich am Ende der Veranstaltung noch einmal zu einem kleinen Fazit vorbeischauen.«

»Warten Sie ab, bis Sie uns erstmal in unseren Kostümen sehen, die sind der Knaller«, sagte Gina.

»Kostüme? Das wird ja immer besser.« Verena Küpper schlug die Seiten der Papiere auf ihrem Klemmbrett bis zu einem leeren Blatt um und ließ den Kugelschreiber wieder einsatzbereit darüberschweben.

»Der Fundus des hiesigen Theaters war so freundlich, uns bei der Ausstattung behilflich zu sein«, erklärte Lilli. »Auch ein Teil des Standaufbaus besteht aus Theaterkulissen.«

Verena Küpper machte sich rasend schnell Notizen und murmelte beim Schreiben: »Mittelalter ..., Kostüme ..., Theaterfundus ...« Sie sah kurz auf und fragte: »Und Sie sind die Geschäftsinhaberin, Frau Berger?«

Lilli nickte. »Frau Wilhelmi und ich bieten mit unserem Catering-Service Genuss für alle Sinne an, verstehen Sie? Das ist unser Konzept. Es wird nicht nur gekocht, sondern es werden außerdem Räume inszeniert – wenn es vom Kunden gewünscht ist. Falls nicht, beschränken wir uns auf die Tischdekoration und kochen einfach lecker.«

Verena Küpper nickte und schrieb murmelnd: »Für alle Sinne ..., Gesamtkunstwerk ..., Räume inszenieren ...«

»Komm, Lilli«, sagte Gina. »Lass uns das machen. Denk doch mal an den Werbeeffekt! Wo wird der Beitrag denn dann gesendet?«

»Die dritten Programme sind immer an guten Dokumentationen interessiert. Vielleicht auch der eine oder andere Privatsender. Sie beide sind interessant, Ihr Konzept ist mal was Neues, und Ihr Stand ist wirklich außergewöhnlich.«

»Na also«, sagte Gina. »Sollen die Kerle sich doch verstecken, wenn sie nicht ins Fernsehen wollen.«

»Also gut«, sagte Lilli. »Wir erwarten Sie dann später. Im Kostüm?«

Verena Küpper schüttelte den Kopf. »Aus dramaturgischer Sicht ist es besser, wenn nicht. Dann ist der Effekt größer, wenn wir Sie während des Messebetriebs besuchen. Planen Sie noch irgendwelche Showeinlagen?«

Lilli schüttelte den Kopf, während Gina lachend sagte: »Vielleicht könnte Pierre hier am Stand live ein paar Enten schlachten. Immer zur vollen Stunde werden hier Hälse umgedreht und Federn gerupft. Sehr authentisch.«

Verena Küpper lachte mit. »Na ja, das wäre vielleicht ein bisschen zu viel Mittelalter. Aber ansonsten sind wir eigentlich für jede Schandtat zu haben.«

Wie erwartet, war speziell Monsieur Pierre wenig begeistert von der Vorstellung, dass mehrmals im Laufe des Tages ein Fernsehteam am Stand auftauchen sollte. »Na toll, ständig irgendwelche Kameraleute auf den Füßen rumstehen haben, wie soll man denn da in Ruhe arbeiten«, brummelte er, während er in rasender Geschwindigkeit einen Berg Lauchstangen in feine Ringe zerteilte.

»Hör auf zu maulen, du alter Miesepeter«, schimpfte Gina mit drohend zusammengezogenen Augenbrauen.

»Ich dachte, der Mann heißt Miese*pierre*«, sagte Mike, der am Rand des Standes zusammen mit Gina dabei war, ein Dutzend Kürbisse dekorativ zu arrangieren. Gina stieß Mike in die Rippen und brach in Gelächter aus. Monsieur Pierre wurde rot und holte Luft. Ehe er wieder lospoltern konnte, erklärte Lilli schnell: »Niemand, der nicht will, muss sich filmen lassen, Pierre. Wenn du zu schüchtern bist ...«

»Nicht zu schüchtern, aber dieses Wams ist derart lächerlich.«

»Ach, komm, Pierre, sei nicht so«, rief Gina herüber. »Wir machen alle mit und verkleiden uns ein bisschen. Und ich finde, du siehst im Kostüm richtig lecker aus, ehrlich.«

Die Röte in Monsieur Pierre Gesicht vertiefte sich noch. Er räusperte sich verlegen und murmelte: »Verarschen kann ich mich alleine.«

»Was hat er gesagt?«, fragte Gina.

»Dass er sich alleine verarschen kann«, half Lilli aus.

Gina richtete sich auf und stemmte die Hände in die Hüften. »Also, das ist doch ... Ich finde wirklich, dass unsere Mannsbilder in den Kostümen hervorragend aussehen. Und wenn ihr euch schämt, dann zieht eben diese Kapuzenkragen an. Scharfrichter-Cuisine, das ist doch DER Hingucker!«

Lilli warf einen Blick auf ihre Armbanduhr. »Also, Herrschaften, gleich kommt das Fernsehteam. Letzte Möglichkeit zur Flucht, Pierre.«

Monsieur Pierre stellte eine Kiste Karotten auf die Arbeitsplatte. Dann murmelte er: »Ich habe zu tun, ich kann mir keine Pause leisten«, und fing an, die Karotten zu schrappen. »Die sollen mir ja nicht im Weg rumstehen«, fügte er drohend hinzu.

Lilli beobachtete Mike, der mit Gina zusammen das gerade gelieferte Geschirr auspackte. Die beiden scherzten miteinander und verstanden sich offensichtlich prächtig. Mike war mit Gina so viel lockerer als mit ihr, manchmal konnte sie es kaum ertragen, die beiden zusammen lachen zu sehen. Es war keine Eifersucht. Aber sie vermisste den vertrauten Umgang mit ihm, der ihr so gutgetan hatte. Und diese Nacht vor ihrem Geburtstag ... Auch wenn sich zwischen Mike und ihr seitdem alles verändert hatte, wollte sie diese wunderbaren Stunden nicht missen.

In diesem Moment sah Mike sie an, als hätte er ihren Blick gespürt. Sein Gesicht, gerade noch lachend, wurde ernst. Alles um Lilli herum verschwamm, sie sah nur noch ihn, seine blauen Augen, die sie ernst und traurig anblickten. Alles, was sie hörte, war das Rauschen ihres Blutes und der Schlag ihres Herzens. Dann wurde Mike von Gina angesprochen und wandte sich ab. Der magische Augenblick war vorüber.

Zur vereinbarten Zeit tauchte das Fernsehteam auf. Sie drehten verschiedene Aufnahmen des Standes, der mittlerweile fertig dekoriert war, sie filmten Monsieur Pierre, während er Gemüse schnitt, und Mike, wie er die Kühlschränke mit Flaschen füllte, die Met und Obstwein enthielten. Dann folgte ein kurzes Interview mit Lilli und Gina. Nach zehn Minuten war der Spuk vorbei.

Verena Küpper zeigte sich begeistert. »Wunderbar, das ging ja superschnell! Frau Berger, Frau Wilhelmi, falls das wirklich Ihr erstes Interview vor einer Kamera war, sind Sie echte Naturtalente. In zwei Stunden kommen wir wieder vorbei, ist Ihnen das recht?«

Lilli und Gina stimmten zu, und der Fernsehtross zog zwei Stände weiter zu einem Patissier. Sein Stand war mit filigranen Kunstwerken aus Schokolade dekoriert, die sämtliche bekannten Gesetze der Schwerkraft zu verhöhnen schienen.

Kati, die während der Aufnahmen eingetroffen war und hinter der Kamera gewartet hatte, umarmte Lilli. »Guten Morgen, Ma. Was war denn das? Hollywood?«

»Nicht ganz. Regionalfernsehen – immerhin. Die finden unseren Stand schick.«

»Das ist er aber auch. Ihr habt ganze Arbeit geleistet. Wie weit seid ihr mit den Vorbereitungen?«

»Wir sind im Zeitplan.« Lilli hob ihre Stimme und sagte: »Oder, Pierre? Hat die Filmerei dich von der Arbeit abgehalten?«

Der Koch war dabei, Dutzende Hähnchenkeulen mit einer Marinade aus Honig und Gewürzen zu bestreichen und auf Backbleche zu verteilen. Er sah nicht einmal auf, als er murmelte: »Wenn du das sagst.«

Kati kicherte und flüsterte: »Was hat er denn?«

»Er findet sein Kostüm peinlich«, wisperte Lilli zurück.

Trotz seiner scheinbaren Versunkenheit in seine Arbeit hörte Monsieur Pierre natürlich alles und rief: »Hört auf, über mich zu tuscheln, sonst ...« Sein Gesichtsausdruck strafte seine Worte Lügen, denn er grinste breit.

»Sonst?«, gab Kati zurück. »Jagen Sie mich mit dem Messer durch die Halle?«

Monsieur Pierre lachte. »Nicht so frech, Fräuleinchen«, sagte er und wandte sich wieder seiner Arbeit zu.

»Was kann ich tun?«, fragte Kati und zog sich die Jacke aus.

»Du kannst mal die Kostüme aus dem Kofferraum holen. Nimm Mikes Sackkarre mit, der Koffer ist schwer.«

»Aye, aye, Käpt'n!« Kati salutierte und ging zu Mike. Wehmütig sah Lilli, wie die beiden sich zur Begrüßung umarmten. Alle waren locker und entspannt, selbst die kleinen Streitereien zwischen Gina und Monsieur Pierre hatten etwas Liebevolles. Nur sie selbst war immer angespannt. Und solange sie nicht endlich mit Mike gesprochen hatte, würde das auch so bleiben.

Nacheinander zogen sie ihre Kostüme an, erst die Frauen, dann die beiden Männer. Mike und Monsieur Pierre applaudierten, als Lilli, Kati und Gina hinter dem Vorhang zum privaten Teil des Standes hervorkamen. Lilli trug eine weiße Baumwollhaube, ein hellbraunes Leinengewand mit dunkelbrauner Schnürweste und dazu knöchelhohe, weiche Lederschuhe mit auffallender Spitze. Kati und Gina, die den Service an den Tischen und an der Theke übernehmen sollten, waren in eine ähnliche Tracht gekleidet, die allerdings aus feineren Stoffen gefertigt war. Unter der Rüsche von Ginas Haube wallte ihr schwarzes Haar dekorativ hervor.

»Jetzt seid ihr dran«, rief Gina und schickte Mike und Monsieur Pierre hinter den Vorhang.

Kurze Zeit später war die Kostümierung perfekt. Verlegen grinsend präsentierten die beiden sich in leinenen Hosen, Lederwams über weißen, geschnürten Hemden und Filzstiefeln. Monsieur Pierre trug zusätzlich eine große Lederschürze.

»Ich mache Fotos«, erklärte Kati. »Das gehört alles auf die Website.« Sie verschwand hinter dem Vorhang, um ihre Kamera zu holen.

»Apropos Website, da kommt unser Webmaster«, sagte Lilli und zeigte auf Tobi, der auf den Stand zukam.

Tobi stellte seinen Rucksack ab und pfiff anerkennend durch die Zähne. »Alle Achtung, ihr seht spitze aus. Und der Stand auch. Habt ihr schon Fotos gemacht?«

»Ist gerade in Planung«, sagte Gina und zerzauste ihrem Sohn liebevoll die Haare. »Und? Hast du die Visitenkarten dabei?«

»Klar.« Tobi kramte ein kleines Paket aus dem Rucksack. Er blickte sich um und vergewisserte sich, dass niemand ihn hören konnte. Dann beugte er sich zu seiner Mutter und sagte leise: »Hör mal, ich möchte dich um was bitten.«

»Das hört sich ja geheimnisvoll an. Schieß los.«

»Wegen Mandy ...« Er wurde rot. »Also, wenn sie mal anruft oder so, zu Hause ... Ich möchte nicht mit ihr sprechen, du verstehst schon.« Er verstummte.

»Hast du Schluss mit ihr gemacht?«
Tobi nickte.
»Und sie ist damit nicht einverstanden?«
Tobi nickte wieder.
»Weiß Kati es schon?«
Tobi schüttelte heftig den Kopf.
»Willst du es ihr sagen?«

Tobi seufzte und zuckte mit den Achseln. Dann sah er sich suchend um und sagte: »Ist sie etwa hier?«

»Holt gerade ihre Kamera.«

Tobi hatte es plötzlich sehr eilig. Er griff seinen Rucksack, verabschiedete sich kurz und sagte: »Wenn ihr mich braucht, ruft einfach an.« Damit verschwand er.

Als die Besucher um Punkt zehn Uhr in die Halle strömten, war vom frühmorgendlichen Chaos nichts mehr zu sehen. Die Menschen verteilten sich in den Gängen, verweilten an den Ständen und ließen sich von den Ausstellern gern überreden, Snacks und Getränke zu probieren.

Der Stand von *Lillis Schlemmerei* war schnell umlagert. Auch der improvisierte kleine Gastraum füllte sich rasch. Vorne an der Theke bot Lilli kleine Probierportionen ihrer mittelalterlichen Eintöpfe an, während Monsieur Pierre die Gäste mit größerem Hunger versorgte. Mike stand am Grill, und Kati hatte mit Gina den Service übernommen. Die Gäste konnten ihr Menu individuell aus dem Angebot gestalten. Die Auswahl war groß: Spinatkuchen, gebratenes Fleisch, pikante Krapfen, Lauchgemüse, Lammragout, Kirschsuppe, Birnenpudding, Eintöpfe, Käseküchlein.

Nur am Rande hörte Lilli die Beteuerungen aller Gäste, ihren Stand zum schönsten der Messe wählen zu wollen, während ihr die Snacks und ihre Visitenkarten geradezu aus den Händen gerissen wurden. Als mittags das Fernsehteam wieder auftauchte, beschränkte sich die Crew diesmal darauf, den Trubel am Stand zu filmen und die Gäste zu befragen. Keiner von *Lillis Schlemmerei* hätte auch nur dreißig Sekunden Zeit gehabt, sich interviewen zu lassen.

Armins Ankunft, der mit Svenja erst nachmittags vorbeikam, fand wenig Beachtung, weil Lilli gerade von Verena Küpper zu den mittelalterlichen Rezepten interviewt wurde. Svenja blieb der Mund offen stehen, als sie ihre Mutter so sah: kostümiert wie für einen Film, ausgeleuchtet von einem Scheinwerfer, gefilmt von einer echten Kamera und mit einem Mikrofon vor dem Mund. Als die Aufnahme endlich vorbei war und das Team sich mit den Worten »Wir sehen uns später!« verzogen hatte, stürzte Svenja aufgeregt auf Lilli zu.

»Mama, kommst du ins Fernsehen? Wo wird das gezeigt? Kommen die noch mal wieder? Warum filmen die dich?«, plapperte sie auf Lilli ein. Ihre Wangen waren vor Aufregung gerötet.

Armin war Svenja langsamer gefolgt. Er schien nicht sicher zu sein, ob er willkommen war. Aber Lilli hatte keinerlei Bedürfnis nach Streit. »Hallo, Armin. Schön, dass du mit Svenja hergekommen bist.« Sie zog ihre zappelnde Tochter an sich und umarmte sie. »Und um auf deine dringenden Fragen zu antworten: Ja, wahrscheinlich wird das im Fernsehen gezeigt, keine Ahnung, wo. Ja, die kommen noch einmal wieder. Sie waren gerade zum dritten Mal hier.«

»Oh! Zum dritten Mal?« Svenja war beeindruckt. »Drehen die einen ganzen Film über dich?«

Lilli schüttelte lachend den Kopf. »Keinen Film. Nur ein paar Aufnahmen. Und sowieso nicht über mich, sondern über unseren Stand. Und wir sind hier nicht die Einzigen, die gefilmt werden, so besonders ist das gar nicht. Die finden uns einfach lustig mit unseren Kleidern. Und mit Gina haben sie auch schon gesprochen.«

Svenja sah ihre Mutter staunend an, als hätte sie sie nie zuvor gesehen. Dann sagte sie: »Ist Kati auch gefilmt worden? Hatte sie auch ein Interview?«

Wieder schüttelte Lilli den Kopf. »Gefilmt ja, interviewt nein. Beruhigt?«

Svenja wurde rot und entwand sich Lillis Umarmung.

»Siehst du?«, sagte Armin. »Wenn du deiner Mutter am Stand geholfen hättest, würdest du auch ins Fernsehen kommen, Svenja. Jetzt müssen wir aber los. Wir wollen noch zu Oma, die wartet mit dem Kaffeetrinken auf uns.«

Svenja biss sich verlegen auf der Unterlippe herum. »Ich will lieber hierbleiben, Papa«, murmelte sie kaum hörbar.

Armin schüttelte den Kopf. »Kommt nicht infrage. Oma hat extra für dich Buttercremetorte gemacht. So, wie du es dir gewünscht hast. Also bitte, Abmarsch.«

Svenjas Gesicht verdüsterte sich. Sie verschränkte die Arme vor der Brust und starrte auf ihre Fußspitzen.

Bei der Vorstellung, dass Armin für den Rest des Tages das zweifelhafte Vergnügen einer auf den Tod beleidigten Svenja haben würde, konnte Lilli, wenn sie ehrlich zu sich war, eine Spur Genugtuung nicht unterdrücken. »Dein Vater hat recht«, sagte sie zu Svenja. »Es wäre nicht nett von dir, Oma zu enttäuschen. Und mir hast du vorgestern gesagt, du hast keine Zeit, mir zu helfen, weil du mit Oma verabredet bist. Was nun?«

Svenja wurde rot. Sie funkelte Lilli wütend an, drehte sich abrupt um und marschierte aus dem Stand. Armin hob hilflos die Hände und eilte ihr hinterher.

»Was war das denn?« Gina, ein Tablett mit gefüllten Zinnbechern in den Händen, war zu Lilli getreten.

»Svenja ist wütend auf sich selbst, weil sie eine falsche Entscheidung getroffen hat und jetzt die Konsequenzen tragen muss. Dann ist auch noch Kati gefilmt worden – und nicht sie.«

»Und Armin?«

»Der ist heute der offizielle Buhmann. Willkommen im Club, Armin.« Lilli lachte leise. »Ich kann nicht behaupten, dass ich ihn bedaure.«

»Na, das hoffe ich doch«, sagte Gina und ging mit den Getränken zu einem Holztisch, wo sie begeistert begrüßt wurde.

Lilli eilte zurück an ihren Platz am Tresen, den Kati für die Dauer des Interviews übernommen hatte. »Ich bin wieder da, Kati. Du kannst Gina weiter helfen. Bist du zurechtgekommen?«

Kati nickte. »Sicher. Der Monsieur hat mich bestens versorgt. Als die Fernsehleute hier waren, hat sich eh nichts gerührt. Alle haben zugeschaut.« Sie sah sich suchend am Stand um. »Habe ich nicht gerade die andere Hälfte der Familie gesehen? Sind die schon wieder weg?«

»Sind mit Oma verabredet. Es gibt Buttercremetorte.«

»Und Svenja ist freiwillig mitgegangen, obwohl sie die Kameras hier gesehen hat?«

»Na ja, freiwillig ... Aber, wie gesagt, sie hat eine Verabredung mit Oma. Würdest du wagen, so etwas platzen zu lassen? Ohne triftigen Grund?«

Kati lachte. »Kameras und Mikrofone sollen kein triftiger Grund sein?«

»Für Svenja vielleicht, aber ganz sicher nicht für eure Großmutter. Und jetzt zisch ab.«

»Wenn du Pause machen möchtest ...«

»Möchte ich nicht. Wird ja auch schon weniger. Der große Andrang ist vorbei, das wird jetzt immer mehr abflauen. Der Laden hier schließt in knapp zwei Stunden, die Ware ist gut abverkauft, also, kein Problem. Der Abbau wird dann noch mal anstrengend.«

»Wir schaffen das schon.«

»Von *wir* kann keine Rede sein. Wenn die Halle schließt, gehst du bitteschön nach Hause. Erstens musst du morgen früh zur Schule, und außerdem möchte ich, dass jemand daheim ist, wenn Svenja kommt. Keine Widerrede!«, fügte sie hinzu, als Kati protestieren wollte.

Die restliche Zeit verging rasend schnell. Lilli plauderte mit den Besuchern an ihrem Tresen, beantwortete mit Engelsgeduld alle Fragen, gab Auskunft zu Rezepten, nahm lächelnd Komplimente entgegen und verteilte ihre Visitenkarten. Plötzlich flammten die Scheinwerfer des Fernsehteams wieder auf, ein Mikrofon erschien unter ihrer Nase, und Verena Küpper sagte: »Ihr Stand hat den ersten Platz bei der Publikumswahl gewonnen, herzlichen Glückwunsch! Was sagen Sie dazu, Frau Berger?«

Lilli starrte die Reporterin verblüfft an. »Äh, was haben wir gewonnen?«

»Ach, haben Sie die Hallendurchsage nicht gehört? Sie haben die Publikumswahl gewonnen. Wo ist denn Ihre Partnerin?«

Irgendwer hatte Gina informiert, die sich strahlend neben Lilli stellte und die Glückwünsche huldvoll entgegennahm. Der Veranstalter der Messe und der Wirtschaftsdezernent der Stadt tauchten am Stand auf, bewaffnet mit zwei riesigen Blumensträußen und einer Urkunde. Ein Kometenschweif aus Neugierigen, Fotografen und Lokalreportern folgte ihnen.

Lilli stand inmitten des Trubels, beantwortete Fragen, drehte sich auf Zuruf in die Richtung irgendwelcher Fotografen, verharrte grinsend und händeschüttelnd in jener steifen und verkrampft wirkenden Pose, in der seit Menschengedenken Ausgezeichneter und Gratulant einfroren, während um sie herum Blitzlichter aufflammten – Gina immer neben ihr, einen der Blumensträuße im Arm, ebenso grinsend und ebenso händeschüttelnd. Und die Kamera filmte alles mit.

Spätabends zu Hause sah Lilli sich selbst im Fernsehen. Das Interview am Ende der Veranstaltung war bereits im Regionalfernsehen gezeigt worden. Gott sei Dank hatte Kati es auf Video aufgezeichnet.

Lilli saß auf ihrem Sofa, geduscht und in einen weichen Bademantel eingewickelt, und startete das Video. Sie sah Gina und sich an einem Tisch in ihrem Stand sitzen, flankiert von den pompösen, bunten Blumensträußen. Lilli musste lächeln, als ihr einfiel, was Gina ihr zugeflüstert hatte, nachdem der Veranstalter und der Dezernent wieder verschwunden waren. Gina hatte kichernd geraunt: »Jetzt halt dich fest: Die Sträuße habe ich gestern Morgen im Laden selbst gebunden. Ich wusste gar nicht, dass die für die Messe waren. Ist das nicht saukomisch?«

Die Kamera schwenkte über den ganzen Stand, zeigte Bilder von Monsieur Pierre am Grill, von Mike, der Met in Zinnbecher füllte, von Kati, die Essen servierte. Dann waren wieder Gina und sie am Tisch im Bild. Gina trug noch ihre Haube, Lilli selbst hatte ihre abgenommen. Ein auffallender roter Streifen am Haaransatz erinnerte an deren etwas zu engen Gummizug, wie Lilli entsetzt feststellte. Warum hatte sie niemand darauf hingewiesen, dass sie wie das Opfer einer missglückten Skalpierung aussah?

»Haben Sie mit diesem Erfolg gerechnet?«, wurde sie gerade gefragt. Verena Küpper war in dem Beitrag nicht zu sehen, ihre Stimme erklang aus dem Off.

»Was soll ich dazu sagen?«, hörte und sah Lilli sich antworten. »Wenn ich sage, ich habe nicht damit gerechnet, heißt das, dass ich unserem Angebot nicht vertraue. Wenn ich sage, für mich oder für uns war klar, dass wir hier gewinnen, hört sich das arrogant an.«

»Tatsache ist, bei der Planung wussten wir nicht einmal, dass es eine Publikumswahl gibt«, schaltete Gina sich ein, »wir wollten uns einfach nur mit unserem Angebot bestmöglich präsentieren.«

»Was Ihnen bravourös gelungen ist«, war wieder die Stimme der Reporterin zu hören. »Aber warum gerade Mittelalter? Sind Sie auf historische Inszenierungen spezialisiert? Frau Berger?«

»Vorweg möchte ich sagen, dass Frau Wilhelmi und ich diese Inszenierungen immer gemeinsam konzipieren. Manchmal kreiert Frau Wilhelmi eine Dekoration, die auf das Menü Bezug nimmt, manchmal ist es umgekehrt, dann koche ich das Essen zum Thema, wenn Sie so wollen.«

»Aha. Interessant. Dann an Sie die Frage, Frau Wilhelmi: Diesmal haben Sie sich für das Thema Mittelalter entschieden. Ihre spektakulärste Dekoration bisher?«

»Das würde ich so nicht sagen«, antwortete Gina. »Jede Dekoration ist einzigartig, egal, ob es sich um einen schön geschmückten Tisch handelt oder ob ich einen ganzen Raum komplett verwandle.«

»Beispiele?«

Gina lachte. »Vielleicht ein Wald im Sitzungssaal einer Kanzlei mitsamt Tieren? Oder ein Römerfest im Theater?«

»Römerfest? Mit altrömischer Küche, Frau Berger? Waren Sie da auch kostümiert?«

Die Kamera schwenkte wieder zu Lilli, die lächelte und sagte: »Ja zu beiden Fragen.«

»Noch eine Sache, die die Hobbyköche unter unseren Zuschauern sicherlich interessieren wird: Kochen Sie nach Kochbüchern?«

Lilli lachte. »Ja und nein. Ich lese sehr gern Kochbücher und besitze bestimmt hundertfünfzig Stück – grob geschätzt. Ich lasse mich gern durch Kollegen inspirieren. Aber ansonsten koche ich eher nach Gefühl. Es fällt mir schwer, die Rezepte dafür aufzuschreiben, da ich schlicht nicht weiß, ob ich zehn oder zwanzig Gramm Salz in einen Eintopf gebe. Da läuft viel über Geschmack, Gefühl und Augenmaß. Und Routine, natürlich. Nur bei bestimmten Süßspeisen oder beim Backen ist es wichtig, aufs Gramm genau zu arbeiten.«

»Und Sie, Frau Wilhelmi, sind also wie gesagt für die Dekorationen zuständig. Wenn Sie gemeinsam eine Veranstaltung planen: Gab es schon einmal Streit, weil Ihr Entwurf Frau Berger nicht gefiel? Oder umgekehrt?«

Lilli und Gina sahen sich verblüfft an und schüttelten den Kopf. »Natürlich nicht«, sagte Gina empört. »Wir streiten uns nicht. Wir stehen ja nicht in Konkurrenz zueinander, sondern ergänzen uns perfekt. Mir würde niemals einfallen, ihr in die Planungen hineinzureden.«

»Und umgekehrt genauso«, fügte Lilli hinzu. »Ich kann mich hundertprozentig auf die Ideen von Gina verlassen.«

»Und kann man Sie beide nur für große Events buchen? Oder auch für kleine Essenseinladungen, bei denen man seine Gäste mit etwas Besonderem überraschen möchte?«

»Wir arbeiten genauso gern für zwei Personen wie für sechzig oder siebzig«, antwortete Lilli. »Wir sind für alles offen.«

Das Bild wechselte und zeigte jetzt Lilli und Gina in dem Moment, als sie Blumensträuße und die Urkunde für die gewonnene Wahl entgegennahmen. Dazu sagte eine Männerstimme aus dem Off: »Und mit diesem Schlusswort entlassen wir die beiden sympathischen Unternehmerinnen in ihren wohlverdienten Feierabend – nach einem langen, harten und ereignisreichen Tag auf der kulinarischen Endverbrauchermesse. Wir gratulieren *Lillis Schlemmerei* zum Publikumspreis.« Währenddessen war die Adresse ihrer Website eingeblendet.

Lilli drückte die Pausentaste. Das eingefrorene Bild zeigte Gina und sie selbst, strahlend, jede mit einem Blumenstrauß in der Armbeuge, den freien Arm um die Taille der Freundin geschlungen.

Lilli streckte sich auf dem Sofa aus. Sie war todmüde. Als endlich der letzte Besucher die Halle verlassen hatte und der Abbau beginnen konnte, waren auf einmal die Mitarbeiter von Mikes Bauerhof aufgetaucht, um zu helfen. Sie und Gina hatten sich lediglich um das gemietete Geschirr zu kümmern, während Monsieur Pierre die Männer zum Arbeitsbeginn mit einem rustikalen, mittelalterlichen Mahl stärkte, das er rechtzeitig beiseitegestellt hatte, bevor sie ausverkauft waren.

Trotz der unerwarteten Hilfe war es bereits spät am Abend, als sie die Halle verließen.

Bis auf Lilli und Mike saßen alle bereits in ihren Autos. Lilli streckte Mike die Hand hin. »Danke, Mike. Du hast uns sehr geholfen. Und dass deine Leute noch gekommen sind ... Ich weiß nicht, wie ich mich dafür bedanken soll.«

Mike hatte ihre Hand eine Spur zu lange festgehalten, bevor er sie losließ und sagte: »Habe ich gern gemacht, Lilli. Und wie du dich bedanken kannst, weiß ich ganz genau.«

Lillis Gesicht war heiß geworden. Sie hatte sich verlegen geräuspert und versucht, nicht allzu kokett zu klingen, als sie fragte: »Ach ja? Wie denn?«

»Indem du für uns alle ein richtig tolles Essen kochst. Ein echtes Lilli-Essen. Gern auch mit Chichi, wie du immer so schön sagst.«

Lilli hatte einen kleinen Stich der Enttäuschung gespürt.

Hatte sie wirklich geglaubt, Mike würde sich ihr hier und jetzt offenbaren? »Ein Essen kochen? Warum nicht. Mache ich doch gern.«

Mike hatte noch einmal gewunken und war dann in seinen Wagen gestiegen und losgefahren.

»Was habt ihr denn noch besprochen?«, hatte Gina gefragt, als Lilli sich zu ihr ins Auto gesetzt hatte.

»Er hat mir gesagt, wie ich mich für den Einsatz seiner Mitarbeiter bedanken kann.«

Gina hatte amüsiert gekichert und dann gesagt: »Also, ich weiß nicht. Irgendwie klingt das anzüglich.«

»Gut, wenn Essenkochen anzüglich ist, dann, ja, dann hast du recht. Wir werden die Jungs zum Essen einladen. Pikant genug, Gina?«

»Warum so zickig? Ist doch alles super gelaufen heute. Ruhm, Ehre und Bewunderung. Und ich habe einen Blumenstrauß abgestaubt, den ich selber gebunden habe. Na ja, so trifft er immerhin perfekt meinen Geschmack.«

Lilli hatte beschlossen, sich von Ginas Laune aufmuntern zu lassen. Sie hatte ja recht.

Bei Lilli angekommen, hatten sie noch gemeinsam ihr Equipment in den Lagerraum im Keller getragen. Danach hatte Gina sich sofort verabschiedet und so verpasst, dass es eine Aufzeichnung ihres ersten gemeinsamen Fernsehauftritts gab.

Als Lilli am nächsten Vormittag vom Klingeln ihres Telefons im Büro erwachte, lag sie noch immer auf dem Sofa. Irgendjemand hatte sie mit ihrer Bettdecke aus dem Schlafzimmer zugedeckt und ihr ein Kopfkissen unter den Kopf geschoben. Sie versuchte gar nicht erst, das Telefon zu erreichen, bevor der Anrufbeantworter ansprang.

Auf dem Küchentisch stand in einer großen Vase der Blumenstrauß von der Messe. Lilli fiel ein, dass sie ihn gestern nur ins Spülbecken in ein wenig Wasser gelegt und dann später vergessen hatte. An der Vase lehnte ein Zettel: »Liebe Ma, Glückwunsch! Freu Dich, ich habe Superfotos. Bis später, Kati.«

Nach der Dusche stand sie nackt vor dem großen Spiegel in ihrem Schlafzimmer. Sie hatte abgenommen. Ihr war klar, dass die meisten Frauen sich darüber freuen würden, aber sie sah, dass es ihr nicht stand. Sie war blass, ihr Gesicht war viel zu spitz, ihre Hüftknochen waren deutlich zu sehen.

Schnell schlang sie das Badetuch wieder um sich. Auf dem Weg zurück zum Schlafzimmer ging sie ins Büro, um den Anrufbeantworter abzuhören. Nachdem die mechanische Stimme Datum und Uhrzeit des Anrufs verkündet hatte, erklang nach dem Piepston eine männliche Stimme: »Guten Tag, Frau Berger. Mein Name ist Rick Müllerschön, Redaktionsleiter bei *TeleDrei* in Köln. Frau Berger, eine Kollegin hat mich auf Sie aufmerksam gemacht. Ich möchte Sie um Rückruf bitten unter ...« Es folgte eine Kölner Telefonnummer.

Lilli griff nach einem Stift und hörte die Nachricht ein weiteres Mal ab, um die Nummer zu notieren.

Nachdem sie sich angekleidet hatte, rief sie zurück. Es klingelte ein paarmal, dann erklang die Stimme, die sie schon von ihrem Anrufbeantworter kannte: »Müllerschön.«

Lilli passte sich dem knappen Ton ihres Gesprächspartners an. »Lilli Berger hier. Sie baten um Rückruf.«

»Frau Berger!«, rief Müllerschön deutlich freundlicher. »Ich freue mich. Wunderbar, dass Sie sich sofort melden.«

»Vielen Dank. Aber was kann ich denn für Sie tun? Geht es um einen Auftrag?«

»Hahaha, nein, kein Auftrag«, dröhnte es fröhlich aus dem Telefon, »obwohl, vielleicht doch, je nachdem, wie man es sieht, Frau Berger.«

»Um was geht es denn bitte, Herr ...« Lilli wollte der Name ihres Gesprächspartners partout nicht mehr einfallen.

»Müllerschön, Rick Müllerschön. Ich möchte – beziehungsweise der Sender möchte – Sie gern zu einem Gespräch einladen, Frau Berger. Heute Morgen hat mich eine Kollegin angerufen und mir von Ihnen erzählt. Sie hat mir auch Material zukommen lassen. Und jetzt würden wir Sie gern persönlich kennenlernen.«

Lilli wurde ungeduldig. »Das ist sehr freundlich, aber um was geht es denn, Herr Müllerschön?«

Der erwiderte lachend: »Sie sind hartnäckig, Frau Berger. Aber das finde ich gut. Also, zur Erklärung: Der Sender sucht ...« Er brach ab und sprach mit jemandem, der offenbar sein Büro betreten hatte. Dann sagte er: »Frau Berger, tut mir schrecklich leid, ich muss in ein Meeting. Und ich fände es sowieso schöner, wenn wir uns persönlich unterhalten könnten.«

Lilli wurde jetzt doch neugierig. Vielleicht suchte der Sender ja eine Pächterin für die Kantine, das konnte durchaus interessant sein. »Also gut, schlagen Sie mir einen Termin vor.«

»Hm, am liebsten so schnell wie möglich. Morgen Vormittag? Wir erstatten Ihnen selbstverständlich sämtliche Reisekosten.«

»Einverstanden. Ich weiß aber nicht, ob meine Geschäftspartnerin das ebenfalls so kurzfristig einrichten kann.«

»Ihre Geschäftspartnerin?«, fragte Müllerschön, hörbar irritiert. »Kocht noch jemand in Ihrem Unternehmen?«

»Nein, ich meine Frau Wilhelmi, die für die Dekorationen zuständig ist. Sie ist meine Geschäftspartnerin.«

»Aha, soso, Dekoration, verstehe, aha«, murmelte Müllerschön. Dann sagte er: »Nun, um ehrlich zu sein, Frau Berger, uns geht es in erster Linie um Sie als Köchin. Hahaha, jetzt muss ich mich aber sputen, man wartet auf mich. Wir sehen uns morgen? Ich freue mich. Bis dann.«

»Bis dann«, antwortete Lilli verwundert. Klick. Müllerschön hatte aufgelegt.

Im Laufe des Tages sprach Lilli mit verschiedenen Leuten über das seltsame Telefonat mit Rick Müllerschön. Nach eingehender Diskussion waren alle – Kati, Gina und Käthe – einstimmig dafür, dass Lilli nach Köln fahren sollte. Sie könne sich ja zumindest einmal anhören, was der Mann ihr zu sagen hatte. Und da Lilli selbst ja auch neugierig war, war der Entschluss schnell gefasst.

Kapitel 31

Ein Taxi brachte Lilli vom Bahnhof zum Haupteingang des riesigen Studiogeländes. Ratlos stand sie vor dem meterhohen Wegweiser im verglasten Eingangsbereich des Senders. Dutzende von Redaktionen, Hunderte verschiedener Namen ... wer sollte sich denn da zurechtfinden?

»Guten Tag. Kann ich Ihnen helfen? Haben Sie einen Termin?«, fragte die blonde Dame am Empfang freundlich.

»Ja, ein Herr Müllerschön erwartet mich. Lilli Berger.«

»Kleinen Augenblick, bitte. Ich melde Sie oben an.« Die Blondine griff nach einem Telefon und wählte. Dann sagte sie: »Lisa, hier ist der Empfang. Frau Berger für Rick ist jetzt da. Ja, okay. Danke.« Sie legte auf. »Frau Berger, fünfter Stock, bitte. Nehmen Sie den Aufzug, meine Kollegin erwartet Sie dann oben.«

»Vielen Dank.«

Lilli betrat den verspiegelten Lift. Sie war dankbar für die Gelegenheit, noch einmal ihr Outfit überprüfen zu können.

Sie trug einen mokkabraunen, schmalen Hosenanzug, dessen fast maskuline Strenge sie auf Ginas Rat hin mit einem bunt geblümten T-Shirt aufgelockert hatte. Gina hatte in ihrem Kleiderschrank gewühlt und zuerst das T-Shirt, danach, farblich dazu passend, Stiefeletten, Tasche und Flatterschal präsentiert. Der Spiegel im Aufzug zeigte ihr eine seriöse, aber nicht biedere Geschäftsfrau mit Stil und Geschmack. Sie hatte es am frühen Morgen sogar geschafft, ihre Haare zu einer, wie Lilli fand, annehmbaren Hochsteckfrisur zu bändigen. Sie war neugierig, aber nicht übermäßig aufgeregt. Bestimmt ging es um einen Job als Köchin. Um was auch sonst?

Als sich die Türen des Aufzugs öffneten, wartete dort ein Mädchen mit grellroten, strubbeligen Haaren auf sie, die ihr sofort lächelnd die Hand reichte. Ein kunstvoll zerrissenes grünes T-Shirt ließ ihre linke Schulter frei, die von einem großen, tätowierten Drachen geziert wurde. Ihre langen Beine steckten in übergroßen Bermudashorts, an den Füßen trug sie Flip-Flops. Ihre Fußnägel hatten die gleiche Farbe wie ihre Haare. »Frau Berger? Herzlich willkommen! Herr Müllerschön bittet Sie, noch einen Moment Geduld zu haben.«

Lilli schüttelte dem Mädchen die Hand. »Ich bin etwas zu früh. Die Zugverbindungen ...«

»Macht doch nichts«, rief das Mädchen fröhlich. »Kommen Sie bitte mit. Darf ich Ihnen etwas zu trinken bringen?«

»Ein Wasser, bitte.«

»Gern.«

Sie ging vor Lilli den Gang entlang. In den maigrünen Teppichboden war das *TeleDrei*-Senderlogo eingewoben, an den himmelblau getünchten Wänden hingen riesige Porträts der Stars des Senders: Seriendarsteller, Moderatoren und Nachrichtensprecher. Sogar ein zotteliger Hund war dabei. Er ließ hechelnd die Zunge aus dem Maul hängen und trug statt eines Halsbands ein buntes Tuch. Er sah aus, als würde er breit grinsen. Einige der abgebildeten Gesichter kannte sie, andere hatte sie nie zuvor gesehen. Sie passierten mehrere

Zimmertüren mit kleinen Namensschildern. Die junge Frau führte Lilli zu einer Ledersitzgruppe am Ende des Ganges.

»Nehmen Sie doch bitte Platz, Frau Berger. Ich bringe Ihnen sofort Ihr Mineralwasser. Kohlensäure, medium, ohne?«

»Ohne, bitte.«

Lilli ging zum Fenster, das einen Ausblick über das riesige Studiogelände bot. Sie sah mehrere große Hallen, an deren Fassaden überdimensionale Plakate verschiedener Sendungen hingen: Talkshows, Quizsendungen, Daily Soaps. Offenbar wurden diese dort produziert. Überall herrschte eifrige Geschäftigkeit, Menschen eilten ameisenklein über die Wege zwischen den Hallen. An einem Studio öffneten sich gerade die großen Tore, und das Publikum strömte heraus. Vor einer anderen Halle schienen überwiegend jugendliche Fans auf ihre Stars zu warten. Auch Gastronomie gab es, erkennbar an den Tischen und Stühlen, die unter Sonnenschirmen auf Gäste warteten.

Lilli dachte an Svenja, und wie ihre Tochter sich hier wohl fühlen würde, mitten in ihrem persönlichen Shangri-La, wo ihre Lieblingsserie gedreht wurde. Wie im Himmel wahrscheinlich.

»Frau Berger, schön, dass Sie da sind!«

Lilli drehte sich zu der Stimme um. Ein Mann Ende dreißig kam federnden Schrittes und mit strahlendem Lächeln auf sie zu. Er war gekleidet wie ein Teenager: der Hosenboden seiner viel zu weiten Jeans hing in Höhe der Oberschenkel, sein schwarzes T-Shirt zierte die glitzernde Aufschrift »Diva«. Seine kunstvoll zerzauste Haartracht ähnelte der David Beckhams in seinen wildesten Zeiten.

Lilli konnte sich nicht erinnern, einen Mann seines Alters jemals derart unpassend gekleidet gesehen zu haben. Er sah aus, als hätte er den Kleiderschrank seines sechzehnjährigen Bruders geplündert.

Der Mann stand nun vor ihr und schüttelte ihr enthusiastisch die Hand. »Ich bin Rick. Rick Müllerschön. Wir haben telefoniert. Ich freue mich!«

Das wurde ja immer besser. Dieser Mann war also Rick Müllerschön, Redaktionsleiter bei *TeleDrei?* Vielleicht durfte man in dieser Branche ja auf keinen Fall älter als fünfundzwanzig aussehen? Zumindest von Weitem? Lilli riss sich zusammen. »Herr Müllerschön. Ich freue mich auch, Sie persönlich kennenzulernen.«

»Kommen Sie! Meine Mitarbeiter warten schon auf uns.«

Müllerschön geleitete Lilli in einen Raum auf der linken Seite des Ganges. An einem großen gläsernen Konferenztisch saßen zwei Männer und eine Frau, die bei ihrem Eintritt aufsprangen und sie neugierig ansahen. Alle waren in dem gleichen jugendlichen Stil gekleidet wie ihr Chef, hatten aber auch – ganz im Gegensatz zu ihm – samt und sonders die dafür zulässige Altersgrenze noch lange nicht erreicht.

»Leute, das ist Lilli Berger«, verkündete Müllerschön triumphierend, als stelle er der atemlos wartenden Fachwelt einen bisher unbekannten Käfer vor.

Seine Mitarbeiter strahlten sie begeistert an, ohne dass Lilli sich einen Grund dafür vorstellen konnte. Außerdem sprachen vier Personen und ein eingedeckter Konferenztisch nicht dafür, dass es um einen Küchenjob ging, zumal an jedem Platz folgende Dinge auf die Teilnehmer der Runde warteten: eine gebundene Mappe, die mit der Vorderseite nach unten lag, ein Schreibblock mit Stift, eine Tasse, ein Glas, ein Tablett mit verschiedenen Softdrinks in kleinen Glasflaschen, einer Thermoskanne mit Kaffee, Zucker, Süßstoff, Kondensmilch und einem Plätzchensortiment.

Lilli schüttelte den anderen Anwesenden nacheinander die Hand, während Müllerschön sie vorstellte: »Tom Brinkmann, Redakteur, Elfi Koslowski, Redakteurin, und Andreas Schulze, Marketing. Elfi hat übrigens das Konzept für die Sendung entwickelt. Setzen wir uns doch.«

Lilli glaubte sich verhört zu haben. Welche Sendung? Wovon sprach der Mann? Allmählich beschlich sie der Verdacht, dass alle hier außer ihr irgendetwas wussten oder planten, und dass sie, Lilli, ungefragt im Mittelpunkt dieser Pläne stand. Dieser Gedanke gefiel ihr ganz und gar nicht.

»Und jetzt bitte die Mappen vor euch umdrehen.« Er wartete ungeduldig, bis alle seiner Aufforderung gefolgt waren, und rief dann: »Na, was sagen Sie, Frau Berger?«

Während seine Mitarbeiter zustimmend murmelten und Lilli gespannt ansahen, starrte sie noch auf das Deckblatt der Mappe und las verblüfft »Konzept Lilli-Berger-Kochshow«. Darunter prangte ein Kreis mit zwei gekreuzten Kochlöffeln, wohl das geplante Logo der Sendung. Lilli wurde schwindelig. Was passierte hier eigentlich gerade? Die Tatsache, dass hier vier völlig wildfremde Menschen Planungen für ihr Leben gemacht hatten, erzeugte bei ihr ein gewisses Unbehagen.

Rick Müllerschön blickte zufrieden in die Runde, rieb sich die Hände und sagte: »So, dann wollen wir mal ein bisschen was arbeiten, oder?« Seine Mitarbeiter lachten pflichtschuldig und eine Spur zu laut, wie Lilli fand. »Vielleicht schlagen wir alle mal die Mappe auf.«

Doch Lilli legte ihr Exemplar geschlossen vor sich auf den Tisch und sagte: »Herr Müllerschön ...«

»Rick, bitte, wir sind hier nicht so förmlich.« Er grinste breit und zwinkerte Lilli zu.

Lilli hatte nicht vor, sich mit Müllerschön und seinen Mitarbeitern zu duzen. »Herr Müllerschön«, wiederholte sie, »warum sind wir eigentlich hier? Am Telefon waren Sie ja nicht so auskunftsfreudig.« Sie hob die Mappe und sagte: »*Lilli-Berger-Kochshow?* Ich bin erstaunt, um es vorsichtig auszudrücken.«

»Hahaha, Frau Berger, keine Angst, ich komme sofort zur Sache. Wir wollen Sie als Gesicht für eine neue wochentägliche Kochsendung. Na, was sagen Sie dazu?«

Alle am Tisch sahen sie erwartungsvoll an.

Ohne zu antworten, griff Lilli nach einer kleinen Flasche Apfelsaft und öffnete sie. Ihr war klar, was von ihr erwartet wurde: ungläubiges Staunen, geschmeichelte Rührung, vielleicht sogar tränenreiche Dankbarkeit. Sie goss den Saft in ein Glas und trank mit kleinen Schlucken. Dann sagte sie: »Und wie kommen Sie gerade auf mich, Herr Müllerschön? Sie haben meinen Namen ja wohl nicht aus einer Lostrommel gezogen? Oder haben Sie mich über Google Earth gefunden?«

Die Runde am Tisch brach in entzücktes Gelächter aus. »Verena hatte recht«, rief Elfi Koslowski. »Sie ist auch noch lustig! Das Publikum wird sie lieben. Vor allem die Frauen.«

Dass von ihr jetzt auch noch in der dritten Person gesprochen wurde, obwohl sie mit am Tisch saß, war zu viel. Mehr denn je fühlte sie sich als Figur in einem Spiel, dessen Regeln sie nicht kannte. Ruhig sagte sie: »Also, Herr Müllerschön, wieso gerade ich? Oder bin ich eine von vielen anderen auf Ihrer Liste?«

»Weil wir Ihr Interview gesehen haben, das von der Messe«, sagte Müllerschön in einem Ton, als spräche er zu einer Sechsjährigen. »Sie sind so erfrischend, so spontan! Wir suchen gerade jemanden für ein neues Kochformat. Und genau an der Stelle kommen Sie ins Spiel. Sie kennen doch Tim Mälzer? Jamie Oliver? Oder«, er schnippte ungeduldig mit den Fingern, »wie heißt der Kollege noch gleich? Der mit den Koteletten ..., der mit der Stimme ..., na, sag schon ...«

»Ralf Zacherl«, soufflierte Elfi Koslowski.

»Genau, Ralf Zacherl.«

Lilli nickte. »Wer kennt die nicht? Sind ja ständig im Fernsehen. Und was habe ich damit zu tun?«

Andreas Schulze, der Mitarbeiter aus dem Marketing, ergriff das Wort. »Frau Berger, als wir das Interview mit Ihnen gesehen haben, wussten wir sofort, dass Sie genau richtig für uns sind. Wie mein Kollege schon sagte ...«, er deutete kurz auf Müllerschön, »... finden wir Sie sehr locker und spontan. Sie sind extrem fotogen, wenn ich das sagen darf. Sie haben sich zudem von der Interviewsituation überhaupt nicht einschüchtern lassen. Und Ihr Stand auf der Messe ...«, er verbeugte sich vor Lilli, »... sehr eindrucksvoll, im Ernst. Diese Arcimboldo-Bilder – fantastisch. Ich fürchte zwar, dass mindestens achtzig Prozent unserer Zielgruppe nicht wissen, wer das ist, hehehe, aber was soll's. Seine Bilder kennt fast jeder. Das soll ja eine Kochsendung werden und keine intellektuelle Herausforderung. Kochsendungen laufen immer. Todsicher.«

Die Herablassung und Überheblichkeit, mit der Schulze von seiner Zielgruppe sprach, stimmten Lilli nicht gerade milder. Sie fragte sich, ob wohl jeder in dieser Branche irgendwann zum Zyniker wurde und längst vergessen hatte, dass die verachteten Zuschauer ihm immerhin Lohn und Brot verschafften.

»Lasst uns doch mal ins Konzept sehen. Was meint ihr?«, rief der berufsjugendliche Herr Müllerschön in die Runde. »Auf der ersten Seite finden wir ein paar Vorschläge für den Titel der Show.«

Lilli schlug die Mappe auf, und da stand es: »Lilli's Schlaraffenland«, darunter »Lilli's Leckereien«, und schließlich »Lilli's Kochstudio«.

»Ohne Apostroph«, murmelte Lilli.

»Wie meinen Sie?«, fragte Müllerschön irritiert.

»Das wird ohne Apostroph geschrieben. Lillis, meine ich. Kein Apostroph. Da haben Sie Ihre intellektuelle Herausforderung.«

»Oho! Da nimmt es aber jemand ganz genau, hahaha. Wollen wir mal hoffen, dass sich nicht noch mehr Fehler eingeschlichen haben«, rief Müllerschön. Er wirkte mittlerweile etwas angestrengt.

Lilli blätterte weiter.

Viel Grafik, viel Geschwafel, jede Menge Marktforschung. Drei Entwürfe für die Studiodekoration. Die Sendezeit sollte wochentags von achtzehn Uhr dreißig bis neunzehn Uhr sein. Das Konzept erinnerte sehr an die anderen Kochsendungen, die beinahe täglich im Fernsehen liefen: locker, lässig, volksnah. Einfache Rezepte mit verblüffender Wirkung sollten es sein, für jederman zum Nachkochen. Das Alter der Zielgruppe lag etwas über der der zahlreichen »Jungen Wilden«, die offenbar die Zwanzig- bis Dreißigjährigen abdeckten. Überhaupt wurden die etablierten Fernsehköche oft als Vergleich bemüht.

Auf der letzten Seite wurden erste Entwürfe für zukünftige Verkaufsschlager der geplanten Sendung präsentiert: Tassen und Schürzen mit Logoaufdruck, Kochwerkzeug und diverse andere Dinge. Selbst den Umschlagentwurf für ein Kochbuch gab es bereits.

Lilli blickte auf und stellte fest, dass alle sie immer noch gespannt ansahen.

»Und? Was sagen Sie?«, fragte Tom Brinkmann und rückte seine modisch getönte Brille zurecht.

»Sie sind genau die Richtige für uns!«, rief Elfi Koslowski enthusiastisch. »Wir suchen schon lange nach einem Gesicht für unsere Idee. Und als wir Ihr Interview gesehen haben, da wussten wir sofort ...«, sie blickte in die Runde ihrer Kollegen, die eifrig nickten, »... nicht wahr, es war uns sofort klar, dass wir Sie unbedingt haben wollen, ehe jemand anderer Sie uns wegschnappt.« Wieder nickten die anderen am Tisch und murmelten Zustimmung.

»Tja, was soll ich sagen?«, erwiderte Lilli. »Ich verstehe immer noch nicht so ganz, was Sie sich von mir versprechen. Ich habe keinen Namen in der Kochszene. Ich habe noch nicht einmal ein eigenes Restaurant – im Gegensatz zu sämtlichen anderen Fernsehköchen. Ich habe nur einen kleinen Catering-Service, der gerade mal ein halbes Jahr alt ist. Ich bin recht erfolgreich damit, das ist richtig. Aber das liegt nicht an mir allein. Ich habe eine Geschäftspartnerin, die einen mindestens ebenso großen Anteil an unserem Erfolg hat, meine Freundin Gina Wilhelmi. Sie ist für die Dekoration zuständig.« Sie nickte Andreas Schulze zu. »Sie haben vorhin ja selbst die Arcimboldo-Bilder angesprochen und die spektakuläre Wirkung des Standes. Das bin nicht ich. Das ist

Gina. Ich kann Gina in Ihrem Konzept an keiner Stelle entdecken.«

»Meine liebe Frau Berger«, sagte Müllerschön, »sagen Sie uns doch bitte erst einmal, wie Ihnen unser Konzept gefällt, hm?«

»Herr Müllerschön, ich bin Teil eines Teams, verstehen Sie mich? Wenn überhaupt, dann würde ich gern etwas mit Gina zusammen machen.«

Müllerschön starrte Lilli an, als hätte er in seinem Leben noch nie so etwas Unvernünftiges zu hören bekommen. »Aber Frau Berger, wir bieten Ihnen eine eigene Sendung an. Verstehen Sie, das Konzept gibt es schon länger und ist nur für eine Person gedacht. Wir bringen Sie groß raus!«

Müllerschön schien zu begreifen, dass er von Lilli den erhofften Freudenausbruch nicht mehr erwarten konnte, auch nicht mit Verspätung. Seine für einen kurzen Moment entgleisten Gesichtszüge offenbarten einen Pulsschlag lang sein wahres Alter, bevor er sich wieder unter Kontrolle hatte und ein optimistisches Grinsen zeigte.

»Herr Müllerschön, ich kann das hier jetzt nicht übers Knie brechen«, sagte Lilli freundlich, aber bestimmt. »Ich fühle mich durchaus geschmeichelt, dass Sie mir dieses Angebot machen. Aber welcher Zeitaufwand kommt auf mich zu? Was ist mit meinem Geschäft? Ich habe nicht vor, mein Unternehmen aufzugeben.«

»Aber das ist doch jede Menge Werbung für Sie, Frau Berger. Und der zeitliche Aufwand hält sich in Grenzen. Sie müssten ja nicht jeden Tag hier ins Studio kommen. Das stellt sich für Laien oft so dar, ich weiß.« Müllerschön lachte. Er schien sich wieder sicherer zu fühlen.

»Und wenn Sie dann erst einmal freitags in die Sendung vom Kerner eingeladen werden und neben Lafer stehen – das ist doch was! Interviews, Kochbücher ... Sie werden ein Star, wenn Sie sich uns anvertrauen, Frau Berger«, sagte Andreas Schulze.

»Vielleicht beantworten Sie mir erst einmal meine Frage, bevor Sie sich vollends in rein theoretischen Versprechungen verzetteln. Wie groß ist denn nun der zeitliche Aufwand?« Langsam verlor Lilli die Geduld. Vermutlich war Müllerschön gewöhnt, dass andere in ihrer Position sich von Schlagworten wie Kerner, Lafer und Star-Dasein blenden ließen.

Schulze rang um Fassung. »Wir drehen in Blöcken. Vier Sendungen am Tag, vielleicht sogar fünf, insgesamt zehn Tage Produktion, immer Montag bis Freitag, also zwei Wochen, dann haben wir vierzig bis fünfzig Episoden im Kasten«, antwortete er dann. »Damit sind zwei Monate abgedeckt. Sie würden dann also alle sechs Wochen für zwei Wochen drehen. Das ist doch überschaubar, oder, Frau Berger?«

»In der Theorie sicherlich. Aber wer denkt sich die Rezepte für vierzig bis fünfzig Sendungen aus? Ich allein? Das ist viel Arbeit. Und das Kochbuch, das Sie offenbar schon geplant haben?«

»Frau Berger, dafür gibt es doch eine Redaktion, die Ihnen so viel Arbeit wie möglich abnimmt. Sie setzen dann zum Schluss nur Ihren Namen darunter – bei geringstmöglichem Aufwand, das kann ich Ihnen versprechen.«

Lilli schüttelte den Kopf. »Wissen Sie, ich glaube, Sie überschätzen meine Eitelkeit und meinen Drang, in der Öffentlichkeit zu stehen. Vielleicht ist das ein typisch männliches Phänomen bei Köchen, in die Kamera grinsen zu wollen.«

»Aber Frau Berger, keineswegs. Wir halten Sie für besonders geeignet. Und wir glauben, dass es endlich Zeit für eine Köchin im Fernsehen ist, bei den vielen Männern, die es dort schon gibt. Eine Identifikationsfigur für unser weibliches Publikum. Eine neue beste Freundin, sozusagen«, sagte Müllerschön.

Lilli war beinahe belustigt. Er versuchte, sie mit der Beste-Freundin-Masche zu ködern. Der Mann griff wirklich nach jedem Strohhalm, um sie zu überzeugen.

»Alles ist möglich«, fuhr Müllerschön hastig fort. Er redete schnell, als wolle er verhindern, von ihr unterbrochen zu werden. »Rezepte, Tipps für den Haushalt, Einkaufsplanung, Vorratshaltung, schnelle Menüs bei überraschendem Besuch – eine kunterbunte Mischung. Die verschiedenen Wochentage könnten unterschiedliche Themen haben: Montags wird besonders preisgünstig gekocht, dienstags vielleicht vegetarisch ... Alles ist möglich! Wenn Sie eigene Ideen haben, jederzeit. Wir sind glücklich, wenn Sie Lust haben, sich mit Ihrem Redaktionsteam zusammenzusetzen.« Er verstummte abrupt und sah sie erwartungsvoll an.

Lilli kämpfte gegen den irrationalen Drang, sich dafür zu entschuldigen, dass sie außerhalb dieses Raumes ein eigenes Leben mit Plänen, Terminen und Verpflichtungen führte. Diese Bande konnte doch nicht ernsthaft von ihr erwarten, hier und auf der Stelle eine derart wichtige Entscheidung zu treffen? »Zu Hause wartet mein Team auf mich, Herr Müllerschön. Das habe ich Ihnen doch vorhin erklärt. Ich entwickle meine Konzepte grundsätzlich zusammen mit meiner Geschäftspartnerin.«

»Vielleicht könnten wir ja auch eine Dekorubrik einführen«, sagte Elfi Koslowski, offenbar bestrebt, Lilli milde zu stimmen. »Oder Ihre Partnerin könnte beratendes Mitglied unseres Teams werden. Wie wäre das?«

»Das würde voraussetzen, dass Frau Wilhelmi daran interessiert ist. Ich kann hier nicht für sie sprechen.« Lilli wandte sich direkt an Rick Müllerschön. »Aber etwas ganz anderes. Wie lange müsste ich mich denn vertraglich an Ihren Sender binden? Und was ist, wenn Ihre Zielgruppe mich nicht als neue beste Freundin möchte? Oder wenn Sie plötzlich irgendwo eine neue, noch bessere als die bisherige beste Freundin für Ihre Zielgruppe entdecken und mich dann gerne austauschen möchten? Und wie bin ich abgesichert, wenn Sie das Format absetzen wollen, warum auch immer? Weil Ihre Marktforschung vielleicht feststellt, dass die Zielgruppe lieber Sendungen übers Haareschneiden sehen will? Oder über Makramee oder sonst etwas?«

Müllerschön lächelte gequält. »Frau Berger, Sie sind ein ganz schön harter Verhandlungspartner. Respekt!«

Lilli goss sich noch einen Saft ein. Dann sagte sie: »Herr Müllerschön, wir verhandeln doch noch gar nicht. Sie haben eine Idee, die haben Sie mir präsentiert, und ich stelle jetzt die Fragen, die ja wohl jeder Mensch mit einem Funken Grips stellen würde, ehe er sich verpflichtet, sein Gesicht zu verkaufen. Verhandlungen gibt es erst, wenn ich ernsthaftes Interesse habe.« Sie nickte dem verblüfften Müllerschön freundlich zu.

Dieser beugte sich zu Lilli und sagte: »Wollen Sie sich nicht erst einmal anhören, welche Gage wir Ihnen anbieten, Frau Berger?«

Und dann nannte er Lilli eine Summe.

Kapitel 32

Wie in Trance fuhr Lilli nach Hause zurück. Sie konnte sich später nicht mehr an ihre Heimfahrt erinnern. Irgendwie war sie zum Kölner Hauptbahnhof gekommen, hatte es irgendwie geschafft, eine Fahrkarte zu kaufen, und irgendwann hatte sie dann sogar im richtigen Zug gesessen. Gott sei Dank wurden die Bahnhöfe angesagt, sonst wäre sie mit Sicherheit bis zur Endstation durchgefahren.

Als Müllerschön ihr die Gage für eine Staffel der Kochshow genannt hatte, war ihr kurz schwarz vor Augen geworden.

Fünfzigtausend Euro! Das würde nicht nur reichen, um die Schulden bei Käthe auf einen Schlag zu bezahlen, sie wäre außerdem in der Lage, Monsieur Pierre fest anzustellen, ein vernünftiges Auto anzuschaffen, Kati den Führerschein zu sponsern und sogar Svenja endlich die ersehnte Karaoke-Anlage zu schenken. Und sie wäre von Armin unabhängig, vielleicht das beste Argument.

Sie hatte mit Müllerschön eine Bedenkzeit von vierzehn Tagen vereinbart. Die Irritation über ihr Zögern war dem Team deutlich anzumerken gewesen, offenbar wirklich eine neue Erfahrung für die Fernsehleute. Für Fragen, Vorschläge und Ideen seien sie jederzeit für sie erreichbar, hatte man ihr versichert.

Während der gesamten Heimfahrt hatte Lilli der Gedanke an das viele Geld nicht mehr losgelassen. Natürlich würde man nicht das ganze Jahr hindurch drehen. Und es musste auch erst einmal abgewartet werden, ob das geplante Format mit ihr überhaupt ein Erfolg werden würde. Daran allerdings hatten Müllerschön und seine Leute nicht den geringsten Zweifel. »Kochshows sind Quotenhits, Frau Berger. Das ist ein todsicherer Erfolg. Das Publikum kann gar nicht genug davon bekommen, das können wir zahlenmäßig problemlos belegen. Bitte, überlegen Sie es sich«, hatte Müllerschön ihr noch mit auf den Weg gegeben.

Was wohl Gina dazu sagen würde? Und Monsieur Pierre?

Als Lilli zu Hause ankam, wurde es bereits dunkel. Es war spät geworden. Kati hatte sie kommen sehen und wartete in der Haustür. »Ma! Wie war es? Was wollten die von dir?«

Lilli umarmte ihre Tochter und sagte: »Lass uns erst mal reingehen, ja? Ich bin todmüde, und mir zerspringt gleich der Kopf.«

»Komm, gib mir deine Tasche. Die anderen sind auch da.«

»Die anderen?« Lilli ging in die Küche, und da saßen sie und sahen sie gespannt an: Svenja, Käthe, Gina und Monsieur Pierre.

Svenja sprang sofort auf und hopste um Lilli herum. »Mama«, rief sie aufgeregt. »Hast du Stars gesehen? Hast du mir Autogramme mitgebracht? Sag schon! Sag schon!«

»Svenja, lass deine Mutter doch erst einmal ankommen«, sagte Käthe streng.

Lilli ließ sich auf einen Stuhl fallen. Müde sah sie in die Runde und verkündete die große Neuigkeit: »Also gut. Man hat mir eine Sendung angeboten, eine Kochshow. Jeden Tag, Montag bis Freitag. Immer eine halbe Stunde.«

Die Bombe war geplatzt.

Käthe sah skeptisch aus, Monsieur Pierre hatte beide Augenbrauen hochgezogen, Gina war blass geworden. Kati wirkte erfreut, und Svenja, die noch immer neben Lillis Stuhl stand, starrte ihre Mutter mit offenem Mund an.

Dann fragte Svenja: »Verdient man da viel Geld?«

Lilli nickte. »Ziemlich viel.«

Svenja riss die Arme hoch, tanzte durch die Küche und schrie: »Juhu! Wir werden reich! Und berühmt!« Sie rannte zu Lilli und umarmte sie stürmisch. »Ich hab dich lieb, Mama! Du wirst ein Star!«

Lilli löste sich sanft aus der Umklammerung ihrer Tochter. »Moment, Moment. Ich habe noch nicht zugesagt.«

»Was?« Svenja war fassungslos. »Wieso denn nicht? Was gibt's denn da zu überlegen?«

»So einiges, Svenja. Ich kann und will das nicht allein entscheiden.«

»Wieso?«

»Svenja, bitte. Kati, lasst ihr Mädchen uns kurz allein? Ich möchte das zuerst mit meinen Geschäftspartnern besprechen.«

Kati antwortete: »Klar. Lasst euch Zeit.« Sie umarmte Lilli. »Ma, ich bin stolz auf dich.« Dann ergriff sie Svenjas Arm und zog sie aus der Küche.

Monsieur Pierre stand auf und räusperte sich. »Ich geh dann auch mal. Ich gehöre ja wohl nicht in die Runde.«

»Unsinn, Pierre. Setz dich wieder hin, ja? Nach allem, was in letzter Zeit passiert ist, zähle ich dich dazu. Ich denke, Gina wird mir da nicht widersprechen, oder, Gina?«

Gina schüttelte heftig den Kopf. Sie hatte noch immer kein Wort gesagt.

»Und, Käthe, was sagst du dazu?«

Käthe lächelte. »Was soll ich dazu sagen, Lilli. Möchtest du das denn gern machen?«

»Das weiß ich ja eben nicht.«

»Was heißt – jeden Tag?«, fragte Gina. »Dann kannst du ja nichts anderes mehr machen, oder?«

»Nein, nein, so ist das nicht. Die wollen immer zwei Wochen lang drehen, und dann hätte ich sechs Wochen frei. Soweit das planbar ist.«

»Und wie stellen die sich das vor?«, warf Monsieur Pierre ein. »Was soll in den Sendungen passieren? Soll das so werden wie die Geschichte mit dem Mälzer?«

»Nee, die wollen das eher frauenbezogen machen.« Lilli erinnerte sich an die pathetischen Worte von Müllerschön. »Ich soll die neue beste Freundin der weiblichen Zielgruppe werden, wenn ich diesen Menschen im Sender richtig verstanden habe.«

Monsieur Pierres Augenbrauen wanderten wieder nach oben. »Pah. Hört sich nicht sehr fantasievoll an, wenn du mich fragst. Und außerdem – was wird dann aus eurem Geschäft?«

»Die sagen, das könnte ich problemlos weitermachen. Aber was wissen die schon. Ich könnte dir allerdings die Schulden auf einen Schlag zurückzahlen, Käthe.«

»Darüber mach dir mal keine Sorgen, Elisabeth. Ich betrachte das mittlerweile als gute Investition. Das Darlehen soll deine Entscheidung bitte nicht beeinflussen.«

Lilli wandte sich an ihre Freundin. »Gina, sag doch auch mal etwas dazu. Was denkst du? Was soll ich machen?«

Gina rang sich ein Lächeln ab. »Was soll ich dazu sagen? Das musst du entscheiden, Lilli. Du hast dieses Angebot bekommen, nicht ich.«

»Genau«, brummelte Monsieur Pierre. »Wieso eigentlich nur du? Ihr seid doch zu zweit!«

»Weil die ein Konzept auf dem Tisch liegen haben, das nur für eine Person ist. Und momentan glauben sie, dass ich diese Person sein könnte. Warum auch immer. Die stricken ja jetzt nicht etwas extra für mich – es ist umgekehrt. Aber sie wollen sich etwas überlegen, wie sie Gina einbauen können. Ich habe darauf bestanden.«

»Das war nicht nötig, Lilli«, sagte Gina. »Für dich ergeben sich jetzt Möglichkeiten, die nicht vorhersehbar waren. Das ist doch wunderbar. Du musst jetzt nicht, weil du mir gegenüber ein schlechtes Gewissen hast ...«

»Aber darum geht es doch gar nicht, Gina!«, rief Lilli. »Wir sind hier schließlich ein Team! Wir bauen uns gerade etwas auf! Ich werde doch jetzt nicht, nur weil irgendsoein Fernsehsender daherkommt, alles hinschmeißen.«

»Machen wir uns nichts vor, Lilli«, sagte Gina. »Eine eigene Kochshow, das ist ein tolles Angebot. Ich würde es verstehen, wenn du dich dafür entscheiden würdest, ehrlich. Ich wäre dir auch nicht böse.« Gina stand auf und fuhr fort: »Denk in Ruhe darüber nach, Lilli. Lass dir alle Zeit, die du dazu brauchst. Komm, Pierre, wir lassen Lilli jetzt allein. Können wir Sie mitnehmen, Frau Berger?«

Käthe nickte. »Ich nehme Ihr Angebot gern an, Frau Wilhelmi. Ruh dich aus, Lilli, und schlaf über die ganze Sache. Morgen ist dein Kopf bestimmt viel freier als jetzt.«

Lilli blieb allein an ihrem Küchentisch zurück. Gedankenverloren drehte sie ihre Tasse in den Händen. Das war nicht so gelaufen, wie sie es sich vorgestellt hatte. Sie hatte gehofft, mit Gina, Pierre und vielleicht auch Käthe um den Tisch zu sitzen, zu diskutieren und die Zukunft zu planen. Und das Ergebnis dieser Diskussion sollte – so hatte Lilli gedacht – gleichzeitig die Entscheidung sein, ob sich eine Kochsendung mit *Lillis Schlemmerei* vereinbaren ließe oder nicht. Dass Käthe zurückhaltend reagieren würde, hatte sie erwartet. Dass Monsieur Pierre die Augenbrauen hochzog, ebenfalls. Aber dass Gina überhaupt keine Meinung dazu äußerte, hatte Lilli sehr überrascht. Ob ihre Freundin eifersüchtig war? Nein, das war zu abwegig.

Hinter ihr öffnete sich die Küchentür. Svenja steckte ihren Kopf herein und sagte: »Dürfen wir wieder reinkommen?«

Lilli nickte. »Ja, kommt bitte, ich möchte mit euch reden. Wo ist Kati?«

»Im Wohnzimmer. Kati! Mama sagt, sie will mit uns sprechen.«

Als Lilli mit ihren Töchtern am Tisch saß, erinnerte sie sich an die Situation einige Monate zuvor, als sie Kati und Svenja mitteilen musste, dass ihr Vater ausziehen und ihre Eltern sich trennen würden. So viel war seitdem passiert, so viel hatte sich verändert. Und jetzt stand – vielleicht – eine Veränderung ins Haus, die ihr Leben endgültig komplett auf den Kopf stellen könnte.

Svenja zappelte aufgeregt auf ihrem Stuhl herum und strahlte Lilli verzückt an, der schmerzhaft bewusst wurde, dass die Begeisterung ihrer Tochter ausschließlich durch die Hoffnung auf viel Geld ausgelöst worden war.

Lilli erklärte den Mädchen, was der Sender ihr angeboten hatte und welchen zeitlichen Aufwand die Produktion einer fast täglichen Sendung bedeutete.

»Ihr beiden, was haltet ihr von der Sache?«

»Ich finde das ganz, ganz toll! Alle meine Freundinnen werden total neidisch sein«, schwärmte Svenja.

»Ich werde aber, wenn ich das mache, viel von zu Hause weg sein. Ich weiß noch nicht, wie viel Zeit mich das kosten wird. Es sind ja bestimmt nicht nur die vierzehn Tage, an denen die Sendungen für die nächsten zwei Monate gedreht werden. Besprechungen, Planungen und Proben werden auch anstehen. Wenn ich zusage, werde ich erst einmal kaum noch daheim sein. Das ist dir doch klar, Svenja?«

»Das macht doch nichts. Dafür wirst du aber ganz viel Geld verdienen. Und wir können in ein tolles Haus ziehen. Und ich kann Gesangsstunden nehmen. Und du triffst ganz viele berühmte Leute. Und ich kann die dann auch kennenlernen. Hach, das wird toll!«

»Ist das alles, was dich daran interessiert, du hohle Tussi?«, murmelte Kati mit gerunzelter Stirn. »Typisch.«

»Ach, du alte Langweilerin«, jubelte Svenja fröhlich, »du kannst mich heute gar nicht ärgern!«

»Was hältst du denn von dem Angebot, Kati? Deine Meinung interessiert mich sehr«, sagte Lilli.

»Ich freue mich für dich, Ma – wenn du dich auch freust. Ich fände es schade, wenn du dann ständig in Köln wärst. Euer Geschäft läuft doch so gut. Dafür hättest du dann erstmal kaum noch Zeit, oder? Und es macht mir Spaß, euch zu helfen.«

»Schleim, schleim, schleim!«, sang Svenja. »So eine schleimige Langweilerin! Das doofe Geschäft ist doch egal. Fernsehen ist viel besser!«

»Halt jetzt endlich mal die Klappe!«, fauchte Kati. »Würde es dir vielleicht Spaß machen, Ma nur noch im Fernsehen zu sehen? Und soll sie Tante Gina einfach hängen lassen?«

»Na und? Ist doch super, wenn Mama ein Star ist. Und dann lernt sie viele interessante Leute kennen, die mir helfen können, Sängerin zu werden! Oder Moderatorin!«

»Das ist das Dümmste, was ich je von dir gehört habe, Svenja. Und du hast schon jede Menge Mist von dir gegeben. Und so was ist meine Schwester! Das ist ja voll peinlich!«

»Mädchen, bitte«, versuchte Lilli zu schlichten. Aber es war bereits zu spät.

»Mama, sag Kati, sie soll nicht so mit mir sprechen! Die ist ja nur neidisch.«

»Neidisch? Worauf denn wohl? Auf dich? Das ist ja wohl ein Witz! Wenn ich so hohl wäre wie du ... Ich würde mich schämen! Dir geht es immer nur um Geld und um deinen Vorteil.«

»Du bist eine hässliche, langweilige Pute!«, schrie Svenja schrill. »Du gönnst keinem etwas! Nur weil dich keiner leiden kann, kannst du auch keinen leiden.«

»Du spinnst ja, Svenja. Pass auf, was du sagst!«

»Wieso? Stimmt doch! Warum hast du denn keinen Freund? Weil du so hässlich bist! Warum hat dein geliebter Tobi denn eine andere Freundin? Weil du so hässlich bist und immer schlecht drauf!« Svenja starrte Kati provozierend an.

Katis Hand schoss vor und verpasste Svenja eine saftige Ohrfeige, ehe Lilli eingreifen konnte. Ein feuerroter Handabdruck blieb zurück.

»Mama«, heulte Svenja. »Kati hat mich gehauen!«

Lilli seufzte. »Du hast es herausgefordert, oder?«

»Na und? Die kann mich doch nicht einfach hauen!«

»Svenja, beruhige dich. Und Kati – das machst du nicht noch einmal. Hier wird nicht geschlagen. Und ich finde es schrecklich, dass dieses Angebot vom Fernsehen derartige Streitigkeiten auslöst. Ich habe nicht das Gefühl, dass meine Abwesenheit euch guttun wird. Ich hätte in Köln ja keine ruhige Minute!«

»Aber das geht nicht! Du musst das machen, Mama! Das bist du mir schuldig!«, schrie Svenja entsetzt.

Lilli erstarrte. Für einen Moment war sie sprachlos. Kati reagierte umso schneller. »Drehst du jetzt komplett durch, du blöde Kuh? Ma ist dir gar nichts schuldig.«

»Doch! Ist sie wohl!«, kreischte Svenja, völlig außer sich. Sie zitterte vor Wut. »Sie ist schuld, dass Papi nicht mehr hier ist und dass wir so wenig Geld haben! Sie hat Papi weggejagt, und jetzt ist er total unglücklich! Wie es uns geht, ist ihr total egal! Und jetzt kann sie viel Geld verdienen! Dann soll sie das gefälligst auch tun!« Svenja sprang auf und starrte Lilli, die ihren Ausbruch fassungslos verfolgt hatte, wütend an. »Ich hasse dich! Ich hasse euch beide! Ich will nicht mehr hier wohnen, hier kann mich keiner leiden! Ihr haltet immer zusammen! Ich rufe jetzt Papi an, der soll mich holen. Und dann will ich euch nie mehr sehen!« Damit rannte sie aus der Küche und polterte die Stufen zu ihrem Zimmer hinauf.

Lilli saß wie erschlagen am Küchentisch.

Kati wollte Svenja folgen, aber Lilli hielt sie auf. »Lass sie. Wenn sie deinen Vater anrufen will, soll sie. Ich kann nicht mehr.«

Kati setzte sich wieder auf ihren Stuhl. »Tut mir so leid, Ma«, flüsterte sie.

»Ist schon okay, Kati.«

Die schüttelte den Kopf. »Ist es nicht. Du hattest so wahnsinnig viel Stress in letzter Zeit, und wir trampeln auf deinen Nerven rum. Du hast dich um mich gekümmert, und dann hast du gar keine Pause gehabt nach dem Theaterfest. Und anstatt uns jetzt mit dir zu freuen, führen wir uns hier auf wie ... wie ...«

»Ach, ihr habt ja recht. Ich vernachlässige euch sowieso schon. Was könnt ihr denn dafür, dass euer Vater und ich uns trennen? Ich habe meine Kräfte überschätzt. Und als Konsequenz daraus bricht hier alles auseinander. Ich habe auf ganzer Linie versagt.«

»Ma, nein! Das stimmt doch gar nicht!«

Die Küchentür ging auf und Svenja erschien. In den Raum hinein verkündete sie: »So, damit ihr Bescheid wisst, gleich kommt Papi und holt mich ab. Und dann könnt ihr nicht mehr auf mir herumhacken.« Sie drehte sich auf dem Absatz um und knallte die Küchentür hinter sich zu.

Lilli sank auf ihrem Stuhl in sich zusammen. »Soll sie zu Armin ziehen. Vielleicht kommt dann ein bisschen Ruhe in die Sache. Ich gebe auf. Und ich sage Köln ab.«

Kati hockte sich neben ihre Mutter und nahm sie in die Arme. »Ma, sei nicht traurig. Svenja kommt schon wieder, glaub mir. Und du legst dich jetzt hin, sofort. Ich kümmere mich hier um alles. Du willst den beiden doch im Moment nicht begegnen, oder?«

Lilli schüttelte den Kopf.

»Na also. Nimm ein Bad, und dann schlaf. Und das mit Köln – lass dir Zeit mit der Entscheidung. Das war heute alles ein bisschen viel.«

Lilli gehorchte ihrer Tochter. Als sie in der Badewanne lag, hörte sie Armin vorfahren, dann Stimmen im Flur. Kurz danach fiel die Haustür ins Schloss, zwei Autotüren klappten und Armins Wagen fuhr weg.

Lilli begann zu weinen.

Kapitel 33

Als Lilli am nächsten Tag erwachte, war es bereits fast Mittag. Sie hatte sich lange herumgewälzt, ohne Ruhe zu finden. Erst in den frühen Morgenstunden war sie in einen leichten Schlaf gefallen, aus dem sie immer wieder schweißgebadet hochgeschreckt war.

Sie fühlte sich müde und kraftlos. Der Schlaf hatte ihr nicht die erhoffte Erholung gebracht, von Klarheit ganz zu schweigen. Und es hatte sich auch nichts über Nacht geändert: Svenja war zu ihrem Vater geflohen, und die Entscheidung wegen der Kochshow musste nach wie vor getroffen werden.

Lilli schlüpfte lustlos in Nickihose und T-Shirt und schleppte sich mühsam in die Küche. Kati hatte den Frühstückstisch für sie vorbereitet und ein Gedeck hingestellt. Eine Vase mit Dahlien in flammenden Rot- und Rosatönen stand in der Mitte des Tisches. Kati musste sie morgens noch im Garten gepflückt haben, bevor sie zur Schule gefahren war.

An der Vase lehnte eine Nachricht. »Guten Morgen, Ma! Hast du gut geschlafen? Wir sehen uns später. Kati.«

Auf dem Herd stand die vorbereitete Espressokanne. Lilli stellte die Herdplatte an und stieg die Treppen hoch in den ersten Stock. Sie fürchtete sich zwar davor, aber sie musste es tun. Zögernd öffnete sie die Tür zu Svenjas Zimmer.

Das Bett war zerwühlt, so als hätte Svenja in ihrer Wut auf die Kissen eingeschlagen. Ihre Kuscheltiere lagen im gesamten Zimmer verstreut. Die Türen des Kleiderschranks standen offen. Mindestens die Hälfte ihrer Kleidung fehlte. Leere Bügel hingen an der Stange im Schrank, lagen auf dem Bett und auf dem Fußboden. Die Schubladen ihrer Kommode waren halb herausgezogen. Über ihren Rand hingen Wäschestücke.

Mechanisch nahm Lilli die Hemdchen und T-Shirts, faltete sie sorgfältig und legte sie ordentlich zurück. Svenjas fehlende Schulbücher hatten auf dem Bücherregal klaffende Lücken hinterlassen. Der Schreibtisch war halb leer, ihr kleiner Schminktisch ebenfalls. Die Ketten und Tücher, die sonst immer neben dem Spiegel hingen, waren verschwunden. Von den Postern an der Wand lächelte Pink unverdrossen in ein Zimmer, dem man die Wut ansah, mit der Svenja ihre Sachen gepackt hatte.

Mit Tränen in den Augen ging Lilli ins Badezimmer der Mädchen. Mit schmerzlicher Deutlichkeit wurde Lilli bewusst, wie sehr die fehlenden Gegenstände sie an Armins Auszug vor einigen Monaten erinnerten.

War das jetzt ihr Schicksal, dass die Menschen sich von ihr abwandten? Erst Armin, dann Mike, jetzt Svenja. Ihren beruflichen Neubeginn hatte sie erfolgreich bewältigt, dafür lag ihr Privatleben in Scherben. War sie zu egoistisch? Sogar Gina schien sich zurückzuziehen. Langsam stieg sie die Treppen hinunter und ging in die Küche. Ihr Espresso war in der Zwischenzeit längst übergekocht, und der Herd war mit eingebranntem Kaffee verkrustet. Die Küche stank beißend nach der verbrannten Flüssigkeit.

Sie schüttete den Rest Espresso in den Ausguss, kühlte die Kanne unter fließendem, kalten Wasser und füllte das Sieb der *Bialetti* mit frischem Pulver.

Dass Gina sich nicht bei ihr meldete, beunruhigte Lilli. Wie dachte ihre Freundin wirklich über das Angebot aus Köln und die möglichen Konsequenzen für *Lillis Schlemmerei?* Die Vorstellung, Gina könnte glauben, ihre gemeinsame Zukunftsperspektive sei ihr egal, war Lilli unerträglich. Sie ging kurzentschlossen ins Wohnzimmer und suchte nach dem Telefon. Sie wählte Ginas Nummer, während sie zurück in die Küche ging.

»Wilhelmi, guten Tag.«

»Gina, ich bin's. Hast du Zeit zu reden?«

»Lilli, nee, tut mir leid. Ich bin eigentlich schon auf dem Weg nach draußen. Aber wenn es nicht zu lange dauert ...«

Lilli schluckte ihre Enttäuschung hinunter und sagte betont munter: »Na ja, ich wollte mit dir über diese Köln-Sache sprechen, weißt du? Deine Meinung ist mir sehr wichtig.«

»Hm. Du, ich habe ja gestern schon gesagt, wie ich es sehe. Das kannst nur du allein entscheiden, Lilli. Ich respektiere deine Entscheidung auf jeden Fall, egal, wie sie ausfällt. Nimm da bitte keine Rücksicht auf mich.« Gina klang ganz ruhig. Lilli fühlte Panik aufsteigen. Womöglich war Gina diejenige, der die Zukunft von *Lillis Schlemmerei* egal war?

»Aber das geht doch uns beide an, Gina. Wir haben zusammen ein Geschäft, da kann ich doch nicht auf einmal so einen Alleingang machen. Das will ich auch gar nicht.«

»Lilli.« Ginas Stimme wurde weich. »Du bekommst da gerade eine einmalige Chance geboten. Da werde ich mich dir nicht in den Weg stellen. Außerdem hat Pierre ja jetzt Zeit und würde sowieso gern bei uns mitmachen. Der könnte dich doch gut ersetzen, wenn du in Köln zu tun hast. Hast du daran schon mal gedacht?«

Lilli sah ihre schlimmsten Befürchtungen bestätigt. Gina und Pierre planten bereits ohne sie. »Ja, aber ich will doch gar nicht ersetzt werden, Gina.« Aus dem Hintergrund hörte sie eine Männerstimme nach Gina rufen. »Hast du Besuch?«

»Das ist Pierre. Wir wollen zu dem Raum fahren, in dem übermorgen der Kindergeburtstag stattfinden soll. Ich will mir alles noch mal ansehen, wegen der Deko. Du weißt doch, die Herrschaften wünschen für ihr Prinzesschen einen Märchenwald mit allen Schikanen.«

Schlagartig wurde Lilli klar, dass sie diesen Auftrag in der Aufregung der letzten Tage völlig vergessen hatte. »Ich komme mit. Da kann ich direkt planen, wo die Hexenküche aufgebaut werden kann. Holt ihr mich ab?«

»Nicht nötig, Lilli. Das kann alles Pierre erledigen. Du ruh dich schön aus. Und wir beide reden die Tage mal, ja? Tschüss, Lilli.« Gina hatte aufgelegt.

Sekunden später gurgelte die Espressokanne. Als Lilli sich gerade eine Tasse eingegossen hatte, klingelte es an der Haustür. Lilli setzte sich erschöpft an den Küchentisch. Sie wollte niemanden sehen und musste erst einmal die Enttäuschung verarbeiten, die Ginas Verhalten in ihr ausgelöst hatte.

Es klingelte erneut. Dann erschien Armins Gesicht am Küchenfenster. Er legte die Hand über die Stirn, um das Licht abzuschirmen, und spähte durch die Scheiben. Als er sie sah, klopfte er an das Glas. »Lilli? Warum gehst du nicht an die Tür?«

Lilli machte eine abwehrende Geste mit der Hand und rief: »Hau ab! Ich habe keine Lust auf Besuch!«

Armin klopfte wieder an die Fensterscheibe. »Lilli, bitte! Es ist wegen Svenja!«

Widerwillig erhob sie sich und öffnete Armin die Haustür. Er rannte fast an ihr vorbei in die Küche und setzte sich an den Tisch. Als Lilli wieder Platz genommen hatte, sagte er vorwurfsvoll: »Svenja will bei mir wohnen.«

»Ich weiß, Armin. Ich war bei ihrer Abschiedsvorstellung dabei.«

Armin verdrehte die Augen und sagte spitz: »Das ist mir klar, Lilli. Aber ich will wissen, was das soll. Ist das deine Vorstellung von Rache? Willst du mich fertigmachen?«

Lilli antwortete nicht. Dass Armin glaubte, sie könnte Svenja benutzen, um ihn zu bestrafen ... Sie würde seine unverschämten Fragen keiner Antwort würdigen. Wortlos starrte sie aus dem Fenster, in der irrationalen Hoffnung, Armin würde schließlich gehen, wenn sie ihn nur lange genug ignorierte.

»Lilli, hast du verstanden, was ich gesagt habe?«

Langsam wandte Lilli ihren Blick vom Fenster ab und sah Armin an. »Ich bin ja nicht taub. Svenja will bei dir wohnen. Freust du dich denn nicht?«

»Was soll das denn jetzt? Natürlich freue ich mich, wenn ich meine Tochter sehe. Aber bei mir wohnen? Ich bin doch gar nicht darauf eingestellt!«

»Na, dann stell dich halt darauf ein. Kann doch nicht so schwer sein, oder? Ist deine Wohnung etwa nicht groß genug? Du hast doch noch ein freies Zimmer.«

Armin rutschte unruhig auf seinem Stuhl herum. »Ja schon, aber ich bin berufstätig ...«

»Oh, na dann ...«, sagte Lilli ironisch und fuhr fort: »Und? Bin ich auch. Und mit mir Hunderttausende alleinerziehende Mütter und Väter. Die schaffen das auch irgendwie.«

Armin runzelte die Stirn und schlug mit der flachen Hand auf den Tisch. »Also bitte, das tut doch hier nichts zur Sache!«

Lilli war klar, dass Armin kurz davor war, die Nerven zu verlieren. Es interessierte sie nicht. Sie lächelte ihn freundlich an und sagte: »Worum geht es hier wirklich, Armin? Svenja erzählt mir ständig, wie sehr du angeblich deine Familie vermisst. Du müsstest vor Freude doch schier aus dem Häuschen sein, dass sie bei dir wohnen will.«

»Ja, aber wer soll das Kind denn versorgen?«

»Ihr könnt doch schön zusammen kochen. So ein richtig cooles Vater-Tochter-Ding. Svenja ist bestimmt begeistert. Oder ihr bestellt euch etwas beim Pizzaservice. Svenja nimmt immer frittierte Tintenfischringe. Ohne den gemischten Salat.«

»Aber ich bin abends nicht immer zu Hause.«

Armins Argumentation wurde zusehends lahmer, wie Lilli belustigt feststellte. »Dann musst du halt anders disponieren, Armin. Oder du bittest Käthe um Hilfe. Und außerdem, mit Vanessa ist doch mittlerweile Schluss, oder? Sie hat mir zumindest beim Theaterfest gesagt, dass ich dich wiederhaben könnte.«

Armin wurde blass. »Wa..., was hat sie gesagt? Wann?«

Ein bisschen schämte Lilli sich für ihre Genugtuung, als sie sagte: »Ach, du wusstest noch gar nicht, dass du bei ihr nicht mehr die Nummer Eins bist? Das tut mir leid.«

Armin rang sichtlich um Fassung. Auf seiner Stirn standen Schweißtropfen. Er musste sich mehrmals räuspern, bis er endlich einen Ton herausbrachte. »Lilli, du bist zynisch. Das steht dir nicht. Und dass du dir derartige Dinge ausdenkst ...«

»Ausdenken? Armin, darauf verschwende ich meine kostbare Fantasie nicht. Finde dich damit ab, dass deine Tochter bei ihrem Vater leben möchte. Ich respektiere das, wenn ich ihre Gründe dafür auch fragwürdig finde. Und jetzt bitte ich dich, zu gehen. Kleiner Tipp noch für die tägliche Küche daheim: Svenja isst am liebsten Nudeln. Ist ganz einfach: Wasser zum Kochen bringen, Nudeln rein, zehn Minuten warten – fertig. Das lernst du schnell.«

»Aber Lilli, bitte ...«

Lilli riss endgültig der Geduldsfaden. »Hör auf zu jammern, Armin!«, fauchte sie, während sie ihn vom Stuhl hochzerrte und in Richtung Haustür zog. »Stell dich endlich deiner Verantwortung! Wenn Svenja hierher zurückkommen will, ist sie herzlich willkommen. Und bis dahin wünsche ich euch viel Spaß zusammen.« Damit schob sie Armin aus dem Haus und knallte die Tür hinter ihm zu.

Lilli holte ihre Tasse aus der Küche und ging in ihr kleines Arbeitszimmer, Armins ehemaliges Büro. Nach seinem Auszug hatte sie, obwohl sie seinen Schreibtisch und seine Regale behalten hatte, dem Raum ihren persönlichen Stempel aufgedrückt. Eine gemütliche Rattan-Sitzgruppe für Kundengespräche nahm den früheren Platz von Armins Zeichenbrett ein. In der Mitte des Tisches standen immer frische Blumen, entweder von Gina oder aus ihrem eigenen Garten. Auf einem großen Jahreskalender an der Wand notierte sie ihre Termine und Aufträge. An einer riesigen Pinnwand hingen Fotos von ihren Events: Gina und sie Arm in Arm, Ginas Dekorationen, Kati, lachend und mit Tomatensuppenflecken auf der Schürze, Monsieur Pierre in mittelalterlicher Kluft und mit griesgrämigem Gesicht.

Lilli berührte mit den Fingerspitzen ein Foto, auf dem Mike, flankiert von Ozzy und Zappa, grinsend in die Sonne blinzelte und einen mächtigen, orangefarbenen Kürbis in die Kamera hielt. Dieser Kürbis symbolisierte ihren ersten Auftrag, das Essen in der Kanzlei. Obwohl dieses Foto erst vor einigen Monaten entstanden war, schien die darauf abgebildete Szene aus einer weit entfernten Vergangenheit zu stammen.

Lilli traten Tränen in die Augen.

Noch einmal strich sie über sein Bild. Sie ließ den Blick weiter durch den Raum schweifen. Die Ordner mit den Rezepten, die Hängeregistratur, in der die Aufträge dokumentiert wurden. Ein Ordner mit Dankschreiben.

Auf dem Schreibtisch stapelten sich Lieferscheine, Rechnungen und andere Unterlagen, die dringend sortiert und zum Steuerberater gebracht werden mussten. Seit der Auftrag für das Theaterfest unerwartet in ihre Planung geplatzt war, war sie nicht mehr dazu gekommen, die Büroarbeit zu erledigen. Sie hatte einfach keine Zeit mehr dazu gehabt. Die Messe hatte zusätzlich sämtliche Kapazitäten gebunden, sowohl körperlich als auch geistig. Gott sei Dank hatte Monsieur Pierre tatkräftig und begeistert mitgeholfen, sonst wäre es eng geworden. Dann war die Nachbereitung der Messe angestanden, und jetzt die Sache mit der Kochshow.

Sie fühlte sich, als hätte sie seit Wochen weder geschlafen noch Luft geholt. Sie war unendlich müde. Und das Haus war so leer. Je leerer das Haus wurde, desto kleiner fühlte sie sich.

Plötzlich hörte sie das vertraute Quietschen des Gartentores und spähte aus dem Fenster. Käthe kam schnellen Schrittes auf die Haustür zu.

Und Lilli konnte es selbst kaum glauben: Sie freute sich über den Besuch ihrer Schwiegermutter.

»Elisabeth, du siehst entsetzlich aus«, entfuhr es der erschrockenen Käthe, als Lilli ihr die Tür öffnete.

Lilli versuchte ein Lächeln. »Na, danke. Das nenne ich mal ein Kompliment.«

»Ach, Kind, das habe ich doch nicht so gemeint.«

»Weiß ich doch. Komm rein, Käthe. Möchtest du einen Tee?«

»Gern. Was machst du gerade? Habe ich dich gestört?«

»Nein, hast du nicht«, sagte Lilli, während sie in die Küche gingen. »Ich war im Büro und habe mir die liegen gebliebene Arbeit angesehen. Dahin zieht mich im Moment nichts zurück, um ehrlich zu sein.«

»Wolltest du gerade essen?« Auf dem Küchentisch stand noch immer das Gedeck, das Kati für Lilli vorbereitet hatte. »Oh, und diese wunderbaren Dahlien! Sind die von Frau Wilhelmi?«

»Nein. Obwohl – indirekt schon. Gina hat sie hier in den Garten gepflanzt. Aber Kati hat sie wohl heute Morgen geschnitten und auf den Tisch gestellt.«

»Katharina ist ein gutes Kind. Du kannst wirklich stolz auf sie sein.«

»Ich weiß, Käthe. Bin ich. Ich habe zwei wunderbare Töchter, auch wenn die eine mich gerade überhaupt nicht leiden kann.«

Käthe schwieg und beobachtete Lilli dabei, wie sie Tee kochte, das Teelicht im Stövchen auf dem Tisch entzündete und die Kanne auf den Metallrost stellte, nachdem sie eine Tasse für Käthe gefüllt hatte.

Käthe schnupperte. »Hm, Ingwertee. Danke, Elisabeth. Komm, setz dich zu mir.«

»Sofort.« Lilli kam zu Käthe an den Tisch, nachdem sie noch einige Plätzchen aus einer Keksdose auf einen Teller gepackt hatte.

Käthe kam gleich zur Sache. »Katharina hat mich gestern Abend noch angerufen.«

»Wegen Svenja.«

»Ja.«

»Und? Hat sie dir erzählt, warum Svenja unter Protest zu ihrem Vater gezogen ist?«

»Ja, allerdings.« Sie legte ihre Hand auf Lillis Rechte. »Elisabeth, das alles tut mir schrecklich leid. Das muss furchtbar für dich gewesen sein.«

Bei der Erinnerung an den Streit am Abend zuvor begann Lilli zu weinen. »Ach, Käthe«, schluchzte sie, »was habe ich bloß falsch gemacht? Ich habe Svenja doch nicht so erzogen, dass Geld das Wichtigste ist, oder? Muss ich mir Vorwürfe machen?«

Käthe schüttelte den Kopf. »Natürlich nicht. Aber du musst zugeben, dass ihr das Kind verwöhnt habt. Sie hat immer alles bekommen, was sie sich gewünscht hat.«

»Aber es kann doch nicht sein, dass meine Teenager-Tochter mir sagt, dass ich ihr ein Luxusleben schuldig bin. Das ist absurd!« Fahrig wischte sie sich die Tränen aus dem Gesicht.

Käthe lächelte. »Das ist es allerdings. Aber Svenja weiß eben noch nicht, was es bedeutet, selbst Geld zu verdienen. Und wenn sie nie gezwungen war, mit ihrem Taschengeld auszukommen ...«

Sie holte eine Packung Papiertaschentücher aus ihrer Handtasche und zupfte ein Tuch heraus, das sie Lilli reichte. Lilli putzte sich geräuschvoll die Nase und sagte dann: »Darüber solltest du dich mal mit deinem Sohn unterhalten. Ich war nie damit einverstanden, wenn er ihr mal wieder etwas extra zugesteckt hat. Und diese Einkaufsorgien, die er seit unserer Trennung mit ihr unternimmt. Kein Wunder, dass sie ausflippt.«

»Und wie fühlst du dich damit, dass Svenja zu Armin gezogen ist?«

»Ich weiß nicht. Einerseits macht mich das traurig, aber andererseits ...«, Lilli suchte nach einer passenden Formulierung, »... halte ich es für ein interessantes Experiment.«

Käthe lachte leise. »Das denke ich auch. Was meinst du, wie lang dieses Experiment dauern wird?«

»Oh, Svenja kann unglaublich stur sein. Die zieht das durch, da bin ich sicher. Und ich werde sie nicht zwingen, zurückzukommen.« Sie seufzte und starrte einen Moment lang aus dem Fenster. Dann sagte sie: »Svenja ist dreizehn Jahre. Sie ist alt genug, ihre eigenen Erfahrungen zu machen. Und es ist ja nicht so, als müsste sie jetzt auf der Straße leben und unter der Brücke schlafen.«

»Der Junge ist gar nicht darauf eingerichtet, dass Svenja bei ihm wohnt. Er ist ziemlich durcheinander deswegen.«

»Das kann ich mir lebhaft vorstellen«, sagte Lilli. »Aber, Käthe, um ehrlich zu sein, mein Mitleid hält sich in Grenzen.

Wenn es nicht so zynisch klänge, würde ich sagen, die beiden haben sich verdient. Und wenn es ihr bei Armin tatsächlich besser geht, dann ist das eben so.«

»Ist das wirklich kein Problem für dich?«

»Ach, Käthe.« Lillis Tränen begannen wieder zu fließen. »Im Moment habe ich das Gefühl, dass ich niemandem etwas recht machen kann. Mir schwirrt der Kopf, ich kann kaum einen klaren Gedanken fassen. Und jetzt noch dieses Angebot ...« Lilli schluchzte.

»Freust du dich denn nicht darüber?«

»Doch, schon ... Aber mein Leben ist so durcheinander, ich kann eigentlich nicht noch mehr Chaos brauchen, weißt du? Und ausgerechnet Gina zieht sich zurück und will nicht mit mir darüber reden.«

»Vielleicht will sie dich nicht beeinflussen oder dir das Gefühl geben, dass du auf sie Rücksicht nehmen musst.«

»Ja, das sind fast genau ihre Worte. Ich glaube, sie richtet sich mit Pierre schon in der neuen Situation ein. Die brauchen mich gar nicht mehr. Das fühlt sich schrecklich an, Käthe.«

»Ach, Elisabeth, das verstehst du bestimmt falsch. Du bist einfach total erschöpft. Überleg doch mal, was du in den letzten Wochen und Monaten geleistet hast.«

»Das ist ja schön und gut, aber wenn ich mich jetzt so mies fühle, zeigt mir das nicht, dass ich zu schwach dafür bin? Dass ich mich überschätzt habe?«

»Unsinn«, sagte Käthe streng. »Jetzt stellst du dein Licht unter den Scheffel. Du hast ja nicht nur körperlich schwer gearbeitet, sondern du warst und bist emotional in einer Ausnahmesituation. Ich finde, du hast dich bewundernswert geschlagen.«

»Das sagst du jetzt nur, um mich zu trösten«, murmelte Lilli.

Käthe schüttelte bestimmt den Kopf. »Keineswegs, Elisabeth. Ich weiß, dass wir in vielen Dingen unterschiedlicher Meinung sind und dass ich dir früher oft Unrecht getan habe. Aber du bist eine liebevolle Mutter, eine wunderbare Köchin und eine gute Geschäftsfrau. Du bist eine starke und mutige Frau.«

Lilli winkte müde ab. »Das täuscht. Ich bin wie eine Kugel in einem Flipper durch die letzten Monate geschleudert worden. Ich habe nicht das Gefühl, mir etwas wirklich erarbeitet zu haben. Beruflich ist mir alles irgendwie in den Schoß gefallen. Du hast mir das Geld gegeben, wichtige Aufträge kamen durch Freunde ...«

Käthe fiel Lilli ins Wort. »Das ist doch blanker Unsinn, Elisabeth. Du hast niemanden, der dich empfohlen hat, blamiert, oder? Es ist nichts Ehrenrühriges, große Aufträge über Beziehungen zu bekommen, wenn man den damit verbundenen Qualitätsanspruch erfüllen kann. Und das kannst du.«

»Mag sein.« Lilli zuckte mit den Achseln. »Trotzdem habe ich das Gefühl, ohne fremde Hilfe nichts leisten zu können.«

Käthe schüttelte vehement den Kopf. »Elisabeth, das stimmt einfach nicht. Und dass du mit Armin so konsequent bist – Chapeau.«

»Das sagst ausgerechnet du?«

Käthe lächelte. »Armin ist mein einziger Sohn, und ich liebe ihn sehr, das weißt du. Aber deswegen muss ich nicht automatisch gutheißen, was er tut. Und dass er nicht nur dich, sondern auch mich weiter belogen hat, was sein Verhältnis zu dieser Frau angeht, das nehme ich ihm wirklich übel. Und daran wird sich auch in Zukunft nichts ändern.«

Käthe goss sich Tee nach, griff nach einem der Plätzchen und knabberte daran. »Hm, Florentiner. Hast du die gemacht?«

»Kati. Sie übt schon mal für Weihnachten.«

Käthe biss noch ein Stück ab. »Kann es sein, dass ich Ingwer schmecke?«

»Möglich.«

»Sehr lecker. Sag mal, Elisabeth, wie denkst du heute über das Angebot für die Kochsendung?«

Lillis Körper reagiert sofort auf die Frage. Ihr wurde heiß, ihr Herz klopfte schnell und hart, und das Adrenalin trieb ihr den Schweiß aus allen Poren. Lilli sprang auf und begann, in der Küche hin und her zu laufen. »Keine Ahnung, Käthe. Ich habe das Gefühl, ich bin noch verwirrter als gestern. Der Krach mit Svenja hat mir sehr zugesetzt. Außerdem habe ich miserabel geschlafen.« Lilli nahm einen Lappen von der Spüle und begann, die ohnehin sauberen Arbeitsflächen ihrer Küchenzeile zu putzen.

»Ich weiß nicht, was ich denken soll«, sagte sie, während sie imaginäre Schmutzflecken wegschrubbte. »In meinem Kopf geht alles durcheinander. Alle sagen, ich soll mich allein entscheiden.« Sie hielt inne. Dann schleuderte sie den Lappen gegen die Wand, drehte sich zu Käthe um und schrie: »Ich will mich aber nicht allein entscheiden! Versteht das denn keiner?« Plötzlich gaben ihre Beine nach. Kleine Lichter explodierten vor ihren Augen. Sie versuchte, das Blitzen und Funkeln wegzuwinkern, aber von allen Seiten raste Schwärze auf sie zu. Lilli griff haltsuchend hinter sich, vergeblich. Sie murmelte: »Mir ist schlecht«, und taumelte ein paar Schritte auf Käthe zu, grau im Gesicht. Käthe war aufgesprungen und konnte Lilli gerade noch auffangen, bevor sie auf dem Boden aufschlug.

Der Notarzt schloss leise die Schlafzimmertür hinter sich und nickte der wartenden Käthe zu. »Alles so weit in Ordnung, Frau Berger. Ihrer ... Schwiegertochter, nicht wahr? ... geht es wieder gut. Aber sie ist völlig erschöpft. Hat sie momentan viel Stress?«

»Allerdings«, sagte Käthe. »Sie hat sich vor einiger Zeit selbstständig gemacht, dazu gibt es noch familiäre Turbulenzen, Sie verstehen. Auf meine Schwiegertochter ist einiges eingestürzt während der letzten Monate.«

Während Käthe sprach, hatte der Arzt sich Notizen gemacht. Jetzt blickte er auf. »Körperlich fehlt ihr nichts, sie ist allerdings leicht untergewichtig. Ich habe ihr eine stärkende Spritze gegeben. Sie muss sich unbedingt ein paar Tage ausruhen, sonst ist der nächste Zusammenbruch vorprogrammiert. So eine Ohnmacht aus purer Erschöpfung ist ein deutliches Alarmsignal. Ihre Schwiegertochter sollte sich von ihrem Hausarzt gründlich durchchecken lassen: Blutwerte, EKG, Blutdruckmessung, am besten über vierundzwanzig Stunden. Das empfehle ich dringend.«

»Könnte sie ...«, Käthe zögerte, fuhr dann mit gesenkter Stimme fort: »... schwanger sein?«

Der Arzt schüttelte den Kopf. »Glaube ich nicht. Ihre Schwiegertochter sagt, sie hat regelmäßig ihre Menstruation. Was bei ihrem körperlichen Zustand schon fast ein Wunder ist. Sicherheit bringt aber ein Test. Oder ein Besuch beim Gynäkologen.«

Draußen ertönte das Knattern von Katis Roller. Kurz danach ging die Haustür auf.

»Ma?«, rief Kati fröhlich und stürmte ins Haus. »Stell dir vor, Tobi ...« Kati verstummte, als sie ihre Großmutter und den Arzt, der gerade das Stethoskop in seine Tasche packte, mit ernsten Mienen im Flur stehen sah. »Was ist los? Ist was mit Ma? Wo ist sie?«

»Deine Mutter hat sich hingelegt, sie fühlt sich ein bisschen schwach.«

Kati senkte ihre Stimme. »Ist sie wieder umgefallen?«

Käthe nickte.

»Schläft sie?«

»Nein, aber sie ist sehr müde. Ich will ihr gerade etwas zu trinken holen.«

»Darf ich zu ihr?«

»Komm ruhig rein, Kati«, rief Lilli aus dem Schlafzimmer. »Ich kann euch sehr gut hören, und ich liege nicht auf dem Sterbebett.«

Kati ging in Lillis Zimmer und setzte sich auf den Bettrand. »Mensch, Mami, was machst du denn für Sachen? Ich mache mir mittlerweile ernsthafte Sorgen.«

»Das brauchst du nicht, Kati. Ich bin nur ein bisschen überarbeitet.« Das Sprechen fiel Lilli schwer.

»Aber ich komme rein, und da steht Oma mit dem Arzt. Ich habe mich so erschreckt!«

Lilli griff nach Katis Hand. »Das tut mir leid, Schatz. Aber Oma hielt es für richtig, einen Arzt zu holen. Wenn es nach mir gegangen wäre ...«

»Na, das kann ich mir vorstellen!«, rief Kati.

»Ich schalte heute einen Gang runter, und morgen bin ich wieder topfit, bestimmt.«

»Ma, du musst dich ausruhen. Länger als einen Tag.«

Käthe kam ins Zimmer und reichte Lilli ein Glas Wasser.

»Oma – red du doch mal mit Ma, ja? Sie muss sich erholen!«

»Genau. Und deshalb lassen wir sie jetzt in Ruhe. Komm, Katharina, wir gehen in die Küche und lassen deine Mutter schlafen. Elisabeth? Hast du alles, was du brauchst?«

Als Lilli nickte, zog Käthe ihre Enkelin vom Bett hoch.

»Schlaf gut, Elisabeth. Später essen wir gemeinsam.«

»Aber diesmal keine Hühnersuppe«, murmelte Lilli, die schon fast eingeschlafen war.

Kapitel 34

Käthe schloss leise die Schlafzimmertür. Kati stand mit hängenden Armen da und sagte hilflos: »Was sollen wir denn bloß machen, Oma?«

»Ich habe schon einen Plan«, sagte Käthe. Sie klang entschlossen. »Komm mit in die Küche. Ich brauche ein paar Telefonnummern von dir, und dann werden wir deine Mutter zu ihrer Erholung zwingen, wenn es nicht anders geht.«

»Was hast du denn vor?«, fragte Kati, als sie mit Käthe am Küchentisch saß, beide eine frische Tasse Tee vor sich.

»Ich werde für deine Mutter einen Urlaub buchen, und zwar sofort. Ich hatte sowieso vor, ihr vorzuschlagen, dass sie ein paar Tage wegfährt. Aber das wird nie etwas, wenn wir nicht klare Tatsachen schaffen.«

Kati grinste. »Das ist eine klasse Idee, Oma. Ein paar Tage raus hier. Wo willst du sie hinschicken?«

»Was hältst du von Helgoland? Ich war heute Morgen schon im Reisebüro und habe mich erkundigt. Alles kann kurzfristig gebucht werden. Die Saison ist fast zu Ende. Ich muss nur noch im Reisebüro anrufen und alles bestätigen.«

»Auf Helgoland war ich auch schon!«, rief Kati begeistert. »Wir sind da mal mit der Klasse hingefahren, für einen Tag. Aber jetzt ... im Herbst? Ist es da nicht ziemlich kalt?«

»Dann zieht sie eben einen dicken Pullover an. An der Nordsee gibt es kein schlechtes Wetter, nur falsche Kleidung. Und sie hat dort ihre Ruhe. Sie kann spazieren gehen, nachdenken und, vielleicht, Entscheidungen treffen. Das wird ihr guttun.«

»Das ist eine wunderbare Idee. Wie kommt sie dort hin?«

»Sie fährt morgen früh mit dem Zug nach Wilhelmshaven. Von Hooksiel aus – das ist ein Küstenort ganz in der Nähe – geht ein Katamaran nach Helgoland. Am frühen Nachmittag ist sie da. Ich habe ihr auf dem Oberland eine kleine Ferienwohnung ausgesucht, mit Blick aufs Meer.«

»Super, Oma. Und welche Telefonnummern brauchst du von mir?«

»In erster Linie die von Frau Wilhelmi. Hast du eine Ahnung, welche Aufträge für die beiden in nächster Zeit anstehen?«

Kati dachte nach. »Ich glaube, da ist nur ein Kindergeburtstag, übermorgen. Das Essen ist nicht kompliziert, nur die Dekoration ist aufwendig – ein Märchenwald. Aber Tobi und ich wollen Tante Gina morgen beim Aufbau helfen.«

Käthe war nicht entgangen, dass ihrer Enkelin bei Tobis Namen Röte ins Gesicht gestiegen war. »Tobi? Vertragt ihr euch wieder?«

Katis Röte vertiefte sich, und sie grinste verlegen. »Na ja, wir waren ja nicht zerstritten. Er hatte eine Freundin, und da war ich sehr unglücklich, das weißt du ja. Ich habe mich ja schließlich oft genug bei dir ausgeheult.«

»Und wie ist es jetzt?«

Katis Grinsen wurde breiter. »Die Freundin ist weg.« Sie holte tief Luft. »Und stell dir vor, Oma, er hat ..., er hat mich heute gefragt, ob ..., ob ...«

»... ob du mit ihm gehen willst«, soufflierte Käthe. »Sagt man das überhaupt noch so heutzutage? Und? Willst du?«

Kati breitete die Arme aus und lachte glücklich. »Klar will ich, egal wie man es nennt! Ich habe ihn so vermisst. Und ...«, wieder errötete sie tief, »... ich bin so glücklich. Und alle anderen sollen auch glücklich sein. Vor allem Mama. Wenn Mike und sie doch nur ...« Sie verstummte.

»Du weißt davon?«, fragte Käthe.

»Wovon weiß ich?«

»Dass deine Mutter und dieser Mann ..., Mike, sich nähergekommen sind?«

Kati klatschte in die Hände. »Also doch! Ich wusste es! An ihrem Geburtstag, stimmt's? Danach war auf einmal alles so komisch. Ich weiß doch schon lange, dass Mike in Ma verliebt ist.«

»Bist du sicher?«

»Natürlich bin ich sicher. Er fragt mich ständig über sie aus. Und du müsstest mal sehen, wie er sie immer ansieht. Das ist jedem klar, der nicht ganz blind ist.« Kati zog die Stirn kraus. »Mike scheint aber aus irgendeinem Grund zu glauben, dass Ma sich wieder mit Pa versöhnen wird. Aber ich bin fest davon überzeugt, dass sie Mike mag. Sehr sogar. Die beiden würden super zusammenpassen, finde ich.« Plötzlich fiel ihr ein, mit wem sie gerade sprach, und sie zuckte zusammen. »Oh, Oma, tut mir leid. Pa ist schließlich dein Sohn, und das ist dir bestimmt gerade nicht sonderlich angenehm.«

Käthe lächelte. »Weißt du, Katharina, das ist zwar richtig, aber ich finde auch, dass Armin seine Chance bei deiner Mutter hatte und sie verspielt hat. Ich verstehe sehr gut, dass Elisabeth nicht mehr mit ihm leben möchte. Es tut mir trotzdem weh, denn ihr seid schließlich auch meine Familie.«

Kati griff quer über den Tisch nach den Händen ihrer Großmutter. »Aber du bist doch nicht nur meine Oma! Du bist meine Freundin! Für uns wird sich gar nichts ändern.«

Käthe traten Tränen in die Augen. »Das weiß ich doch, mein Kind.« Sie drückte Katis Hände und sagte: »So. Und bevor wir beiden sentimentalen Hühner hier gleich heulend am Tisch sitzen, hätte ich jetzt gern die Telefonnummer von Frau Wilhelmi.«

Gina ging nach dem zweiten Klingeln ans Telefon.

»Frau Wilhelmi? Hier ist Käthe Berger. Haben Sie einen Moment Zeit?«

»Natürlich, Frau Berger. Worum geht es denn?« Gina stockte. »Es ist doch nichts mit Lilli?«

»Frau Wilhelmi, ich fürchte, Elisabeth ist heute wieder zusammengebrochen.«

»Die Arme! Ich komme sofort!«

»Ich denke, das wird nicht nötig sein. Sie schläft jetzt. Aber ich brauche trotzdem Ihre Unterstützung.«

»Natürlich. Alles, was ich tun kann.«

»Nun gut. Können Sie ein paar Tage auf Elisabeth verzichten?«

»Ja, ich denke schon. Moment, ich kläre das eben ab ...« Gina sprach mit jemandem im Hintergrund. Eine Männerstimme antwortete. »Frau Berger? Pierre ist gerade hier. Den Auftrag übermorgen schaffen wir locker alleine. Und dann haben wir erst wieder im November richtig zu tun, wenn die vorweihnachtliche Saison beginnt. Zwischendurch zwei kleine Essen in Privathaushalten. Aber was ist denn bloß los mit Lilli?«

»Elisabeth ist außerordentlich erschöpft. Ich möchte sie gern für ein paar Tage zur Erholung schicken – sie weiß noch gar nichts davon. Aber bevor ich Buchungen für sie tätige, wollte ich das mit Ihnen abstimmen.«

»Eine paar Tage Urlaub ist eine gute Idee, Frau Berger. Dann kann sie auch in Ruhe über das Angebot aus Köln nachdenken. Wann soll es denn losgehen? Und wohin?«

»Nach Helgoland. Für eine Woche. Ich werde alles so planen, dass sie sich morgen früh in den Zug setzt.«

»Aber ... Mike will morgen Mittag die bestellte Ware liefern, zu Lilli nach Hause. Pierre und ich sind dann schon unterwegs, um die Dekoration abzuholen.«

Käthe lächelte. »Machen Sie sich keine Sorgen. Ich werde dann hier sein und auf Herrn Mike warten. Sie müssten dann nur regeln, wie Sie das mit dem Kochen erledigen wollen. Ich stelle mich gern als Küchenmamsell zur Verfügung. Wollen wir morgen früh noch einmal telefonieren?«

»Sehr gern, Frau Berger. Kann sein, dass Sie morgen die erste Schicht mit Monsieur Pierre arbeiten werden. Aber Vorsicht – der Mann wird am Herd zum Tornado!«

»Ich halte einiges aus«, sagte Käthe trocken.

Gina lachte lauthals. »Das kann ich mir vorstellen! Grüßen Sie Lilli bitte von uns beiden, ja? Ich wünsche ihr schöne Tage und gute Erholung.«

»Das richte ich ihr gern aus. Auf Wiederhören, Frau Wilhelmi. Bis morgen.« Käthe legte auf. »So, das wäre erledigt. Sag mal, Kati ... Frau Wilhelmi und dieser Koch aus dem *Camelot* ...«

»Ob da etwas läuft?« Kati grinste breit. »Du solltest die beiden mal erleben, da fliegen ständig die Fetzen, wie in einem Film mit Doris Day und Rock Hudson. Und wir wissen ja, wie die immer enden.« Sie kicherte vergnügt. »Tante Gina hat immer gesagt, dass sie ihn attraktiv findet, schon damals, als Ma noch im *Camelot* gearbeitet hat. Wer weiß ... vielleicht passiert da noch etwas.«

Käthe lächelte. »Es wird Zeit, das Reisebüro anzurufen, sonst ist es womöglich noch zu spät. Und du kannst schon mal überlegen, was wir gleich für uns kochen können. Wenn deine Mutter aufwacht, wird sie hungrig sein.« Sie zog einen Prospekt der Insel Helgoland aus ihrer Handtasche, auf dem sie sich die Nummer des Reisebüros notiert hatte. Dann griff sie wieder nach dem Telefon. Kati stand schon am Kühlschrank und begutachtete dessen Inhalt.

»Und um den netten Herrn Mike kümmere ich mich morgen«, murmelte Käthe.

Kati tauchte aus dem Kühlschrank auf. »Bitte? Hast du etwas gesagt, Oma?«

»Nein, nein«, sagte Käthe und tippte lächelnd die Nummer des Reisebüros ein. »Habe ich nicht.«

Der Zug ratterte durch eine idyllische Herbstlandschaft. Lilli ließ die Modezeitschrift sinken, in der sie geblättert hatte, und sah aus dem Fenster. Stoppelfelder wechselten sich ab mit kleinen Ortschaften und Birkenwäldern. Schwarzweiß gefleckte Milchkühe standen auf noch immer saftig-grünen Weiden und grasten. Hier und da war ein Traktor zu sehen, der auf einem bereits abgeernteten Acker schnurgerade Furchen zog. In den Gärten der kleinen, typisch norddeutschen Backsteinhäuser links und rechts der Strecke flatterte Wäsche im Wind. Die Sonne schien und ließ die gelben und roten Blätter an den Bäumen farbenprächtig aufflammen. Am strahlend blauen Himmel trieben vereinzelte kleine Wolken Richtung Horizont.

Lilli blickte auf ihre Armbanduhr. Viertel vor elf. Seit kurz nach sieben Uhr saß sie im Zug, und in einer halben Stunde sollte sie in Wilhelmshaven ankommen. Dort blieb ihr Zeit für einen kurzen Imbiss, bevor sie mit einem Taxi zum Außenhafen von Hooksiel fahren musste, um dort um dreizehn Uhr den Katamaran nach Helgoland zu erreichen.

Am Abend zuvor hatten Schwiegermutter Käthe und Tochter Kati sie buchstäblich überrumpelt. Als sie aufgewacht war, hatte sie sich tatsächlich erfrischt gefühlt. Sie hatte gedämpfte Geräusche aus der Küche gehört, Lachen und Topfgeklapper. Wie aufs Stichwort hatte es leise an der Schlafzimmertür geklopft, und Kati hatte auf ihr »Herein« hin den Kopf durch den Türspalt gesteckt.

»Du bist wach, Ma? Wie fühlst du dich?«

»Besser, Schatz. Und ich habe Hunger.« Lilli schnupperte. »Hm, du hast gekocht.«

»Oma und ich haben gekocht. Hast du Appetit auf Frikadellen und warmen Kartoffelsalat?«

»Und wie. Ich bin sofort bei euch.«

Als Lilli in die Küche gekommen war, hatten die beiden schon am gedeckten Tisch gesessen. »Was ist denn hier los? Was grinst ihr beide denn so?«

»Wir haben eine Überraschung für dich!«, rief Kati. »Du musst mir versprechen, dass du dich freust.«

»Ich freue mich über jede Überraschung, wenn es eine gute ist. Raus damit.«

»Sag's ihr, Oma! Du musst es ihr sagen, schließlich ist es deine Überraschung.«

Und dann hatte Käthe erzählt, was sie organisiert hatte. Da alles bereits beschlossene Sache war, hatte Lilli ohne Gegenwehr zugestimmt. Der Koffer war schnell gepackt.

Und die beiden hatten ja recht: Ein paar Tage frischer Wind um die Nase würden ihr guttun.

Kapitel 35

Der Katamaran preschte seinem Ziel entgegen. Das knallrote Schiff flog geradezu über die graue Nordsee. Wellengang war kaum zu spüren. Lilli blätterte in dem Prospekt mit den technischen Daten. »Höchstgeschwindigkeit circa siebzig Kilometer pro Stunde«, das hörte sich eigentlich nicht besonders schnell an.

Trotzdem fühlte es sich an, als würde sie in einem Rennwagen sitzen.

Am Horizont kam Helgoland in Sicht. Nur briefmarkengroß, war die charakteristische Silhouette der roten, hoch aus dem Meer ragenden Insel mit der vorgelagerten Felssäule, der »Langen Anna«, sofort zu identifizieren.

Lilli lehnte sich zurück und schloss die Augen.

Zur gleichen Zeit saß Käthe an Lillis Küchentisch und blätterte in einem Kochbuch aus Lillis Bibliothek, während sie auf Mike wartete. Sie hatte vormittags erst mit Gina und danach mit Monsieur Pierre besprochen, wie man alles Weitere organisieren würde.

Monsieur Pierre sollte um siebzehn Uhr kommen und mit ihr gemeinsam das Essen für den Kindergeburtstag vorbereiten. Nichts Kompliziertes, sondern kleine, kindgerechte Leckereien.

Vor dem Gartentor hielt ein Lieferwagen. Neugierig ging Käthe ans Fenster. Das war also Mike, der Mann ohne Nachnamen. Es hatte sich noch nie ergeben, dass sie ihm persönlich begegnet war. Kati hatte ihr das Foto an der Pinnwand in Lillis Büro gezeigt. »Damit du ihn gleich erkennst, Oma. Nicht, dass du den Falschen ins Haus lässt!«

Der lachende, blonde Mann auf dem Foto war Käthe sofort sympathisch gewesen. Jetzt war sie gespannt, ihn persönlich kennenzulernen. Sie ging zur Haustür, um ihn dort zu erwarten. Mike kam den Weg durch den kleinen Vorgarten entlang. Er schleppte eine Kiste mit Gemüse und Obst. Obenauf lag ein großes, in Papier eingeschlagenes Paket. Mike spähte an der hoch aufgetürmten Ware vorbei. »Hallo, guten Tag«, sagte er und lächelte. »Mike Kowalski. Ich bringe die Ware für Lilli ... für Frau Berger. Ist sie in der Küche?«

»Nein, ich vertrete sie heute. Ich bin Käthe Berger. Kommen Sie doch bitte herein. Ich habe Sie schon erwartet. In die Küche, bitte.«

Die Enttäuschung wischte das Lächeln aus seinem Gesicht. Bevor er das Haus betrat, streifte er seine Schuhe an der Fußmatte ab, was Käthe sehr wohlwollend zur Kenntnis nahm.

Er stellte die Kiste auf den Küchentisch, nahm das große, in Papier eingewickelte Paket herunter und sagte: »Hier ist Fleisch drin, Frau Berger. Das muss sofort in den Kühlschrank.«

Käthe nahm ihm das Bündel ab und erwiderte: »Setzen Sie sich bitte. Sie tun mir doch den Gefallen und leisten mir bei einer Tasse Kaffee ein wenig Gesellschaft?«

Mike wirkte erstaunt, stimmte aber zu. »Eine so charmante Einladung kann ich unmöglich ausschlagen, Frau Berger. Gern.«

Käthe hatte den Tisch bereits vorbereitet. »Ein Stück Apfelkuchen? Ganz frisch – und mit Äpfeln aus Ihrem Garten gebacken, wie Kati mir gesagt hat.«

Mike lächelte. »Kati ... sie ist in der Schule, nehme ich an?«

Käthe nickte. Sie goss Kaffee ein und stellte die Apfeltorte auf den Tisch. »Sahne?«

»Frau Berger, Sie verwöhnen mich. Sehr gern.« Mike aß seinen Kuchen mit großem Appetit.

»Sagen Sie, Herr ... Kowalski, richtig?«

Mike nickte mit vollem Mund.

»Nun gut, Herr Kowalski«, fuhr Käthe fort, »Sie bewirtschaften einen Bauernhof?«

»Ja. Aber ich habe keine Tiere. Ich baue Obst und Gemüse an. Ich stehe zweimal wöchentlich auf dem Biomarkt und beliefere einige Restaurants – und Ihre Schwiegertochter, zum Beispiel.«

»Und die Arbeit macht Ihnen Spaß? Ist das Ihr erlernter Beruf?«

»Ja zur ersten Frage, nein zur zweiten. Eigentlich bin ich – war ich – Lehrer. Der Bauernhof ist meine Passion. Seit fünf Jahren bin ich jetzt dabei, und ja, es macht mir großen Spaß. Ich arbeite an der frischen Luft, treffe nette Menschen ...« Er hob seine Kaffeetasse und prostete Käthe damit zu.

»Können Sie gut davon leben?«

Mike grinste. »Mittlerweile ja. Ich musste mir natürlich erst einen Kundenstamm erarbeiten, aber da ich gute Qualität liefere, sind meine Umsätze sehr zufriedenstellend.« Er lachte. »Ich weiß, als Geschäftsmann sollte ich eigentlich lauthals klagen, aber das entspricht nicht meiner Natur. Ich finde, ich habe ein schönes Leben.«

Käthe war von Mike Kowalski angetan. Er hatte gute Manieren, zeigte keinerlei Verlegenheit bei ihren Fragen, gab offene Antworten. Die langen Haare waren nicht ihr Geschmack, aber selbst der geflochtene Zopf ließ ihn nicht unmännlich aussehen, fand sie. Und wenn es Elisabeth nichts ausmachte, dass ihr Partner längere Haare hatte als sie selbst ... »Leben Sie allein auf Ihrem Hof?«

»Ja, es sei denn, Sie rechnen meine beiden Hunde mit. Um ehrlich zu sein, die zwei Rabauken führen sich auf, als wäre ich ihr Mitbewohner.«

»Sie haben zwei irische Wolfshunde, nicht wahr? Ich habe ein Foto von Ihnen und Ihren Hunden gesehen, es hängt drüben in Elisabeths – Lillis – Büro an der Pinnwand.«

»Wirklich? In Lillis Büro hängt ein Foto von mir?«, fragte Mike erfreut und errötete leicht. »Apropos Lilli – kommt sie später noch? Ich müsste ... hm ... etwas mit ihr besprechen ... äh ... der nächste Auftrag ...« Er fing tatsächlich an zu stottern.

»Elisabeth ist nicht in der Stadt. Sie ist gerade im Moment auf dem Weg in einen kurzen Urlaub.«

Jetzt sah er sehr enttäuscht aus. »Sie ist bestimmt mit ihrem Mann gefahren ...«, murmelte er leise, wie zu sich selbst.

Also hatte Kati mit ihrer Vermutung recht gehabt. Er glaubte, Lilli hätte sich wieder mit Armin versöhnt.

Mike saß mit hängenden Schultern auf seinem Stuhl und schob mit der Gabel das letzte Stückchen seines Apfelkuchens auf dem Teller hin und her. Er seufzte. Der große, muskulöse Mann wirkte auf einmal wie ein kleiner, trauriger Junge.

Käthe beschloss, ihn zu erlösen. »Herr Kowalski.«

»Hm.«

»Herr Kowalski, hören Sie.«

Er blickte von seinem Teller auf. Seine Augen schimmerten tatsächlich feucht.

»Elisabeth ist allein gefahren. Ich habe einen Urlaub für sie gebucht, weil sie gestern wieder einen Schwächeanfall hatte.«

Mike vergaß sofort sein eigenes Leid. »Wie geht es ihr? Wohin fährt sie?«

»Sie ist überarbeitet, und sie ist sehr traurig. Auch Ihretwegen, Mike, wissen Sie das überhaupt?«

»Meinetwegen?«, rief er bestürzt. »Aber wieso das denn? Ich dachte ...« Er verstummte.

»Sie dachten was?«

»Naja, dass Lilli und ihr Mann sich wieder ... Sie wissen schon.«

»Versöhnt haben? Keineswegs. Wie kommen Sie denn bloß darauf?«

»Ich ... es gab einen Moment, da dachte ich, Lilli und ich, das könnte was werden, aber dann war da ihr Mann, und es sah wirklich so aus, als ob ... und sie hat immer wieder versucht, mit mir zu reden.« Er schüttelte den Kopf. »Ich bin so ein Vollidiot.«

»Da möchte ich Ihnen nicht widersprechen«, sagte Käthe trocken. »Sie mögen Elisabeth?«

Mike schaute Käthe offen ins Gesicht. Sein Blick wurde weich. »Frau Berger – ich liebe Lilli. Ich glaube, ich war schon in sie verliebt, als sie nur Kundin an meinem Marktstand war. Aber Sie sind doch die Mutter von Lillis Mann, oder? Ich muss mich entschuldigen, dass ich so über Ihre Schwiegertochter spreche, sie ist schließlich immer noch die Ehefrau Ihres Sohnes.«

»Papperlapapp, junger Mann. Mein Sohn hat Elisabeth – seine ganze Familie – betrogen. Das finde ich schrecklich. Armin hat Elisabeth sehr unglücklich gemacht. Ich würde mich aufrichtig für sie freuen, wenn sie ein neues Glück fände.«

»Hut ab, Frau Berger. So würde nicht jede Schwiegermutter reagieren. Verraten Sie mir, wo ich Lilli erreichen kann?«

»Fahren Sie ihr hinterher. Ich glaube, Elisabeth braucht Sie jetzt. Können Sie das? Ihren Hof alleinlassen?«

»Ja ... ja! Ich habe Mitarbeiter, Helfer! Aber ich brauche mindestens einen Tag, um alles zu organisieren. Wo ist Lilli?«

»Sie ist auf dem Weg nach Helgoland. Am Donnerstag fährt noch ein Katamaran zur Insel, der vorletzte für dieses Jahr. Stellen Sie sich auf eine Woche ein. Der nächste fährt erst wieder am Mittwoch darauf Richtung Festland, bis dahin ist auch die Ferienwohnung gemietet. Danach kommen Sie nur noch per Charterflugzeug wieder von der Insel herunter. Alles oder nichts, Herr Kowalski.«

Mike nickte. »Alles oder nichts. Ich entscheide mich für alles. Ich werde morgen einen hektischen Tag haben und jede Menge Leute anrufen müssen.«

Käthe tätschelte Mikes Hand. »Das schaffen Sie schon, ich bin ganz sicher. Und jetzt schreibe ich Ihnen alles auf, was Sie wissen müssen. Und, junger Mann – packen Sie einen dicken Pullover ein.«

Als Lilli mit Koffer und Rucksack vom Katamaran auf den Landungssteg kletterte, wurde sie bereits erwartet. Ein etwa zwölfjähriges Mädchen stand dort und hielt eine Schiefertafel in die Höhe, auf der in krakeliger Kinderschrift mit Kreide »Frau Berger« geschrieben war. Hinter dem Mädchen stand ein kleiner Bollerwagen, neben dem ein zerzauster, mittelgroßer Mischlingshund saß.

Lilli ging auf das Mädchen zu, stellte den Koffer ab und streckte die Hand aus. »Guten Tag. Ich bin Lilli Berger. Ihr seid hier, um mich abzuholen?«

Das Mädchen schüttelte ihr die Hand und nickte. »Hallo, Frau Berger. Ich bin Meike Janssen.« Sie deutete auf den Hund. »Das ist Carlos. Wir bringen Sie zu Ihrer Wohnung. Den Koffer und den Rucksack können Sie in die Karre stellen.«

»Freut mich, Meike Janssen. Sehr erfreut, Carlos.«

Als der Hund seinen Namen hörte, spitzte er seine Fledermausohren und begann zu hecheln. Es sah aus, als würde er breit grinsen. Sein buschiger Schwanz klopfte auf den Boden.

»Ich glaube, er mag Sie«, sagte Meike ernsthaft. »Wenn Sie wollen, können Sie mit ihm spazieren gehen.«

»Vielleicht mache ich das sogar. Ich freue mich immer über nette Gesellschaft. Wollen wir?« Lilli stellte ihren Koffer in den Wagen. »Dann los. Soll ich dir ziehen helfen?«

Meike schüttelte den Kopf, dass ihre hellblonden Haare um ihr braun gebranntes Gesicht flogen. »Nicht nötig. Komm, Carlos.«

Der Hund sprang auf und trippelte ihnen schwanzwedelnd voraus eine breite Einkaufsstraße entlang. Tagesgäste bevölkerten das zollfreie Schlaraffenland, gingen von Geschäft zu Geschäft, schwer bepackt mit Plastiktüten, deren Aufdruck ihren Inhalt verriet: Zigaretten, Alkohol oder Tee. Meike erklärte Lilli alles, was sie wissen musste. »Das ist hier das Unterland. Hier kann man überall Souvenirs kaufen. Oder

Schnaps und Parfüm. Oder Mode. Da vorne links ist die Post. Bei Ihnen in der Wohnung liegt aber auch ein Plan, da steht alles drauf. Wir fahren jetzt mit dem Aufzug.«

»Mit dem Aufzug?«

»Ja, wir können doch nicht mit dem Bollerwagen die ganzen Stufen hoch!«

Meike zeigte auf eine breite, vielstufige Treppe, die zum Oberland der Insel hinaufführte. »Das sind 184 Stufen bis ganz nach oben.«

»Na, dann nehmen wir wohl wirklich besser den Aufzug. Die Stufen probiere ich ein anderes Mal aus. Vielleicht mit Carlos zusammen.« Der Hund hörte ihnen mit schräg gelegtem Kopf aufmerksam zu und bellte einmal kurz, als Lilli seinen Namen sagte.

Meike grinste vergnügt. »Sehen Sie – Carlos ist einverstanden.«

Sie stiegen in den Lift, bezahlten den Fahrpreis und fuhren zum Oberland. Während sie sie unermüdlich weiter auf Besonderheiten und Sehenswürdigkeiten der Insel hinwies, führte Meike Lilli zu ihrem Ziel. »Im Rathaus auf dem Unterland ist übrigens eine Ausstellung mit Fotografien von Helgoland. Von mir sind auch welche dabei«, sagte sie stolz. »Das ist nämlich mein Hobby.«

Sie blieben vor einem weißen Haus stehen. Meike zeigte auf mehrere Fenster im ersten Stock. »Das ist Ihre Wohnung. Sie können von dort das Meer sehen. Ich komme noch mit hoch und zeige Ihnen alles. Wenn Sie Fragen haben – wir wohnen unten. Einfach klingeln.« Sie zog einen Schlüssel aus der Anoraktasche und schloss die Tür des Seiteneingangs auf. Eine schmale Treppe führte in den ersten Stock.

Lilli hievte ihren Koffer vom Bollerwagen und folgte Meike, die Lillis Rucksack genommen hatte, die enge Treppe hinauf. »Kommt Carlos nicht mit?«

»Das darf er nicht. Es gibt Gäste, die keine Tiere mögen.«

»Von mir aus darf er gern mitkommen. Carlos?«

Der Hund bellte fröhlich und sauste die Treppe hoch, wobei er sich zwischen Lillis Beinen und dem Koffer durchdrängte. Am Ende der Treppe blieb er stehen und wartete auf sie.

Oben öffnete sich der Raum zu einem gemütlichen Apartment. Zwei Türen führten zu einem Schlafzimmer mit großem Fenster mit Seeblick und zu einem erstaunlich luxuriösen Bad mit Dusche und Badewanne. Im Hauptraum gab es eine gemütliche Sofaecke, einen Esstisch mit vier Stühlen und eine Küchenzeile. Auf dem Tisch stand ein riesiger Strauß Blumen. Ein großer Balkon, ebenfalls mit Seeblick, komplettierte die Ferienwohnung.

»Meike, das ist wunderbar. Ich werde mich bestimmt wohlfühlen. Danke, dass du mich begleitet hast.«

»Das mache ich gern«, sagte Meike. »Wenn Sie Durst haben – hier ist Kaffeepulver. Und im Kühlschrank steht Mineralwasser. Einen Supermarkt gibt es die Straße runter.«

»Na dann. Ich denke, ich werde auspacken und dann ein bisschen einkaufen.«

Meike pfiff nach Carlos, der in der offenen Balkontür saß. »Ich gehe dann mal. Ach so, Sie müssen das Formular für die Kurverwaltung ausfüllen. Liegt alles auf dem Esstisch. Der Schlüssel auch.« Sie zeigte zum Tisch, auf dem ein Stapel Papiere lag. »Da finden Sie alles, was Sie wissen müssen. Tschüss, Frau Berger.«

»Bis bald, Meike. Bis bald, Carlos.«

Die beiden verschwanden ins Untergeschoss.

Lilli ging auf den Balkon hinaus. Der Blick ging über das Unterland, das wie eine Spielzeugstadt zu ihren Füßen lag, über die Helgoland vorgelagerte, sogenannte Düne hinaus aufs Meer. Auf der Düne waren der Strand, ein Campingplatz und Ferienbungalows, hatte Meike ihr erklärt. Dorthin könne man mit dem Boot fahren, »das ist wie in der Stadt mit dem Bus, das fährt regelmäßig. Und Restaurants sind da auch«.

Obwohl die Nordsee vom Katamaran aus gischtig-grau ausgesehen hatte, bot der Panoramablick ein ganz anderes Bild. In der Ferne verschmolzen blaues Meer und blauer Himmel in einer dunstigen Linie am Horizont. Die Wasseroberfläche glitzerte unter der Sonne. Es war windig, aber unerwartet mild. Kreischende Seevögel umkreisten die Insel, übertönt vom typischen Geschrei der unzähligen Möwen.

Lilli atmete tief ein. Die klare Luft schmeckte nach Salz, Meer und frischem Fisch. Alles war weit weg: der Kummer, die Erschöpfung, die Entscheidungen.

Lilli ging ins Zimmer zurück. Sie schleppte ihren Koffer ins Schlafzimmer und räumte ihre Kleidung in die Schränke.

Die Formulare für die Kurverwaltung würde sie später ausfüllen, beschloss sie. Jetzt wollte sie nur rasch duschen und dann ein paar Dinge einkaufen. Bestimmt würde sie in einer der zahlreichen Parfümerien ein exquisites Schaumbad finden, in dem sie sich am Abend mit einem guten Buch entspannen konnte.

Gemütlich erkundete Lilli die Umgebung ihrer Ferienwohnung. Abgesehen von den Apartmenthäusern am Rand der

Klippe bestand der Ort aus kleinen, eng stehenden Häuschen mit buchstäblich handtuchgroßen Vorgärten, die gerade mal Platz für zwei abgestellte Fahrräder boten. Dazwischen verliefen schmale Wege, die beim besten Willen nicht als Straßen zu bezeichnen waren. Wozu auch Straßen, auf Helgoland gab es schließlich keine Autos. Dazu fehlte schlicht der Platz. Lilli kam sich vor wie in einer Spielzeugstadt. Wie klein mussten die Zimmer in den winzigen Häusern sein?

Sie wanderte an einer schier endlosen Reihe von Cafés entlang, alle mit Tischen davor und Blick auf den Hafen. Meike hatte ihr erklärt, dass die Insel während der Hauptsaison täglich zwischen zwölf und sechzehn Uhr von Tagesgästen überschwemmt wäre, die zollfrei einkaufen wollten. Jetzt, am Ende der Saison, waren die Tische vor den Cafés nur spärlich von Touristen besetzt.

Mit ihrem Einkauf im gut sortierten Supermarkt beendete Lilli ihren ersten Inselrundgang. Mittlerweile war sie hungrig geworden. Sie hatte beschlossen, an ihrem ersten Abend auf der Insel nicht auszugehen, sondern die kleine Küche in ihrer Ferienwohnung zu nutzen und beim Essen die zahlreichen Prospekte und Informationsbroschüren zu studieren, die auf dem Esstisch auf sie warteten.

Sie kochte sich eine große Portion Spaghetti mit Pesto Rosso, raspelte frischen Parmesan darüber und schichtete Scheiben von Tomaten und Büffelmozzarella abwechselnd auf einen Dessertteller. Gott sei Dank hatte sie im Supermarkt frische Kräuter kaufen können. Basilikumblätter komplettierten ihr Lieblingsessen.

Als sie alles auf den Tisch stellte, fiel ihr zum ersten Mal der Umschlag mit dem Logo eines Blumenlieferservices auf, der zwischen den Blüten des großen Blumenstraußes steckte. Offenbar war der Strauß nicht, wie Lilli gedacht hatte, eine Aufmerksamkeit ihrer Gastgeber. Irgendjemand hatte ihr diese Chrysanthemen geschickt. Vielleicht Gina? Neugierig riss sie das Kuvert auf und zog die Mitteilung heraus. Sie las: »Liebe Lilli Leihköchin, vermisse Dich, darf ich zu Dir kommen? Mike.« Fassungslos sackte Lilli auf den Stuhl. Ihr Herz schlug rasend schnell. Woher wusste Mike, wo sie war? Sie musste sofort mit ihm sprechen. Mit bebenden Händen wählte sie Mikes Handynummer und wartete atemlos auf seine Stimme.

»Kowalski, guten Tag.«

»Mike! Mike – hier ist Lilli! Ich rufe von Helgoland an!«

»Lilli!« Er klang sehr erleichtert. »Lilli – ich dachte schon, du hast meine Nachricht nicht bekommen – du musst doch schon seit Stunden dort sein! Ich hatte Angst ...«

»Dass ich dich nicht sehen will?« Lilli lachte. »Du Dummkopf! Natürlich will ich dich sehen! Ach Mike, ich freue mich so! Ich habe nur die Karte gerade erst gefunden! Wann kommst du?«

»Übermorgen. Ich komme um zwölf Uhr an.«

»Mike, wieso ... woher weißt du ... ach, ich bin so durcheinander!«

»Lilli – ich erzähl dir alles, wenn ich bei dir bin, ja? Ich fahre Donnerstag ganz früh los, damit ich den Katamaran in ... in Dingsbumshaven erreiche.«

»Oh bitte, verpass ihn nicht! Ich werde dich am Kai erwarten – wie eine Seemannsbraut! Und, Mike – pack dir ...«

»... einen dicken Pullover ein, ich weiß.« Mike lachte schallend. »Lilli, sei mir nicht böse, aber ich muss noch eine ganze

Menge organisieren, bevor ich hier weg kann. Die Hälfte meiner Zeit hat heute Morgen der Lieferservice für die Blumen gefressen. Ich musste stundenlang flehen, bis ich sie überredet hatte, noch heute zu liefern. Ich sehe dich übermorgen, ja?« Er machte eine Pause und sagte dann ernst: »Lilli, ich bin sehr glücklich darüber, dass ich zu dir kommen darf.«

»Mike – ich freue mich auch. Ich habe dir so viel zu erzählen.«

»Bis bald, Lilli.«

»Bis bald.«

Das Gespräch war beendet, und Lilli stand mitten im Raum und zwickte sich in den Arm. Sie konnte kaum glauben, dass sie gerade mit Mike gesprochen hatte. Nicht nur das – er war praktisch schon auf dem Weg zu ihr. Und das Schönste daran war, dass sie auf dieser kleinen, windumtosten Hochseeinsel viel Zeit für sich haben würden.

Lilli setzte sich an den Tisch und stürzte sich mit großem Appetit auf ihre Nudeln. Gleichzeitig blätterte sie die Broschüren über Helgoland durch. Jetzt würde sie alles mit Mike gemeinsam erkunden können. Von Zeit zu Zeit ließ sie das Besteck sinken und starrte selig aus dem Fenster.

Nach dem Essen ließ sie sich ein heißes Bad ein und lag mit geschlossenen Augen im duftenden Schaum. Immer wieder ertappte sie sich dabei, dass sie breit grinste, wie ein Teenager, frisch verliebt und aufgeregt. Mike war der Mann, nach dem sie sich sehnte. Obwohl ihr Telefonat mit ihm sie aufgewühlt hatte, fühlte sie sich gleichzeitig so ruhig wie schon lange nicht mehr. Es war, als würde sich das Chaos in ihrem Leben langsam ganz von allein strukturieren. Verknotete Fäden entwirrten sich, während sie über die diversen

Kriegsschauplätze nachdachte, zwischen denen sie sich aufgerieben hatte. Sie würde sich hinsetzen und auflisten, was die Vor- und Nachteile des Angebotes aus Köln waren. Und sie würde sich nach ihrer Rückkehr sofort um Svenja kümmern.

Allmählich kühlte das Badewasser ab. Lilli stieg aus der Wanne, wickelte sich in das riesige, flauschige Badetuch ein und musterte sich im Spiegel. Was für ein Unterschied zu ihrem Anblick damals, am Abend vor ihrem Geburtstag, als sie frisch gestylt von ihrem Wellness-Tag gekommen war. Sie war schmal geworden und sah erschöpft aus, aber immerhin ließ die Vorfreude ihre Augen leuchten. Sollte sie noch zum Friseur gehen? Zur Kosmetikerin?

Lilli schüttelte über sich selbst den Kopf. Mike kannte sie in so ziemlich jedem Aggregatszustand der Erschöpfung, mit Augenringen, strähnigen Haaren, blass, in fleckigen Klamotten, völlig ungeschminkt ... und er war trotzdem in sie verliebt. Sie brauchte sich weder zu verkleiden noch anzumalen. Ein schönes Gefühl.

Nach tiefem, traumlosem Schlaf wachte Lilli am nächsten Vormittag auf. Seit langer Zeit hatte sie zum ersten Mal wieder durchgeschlafen. Sie streckte sich wohlig unter der Bettdecke und richtete sich auf, um aus dem Fenster zu sehen. Der Himmel war bedeckt, aber es sah nicht nach Regen aus.

Noch einmal schlafen, und dann würde Mike zu ihr kommen. Sie war so aufgeregt wie ein Kind am Tag vor Weihnachten, nur mit der Gewissheit, dass der Weihnachtsmann zur Bescherung das am sehnlichsten erhoffte Geschenk bringen würde.

Während sie sich anzog, kicherte Lilli albern vor sich hin. Dann füllte sie schnell das Anmeldeformular für die Kurtaxe aus, um es auf dem Weg zum Einkaufen unten beim Vermieter abzugeben.

Als sie bei den Janssens klingelte, bellte Carlos hinter der Tür. Nach kurzer Zeit öffnete eine mollige Frau mittleren Alters, eindeutig Meikes Mutter. Sie hatte die gleichen hellblonden Haare und klaren blauen Augen wie ihre Tochter. Carlos drängelte sich an ihr vorbei und hopste begeistert um Lilli herum.

»Ich bin Lilli Berger, guten Morgen!«

»Helga Janssen, freut mich. Hatten Sie eine gute erste Nacht?«

Die Frauen schüttelten sich die Hand. Lilli strahlte. »Ja, wunderbar! Ich habe fantastisch geschlafen, es ist sehr gemütlich.« Sie bückte sich, um Carlos zu streicheln. »Guten Morgen, Carlos! Wie ist das werte Befinden?« Der Hund wedelte so heftig mit dem Schwanz, dass er beinahe abzuheben schien.

Helga Janssen lachte. »Na, da haben Sie aber eine Eroberung gemacht! Carlos ist nie unfreundlich zu unseren Gästen, aber das hier scheint mir die große Liebe zu sein.«

Lilli richtete sich wieder auf und hielt ihrer Vermieterin das Formular hin. »Mit den besten Grüßen an die Kurverwaltung. Übrigens – ich bekomme morgen einen Mitbewohner. Ein ... mein Freund kommt. Das war eigentlich nicht geplant ...« Carlos setzte sich auf ihren Fuß, lehnte sich an ihr Bein und schmachtete sie an. Durch den Schuh konnte sie die Knochen seines kleinen Hinterns spüren.

»Noch ein Gast? Kein Problem. Ich schicke Meike heute Nachmittag mit zusätzlichen Bettbezügen und Handtüchern hoch. Oder möchten Sie sofort ...? Bettdecke und Kissen finden Sie in der Truhe am Fußende des Bettes.«

»Nein, ich will jetzt einkaufen, dann in Ruhe frühstücken. Danach gehe ich ins Schwimmbad und gönne mir eine Massage, vielleicht auch ein paar Minuten auf der Sonnenbank. Mal sehen. Wenn Meike heute Nachmittag hochkommen will ...«

»So machen wir das. Ich höre ja, wenn Sie wieder da sind. Lassen Sie sich Zeit. Machen Sie sich hübsch für Ihren Freund.«

Lilli spürte, wie ihr Gesicht heiß wurde.

Helga Janssen lächelte. »Sie werden ja verlegen! Ein neuer Mann in Ihrem Leben?«

»Ja. Ganz neu. Alles ist gerade sehr aufregend.«

»Na, dann genießen Sie es. Bleibt er auch bis Mittwoch?«

»Ich hoffe es. Ich weiß bis jetzt nur, dass er morgen kommt. Drücken Sie mir die Daumen.«

»Mache ich gerne. Jetzt will ich Sie aber nicht länger aufhalten. Carlos – lass Frau Berger mal in Ruhe!«

Carlos sprang auf und wedelte wieder eifrig mit dem Schwanz. Als Lilli wegging, ohne ihn mitzunehmen, starrte er ihr sehnsüchtig hinterher. Lilli kam ein paar Schritte zurück und tätschelte ihm den Kopf. »Wir zwei gehen später 'ne Runde, ja? – Dürfen wir?«, fragte sie Helga Janssen.

»Aber klar! Dann habe ich den Kasper wenigstens von den Füßen. Klingeln Sie einfach an.«

Lilli schlenderte den mittlerweile vertrauten Weg zum Supermarkt entlang. Mit ihrer Auswahl ließ sie sich Zeit – sie freute sich darauf, Mike kulinarisch zu verwöhnen. Irgendwann mussten sie unbedingt den legendären Helgoländer Hummer probieren, aber nicht gerade am ersten Abend. Sie würde sich von Frau Janssen das beste Restaurant empfehlen lassen.

Nach ausgiebigem spätem Frühstück mit Tageszeitungen und frischen Brötchen spazierte sie zum Schwimmbad, wo sie den halben Nachmittag mit Schwimmen, einer Massage und einem Kurzbesuch im Solarium verbrachte.

Später ließ sie sich von Carlos über die Insel führen. Das seidige braune Fell des kleinen Hundes flatterte im Wind, während er im Zickzack vor ihr herlief und immer wieder stehen blieb, um auf sie zu warten. Der Blick von der Klippe war überwältigend, auch bei bedecktem Himmel. Die Insel ragte hoch aus dem Meer, und Lilli sah nichts als Wasser, Himmel und Hunderte von Vögeln, die kreischend im Wind segelten. Es war fast wie in einer paradiesischen Parallelwelt, friedlich und von wilder Schönheit. Lilli genoss das Gefühl, weit weg und unerreichbar für ihre Sorgen zu sein, sich treiben zu lassen und gleichzeitig Energie zu tanken. Carlos bellte hell und forderte sie damit unmissverständlich zum Weitergehen auf.

»Na gut, du Despot. Wie der Herr wünschen – gehen wir zurück. Kommst du morgen mit, Mike abholen?«

Carlos bellte wieder und wedelte mit dem Schwanz.

»Alles klar, dann haben wir eine Verabredung.«

Obwohl sie erwartet hatte, vor Aufregung die halbe Nacht wach zu liegen, hatte Lilli tief geschlafen. Nach einer ausgiebigen heißen Dusche hatte sie Brötchen und Tageszeitungen eingekauft. Beim Blick in den Kühlschrank hatte sie allerdings feststellen müssen, dass sie zu nervös war, um etwas essen zu können.

Sie öffnete die Balkontür. Es klarte gerade auf, und erste Flecken blauen Himmels waren zu sehen. Hier und da blitzte die Sonne durch Wolkenfetzen. Lilli sah auf die Uhr. Der Katamaran müsste gerade abgelegt haben.

Wie aufs Stichwort piepste ihr Handy und signalisierte damit den Eingang einer SMS. Und noch ein Piepsen. Sie hatte zwei Nachrichten – eine von Kati und eine von Mike. Kati wollte wissen, wie es ihr ging, und Mike teilte mit, dass der Katamaran gerade gestartet war.

An Kati schrieb sie zurück: »Fühle mich pudelwohl. Wunderschön hier. Bis bald, Grüße an alle ... Ma«.

Ihre Antwort an Mike bestand nur aus zwei Worten: »Beeil dich.«

Kapitel 36

Pünktlich stand Lilli am Landungssteg und spähte aufs Meer hinaus. Sie hatte sich den Bollerwagen der Janssens ausgeliehen. Die steife Brise hatte alle Wolken vertrieben und ließ die Sonne von einem stahlblauen Himmel strahlen. Carlos saß kerzengerade neben ihr, die Ohren aufmerksam aufgerichtet.

Endlich tauchte der rote Katamaran am Horizont auf und näherte sich rasch. Lillis Handflächen wurden feucht, und ihr Herz begann, schneller zu schlagen. Ungeduldig beobachtete sie das Anlegemanöver des riesigen Schiffes.

Die Ausstiegstür öffnete sich. Mike erschien als Dritter. Bei seinem Anblick schlug ihr Magen einen Salto.

Er trug eine schwarze Lederhose und eine ausgeblichene Jeansjacke, darunter einen schwarzen Rollkragenpullover. Seine langen blonden Haare hatte er wie so oft zu einem Zopf geflochten. Er sah sie sofort, und ein strahlendes Lächeln breitete sich auf seinem Gesicht aus. Er rannte die Gangway entlang auf sie zu, ließ den großen Seesack von der Schulter rutschen und zog Lilli in seine Arme.

Lange standen sie eng umschlungen da, ohne zu sprechen. An seine Brust gelehnt, hörte sie sein Herz schlagen, stark und ruhig. Endlich.

Ihr kamen die Tränen. Nach der Orientierungslosigkeit der letzten Wochen, nach all den Enttäuschungen und Anstrengungen war ihre Erleichterung so groß, dass sie weiche Knie bekam. Aber Mike hielt sie fest.

Carlos wurde ungeduldig und bellte hell, um auf sich aufmerksam zu machen. Mike lockerte seine Umarmung und sah auf den Hund herunter, der schwanzwedelnd neben ihnen saß.

»Na, wen haben wir denn da? Eifersüchtig, junger Mann?«

»Das ist Carlos«, schluchzte Lilli.

Erst jetzt bemerkte Mike ihre Tränen und fragte erschrocken: »Um Gottes willen, Lilli, was ist denn los?«

Lilli schniefte und wischte sich die Tränen ab. »Ich freue mich einfach so. Ach, Mike, ich bin so froh ...« Ein weiterer Tränenstrom machte das Reden unmöglich.

Mike schloss sie wieder eng in seine Arme. »So schlimm, Lilli Leihköchin? Ich bin doch jetzt bei dir. Und ich bleibe bis Mittwoch, wenn du mich so lange hier haben möchtest.«

»Natürlich möchte ich das! Kannst du denn dein Geschäft so lange allein lassen?«

Er hielt sie ein Stück von sich weg und sah ihr ernst ins Gesicht. »Für dich kann ich alles.« Dann beugte er sich zu ihr herunter und küsste sie. Und es fühlte sich richtig an und gut – und noch viel besser als in der Nacht vor ihrem Geburtstag, als die Leidenschaft sie mitgerissen hatte.

Während Mike seinen Seesack auspackte, bereitete Lilli ein spätes Frühstück vor. Sie hörte, wie er zwischen Bad und Schlafzimmer hin und her lief, um seine Sachen einzuräumen. Sie ließ die Gabel sinken, mit der sie gerade Eier für ein deftiges Rührei aufschlug. Es fühlte sich so normal an, dass Mike hier bei ihr war und seine Zahnbürste neben ihre stellte. Gleichzeitig aber war es aufregend und neu.

Sie goss das flüssige Ei in die Pfanne, in der schon durchwachsener Speck und Zwiebelwürfel brutzelten, und rührte die Masse mit einem Holzlöffel um.

»Kann ich dir helfen?« Mike war hinter sie getreten und hatte sie mit den Armen umschlungen. »Hm ... das riecht gut. Aber du duftest noch viel besser ...«

Lilli drehte sich zu ihm um und erwiderte seinen Kuss. »Du kannst den Tisch decken. Und dann können wir frühstücken.« Sie strich ihm zärtlich das Haar aus der Stirn.

Als sie am Tisch saßen, sagte Lilli: »Aber jetzt erzähl doch mal, wieso? Ich meine ..., woher wusstest du, dass ich hier bin? Kati?«

Mike schüttelte den Kopf. »Nee. Deine Schwiegermutter.«

Lilli fiel die Gabel aus der Hand. »Du machst Witze. Käthe? Ich will alles wissen! Haarklein!«

Mike erzählte, wie Käthe ihn erst ausgefragt und ihm dann verraten hatte, wo Lilli sich aufhielt. »Und dann hat sie gesagt, ich soll dir hinterherfahren, wenn ich es ernst mit dir meine.«

Lilli schüttelte fassungslos den Kopf. »Die Königinmutter – das hätte ich niemals, niemals gedacht. Ausgerechnet.«

»Ich finde sie nett. Sehr eloquent und auch ein bisschen streng. Zuerst war ich wirklich irritiert, es war wie bei einer Prüfung in der Schule. Aber als ich verstand, auf was das alles hinauslief«, er griff nach Lillis Hand und drückte einen Kuss in die Innenfläche, »da war ich glücklich, Lilli. Wie schon lange nicht mehr.«

Lilli lächelte ihn strahlend an. »Ich auch. Dass wir es uns so schwer gemacht haben ...«

»Vielleicht sollte es so sein. Vielleicht war es damals noch zu früh für uns beide, keine Ahnung. Vielleicht wollte das Schicksal, dass wir uns erst einmal darüber klar werden, dass wir es wirklich wollen.«

»Oho, das Schicksal!« Lilli lachte. »Starke Worte.«

Mike sah sie liebevoll an, blieb aber ernst. »Schicksal. So sehe ich es. Weißt du, Lilli, du bist immer so nett, so klar und ungekünstelt. Du bist mir sofort aufgefallen, als du damals bei mir am Stand aufgetaucht bist.«

»Wie – als ich aufgetaucht bin?«, fragte Lilli erstaunt.

»Na ja, irgendwann hast du ja das erste Mal bei mir eingekauft. Und da dachte ich: ›Hey! Die ist klasse‹.«

»Tatsächlich? Das wusste ich gar nicht!«

»Aber mir war ja klar, dass du verheiratet bist. So etwas respektiere ich. Und dann hast du dich getrennt und mich gefragt, ob ich dein Lieferant werden möchte. Da hatte ich zum ersten Mal die leise Hoffnung, es könnte vielleicht was werden mit uns.«

»Na komm«, warf Lilli ein, »zu dem Zeitpunkt gab es immerhin noch deine Freundin, oder? Und du hast damals schon an eine Beziehung zwischen uns gedacht? Hm.«

Mike lächelte ohne eine Spur von Verlegenheit. »Du hast recht, das klingt nicht gerade vertrauenerweckend. Aber mir fiel irgendwann auf, dass ich immer häufiger an dich dachte. Und dass es mir immer wichtiger wurde, dass du mich magst. Claudia hatte ich zu dem Zeitpunkt schon seit Wochen nicht mehr gesehen. Da fehlte nur noch der eigentliche Akt, die Trennung laut auszusprechen. Sie ist längst anderweitig liiert, mit einem Kollegen, spielt Golf und fährt ein Cabriolet.« Er schwieg kurz und sagte dann: »Sie ist endlich glücklich, glaub mir.«

»Eifersüchtig?«, fragte Lilli schnell. Konnte sie wirklich sicher sein, dass die Ex keine Rolle mehr in Mikes Leben spielte?

Mike wirkte, als hätte er eine flapsige Antwort auf den Lippen. Er zögerte kurz und sagte dann aber ernst: »Nein. Ich freue mich für Claudia, sie ist am Ziel ihrer Träume. Und außerdem habe ich dich.«

Lilli sah verlegen auf den Teller. »Und ich habe gedacht, du interessierst dich für Gina. Ich komme mir so hässlich vor seit der Trennung von Armin.«

»Was? Ein so netter Mensch wie du ist niemals hässlich, merk dir das, Lilli.«

»Darf ich dich etwas fragen, Mike?«

»Alles, was du möchtest.«

Lilli nahm all ihren Mut zusammen. »Warum hast du mich verlassen, an dem Morgen damals?«

Mike schwieg.

»Möchtest du darüber nicht sprechen?«

»Doch, doch, nur ... Also gut: Ich habe dich mit deinem Mann gesehen, vom Fenster aus. Ihr seid Arm in Arm zu diesem Auto gegangen, das er dir offensichtlich geschenkt hat.«

»Schenken wollte«, fiel Lilli ihm ins Wort. »Ist dir nie aufgefallen, dass ich den Wagen nicht angenommen habe?«

»Schon, aber das wusste ich zu dem Zeitpunkt ja nicht. Außerdem hattest du immer erzählt, dass ihr euch nur noch streitet, und ihr habt so harmonisch ausgesehen. Ich hatte nicht den Eindruck, dass dir sein Geschenk unangenehm war. Und dann seid ihr auch noch eingestiegen und weggefahren. Da bin ich eben abgehauen, bevor ihr zurückkommt und ich mitansehen muss ...« Er brach ab und schüttelte den Kopf.

Lilli konnte es nicht fassen. »Hast du wirklich gedacht, ich schlafe mit dir und verlasse dich am nächsten Morgen, nur weil der Mann, von dem ich mich getrennt habe, mit einem Autoschlüssel wedelt? Mensch, Mike, das kann nicht dein Ernst sein.«

Mike stand auf, stellte sich ans Fenster und starrte hinaus. Ohne sich umzudrehen, murmelte er: »Heute weiß ich ja, was für ein Idiot ich war. Aber ich habe einfach gedacht, da kann ich nicht mithalten. Blöd, ich weiß.«

Lilli ging zu ihm und drehte ihn zu sich um. Sie legte ihm die Arme um den Hals und sagte: »Superblöd. Eigentlich müsste ich beleidigt sein, dass du mir das zugetraut hast. Aber dazu bin ich einfach zu glücklich. Los, du Dummkopf, ich möchte küssen.« Nach einer Weile löste Lilli sich von ihm. »Wollen wir spazieren gehen? Mir ist nach Bewegung und frischer Luft.«

Sie holten Carlos ab und schlenderten Arm in Arm über das grüne Oberland der Insel. Lange liefen sie schweigend und genossen die Nähe des anderen, eine Nähe, die sie so lange ersehnt hatten. Sie warfen Stöckchen für Carlos, der unermüdlich hin und her raste und seine Beute immer wieder vor ihren Füßen ablegte und sie kläffend und schwanzwedelnd aufforderte, weiterzuspielen.

»So einen hätte ich gern«, sagte Lilli und tätschelte den kleinen Hund.

»Du kannst Ozzy und Zappa mitbenutzen«, schlug Mike vor. »Das ist genug Hund für viele, viele Menschen.«

»Die beiden sind super, aber ...« Carlos hatte sich vor Lilli auf den Rücken geworfen und ließ sich den Bauch kraulen. Lachend sah sie zu Mike hoch: »Guck doch mal, wie süß!«

Mikes Handy klingelte. Er zog es aus seiner Hosentasche und sah aufs Display. »Gina«, erklärte er und nahm das Gespräch an. »Hier ist Mike, hallo Gina.« Er lauschte eine Weile und sagte: »Ich persönlich kann dir leider nicht helfen, ich bin nicht in der Stadt. Aber ruf doch bei mir auf dem Hof an, da sind meine Leute. Ich bin im Kurzurlaub. Nee, das war alles ganz spontan. Ich bin auf Helgoland.« Er zwinkerte Lilli zu und rief dann: »Du machst Witze! Lilli ist auch hier?«

Lilli brach in Gelächter aus und gestikulierte, dass sie mit Gina sprechen wollte.

»Warte mal kurz«, sagte Mike zu Gina und reichte Lilli das Telefon.

»Hallo, Gina. Was ist los? Gurken vergessen?«

»Lilli! Bist du das?«, schrie Gina atemlos. »Was ist denn da los? Seid ihr zusammen da? Ich will alles ganz genau wissen!«

Lilli lachte. »He, beruhige dich doch mal. Ich erzähle dir alles, wenn ich wieder zu Hause bin, ja? Jetzt nur so viel – ja, wir sind zusammen hier. Auch für mich eine Überraschung, das kannst du mir glauben.«

»*Madonna* – du machst Sachen. Ich bin platt. Aber ich freue mich, das wurde auch Zeit mit euch beiden. Ich habe sowieso nie verstanden, wieso ihr ... Ach, egal. Und? Hast du dich schon entschieden?«

»Wegen Köln? Nee. Deswegen bin ich ja eigentlich hier, um in Ruhe darüber nachzudenken.«

»Na, dann lass dich nicht zu sehr von Mike ablenken. Ich wünsche euch noch eine schöne Zeit, *carissima*.«

»Danke. Und grüß Pierre von mir, ja?«

»Der ist gerade bei dir zu Hause und kocht mit Käthe.«

»Ach du liebe Güte! Dann hoffen wir mal, dass das gut geht mit dem wütenden Mann und der strengen Frau.«

»Ach, so wütend ist der gar nicht. Das ist alles nur Show.« Gina kicherte vergnügt. »In Wirklichkeit will der nur spielen, wenn du verstehst, was ich meine.«

»Oho – hast du mir vielleicht auch etwas zu erzählen, Gina?«

Gina lachte. »Vielleicht – wer weiß? Offenbar gibt es bei uns beiden große Informationsdefizite. Ich freue mich darauf.«

»Ich auch. Tschüss, Süße, bis bald.«

Lilli gab Mike das Telefon zurück. »Jetzt ist es offiziell.«

Mike umarmte Lilli. »Um so besser. Ich habe keine Lust, so zu tun, als wäre nichts zwischen uns beiden. Was denkst du, wie deine Töchter reagieren werden?«

»Kati mag dich sehr. Außerdem hat sie ja auch damals mit Gina zusammen das Blind Date für uns organisiert, vergiss das nicht.«

Mike küsste sie. »Das werde ich nicht – niemals. Auch wenn es vielleicht der falsche Zeitpunkt war. Aber was ist mit Svenja? Ich habe nicht den Eindruck, dass sie ein Fan von mir ist.«

Lilli runzelte die Stirn. »Das ist nicht das größte Problem. Sie ist momentan so sauer auf mich, dass sie zu Armin gezogen ist.«

»Wieso, was ist passiert?«

Lilli zeigte auf eine Bank, die in der Nähe stand, und zog Mike dort hin. »Komm, wir setzen uns, ja?« Carlos machte es sich zu ihren Füßen bequem und begann, sein Stöckchen zu zerkauen. Lilli und Mike saßen Hand in Hand schweigend auf der Bank und beobachteten, wie Carlos sein Spielzeug langsam aber sicher in einen kleinen Haufen Späne verwandelte.

»Svenja und ich hatten einen Riesenstreit«, sagte Lilli schließlich. »Sie ist der Meinung, ich soll gefälligst mehr Geld ranschaffen, weil ich ja schließlich ihren freigiebigen Vater aus dem Haus getrieben habe.«

»Aha. Und wie sollst du das machen, ihrer Meinung nach? Noch mehr schuften?«

Lilli schüttelte den Kopf. »Ich soll ... Ach, davon weißt du ja noch nichts.«

»Ich bin gespannt wie ein Flitzebogen.«

Lilli lachte und boxte Mike vor die Schulter. »Werd nicht frech, du.« Sie wurde wieder ernst. »Ich habe ein Angebot von einem Fernsehsender. Für eine tägliche Kochsendung.«

Mike pfiff anerkennend durch die Zähne. »Nicht schlecht, Lilli Leihköchin. Demnächst also Lilli Fernsehköchin. Da müsste Svenja doch eigentlich Luftsprünge machen.«

»Das ist es ja gerade. Sie ist ausgeflippt und hat sich gleich ausgemalt, wie der Promi-Lifestyle bei uns Einzug hält. Darüber hat Kati sich aufgeregt, und dann ist bei uns der Dritte Weltkrieg ausgebrochen. Schrecklich.«

»Und dann?«

»Dann habe ich gesagt, dass ich das Angebot nicht annehmen werde, wenn die bloße Möglichkeit hier schon so ein Theater auslöst.«

»Verstehe. Daraufhin ist sie richtig ausgerastet, vermute ich mal.«

»Gut kombiniert, Watson. Sie hat Armin angerufen, ihre Koffer gepackt und war weg.«

»Deshalb ging es dir so schlecht.«

Lilli nickte. »Auch – aber nicht nur. Ich habe mich so allein gelassen gefühlt. Niemand schien mir bei der Entscheidung wegen der Sendung helfen zu wollen. Gina hat sich auch zurückgezogen. Ich war einfach total überfordert.«

»Und? Willst du das Angebot annehmen?«

»Ich weiß nicht.« Lilli schob mit ihren Fußspitzen die Holzspäne von Carlos' Stöckchen zu einem kleinen Haufen zusammen. Dann sagte sie: »Eher nicht. Das würde einen wahnsinnigen Zeitaufwand bedeuten.«

»Und davon abgesehen? Hast du Lust dazu? Ist dir mit dem Angebot ein heimlicher Wunsch erfüllt worden?«

»Gegenfrage: Wie findest du es? Möchtest du mich im Fernsehen sehen? Täglich?«

Mike grinste. »Weiß nicht, ich war noch nie mit einem Fernsehstar zusammen. Aber mal im Ernst – wenn dir das Spaß machen würde, freue ich mich für dich ... mit dir. Dann werde ich dich unterstützen, wo ich kann. Was wird denn dann aus eurem Unternehmen?«

Lilli seufzte. »Das ist es ja gerade. Es macht mir großen Spaß, mit Gina zusammenzuarbeiten. Monsieur Pierre könnte für mich einspringen, aber ...« Sie verstummte und starrte aufs Meer hinaus.

»Aber du willst überhaupt nicht, dass für dich eingesprungen wird, richtig?«

»Hm.«

»Du solltest das Angebot nicht annehmen, wenn du nicht hundertprozentig davon überzeugt bist, Lilli.«

»Hm.« Eine Zeitlang war nur das Geschrei der Seevögel und das Krachen des Stöckchens zu hören, dem Carlos mit unverminderter Energie den Garaus machte. Dann wandte Lilli sich wieder Mike zu und sagte: »Du hast gar nicht danach gefragt, wie viel die mir in Köln dafür geboten haben.«

Mike legte den Arm um Lilli und zog sie an sich. »Weil das völlig egal ist, wenn du es nicht machen willst. Kein Geld der Welt sollte dich in deiner Entscheidung beeinflussen.«

Lilli schnaubte. »Sag das mal Svenja.«

»Was Svenja will, sollte dich an dieser Stelle auch nicht interessieren, Lilli. Wichtig ist, was du möchtest.«

»Ich will keinen Streit mehr. Ich will kochen. Ich will mit Gina zusammenarbeiten. Ich will nicht gehetzt werden. Ich will zufrieden sein.« Sie hielt inne.

Mike zog sie noch enger an sich und küsste sie. Dann sah er sie liebevoll an und sagte: »Das hört sich doch schon so an, als wüsstest du ziemlich genau, was du willst und was du nicht willst.«

»Und ich bin noch nicht fertig«, sagte Lilli. »Ich will mit dir zusammen sein. Ich will Zeit für meine Mädchen haben. Ich will mit Gina neue Ideen entwickeln und unsere Kunden verblüffen.«

»Das ist doch eine klare Ansage. Aber, Lilli – lehne das Angebot nicht wegen mir ab. Wenn das eine Aufgabe ist, die dich reizt, dann werde ich dich unterstützen, darauf kannst du dich verlassen.«

Lilli schüttelte vehement den Kopf. »Nicht wegen dir, Mike. Aber ich werde ablehnen, ich bin mir jetzt sicher. Ich werde die heute noch anrufen und Bescheid sagen.«

»Schlaf doch noch eine Nacht drüber. Oder hast du Angst, du könntest es dir dann anders überlegen?«

Lilli bückte sich, nahm das halb zerfaserte Stöckchen und warf es mit Schwung. Carlos sprang wie von der Tarantel gestochen auf und raste bellend hinterher. Er schaffte es nicht, bei seiner Beute zu stoppen, stolperte über seine Pfoten und kugelte durchs Gras, ehe er wieder aufsprang und sich kläffend auf das Stöckchen stürzte, das er dann triumphierend hechelnd vor Lillis Füßen ablegte.

Lilli lachte. »Da, hast du gesehen, Mike? Carlos hat ein Ziel, und das verfolgt er konsequent. Er rennt daran vorbei, fliegt aufs Maul – egal. Er lässt sich nicht beirren, er rappelt sich wieder auf. Das gefällt mir.«

»Du hast meine Frage nicht beantwortet, Lilli.«

»Ob ich Angst habe, ich könnte es mir anders überlegen? Oder dass ich meine Entscheidung gegen die Kochshow irgendwann bereue?«

Mike nickte.

»Oder hast du vielleicht Angst, ich stehe eines schönen Tages vor dir und werfe dir vor, ich hätte mich deinetwegen dagegen entschieden? Sei ehrlich, Mike.«

»Keine Ahnung. Vielleicht. Nein, so schätze ich dich nicht ein. Aber du musst zugeben, dass es hier nicht um irgendeine Banalität geht. Da bietet dir jemand eine echte Karriere an, viel Geld, Popularität ...«

»Das bedeutet mir nichts. Mir ist meine Familie wichtiger. Und du bist ein Teil davon, Mike, wenn wir beide zusammen sind.«

Mike küsste sie wieder. Er strich ihr die flatternden Haare aus dem Gesicht und flüsterte: »Lilli, ich freue mich über deine Entscheidung. Ich würde lügen, wenn ich behaupte, dass ich dich lieber im Fernsehen sehe als an meiner Seite.«

Lilli löste sich aus seinen Armen und stand auf. »Dann mache ich jetzt Nägel mit Köpfen. Wir gehen zurück, trinken einen heißen Kakao – und dann rufe ich in Köln an und sage ab.«

Kapitel 37

Die gemeinsamen Tage auf Helgoland vergingen wie im Flug. Sie schliefen morgens aus, frühstückten lange und ausgiebig, redeten, lernten sich kennen, liebten sich. Sie besuchten jede Ausstellung und jede Sehenswürdigkeit der kleinen Insel. Täglich machten sie lange Spaziergänge mit Carlos. Abends kochte Lilli, assistiert von Mike. Manchmal ertappte Lilli sich bei dem Gedanken, wie schön es wäre, wenn es ewig so weitergehen könnte, nur Mike und sie, zu zweit, auf dieser wilden, einsamen Insel, glücklich bis ans Ende ihrer Tage. Aber dann dachte sie an ihre Töchter, an Gina und ihre gemeinsamen Pläne und freute sich darauf, alle bald wiederzusehen. Sogar auf Käthe, die Königinmutter, die so sehr über ihren Schatten gesprungen war, dass sie Mike nach Helgoland geschickt hatte.

An ihrem letzten Abend gingen sie aus und probierten endlich den berühmten Helgoländer Hummer. Als sie Arm in Arm durch die Dunkelheit zurückschlenderten, sagte Lilli: »Morgen beginnt unser Alltag.«

»Und ich freue mich drauf, Lilli.«

Lilli blieb stehen und sah Mike eindringlich an. »Meinst du das ehrlich? Wirklich und wahrhaftig?«

Mike sah sie ernst an. »Wirklich und wahrhaftig. Ich freue mich auf alles. Auf deine gute und deine schlechte Laune.

Darauf, dass wir zusammen arbeiten. Ich freue mich darauf, dich zu trösten, wenn du traurig bist, und mit dir zu feiern, wenn du Erfolg hast. Und vor allem freue ich mich darauf, meine Zeit mit dir zu verbringen. Mit dir und deinem kompletten Anhang.«

Lilli hob ihr Gesicht. Mike küsste sie.

Ja, das fühlte sich richtig an.

Nach einer stürmischen Überfahrt mit dem Katamaran am nächsten Tag fuhren sie in Mikes Geländewagen Richtung Heimat. Beide hingen ihren Gedanken nach, als Mike plötzlich fragte: »Wie fühlst du dich?«

Lilli schreckte auf. Genau darüber hatte sie gerade nachgedacht. »Ich fühle mich gut. Ich bin ein bisschen aufgeregt.«

»Aufgeregt? Warum?«

Lilli lachte verlegen. »Ich weiß nicht. Für mich hat sich alles verändert, seit ich losgefahren bin. Ich war so unglücklich und müde und einsam.«

»Und jetzt?«

»Ha, will da jemand Komplimente? So kenne ich dich ja gar nicht! Willst du jetzt hören, dass du mein Leben verändert hast?«

»Na, ich hoffe doch, dass ich das habe. Genauso, wie du mein Leben schöner und bunter machst.«

»Das tun Ginas Blumensträuße auch. Wie schmeichelhaft.«

Mike brach in Gelächter aus. »Ja, genau, wie einer von Ginas Blumensträußen. Apropos, treffen wir sie bei dir?«

»Keine Ahnung. Kati hat nur so Andeutungen gemacht. Ich vermute mal, dass es einen ganz großen Bahnhof geben wird. Inklusive Käthe. Ist dir das zu viel?«

»Auf keinen Fall«, sagte Mike. »Aber ich setze dich gleich nur schnell ab und fahre dann erst mal auf den Hof, ein bisschen nach dem Rechten sehen. Damit meine Leute Bescheid wissen, dass ich ab morgen früh wieder da bin.«

»Bist du das?«

»Na ja, vielleicht nicht gerade um sechs Uhr ... denkst du, das ist okay, wenn ich bei dir übernachte?«

»Warum denn nicht?«

»Ich weiß nicht. Deine Töchter, wer weiß, wie die das finden. Vielleicht solltest du erst einmal mit deinen Mädchen sprechen.«

»Unsinn. Kati ist alt genug, und Svenja ... Svenja ist nicht da.« Sie verstummte.

Mike warf ihr einen besorgten Blick zu. »Lilli? Du guckst so ernst. Alles in Ordnung?«

Lilli nickte entschlossen. »Du hast recht. Ich werde zuerst mit Svenja reden, und ihr sagen, wie sehr ich sie vermisse. Und dass ich mich freue, wenn sie wieder zurückkommen möchte.«

»Finde ich gut«, sagte Mike. »Wir haben schließlich alle Zeit der Welt.«

»Aber du kommst doch kurz mit rein?«

»Na klar.« Eine Zeit lang fuhr er schweigend. Dann sagte er: »Ich habe übrigens noch eine Überraschung für dich.«

»Aha? Was denn?«

»Tja, du musst wissen ...« Er machte eine Kunstpause.

»Was? Was muss ich wissen? Los, red schon!«

Mike lachte und warf ihr einen Blick zu. »Carlos wird Vater. Und wir werden Stiefeltern. In ein paar Monaten, wenn wir mit dem ersten Katamaran im Frühling nach Helgoland düsen und unseren neuen Hund abholen. Ich weiß doch, dass du dich unsterblich in Carlos verliebt hast. Und da er nicht zu haben war ... Freust du dich?«

»Und ob!« Aus ganzem Herzen genoss Lilli die Vorfreude auf ihr Zuhause und ihre Lieben, die auf sie warteten. Und sie genoss die Aussicht auf ihre Zukunft, die noch eine Woche zuvor in völliger Dunkelheit gelegen hatte.

Es war bereits dunkel, als sie vor Lillis Haus hielten. Mike stellte den Motor ab und wandte sich Lilli zu.

»Du bist zu Hause.«

Lilli sah aus dem Autofenster. In der erleuchteten Küche sah sie Kati und Monsieur Pierre am Herd stehen. Am Küchentisch saßen Gina und Käthe und unterhielten sich. Der Koch hielt Kati gerade einen Löffel an den Mund, von dem sie vorsichtig schlürfte und dann anerkennend nickte. Kati wandte sich den beiden Frauen zu und sagte etwas, woraufhin alle lachten.

»Zu Hause«, flüsterte Lilli. Ihr schossen die Tränen in die Augen.

»Soll ich mal hupen?«, fragte Mike.

»Nein. Komm, wir schleichen uns rein.«

Schon vor der geschlossenen Haustür war laute Popmusik zu hören. Lillis Herz schlug heftig. Obwohl die Lampe über der Haustür genug Licht spendete, stocherte sie vor Aufregung hektisch mit dem falschen Schlüssel im Schloss herum und ließ den Schlüsselbund fallen. »Verflucht!«

Mike hatte den Bund aufgehoben und reichte ihn ihr.

Endlich fand sie den richtigen Schlüssel und stürzte ins Haus, an der geschlossenen Küchentür vorbei direkt ins Wohnzimmer, aus dem die Musik dröhnte. »Svenja? Svenja!«

Der Raum wurde nur durch den flackernden Bildschirm des Fernsehers erhellt. Irgendein Rapper inmitten wohlgeformter Damen in knappsten Bikinis gab zu dröhnenden Rhythmen irgendwelche Schweinereien von sich. Die Gestalt im Sessel machte den Ton leiser, drehte sich zur Tür um und sagte: »Tante Lilli? Ich bin's – Tobi.«

Die Enttäuschung war ein schmerzhafter Stich in ihrer Brust. Lilli hatte schon von draußen gesehen, dass im ersten Stock des Hauses kein Licht brannte. Svenja war nicht da.

»Lilli? Alles in Ordnung?«, fragte Mike, der in der Wohnzimmertür auf sie wartete.

Lilli drehte sich zu ihm um. »Ja. Ich dachte nur ...« Sie ging zum Sessel, aus dem Tobi sich verunsichert erhoben hatte. »Komm, Großer, drück mich mal. Ich freue mich, dich zu sehen.«

Tobi grinste erleichtert und ließ sich von Lilli umarmen.

»So, aber jetzt ab in die Küche. Ich glaube, die haben noch gar nicht gehört, dass wir gekommen sind.«

»Nee, die haben sich verbarrikadiert, denen war die Musik zu laut«, sagte Tobi.

Vor der Küche blieben Lilli und Mike einen Moment stehen und lauschten den Stimmen, die durch die geschlossene Tür drangen. Kati debattierte mit Monsieur Pierre über irgendein Rezept, wobei Gina auf Katis Seite zu sein schien, Käthe aber dem Koch beipflichtete. Lilli lachte leise, drückte vorsichtig die Klinke hinunter und schob die Tür auf. Gina war die Erste, die sie bemerkte, und schrie: »Leute! Sie sind da!« Sie sprang von ihrem Stuhl auf und lief Lilli mit ausgebreiteten Armen entgegen. »Willkommen zu Hause! Du siehst super aus.« Gina umarmte Lilli stürmisch, griff nach Mikes Hand und zog beide in die Küche. »Guckt mal, sieht sie nicht super aus? Sehen sie nicht beide super aus? Vor allem zusammen?«

»Ja, genau«, sagte Lilli. »Eigentlich hätte ich einen neuen Wintermantel gebraucht, aber dann habe ich mir stattdessen Mike zugelegt.« Sie stellte sich neben Mike, der den Arm um sie legte. »Steht mir doch gut, oder?«

Alle lachten, sogar auf Käthes Gesicht erschien ein Lächeln.

»Setzt euch«, sagte Kati. »Wollt ihr etwas trinken? Kaffee? Ein Bier, Mike? Mineralwasser?«

»Und gleich gibt es Essen«, fügte Monsieur Pierre hinzu und schloss den Deckel eines Topfes, aus dem er gerade probiert hatte.

Mike hob bedauernd beide Hände. »Ich kann nicht bleiben, der Hof wartet auf mich. Ich verabschiede mich direkt wieder.« Er ging zu Käthe, griff nach ihrer Rechten und deutete einen Handkuss an. »Bei Ihnen möchte ich mich noch einmal extra bedanken, Frau Berger. Wenn Sie mir nicht gesagt hätten, wo ich Lilli finden kann ...«

Käthe lächelte. »Habe ich gerne gemacht, Herr ... Mike.«

»Trotzdem. Ohne Ihre Hilfe ... Wer weiß.«

»Ohne Oma wäre das in tausend Jahren nichts geworden«, sagte Kati.

»So, ihr Lieben«, Mike winkte in die Runde, »ich muss los. Lilli, ich glaube, von dir ist noch eine Tasche im Auto – kommst du eben mit raus?«

Als Lilli nickte, sagte Tobi, der gerade in die Küche kam: »Die kann ich doch holen.«

»Tobi«, zischte Kati, »du kapierst aber auch gar nichts.«

Tobi war verblüfft. »Aber ich wollte doch nur ...«

»Du meine Güte!« Kati verdrehte die Augen. »So begriffsstutzig kann doch kein Mensch sein! Die beiden wollen sich in Ruhe verabschieden, *capito?* Ohne dass wir glotzen.«

»Oh.« Tobi wurde tiefrot und trat einen Schritt zur Seite, um Lilli und Mike den Weg durch die Tür frei zu machen.

Draußen am Auto hielten sie sich eng umschlungen.

»Ich danke dir für diese wunderbare Woche, Lilli«, murmelte Mike, »und ich freue mich auf jeden weiteren Tag mit dir, weißt du?«

»Das klingt verdammt gut. Ich wünsche dir eine gute Nacht«, sagte Lilli und erwiderte Mikes Kuss.

Neben ihnen hielt ein Taxi. Die hintere Tür ging auf, und heraus krabbelte eine völlig verheulte, schniefende Svenja, die sofort auf ihre Mutter zustürzte und sich weinend in ihre Arme warf. »Mutti! Ich bin so froh, dich zu sehen!«

»Svenja! Meine Kleine! Was ist passiert? Warum weinst du?«

Svenja schluchzte so herzzerreißend, dass sie ihre nächsten Worte nur abgehackt hervorstoßen konnte. »Papa ... er hat ... er wollte ... er ist so gemein ... er ...«

Der Taxifahrer hatte den Motor abgestellt und war ausgestiegen. Er zog sich die Mütze vom Kopf, kratzte seine beeindruckende Halbglatze und sagte: »Wenn ich dat junge Glück mal unterbrechen darf? Dat ist ja allet ganz rührend, aber wer von den Herrschaften zahlt mir denn jetzt die Tour?« Er ging zum Kofferraum, holte zwei Koffer heraus und stellte sie neben Lilli und Svenja ab. »Achtfuffzich hätt ich gern, egal von wem.« Er holte ein großes Portemonnaie aus der Innentasche seiner Lederjacke und klappte es abwartend auf.

»Oh, natürlich ...« Lilli machte Anstalten, sich von der weinenden Svenja zu lösen, aber Mike sagte: »Ich kümmere mich darum, Lilli. Geht ihr beide schon mal ins Haus. Ich bringe die Koffer.« Er nestelte einen Zehner aus der Hosentasche und hielt ihn dem Taxifahrer hin. Der griff danach und fragte: »Quittung, Meister?«

»Nicht nötig.«

Als der Taxifahrer ihm das Wechselgeld geben wollte, winkte Mike ab. »Stimmt so. Gute Fahrt noch.«

Mike folgte Lilli und Svenja ins Haus. Mutter und Tochter sprachen leise miteinander. Lilli hatte den Arm um Svenjas Schulter gelegt und redete beruhigend auf sie ein. Hinter der Küchentür waren die Stimmen der anderen und Geklapper von Geschirr und Töpfen zu hören.

Svenja brach wieder in Tränen aus, als sie rief: »Er wollte mich ins Internat schicken! Er hatte gar keine Zeit für mich, und immer war die blöde Vanessa wichtiger. Er hat mich gar nicht lieb!«

Mike stellte die Koffer ab, warf Lilli eine Kusshand zu und zog leise die Haustür hinter sich ins Schloss.

Lilli hielt Svenja in den Armen und wischte ihr die Tränen aus dem Gesicht. »Schätzchen, nicht weinen. Natürlich hat dein Papa dich lieb.«

»Nein!«, schluchzte Svenja. »Ich war ihm lästig, das habe ich genau gemerkt. Immer wollte er mir Geld geben, damit ich ihn in Ruhe lasse. Dann habe ich lieber kein Geld und bin dafür nicht den ganzen Tag alleine. Mama ... bitte ... kann ich wieder ...« Ihre Stimme brach.

»Wieder hier wohnen?«

Svenja nickte schniefend, ohne Lilli anzusehen.

»Natürlich darfst du zurückkommen, Svenja. Ich war sehr traurig, dass du nicht mehr mit uns hier wohnen wolltest. Aber jetzt freue ich mich, dass du wieder hier bist.«

»Ehrlich?« Svenjas Schluchzen verebbte langsam.

»Ganz ehrlich. Komm, putz dir die Nase, und dann gehen wir zu den anderen.«

Svenja schnäuzte sich geräuschvoll in ein Papiertaschentuch. »Wer ist denn alles da?«

»Deine Oma, deine Schwester, Tante Gina, Tobias und Monsieur Pierre. Der hat gekocht, und jetzt essen wir alle zusammen.«

»Hm, schön. Und warum isst Mike nicht mit uns?«

Erfreut registrierte Lilli, dass Mike bei Svenja offenbar vom blöden Bauern zu einer Person aufgestiegen war, die mit ihrem Namen genannt wurde. »Mike musste nach Hause.«

»Wegen Ozzy und Zappa? Er kann sie doch mal mitbringen. Oder wir fahren zu ihm, dann kann ich mit den beiden spazieren gehen.«

»Hättest du dazu Lust? Dass wir zu Mike fahren oder er herkommt?«

Svenja nickte ernsthaft. »Mike ist nett.« Sie schob die Unterlippe vor. »Viel netter als Papa«, fügte sie hinzu.

»Na, na, na. Morgen sieht alles ganz anders aus. Und mit deinem Papa wirst du dich auch wieder vertragen. So, und jetzt ab in die Küche.«

Lilli öffnete die Tür und schob Svenja vor sich her in den Raum.

»Schaut mal, wen ich euch mitbringe.«

Während Svenja begrüßt wurde, stand Lilli in der Tür und ließ das Bild auf sich wirken: Svenja, die ihre Oma umarmte, Gina und Monsieur Pierre, die Arm in Arm zuschauten, und Kati und Tobi, die am Tisch saßen und sich an den Händen hielten.

Pures Glück durchströmte sie. Lilli atmete tief ein und betrat die Küche. »So, und jetzt habe ich Hunger«, sagte sie und schloss die Tür hinter sich.

Lillis kleines Taschenkochbuch

Die besten Rezepte aus der »Küchenfee«

Entenbrust mit Orangensauce und marinierten Orangenfilets

Man nehme:
2 große oder 4 kleinere Entenbrüste
4 Orangen
4 Blutorangen
Orangenlikör (z. B. Cointreau)
evtl. bittere Orangenkonfitüre
Orangenblütenhonig
25 g kalte Butter, in Würfel geschnitten
Salz
Pfeffer
Rosmarin
Cayennepfeffer

Zuerst marinieren Sie die Orangenfilets: Schneiden Sie mit einem großen, sehr scharfen Messer die Orangenschale so ab, dass Sie die weiße Haut mit entfernen. Jetzt sehen Sie im Fruchtfleisch die einzelnen Segmente. Schneiden Sie mit dem Messer jeweils rechts und links entlang der weißen Zwischenhäute bis zur Mitte der Orange, und lösen Sie so die Filets heraus. Sammeln Sie dabei den heraustropfenden Saft in einer Schüssel, und pressen Sie auch den »Rest« der Früchte über der Schüssel aus. Die eine Hälfte des aufgefangenen Safts stellen Sie für die Sauce beiseite, in die andere geben

Sie pro Orange einen Teelöffel Orangenlikör und einen halben Teelöffel Honig und verquirlen alles. Nun heben Sie die Orangenfilets vorsichtig unter diese Marinade und stellen alles für mindestens eine Stunde in den Kühlschrank.

In der Zwischenzeit schneiden Sie die Haut der Entenbrüste rautenförmig ein. Achtung: Dabei bitte nicht so tief einschneiden, dass das Fleisch eingeritzt wird! Jetzt salzen und pfeffern Sie die Entenbrüste und braten sie auf der Hautseite in einer zuvor erhitzten Pfanne ohne Fett bei mittlerer Hitze 10 Minuten kross an. Dann wenden Sie die Fleischstücke und lassen sie auf der Fleischseite noch einmal knapp 10 Minuten braten. Anschließend nehmen Sie sie aus der Pfanne und wickeln sie in Alufolie, damit sie nachgaren können, während Sie die Sauce zubereiten.

Dazu gießen Sie das überschüssige Fett aus der Pfanne ab und löschen den Bratensatz mit dem restlichen Orangensaft, einem Schuss Orangenlikör und, nach Geschmack, 2 Teelöffeln Orangenkonfitüre ab. Diese Mischung rühren Sie gut durch und lassen sie einkochen, bis die Flüssigkeit leicht sämig wird. Nun geben Sie noch die kalte, in Würfel geschnittene Butter dazu und lassen die Sauce unter ständigem Rühren weiter sämig werden. Nach Geschmack können Sie jetzt mit Salz, Pfeffer, Rosmarin und Cayennepfeffer würzen.

Vor dem Servieren tranchieren Sie die Entenbrust, indem Sie sie leicht schräg in Scheiben schneiden. Diese richten Sie auf den Tellern an, umgießen sie mit der Sauce und arrangieren die marinierten Orangenfilets dekorativ auf dem Teller.

Dazu schmeckt zum Beispiel Kartoffelgratin.

Lillis Kartoffelsuppe

Es gibt unzählige Rezepte für Kartoffelsuppe. Mal sind es regionale Unterschiede, mal haben Profi- oder Amateurköche in Experimentierlaune Grundrezepte variiert, mal entstehen neue Rezepte einfach durch »Unfälle« in der Küche, wenn zum Beispiel der Curry- mit dem Pfefferstreuer verwechselt wurde. Als feine Vorspeise sollte man sie püriert servieren, zart gewürzt, vielleicht mit Räucherlachs oder in Knoblauch gebratenen Garnelen und einem Klecks Crème fraîche als Einlage. Als deftige Hauptspeise darf sie ruhig klar bleiben, damit der Genießer sich auch optisch an der Vielfalt der Leckereien auf seinem Teller erfreuen kann.

Man nehme:
ca. 750 g mehligkochende Kartoffeln
2 Zwiebeln
1 Stange Lauch
2 bis 4 Karotten, je nach Größe
durchwachsener Räucherspeck, in Würfel geschnitten (nach Belieben)
1 Scheibe Kassler pro Person
Butterschmalz
1½ bis 2 l Gemüse- oder Fleischbrühe (Instant)
2 EL Sahne
½ Teelöffel Senf (mild)

Als Einlage: Brühwurst, Fleischwurst oder Mettwurst (nach Belieben) oder als vegetarische Alternative frische Zuckerschoten oder junge Erbsen
Frische Kräuter zum Bestreuen (nach Belieben)

Zuerst bereiten Sie die Gemüse vor: Schälen und würfeln Sie die Kartoffeln, hacken Sie die Zwiebeln, schneiden Sie den Lauch in feine Scheibchen, und raspeln oder würfeln Sie die Karotten. Nun zerlassen Sie das Butterschmalz bei mittlerer Hitze in einem großen Suppentopf und dünsten die Zwiebeln, den Lauch und die Karotten darin an. Wer mag, kann auch gewürfelten, durchwachsenen Räucherspeck mitdünsten. Geben Sie jetzt die Gemüse- oder Fleischbrühe sowie die Kartoffelwürfel dazu, zusammen mit Salz (nicht zu viel!) und Pfeffer. Lassen Sie alles zugedeckt eine halbe Stunde köcheln. Zum Schluss fügen Sie je nach Geschmack eine Fleischeinlage hinzu: eine Scheibe Kassler pro Person, Brüh-, Fleisch- oder Mettwurst, zusammen mit zwei Esslöffeln Sahne und einem halben Teelöffel mildem Senf. Sehr gut schmecken zum Beispiel auch zarte Zuckerschoten oder junge Erbsen als Einlage, die Sie auch erst zum Schluss beigeben. Für eine vegetarische Version lassen Sie die Fleischeinlage weg und nehmen Gemüsebrühe zum Ablöschen. Vor dem Servieren streuen Sie in jedem Fall noch frische Kräuter darüber.

Lillis Lachstorte

Man nehme:
75 g Butter
4 Schwarzbrotscheiben
5 Blatt Gelatine
200 g Lachs (geräuchert)
200 g Frischkäse
250 g saure Sahne
Pfeffer (weiß)
2 Eier
20 g Kaviar (schwarz)

Zerlassen Sie die Butter in einem Topf bei niedriger Temperatur und nehmen Sie sie dann vom Herd. Jetzt zerkrümeln Sie die Schwarzbrotscheiben (möglichst kräftiges Vollkornbrot) und mischen sie mit der flüssigen Butter. Diese Masse füllen Sie in eine Springform (18 cm Durchmesser), deren Boden Sie zuvor mit Backpapier ausgelegt haben, und drücken sie mit einem Esslöffel gut fest. Stellen Sie die Form dann in den Kühlschrank.

Währenddessen lassen Sie die Gelatine circa 10 Minuten in kaltem Wasser einweichen und pürieren in einem Mixbecher den geräucherten Lachs zusammen mit dem Frischkäse und der sauren Sahne. Erwärmen Sie dann das Lachspüree in einem Topf bei milder Hitze so lange, bis die Masse leicht flüssig wird. Drücken Sie die Gelatine aus, und lösen Sie sie unter Rühren in der Masse auf. Zum Abschmecken fügen Sie etwas Pfeffer hinzu. Salz ist nicht erforderlich, da der Lachs an sich bereits salzig genug ist.

Nehmen Sie die Lachscreme nun zum Abkühlen vom Herd, und gießen Sie sie danach über den Schwarzbrotboden. Anschließend muss die Lachstorte noch circa zwei Stunden im Kühlschrank fest werden.

Lösen Sie die Lachstorte danach vorsichtig mit einem Messer vom Tortenring, und setzen Sie sie mithilfe einer Palette auf einen Tortenteller. Bei der Verzierung der Torte sind Ihrer Fantasie keine Grenzen gesetzt. Besonders effektvoll ist es natürlich, wenn die Torte auf den ersten Blick wie eine Süßspeise aussieht: Ornamente aus gefärbter Mayonnaise sehen wie Buttercreme aus, Rosetten aus Tomatenschalen wie Marzipanröschen und so weiter. Sie können auch ein Gitter benutzen, mit dem ein Puderzuckerornament auf Torten aufgebracht wird – statt des Zuckers nehmen Sie zum Beispiel fein gehackten Dill.

Diese Lachstorte lässt sich für Feiern auch in größeren Springformen sehr gut vorbereiten. Verdoppeln Sie für eine Form von 24 cm Durchmesser einfach die Menge der Zutaten.

Mascarponecreme mit frischen Beeren

Mascarpone ist ein italienischer Frischkäse aus dem Gebiet um Lodi, der aus Sahne hergestellt wird. Diese wird erhitzt und mithilfe von Säure, wie zum Beispiel Zitronensaft, zum Gerinnen gebracht. Danach wird die Sahne in Käsetücher gegossen und tropft dort ab.

Mascarpone ist sehr cremig und leicht streichbar. Er ist mild im Geschmack und duftet nach frischer Milch. Mascarpone enthält circa 80% Fett i. Tr. Da er sehr schnell fremde Gerüche annimmt, sollte man ihn immer gut verschlossen und gekühlt aufbewahren. Mascarpone kann man mit Gewürzen und Kräutern als herzhaften Brotaufstrich zubereiten, zum Überbacken von Aufläufen verwenden, in Suppen oder Saucen rühren, aber auch sehr gut für Torten und – wie im folgenden Rezept – für exquisite Desserts verwenden.

Man nehme:
400 g Mascarpone
2 Eier
4 EL Zucker
1 Vanilleschote
etwas Milch
frisches Obst nach persönlichem Geschmack

Nachdem Sie die Eier getrennt haben, schlagen Sie das Eigelb mit dem Zucker sehr schaumig. Geben Sie den Mascarpone und das Mark aus der aufgeschlitzten Vanilleschote dazu, und verrühren Sie alles gut miteinander. Jetzt schlagen Sie das Eiweiß steif, und heben Sie es vorsichtig unter. Danach rühren Sie noch etwas Milch unter die Masse, bis diese cremig wird. Füllen Sie die fertige Mascarponecreme in Dessertschalen, und servieren Sie frisches Obst dazu.

Besonders gut schmecken leicht saure Früchte wie Himbeeren oder rote und schwarze Johannisbeeren dazu, aber auch (Wald-)Erdbeeren und alle Früchte, die Sie gern essen.

Katis Apfeltorte
(eigentlich ein klassischer Quarkkuchen mit Äpfeln)

Man nehme für den Boden:
180 g Mehl
80 g Zucker
½ TL Backpulver
80 g Butter
1 Ei
1 Päckchen Vanillezucker
1 Prise Salz

Stellen Sie zunächst einen Knetteig her: Legen Sie eine Springform (26 cm Durchmesser) damit aus, und formen Sie einen 3 cm hohen Rand. Backen Sie den Boden bei 200 Grad für 15–18 Minuten.

Man nehme für die Füllung:
2 Pakete Puddingpulver zum Kochen
200 g Zucker
½ l Milch
500 g Quark (durch ein feines Sieb passiert)
100 g Rosinen (nach Belieben vorher über Nacht in Alkohol einlegen)
3 Eier
3 bis 4 Äpfel (z. B. Boskop)

Bereiten Sie den Pudding nach Packungsanweisung zu, und nehmen Sie den Topf anschließend vom Herd. Jetzt heben Sie den zuvor durch ein Sieb passierten Quark unter den Pudding und kochen die Masse unter ständigem Rühren noch einmal auf. Die Pudding-Quark-Masse geben Sie in eine Schüssel und lassen sie ein wenig abkühlen, bevor Sie die Rosinen hinzufügen. Anschließend heben Sie vorsichtig drei steif geschlagene Eiweiß unter. Zur Verfeinerung können zwei Eigelbe unter die Masse gerührt werden.

Schälen und achteln (oder würfeln) Sie nun die Äpfel, mischen Sie die Apfelstücke mit der Vanille-Quark-Masse, und verteilen Sie alles gleichmäßig auf dem vorgebackenen Boden. Bestreichen Sie die Masse vorsichtig mit einem verquirlten Eigelb. Bei einer Temperatur von 140–160 Grad lassen Sie den Kuchen im vorgeheizten Backofen dann 50–60 Minuten eher trocknen als backen.

Achtung! Lassen Sie den Kuchen auf jeden Fall in der Springform erkalten. Erst im abgekühlten Zustand wird er schnittfest.

Tafelspitz mit Apfelkren
(= Apfelmeerrettich)

Man nehme:
1,5 kg Tafelspitz (Rind)
1 kg Rinderknochen
10 Pfefferkörner
1 kleines Bund Suppengrün
1 Zwiebel
4 säuerliche Äpfel (z. B. Boskop)
2 EL Zitronensaft
20 g Zucker
15 g frischen Meerrettich (gerieben)
1 Achtel trockenen Weißwein
2 Prisen Salz
100 g steif geschlagene Sahne

Zunächst spülen Sie Fleisch und Knochen ab. Währenddessen kochen Sie drei Liter Wasser mit den Pfefferkörnern auf, in die Sie anschließend das Fleisch und die Knochen geben. Das Fleisch sollte vollständig mit Wasser bedeckt sein. Lassen Sie alles im geschlossenen Topf bei kleiner Hitze etwa 30 Minuten leicht (nicht sprudelnd!) kochen.

In der Zwischenzeit putzen und schneiden Sie das Suppengrün: die Karotten, den Sellerie und die Petersilienwurzel in Würfel, den Lauch in Ringe. Spülen Sie die Zwiebel mit der Schale ab, und halbieren Sie sie. Heben Sie nun den Schaum von der Brühe ab, und fügen Sie das Gemüse zum Fleisch hinzu. Lassen Sie alles etwa 90 Minuten bei kleiner Hitze weitergaren.

Danach nehmen Sie das Fleisch aus der Brühe und schneiden es gegen die Faser in dünne Scheiben auf. Salzen Sie es erst jetzt!

Die Brühe können Sie durch ein Sieb gießen und eine kräftige Rindsbouillon daraus kochen.

Für den Apfelkren schälen, entkernen und achteln Sie die Äpfel, die Sie mit etwas Wasser, Zitronensaft und Zucker weich kochen und durch ein Haarsieb passieren. Putzen und reiben Sie ein Stück von einer Meerrettichwurzel, und vermengen Sie die Masse nebst Wein und Salz mit dem erkalteten Apfelbrei. Zum Verfeinern rühren Sie die geschlagene Sahne unter.

Dazu schmecken Röstkartoffeln besonders gut!

Marinierte Hähnchenschenkelsteaks

Man nehme:
8 Hähnchenschenkel
Soja- oder Teriyakisauce

Wenn Sie einen Hähnchenschenkel entbeinen wollen, können Sie mit einem Messer immer am Knochen entlangschneiden und ihn so schabend freilegen. Ich benutze dafür am liebsten eine mittelgroße, kräftige Schere, mit der ich, immer mit winzigen Schnitten, um den Knochen herumschneide, bis ich das Fleisch komplett abgelöst habe.

Sie können jetzt das entstandene »Steak« marinieren. Stechen Sie viele kleine Löcher in die Haut, legen Sie die Fleischstücke in eine Schüssel, und geben Sie eine Marinade nach Wahl darüber. Ich bevorzuge dafür Soja- oder Teriyakisauce, aber Sie können natürlich auch andere Marinaden dafür benutzen. Erhitzen Sie eine Pfanne ohne Fett, und braten Sie die Fleischstücke auf der Hautseite kross an. Auf der anderen Seite braten Sie sie nur kurz an, da das Fleisch sehr zart ist.

Sie können das Steak natürlich auch als Roulade verarbeiten: Füllen Sie es auf der Innenseite zum Beispiel mit Spinat und Schafskäse, rollen es zusammen, umwickeln es mit einer Scheibe Schinkenspeck und braten es in der Pfanne scharf an. Sie sollten die Roulade immer zuerst auf der Nahtseite anbraten, damit die Hitze die Naht verschließt, und dann erst wenden. Gießen Sie etwas Weißwein an, und lassen Sie sie zugedeckt circa 10 Minuten schmoren. Geben Sie von Zeit zu Zeit immer nur so viel Wein dazu, wie sich mit dem Bratenjus sofort verbinden kann. Lassen Sie dann die gefüllten Schenkel in einer feuerfesten Form im Backofen bei 120 Grad für etwa 10 Minuten nachgaren.

Anmerkung der Autorin:
Diese Art, Hähnchenschenkel zu verarbeiten, hat mir eine nette japanische Dame beigebracht. Mein damaliger Chef hatte es sich in den Kopf gesetzt, eine »Japanische Woche« zu veranstalten. Ich lernte also, japanischen Eintopf zu machen, halbgefrorenes Rindfleisch so hauchdünn zu schneiden, dass es sich beim Braten zu dekorativen Blüten zusammenzieht – und vor allem habe ich gelernt, mich beim Entbeinen von Hähnchenschenkeln nicht zu verletzen. Dass es mir gelang, in einem riesigen Topf kiloweise Klebreis zu kochen, ohne dafür einen Reiskocher zu benutzen, hat die japanische Dame sehr beeindruckt. Sie gestand mir, dass sie sich das niemals trauen würde. Ich wusste schlicht nicht, dass es mutig war, was ich da tat.
Stella Conrad

P.S.: Natürlich besitze ich mittlerweile einen Reiskocher.

Kalte Tomatensuppe

Vorbild für diese Suppe ist der spanische Gazpacho. Dabei handelt es sich um eine kalte Suppe aus pürierten Gemüsen, (hauptsächlich Tomaten, aber auch Gurken, Paprika, Sellerie und Zwiebeln), die mit Brot angedickt wird. Als Einlage wird dazu reichlich sehr klein gewürfeltes Gemüse gereicht, das man sich nach Belieben in die Suppe streut. Natürlich können Sie diese Gemüseeinlage auch zu Ihrer kalten Tomatensuppe anbieten.

Man nehme:
etwa 750 g Tomaten
3 bis 4 Knoblauchzehen
2 Schalotten
2 Stengel Estragon
1 guter Schuss kalt gepresstes Olivenöl
Salz
frisch gemahlener Pfeffer

Entfernen Sie zuerst aus den Tomaten die Stielansätze und schneiden Sie sie dann, ungeschält, in grobe Stücke, die Sie in einen Mixer geben. Fügen Sie die grob zerkleinerten Knoblauchzehen sowie die Schalotten hinzu, zusammen mit einigen Estragonblättchen, einem ordentlichen Schuss Olivenöl, Salz und Pfeffer. Mixen Sie alles kräftig durch, und streichen

Sie die Mischung anschließend durch ein Sieb (am besten ein Lochsieb aus Edelstahl). Falls nötig, würzen Sie noch einmal nach, bevor Sie die Suppe auf Suppenteller verteilen und mit Estragon garnieren.

Gazpacho ist eine wunderbar erfrischende Vorspeise an heißen Sommertagen oder – zum Beispiel mit einer Selleriestange im Glas serviert – ein einfach herzustellender Bestandteil eines kalten Buffets.

Sehr gut schmeckt die Suppe mit in Olivenöl gerösteten Knoblauchcroutons.

Moussaka mit Lammhackfleisch

Man nehme:
500 g Kartoffeln
600 g Auberginen
500 g Lammhackfleisch
600 g Tomaten
2 große Zwiebeln
2 Eier
200 g Schlagsahne
150 g geriebenen Käse
2 Knoblauchzehen
6 EL Öl
Salz
Pfeffer

Schneiden Sie zuerst die Auberginen in Scheiben, legen Sie sie auf Küchenpapier aus, und salzen Sie sie, um etwaige Bitterstoffe aus dem Gemüse zu ziehen. In der Zwischenzeit schälen Sie die Kartoffeln und kochen sie etwa 15 Minuten. Außerdem salzen und pfeffern Sie bereits das Lammhack.

Nach etwa 50 Minuten spülen Sie die Auberginenscheiben gründlich ab, lassen sie gut abtropfen und braten sie in einer Pfanne in Öl schwimmend aus. Danach legen Sie sie wieder auf Küchenpapier aus.

Dünsten Sie jetzt die in Scheiben geschnittenen Zwiebeln an, fügen Sie das Lammhack und den gehackten Knoblauch hinzu und braten alles für circa 5 Minuten. Die Haut der Tomaten ritzen Sie leicht ein und überbrühen Sie mit kochendem Wasser, um sie häuten zu können. Schneiden Sie die eine Hälfte der gehäuteten Tomaten in Scheiben, die andere in Viertel. Die Tomatenviertel geben Sie zum Fleisch in die Pfanne und lassen alles weitere 10 Minuten schmoren, die Tomatenscheiben legen Sie zunächst zur Seite.

Schichten Sie dann in einer feuerfesten, gut gefetteten Form abwechselnd Kartoffel- und Auberginenscheiben und die Hackfleischmasse. Als oberste Schicht nehmen Sie die zuvor zur Seite gelegten Tomatenscheiben. Verrühren Sie Eier, Sahne, geriebenen Käse, Salz und Pfeffer, und gießen Sie diese Mischung über den Auflauf, bevor Sie ihn etwa 25 Minuten im auf 200 Grad vorgeheizten Backofen backen.

Rosa Weingelee in Vanillesahne

Man nehme:
500 ml Roséwein
100 g Zucker
8 Blätter Gelatine
1 unbehandelte Zitrone
120 g Sahne
120 ml Milch
1 Vanilleschote
1 Päckchen Vanillezucker
2 Eigelb
rote Johannisbeeren oder rote Trauben zur Dekoration

Zuerst weichen Sie die Blattgelatine in kaltem Wasser ein. Währenddessen erwärmen Sie den Roséwein bei schwacher Hitze und fügen den Zucker, den Saft und ein Stück Schale der Zitrone hinzu, rühren Sie so lange, bis sich der Zucker aufgelöst hat. Jetzt drücken Sie die eingeweichte Gelatine aus und lösen sie unter Rühren im Wein auf. Dann füllen Sie die Flüssigkeit in eine Kastenform und lassen sie über Nacht im Kühlschrank gelieren.

Für die Vanillesahne geben Sie zunächst Sahne und Milch in einen Topf. Jetzt schneiden Sie die Vanilleschote der Länge nach auf und kratzen das Mark mit einem Teelöffel heraus.

Geben Sie das Mark und die ausgeschabte Schote in die Sahne-Milch-Mischung, und fügen Sie den Vanillezucker hinzu. Kochen Sie alles unter Rühren auf und lassen es anschließend bei ausgeschalteter Herdplatte ziehen. Jetzt entfernen Sie die Vanilleschote und geben die Eigelbe hinein. Erhitzen Sie die Vanillemilch unter ständigem Rühren mit dem Schneebesen ganz langsam wieder. Achten Sie darauf, dass die Flüssigkeit nicht kocht, sonst flockt das Eigelb aus. Rühren Sie so lange, bis die Vanillemilch dicklich wird, und lassen Sie sie danach unter gelegentlichem Umrühren abkühlen. Die Vanillesahne muss danach noch einige Zeit abgedeckt im Kühlschrank auskühlen.

Zum Servieren stürzen Sie das Weingelee auf eine Platte, schneiden es zunächst in Scheiben und danach in Würfel. In jedes Schälchen geben Sie einige Löffel Vanillesahne und richten die Weingeleewürfel darauf an. Mit roten Trauben oder einer Rispe roter Johannisbeeren wird das Dessert dann noch dekoriert.

Minutal ex praecoquiis
(Frikassee mit Aprikosen)

Die weitaus größte Zahl römischer Rezepte finden wir in dem von Apicius veröffentlichten Werk »De re coquinaria« (Über das Kochen). Es enthält zehn Bücher mit 478 Rezepten. Marcus Cavius Apicius war ein bekannter Feinschmecker und Prasser, der in der ersten Hälfte des 1. Jahrhunderts nach Christus lebte.

Man nehme:
800 g nicht zu mageres Schweinefleisch
250 g getrocknete Aprikosen (über Nacht in Wein eingeweicht)
1 große Zwiebel
3 EL Olivenöl
250 ml kräftigen, süßen Rotwein
4 EL thailändische Fischsauce
1 EL eingedickten Traubensaft
1 EL Honig
2 TL Mehl (405)
½ TL Kümmelsaat
einige weiße Pfefferkörner
1 EL getrocknete Minze
1 EL gehackten Dill
½ EL Weinessig
Semmelbrösel
weißer Pfeffer

Zuerst würfeln Sie das Schweinefleisch (in recht grobe Stücke, Kantenlänge etwa zwei Fingerbreit) und hacken die Zwiebel sehr fein. Heizen Sie den Backofen auf 200 Grad vor. Jetzt geben Sie das Fleisch und die Zwiebeln in einen zuvor gewässerten Römertopf, übergießen die Mischung mit dem Wein und der Fischsauce und lassen alles im Ofen eine knappe Stunde weich schmoren.

In einem Mörser zerstoßen Sie weiße Pfefferkörner, Kümmelsaat, Minze und Dill und verrühren diese Gewürze mit Traubendicksaft, Honig, Essig und etwas von dem Sud aus dem Römertopf. Fügen Sie diese Mischung zusammen mit den Aprikosen zum Topfinhalt hinzu, und lassen Sie alles nach Belieben weiterschmoren (je nachdem, wie bissfest oder weich Sie es am liebsten mögen).

Das fertige Ragout wird mit den Semmelbröseln angedickt und mit frisch gemahlenem Pfeffer bestreut. Servieren Sie dazu frisch gebackenes Fladenbrot.

Käthes Hühnersuppe

Hühnersuppe gilt schon lange als Hausmittel gegen Erkältungen. Die heiße Suppe heilt durch ihre wohltuenden Dämpfe, und ihre wertvollen Inhaltsstoffe wirken nicht nur entzündungshemmend, sondern stärken unser Immunsystem.

Man nehme:
etwa 1 bis 1½ kg Hähnchenteile oder ein Suppenhuhn
2 Karotten
1 Stange Lauch
1 Stück Sellerie
1 Bund krause Petersilie
einige Blumenkohlröschen
Salz
Pfeffer
Je nach Geschmack für die Suppeneinlage:
Zuckerschoten, geraspelte Karotten, Lauchringe, Blumenkohl, grüne Bohnen, Erbsen, Reis, Suppennudeln oder Spiralnudeln

Nehmen Sie Hähnchenteile oder ein Suppenhuhn, und setzen Sie diese in einem großen Topf mit kaltem Wasser auf. Fügen Sie das Suppengemüse (klein geschnittene Karotten, den Lauch in Scheiben, Blumenkohlröschen, Sellerie, einige Petersilienstengel) hinzu, und bringen Sie alles zum Kochen.

Vergessen Sie Salz und Pfeffer nicht! Nachdem die Suppe gut 90 Minuten lang geköchelt hat, schütten Sie sie durch ein Sieb ab und zupfen das Hühnerfleisch von den Knochen. Wenn Sie eine weniger fetthaltige Suppe möchten, stellen Sie die heiße Flüssigkeit kalt, bis sich an der Oberfläche eine Fettschicht abgesetzt hat, die Sie problemlos abschöpfen können.

Da das mitgekochte Gemüse sehr weich ist, sollten Sie für die Einlage frisches Gemüse nehmen. Dabei sind Ihrer Fantasie und Ihrem persönlichen Geschmack keine Grenzen gesetzt: Zuckerschoten, geraspelte Karotten, Lauchringe, Blumenkohl, grüne Bohnen, Erbsen und so weiter. Kochen Sie als weitere Einlage Reis oder Nudeln.

Je nachdem, ob Sie die Hühnersuppe als leichte Vorspeise oder als sättigenden Hauptgang servieren wollen, variieren Sie Größe und Menge der Gemüseeinlage. Für einen deftigen Eintopf können Sie statt Suppennudeln natürlich auch Spiralnudeln verwenden. Bestreuen Sie die Suppe vor dem Servieren mit frischer Petersilie – und dann guten Appetit!

Spinatkuchen

Man nehme:
1 kg junger Spinat (entstielt und gewaschen)
30 g Butter
4 Eier
350 ml Sahne
1 Prise Muskatnuss (gerieben)
1 TL Zitronenschale (fein gerieben)
2 EL Pinienkerne
1 Eigelb mit 1 EL Wasser verquirlt
250 g TK-Bätterteig

Blanchieren Sie den Spinat für eine Minute in kochendem Wasser, und schrecken Sie ihn danach in kaltem Wasser ab. Die überschüssige Flüssigkeit drücken Sie am besten mit den Händen heraus, anschließend hacken Sie den Spinat und dünsten ihn für etwa zwei Minuten in Butter an. Jetzt rühren Sie die Eier mit der Sahne schaumig und fügen zunächst Zitronenschale und Muskatnuss, anschließend den Spinat und die Pinienkerne hinzu.

Legen Sie die aufgetauten Blätterteigscheiben nebeneinander und rollen sie einzeln etwas aus. Nun kleiden Sie mit dem Teig eine Springform (26 cm Durchmesser) aus, die Sie zuvor mit Backpapier ausgelegt haben. Verteilen Sie die Spinatmasse auf dem Teig, und decken Sie die Füllung dann mit einer dünnen Schicht Blätterteig ab. Bestreichen Sie den Blätterteigdeckel mit dem verquirlten Eigelb, und backen Sie den Spinatkuchen im vorgeheizten Backofen für 50–60 Minuten bei 170 Grad.

Tipp: Sie können auch Zwiebelstücke und gehackten Knoblauch mitdünsten und der fertigen Spinatmasse zerbröselten Schafskäse hinzufügen. Besonders gut schmeckt der Spinatkuchen, wenn Sie ihn lauwarm servieren und frischen Kräuterquark dazu reichen.

Lillis Frikadellen

Man nehme:
400 g Hackfleisch halb und halb
1 Teil Milch + 3 Teile Wasser
3 Eier
2 mittelgroße Zwiebeln
1 EL scharfen Senf
3 trockene Brötchen
Salz
Pfeffer und weitere Gewürze nach Geschmack
(Paprikapulver, Curry, Knoblauchpulver etc.)
Paniermehl

Weichen Sie zunächst die Brötchen in der lauwarmen Milch-Wasser-Mischung ein, sodass eine weiche Masse entsteht. In der Zwischenzeit schneiden Sie die Zwiebeln in Würfel. Geben Sie nun das Hackfleisch in eine Schüssel, und fügen Sie die Eier, die gewürfelten Zwiebeln, Senf, Salz und Pfeffer hinzu. Vermengen Sie alles sorgfältig, am besten mit den Händen. Je nach Geschmack können Sie zusätzlich mit Paprikapulver, Knoblauch und/oder Curry würzen. Drücken Sie die eingeweichten Brötchen sehr gut aus, zupfen Sie sie in die Hackfleischmasse und kneten Sie alles sorgfältig durch.

Aus dieser Masse formen Sie nun acht bis zehn Frikadellen, die Sie in Paniermehl wälzen.

Sie können die Frikadellen in der Pfanne in Butter langsam ausbraten oder – deutlich figurschonender – auf einem ganz dünn gefetteten Blech im Backofen circa 50 Minuten bei knapp unter 200 Grad backen.

Tipp: Verwenden Sie das Grundrezept für verschiedene Variationen. Fügen Sie der Frikadellenmasse klein gewürfelten Käse oder Schafskäse hinzu, und versuchen Sie es auch einmal mit gewürfeltem, durchwachsenem Speck. Ganz anders schmecken Frikadellen, wenn Sie der Fleischmasse frische Kräuter oder geraspelte Karotten beigeben. Besonders gut eignen sich diese Variationen für ein Party-Buffet, denn sie schmecken auch kalt ganz hervorragend. Für ein Buffet formen Sie am besten kleinere Frikadellen.

Pesto rosso

Das Wort »Pesto« kommt vom italienischen »pestare« (zerstoßen, zerschlagen); ein Pesto besteht also aus – im Mörser – zerstoßenen Zutaten. Um die Arbeit zu erleichtern, benutzen wir dafür einen Mixer oder einen Pürierstab.

Am bekanntesten ist wohl das grüne »Pesto Genovese«, das zum Großteil aus frischem Basilikum besteht. Natürlich können Sie für ein Pesto auch andere Kräuter benutzen. Wenn Sie zum Beispiel Petersilie besonders gern essen, versuchen Sie doch einmal ein Petersilien-Pesto!

Für ein Pesto rosso benötigen Sie getrocknete Tomaten, am besten in Öl eingelegt.

Grundrezept:
1 Glas getrocknete Tomaten in Öl (340 ml)
25 g Pinienkerne
25 g Mandeln
75 g Parmesan, gerieben
Olivenöl

Lassen Sie die Tomaten abtropfen, und fangen Sie das Öl auf, das Sie dann mit Olivenöl auf circa 200 Milliliter auffüllen. Pürieren Sie die Tomaten zusammen mit den Nüssen und den

Mandeln, wobei Sie das Öl langsam dazugeben. Zum Schluss rühren Sie den geriebenen Parmesan unter und salzen nach Geschmack.

Variieren Sie Ihr Pesto rosso, indem Sie Sambal Oelek oder frischen Knoblauch mit in den Mixer geben. Sie können zum Beispiel auch das Olivenöl, die Pinienkerne und die Mandeln durch Walnüsse und Walnussöl ersetzen.

Tipp: Pesto hält sich im Kühlschrank durchaus einige Wochen, wenn Sie das fertige Pesto in Gläser mit Schraubdeckel füllen. Achten Sie darauf, dass die Masse oben von Öl bedeckt ist, dadurch bleibt die Mischung länger haltbar.

Danksagung

Bei wem fange ich an? Am besten bei Margit Schönberger, meiner Agentin, Ratgeberin und Freundin, die mich auf ein einseitiges Exposé hin ermutigt hat, auf jeden Fall diesen Roman zu schreiben, dann mit den ersten hundert Seiten losgezogen ist und fest daran geglaubt hat, dass ich weitere dreihundert Seiten gleicher Qualität schaffe. Danke, Margit!

Ich danke meiner ebenfalls schreibenden Freundin Edda Minck, die mir auf meine ersten Versuche an diesem Roman hin kräftig in den Hintern getreten und gebrüllt hat: »Das kannst du besser!« Sie hat mir wertvolle Tipps und Ideen für diese Geschichte geliefert. Und sie hatte recht: Ich konnte es besser. Danke, Edda!

Ich danke meiner Freundin Fenna Williams (auch sie schreibt!), die immer wieder die neuen Kapitel gelesen und sich stets die Zeit genommen hat, mir ihr unschätzbares Feedback zu geben. Und sie hat mir ein Lebkuchenherz geschenkt, auf dem »Die Küchenfee« steht. Danke, Frau Muggel.

Ebenfalls nicht zu unterschätzen: die beruhigende und inspirierende Wirkung einer Katze, die schnurrend auf deinem Schoß liegt. Danke, Zorro und George.

Und natürlich danke ich meinem Liebsten, der viele Monate damit leben musste, dass ich mich an meinem Schreibtisch verschanzte, mit leerem Blick in die Gegend starrte und nicht ansprechbar war, wenn meine Lilli nicht so wollte wie ich. Ich liebe dich. Ach so, übrigens: Nach dem Buch ist vor dem Buch.

Natürlich entsteht ein Buch nicht allein dadurch, dass von jemandem eine Geschichte aufgeschrieben wird. Deshalb danke ich dem Diana Verlag und allen beteiligten Mitarbeitern für ihre Mühe und ihre Kreativität, besonders aber Dr. Andrea Müller, meiner Lektorin.